HARLAN COBEN

Né en 1962, Harlan Coben vit dans le New Jersey avec sa femme et leurs quatre enfants. Diplômé en sciences politiques du Amherst College, il a rencontré un succès immédiat dès ses premiers romans, tant auprès de la critique que du public. Il est le premier écrivain à avoir reçu le Edgar Award, le Shamus Award et le Anthony Award, les trois prix majeurs de la littérature à suspense aux États-Unis. Il est l'auteur notamment de *Ne le dis à personne...* (Belfond, 2002) qui a remporté le prix des Lectrices de *ELLE* et a été adapté avec succès au cinéma par Guillaume Canet. Il poursuit l'écriture avec plus d'une quinzaine d'ouvrages, dont récemment *Sans laisser d'adresse* (2010), *Sans un adieu* (2010), *Faute de preuves* (2011), *Remède mortel* (2011), *Sous haute tension* (2012), *Ne t'éloigne pas* (2013) et *Six ans déjà* (2014), publiés chez Belfond, ainsi que *À découvert* (2012) et *À quelques secondes près* (2013), publiés au Fleuve Noir.

Ses livres, parus en quarante langues à travers le monde, ont été numéro un des meilleures ventes dans plus d'une douzaine de pays.

Retrouvez toute l'actualité de l'auteur sur :
www.harlan-coben.fr

UNE CHANCE DE TROP

HARLAN COBEN

UNE CHANCE
DE TROP

*Traduit de l'américain
par Roxane Azimi*

Belfond

Titre original américain :

NO SECOND CHANCE

publié par Dutton, a member of Penguin Group Inc.,
New York

Pocket, une marque d'Univers Poche,
est un éditeur qui s'engage pour la
préservation de son environnement et
qui utilise du papier fabriqué à partir
de bois provenant de forêts gérées de
manière responsable.

Affectueusement,
à la mémoire de ma belle-mère,
Nancy Armstrong

Et en hommage à ses petits-enfants :
Thomas, Katharine, McCallum, Reilly,
Charlotte, Dovey, Benjamin, Will, Ana,
Eve, Mary, Sam, Caleb et Annie

1

LORSQUE LA PREMIÈRE BALLE m'a touché à la poitrine, j'ai pensé à ma fille.

Du moins, je voudrais le croire. Car j'ai vite perdu connaissance. Pour être encore plus précis, je ne me souviens même pas qu'on m'ait tiré dessus. Je sais que j'ai perdu beaucoup de sang. Je sais qu'une seconde balle a frôlé ma tête, bien que j'aie déjà dû être HS à ce moment-là. Je sais que mon cœur s'est arrêté de battre. Mais j'aime à croire que, sur le point de mourir, j'ai pensé à ma fille.

Pour votre information : je n'ai vu ni tunnel ni lumière blanche. Ou alors je ne m'en souviens pas non plus.

Tara, ma fille, n'a que six mois. Elle était couchée dans son berceau. Je me demande si les coups de feu l'ont effrayée. Sûrement. Elle a dû se mettre à pleurer. Je me demande si le son familier et néanmoins agaçant de ses pleurs n'a pas percé le brouillard de mon inconscience, si je ne l'ai pas entendue à un certain niveau. Mais là encore, je n'ai aucun souvenir de la chose.

En revanche, je me souviens de la naissance de Tara. Je revois Monica — la mère de Tara — en train de pousser une dernière fois. Je revois la tête qui apparaît. J'ai été le premier à voir ma fille. La croisée des chemins, tout le monde connaît ça. Des portes qui s'ouvrent, d'autres qui se ferment, les cycles de la vie, les changements de saisons. Mais la naissance de votre enfant… c'est plus que surréaliste. Vous venez de franchir un portail, comme dans *Star Trek*, un transposeur intégral de réalité. Tout est différent. Vous êtes différent, élément primitif métamorphosé au contact d'un étonnant catalyseur en quelque chose d'infiniment plus complexe. Votre monde n'existe plus : il se réduit aux dimensions — en l'occurrence, du moins — d'une masse de trois kilos cinq.

La paternité me rend perplexe. Oui, je sais qu'avec six mois de métier, je ne suis encore qu'un apprenti. Lenny, mon meilleur ami, a quatre gosses. Trois garçons et une fille. L'aîné, Lenny junior, a dix ans ; on vient juste de fêter le premier anniversaire du plus jeune. Avec sa tête d'heureux père de famille harassé et le plancher de son gros 4 × 4 irrémédiablement taché par des résidus de nourriture, Lenny me fait comprendre que je n'ai encore rien vu. Soit. Mais lorsque j'ai peur ou que je me sens complètement perdu dans mon nouveau rôle, je regarde la fragile poupée dans son berceau, elle me regarde, et je me demande ce que je ne ferais pas pour elle. Je donnerais ma vie sans hésiter. Et, pour ne rien vous cacher, si un jour on doit en arriver là, je donnerai aussi la vôtre.

J'aime donc à croire que quand les deux balles m'ont transpercé le corps, quand je me suis écroulé sur le lino de la cuisine avec une barre aux céréales à moitié grignotée à la main, quand je gisais inerte dans la mare de mon propre sang et — parfaitement — quand mon cœur a cessé de battre, j'ai malgré tout tenté de faire quelque chose pour protéger ma fille.

Je suis revenu à moi dans le noir.

Au début, je n'avais pas la moindre idée de l'endroit où je me trouvais, puis j'ai entendu biper sur ma droite. Un bruit familier. Je n'ai pas bougé. J'ai simplement écouté les bips. J'avais l'impression que mon cerveau marinait dans de la mélasse. Mon premier réflexe a été du genre primaire : boire. Je mourais de soif. Jamais je n'aurais cru qu'on pouvait avoir la gorge aussi sèche. J'ai voulu appeler, mais ma langue est restée collée dans ma bouche.

Une silhouette est entrée dans la chambre. J'ai essayé de m'asseoir, et une douleur fulgurante m'a déchiré le cou. Ma tête est retombée en arrière. Et de nouveau le noir m'a englouti.

Quand j'ai réémergé, il faisait jour. Une lumière crue filtrait par les stores vénitiens. J'ai cligné des paupières. J'aurais bien levé la main pour me protéger les yeux, mais je n'avais pas la force d'exécuter ce simple geste. Ma gorge était toujours sèche comme du papier de verre.

J'ai entendu du mouvement, et soudain une femme s'est dressée au-dessus de moi. C'était une infirmière. La perspective, si différente de celle dont j'avais l'habitude, m'a désarçonné. Rien n'était à sa place. Normalement, c'est moi qui me tenais debout au pied du lit — pas l'inverse. Une coiffe blanche, un de ces petits machins triangulaires, était perchée sur sa tête à la façon d'un nid d'oiseau. J'ai travaillé dans toutes sortes d'établissements hospitaliers, pourtant je crois que je n'ai jamais vu une coiffe pareille, si ce n'est au cinéma ou à la télé. L'infirmière était noire et bien en chair.

— Docteur Seidman ?

Sa voix, on aurait dit du sirop d'érable tiède. J'ai réussi à hocher légèrement la tête.

L'infirmière devait lire dans les pensées car elle avait déjà un gobelet d'eau à la main. Elle a glissé une paille entre mes lèvres, et j'ai aspiré goulûment.

— Du calme, a-t-elle dit avec douceur.

J'allais demander où j'étais, mais cela semblait assez évident. J'ai ouvert la bouche pour essayer de savoir ce qui m'était arrivé, quand, une fois de plus, elle m'a devancé.

— Je vais chercher le médecin, a-t-elle dit, se dirigeant vers la porte. Allez, détendez-vous.

J'ai lâché, dans un souffle rauque :

— Ma famille…

— Je reviens tout de suite. Tâchez de ne pas vous agiter.

Mon regard a fait le tour de la pièce. Sous l'effet des médicaments, j'y voyais comme à travers un rideau de douche. Cependant, il y avait suffisamment d'éléments pour me permettre certaines déductions. Je me trouvais dans une chambre d'hôpital type. Ça, c'était clair. Sur ma gauche, un appareil à perfusion dont le tuyau serpentait jusqu'à mon bras. Les néons bourdonnaient presque — mais pas tout à fait — imperceptiblement. Un petit poste de télévision sur un support pivotant saillait dans l'angle supérieur droit.

À un mètre du pied du lit, il y avait une grande baie vitrée. J'ai plissé les yeux, sans parvenir à voir au travers. J'étais sans doute sous monitoring. Autrement dit, en soins intensifs. En d'autres termes encore, je devais être salement amoché.

Mon cuir chevelu me démangeait et j'éprouvais une sensation de tiraillement. Un bandage, à coup sûr. J'ai voulu procéder à un état des lieux, mais ma tête refusait décidément de coopérer. Une douleur sourde palpitait doucement en moi, même si je n'aurais su en déterminer l'origine. J'avais les membres engourdis, une chape de plomb sur la poitrine.

— Docteur Seidman ?

J'ai tourné le regard vers la porte. Un tout petit bout de femme en tenue chirurgicale, charlotte comprise, a pénétré dans la chambre. Son masque défait lui pendait au cou. Elle devait avoir à peu près mon âge (j'ai trente-quatre ans).

— Je suis le Dr Heller, a-t-elle dit en s'approchant. Ruth Heller.

Elle me donnait son prénom. Courtoisie professionnelle, je suppose. Ruth Heller m'a enveloppé d'un regard scrutateur. J'ai essayé d'accommoder. J'étais toujours dans le coaltar, mais mon cerveau commençait à se remettre en branle.

— Vous êtes à l'hôpital St. Elizabeth, a-t-elle annoncé avec toute la gravité requise.

La porte derrière elle s'est ouverte, et un homme est entré. Il m'était difficile de le voir clairement à travers mon rideau de douche ; toutefois, je n'ai pas eu l'impression de le connaître. Les bras croisés, il s'est adossé au mur avec une décontraction étudiée. Il ne faisait pas partie du corps médical. Quand on est du métier, on sait faire la différence.

Le Dr Heller lui a jeté un coup d'œil rapide avant de reporter son attention sur moi.

— Que s'est-il passé ? ai-je demandé.

— On vous a tiré dessus.

Et elle a ajouté :

— Deux fois.

Elle a marqué une pause. J'ai regardé l'homme appuyé au mur. Il n'avait pas bougé. J'ai ouvert la bouche, mais Ruth Heller a continué :

— L'une des balles vous a éraflé le crâne. Elle a littéralement emporté le cuir chevelu qui, comme vous le savez, est très fortement irrigué.

Je le savais, oui. Une grosse plaie au cuir chevelu saigne autant qu'une décollation. O.K., me suis-je dit, voilà qui explique les démangeaisons. Comme Ruth Heller semblait hésiter, je l'ai aidée :

— Et l'autre balle ?

Elle a repris sa respiration.

— Celle-là, c'est un peu plus compliqué.

J'ai attendu.

— Elle a traversé votre poitrine et touché le sac péricardique. Du coup, le sang a infiltré la cavité entre le cœur et le péricarde. Les ambulanciers ont eu du mal à trouver vos constantes. On a été obligés de vous ouvrir…

— Docteur ? a interrompu l'homme.

Un instant, j'ai cru qu'il s'adressait à moi. Ruth Heller s'est tue, manifestement contrariée. L'homme s'est détaché du mur.

— On peut voir les détails plus tard ? Le temps joue contre nous.

Elle a froncé les sourcils, mais sans grande conviction.

— Si ça ne vous ennuie pas, je resterai dans la chambre.

Le Dr Heller s'est effacée, et l'homme est venu se pencher sur moi. Sa tête était trop grosse pour ses épaules : on avait peur que son cou ne cède sous son poids. Ses cheveux étaient coupés en brosse, sauf sur le devant où ils formaient une frange à la Jules César. Une petite touffe de poils lui ornait le menton. L'un dans l'autre, il avait l'allure d'un membre de boys band rangé des voitures. Il m'a souri, sans aucune chaleur cependant.

— Inspecteur Bob Regan de la police de Kasselton. Je sais que vous devez être encore un peu sonné.

— Ma famille…

— J'y viens. Mais pour l'instant, j'ai quelques questions à vous poser, O.K. ? Avant de rentrer dans les détails de ce qui est arrivé.

Il attendait une réponse. J'ai fait de mon mieux pour rassembler mes idées.

— O.K.

— Quelle est la dernière chose dont vous vous souvenez ?

J'ai fouillé ma mémoire. Je me rappelais m'être réveillé ce matin-là, m'être habillé. Je me rappelais avoir regardé Tara. Je me rappelais avoir pressé le bouton de son mobile noir et blanc, cadeau d'une collègue qui m'avait affirmé que ça allait stimuler son cerveau. Le mobile n'avait pas bougé ni émis sa petite chanson métallique. Les piles étaient mortes. Je m'étais dit qu'il fallait en racheter d'autres. Ensuite, j'étais descendu.

— Je mangeais une barre aux céréales.

Regan a acquiescé comme s'il s'y attendait.

— Vous étiez dans la cuisine ?

— Oui. Devant l'évier.

— Et après ?

Je me suis concentré, sans succès. J'ai secoué la tête.

15

— Je me suis réveillé une fois. La nuit. J'étais déjà ici, je pense.

— Rien d'autre ?

J'ai cherché à nouveau.

— Non, rien.

Regan a sorti un calepin.

— Comme on vient de vous le dire à l'instant, vous avez reçu deux balles. Vous n'avez aucun souvenir d'une arme, d'un coup de feu ?

— Non.

— C'est compréhensible. Vous étiez mal en point, Marc. L'équipe de réanimation a cru que vous étiez fichu.

J'avais une fois de plus la gorge sèche.

— Où sont Tara et Monica ?

— Un peu de patience, Marc.

Regan avait les yeux sur le calepin, pas sur moi. Un début d'appréhension s'est insinué dans mon cœur.

— Avez-vous entendu un bruit de vitre brisée ?

Je me sentais groggy. J'ai essayé de lire l'étiquette sur la poche du goutte-à-goutte pour voir avec quoi ils me droguaient. Mais pas moyen d'y voir clair. Des antalgiques, sûrement. Peut-être de la morphine. Je me suis frayé un chemin dans le brouillard.

— Non.

— Vous en êtes sûr ? On a trouvé une vitre brisée à l'arrière de la maison. Il est possible que l'agresseur soit passé par là.

— Je ne me souviens pas d'avoir entendu ça. Vous savez qui…

Regan ne m'a pas laissé finir.

— Pas encore, non. D'où toutes ces questions. Pour découvrir qui a fait ça.

Il a levé le nez de son calepin.

— Avez-vous des ennemis ?

Il parlait sérieusement, là ? J'ai voulu m'asseoir pour avoir un meilleur point de vue, mais rien à faire. Je n'aimais pas être le patient… du mauvais côté du lit, si vous préférez. On dit que les médecins font les pires malades. Ça doit être dû au renversement des rôles.

— Je veux savoir ce qui est arrivé à ma femme et à ma fille.

— Je comprends, a dit Regan.

Quelque chose dans son intonation m'a glacé le sang.

— Mais on ne va pas s'éparpiller, hein, Marc ? Vous voulez nous aider, n'est-ce pas ? Alors encore un peu de patience.

Il s'est replongé dans son calepin.

— Donc, on en était à vos ennemis.

Toute contestation étant futile, voire dangereuse, j'ai hoché la tête de mauvaise grâce.

— Quelqu'un qui aurait pu me tirer dessus ?

— Oui.

— Non, personne.

— Et votre femme ?

Son regard s'est braqué sur moi. Une des images favorites de Monica — son visage s'illuminant à la vue des chutes de Raymondkill, la façon dont elle s'était jetée à mon cou en feignant la terreur dans le fracas des cataractes — a surgi dans mon esprit.

— Avait-elle des ennemis ?

Je l'ai regardé.

— Monica ?

Ruth Heller a fait un pas en avant.

— Je pense que ça suffit pour aujourd'hui.

— Qu'est-il arrivé à Monica ? ai-je demandé.

17

Le Dr Heller s'est arrêtée à côté de l'inspecteur Regan, épaule contre épaule. Tous deux me contemplaient. Elle s'est remise à protester, mais je lui ai coupé la parole.

— Épargnez-moi le coup de la protection du patient et autres conneries.

La rage et la peur bataillaient contre l'engourdissement dans lequel mon cerveau était plongé.

— Dites-moi ce qui est arrivé à ma femme.

— Elle est morte, a répondu Regan.

Tel quel. Morte. Ma femme. Monica. C'était comme si je ne l'avais pas entendu. Ce mot ne m'atteignait pas.

— Quand la police a débarqué chez vous, vous aviez essuyé des coups de feu, l'un et l'autre. Ils ont réussi à vous sauver. Mais pour votre femme, il était trop tard. Je suis désolé.

Nouveau flash : Monica à Martha's Vineyard, en bikini sur la plage, ses cheveux noirs lui fouettant les pommettes, le sourire qui pétille. J'ai cligné des yeux.

— Et Tara ?

— Votre fille… a commencé Regan après s'être brièvement raclé la gorge.

Il a regardé son calepin, mais pas pour y noter quoi que ce soit.

— Elle était bien à la maison, ce matin-là ? Je veux dire, au moment du drame ?

— Oui, naturellement. Où est-elle ?

Regan a refermé le calepin d'un coup sec.

— Elle n'était pas sur les lieux quand nous sommes arrivés.

L'air a brusquement déserté mes poumons.

— Je ne comprends pas.

— On avait espéré, au début, que vous l'aviez confiée à un parent ou à des amis. À une baby-sitter. Mais…

— Vous êtes en train de me dire que vous ne savez pas où est Tara ?

Pas d'hésitation, cette fois-ci.

— C'est exact.

Une main géante oppressait ma poitrine. Fermant les yeux, je me suis laissé aller en arrière.

— Ça fait combien de temps ? ai-je demandé.

— Qu'elle a disparu ?

— Oui.

Le Dr Heller s'est mise à parler précipitamment.

— Il faut que vous compreniez. Vous étiez grièvement blessé. Nous n'étions pas très optimistes quant à vos chances de survie. Vous étiez sous assistance respiratoire. Vous avez fait un collapsus pulmonaire. Et vous avez développé une septicémie. Vous êtes médecin — je n'ai donc pas besoin de vous expliquer la gravité de votre état. On a essayé de ralentir la médication pour que vous puissiez vous réveiller plus vite...

— Combien de temps ? ai-je répété.

Ils se sont regardés, puis elle a dit quelque chose qui m'a à nouveau coupé le souffle.

— Vous êtes resté inconscient pendant douze jours.

2

— NOUS FAISONS TOUT NOTRE POSSIBLE, a affirmé Regan d'une voix un peu trop posée, comme s'il avait mis mon coma à profit pour répéter son laïus à mon chevet. Ainsi que je vous l'ai dit, nous n'étions pas sûrs d'avoir affaire à un kidnapping. Nous avons perdu un temps précieux, mais nous nous sommes rattrapés depuis. La photo de Tara a été communiquée à tous les postes de police, aux aéroports, péages d'autoroute, gares ferroviaires et routières — dans un rayon de cent cinquante kilomètres. On a consulté les fichiers des cas d'enlèvement similaires, à la recherche d'un éventuel suspect.

— Douze jours, ai-je dit.

— On a placé tous vos appareils téléphoniques sur écoute : maison, bureau, mobile…

— Pour quoi faire ?

— Au cas où quelqu'un appellerait pour demander une rançon.

— Il y a eu des appels ?

— Non, pas encore.

Ma tête est retombée sur l'oreiller. Douze jours. J'étais cloué à ce lit depuis douze jours pendant que ma petite fille, mon bébé... J'ai fait taire mes pensées.

Regan s'est gratté la barbichette.

— Vous rappelez-vous ce que Tara portait ce matin-là ?

Je me rappelais, oui. J'avais une espèce de rituel matinal : je me levais de bonne heure, je m'approchais du berceau sur la pointe des pieds et je regardais ma fille. Un bébé, ce n'est pas que du bonheur. Ça peut être une source de profond abrutissement. Certaines nuits, ses hurlements m'écorchaient les nerfs comme une râpe à fromage. Je ne veux pas idéaliser la vie avec un nourrisson. Mais j'aimais bien ma nouvelle routine du matin. Contempler le minuscule corps de Tara me requinquait, en quelque sorte. C'était même une forme d'extase. Certaines personnes rencontrent l'extase dans un lieu de culte. Moi — oui, je sais, ça paraît ringard — je trouvais l'extase au fond de ce berceau.

— Une grenouillère rose avec des pingouins noirs, ai-je dit. Monica l'a achetée chez Baby Gap.

Il l'a noté sur son calepin.

— Et Monica ?

— Quoi, Monica ?

Il avait les yeux rivés sur ses notes.

— Comment était-elle habillée ?

— Avec un jean, ai-je répondu, le revoyant glisser sur ses hanches, et un chemisier rouge.

Regan s'est remis à griffonner.

— Est-ce qu'il y a... enfin, je veux dire, vous avez des pistes ?

— Pour le moment, nous continuons à enquêter tous azimuts.

— Ce n'est pas ce que j'ai demandé.

Regan m'a lancé un regard. Un regard lourdement appuyé.

Ma fille. Seule. Quelque part. Depuis douze jours. J'ai revu ses yeux, la chaude lumière accessible uniquement aux parents, et j'ai dit bêtement :

— Elle est vivante.

Regan a incliné la tête comme un chiot qui aurait capté un bruit inconnu.

— N'abandonnez pas, ai-je dit.

— Nous n'avons pas l'intention d'abandonner.

Toujours ce même regard curieux.

— C'est que… vous avez des enfants, inspecteur Regan ?

— Deux filles.

— C'est idiot, mais je le saurais. Comme j'ai su que le monde ne serait plus jamais le même quand Tara est née. Oui, je le saurais.

Il n'a pas répondu. Je me suis rendu compte alors que mon discours — surtout de la part de quelqu'un que les notions de sixième sens, de paranormal ou d'intervention divine font rigoler doucement —, que mon discours, donc, était parfaitement ridicule. Ce sens-là vient du fait qu'on prend ses désirs pour des réalités. On a tellement envie de croire que le cerveau réarrange ce qu'il perçoit. Moi, je m'y raccrochais. À tort ou à raison, c'était ma bouée de sauvetage.

— On aura besoin d'autres renseignements, a dit Regan. Sur vous, votre femme, vos amis, votre situation financière…

— Plus tard.

Le Dr Heller s'est avancée comme pour me soustraire au regard du policier. Sa voix était ferme

— Il faut qu'il se repose.

— Non, maintenant, ai-je déclaré d'un ton tout aussi ferme, sinon plus. Nous devons retrouver ma fille.

Monica a été inhumée au cimetière familial des Portman, dans la propriété de son père. Bien sûr, je n'ai pas assisté à l'enterrement. Je ne sais pas ce que j'ai ressenti, mais là encore, les sentiments que j'éprouvais pour ma femme, dans les rares moments de vérité où j'ai été honnête avec moi-même, ont toujours été mitigés. Monica était belle et racée : pommettes finement dessinées, cheveux noirs soyeux et élocution saccadée qui fascinait et agaçait tout à la fois. Notre mariage tenait plus d'une régularisation à l'ancienne. Bon, d'accord, j'exagère. Je n'étais ni pour ni contre. Monica était enceinte. C'est la future naissance qui m'a projeté sous le dais nuptial.

J'ai eu les détails de l'enterrement par Carson Portman, l'oncle de Monica et le seul membre de la famille à avoir gardé contact avec nous. Monica l'adorait. Assis à côté de mon lit, les mains sur les genoux, Carson avait tout du professeur Tournesol : culs de bouteille en guise de lunettes, veste en tweed effrangée et tignasse mi-Albert Einstein, mi-Don King. Mais ses yeux bruns se sont embués quand il m'a raconté, de sa voix de baryton mélancolique, qu'Edgar, le père de Monica, avait veillé à faire de la cérémonie quelque chose de « discret et d'élégant ».

Là-dessus, je pouvais lui faire confiance. Surtout côté discrétion.

Les jours suivants, j'ai eu mon quota de visites à l'hôpital. Ma mère — tout le monde l'appelait Honey — faisait irruption dans la chambre chaque matin, comme propulsée par un turboréacteur. Elle portait des Reebok d'une blancheur immaculée et un jogging bleu gansé d'or. Ses cheveux, bien que soigneusement coiffés, gardaient les traces de ses trop nombreuses colorations, et l'odeur de sa dernière cigarette s'attachait imperceptiblement à ses pas. Son maquillage dissimulait mal sa détresse d'avoir perdu son unique petite-fille. Elle avait une énergie incroyable, à rester jour après jour à mon chevet, au bord de l'implosion. C'était une bonne chose. Elle était hystérique pour nous deux, et, curieusement, ses éclats émotionnels me permettaient de conserver mon calme.

Malgré la chaleur de supernova qui régnait dans la chambre — et mes constantes protestations —, maman ajoutait toujours une couverture sur mon lit pendant que je dormais. Une fois, je me suis réveillé — trempé de sueur, évidemment — pour l'entendre raconter à l'infirmière noire avec la coiffe empesée mon dernier séjour à St. Elizabeth, lorsque j'avais sept ans.

— Il a eu la salmonellose, a expliqué Honey dans un murmure confidentiel à peine plus audible qu'un slogan hurlé dans un mégaphone. Une diarrhée… on n'a jamais senti une odeur pareille. Il se vidait littéralement. Même les murs étaient imprégnés de sa puanteur…

— Maintenant non plus, il ne sent pas toujours la rose, a répondu l'infirmière.

Et elles ont ri ensemble.

Le deuxième jour de ma convalescence, à mon réveil, j'ai trouvé maman debout devant le lit.

— Tu te souviens de ça ?

Elle a brandi une peluche, Oscar le Grincheux, qu'on m'avait offerte lors de cette fameuse hospitalisation. Sa couleur verte d'origine avait viré au tilleul fadasse. Ma mère a regardé l'infirmière.

— C'est l'Oscar de Marc.

— Maman…

24

Elle s'est retournée vers moi. Elle avait eu la main lourde en se maquillant ce matin : le mascara débordait sur les pattes-d'oie au coin de ses paupières.

— Oscar t'a bien tenu compagnie à cette époque-là, non ? Il t'a aidé à te rétablir.

J'ai roulé sur le côté et fermé les yeux. J'avais attrapé la salmonellose en ingérant des œufs crus. Mon père avait tendance à en rajouter aux milk-shakes pour apporter un complément de protéines. Je me souviens de la panique qui s'est emparée de moi quand j'ai appris qu'on allait me garder à l'hôpital. Mon père, qui venait de se déchirer le tendon d'Achille en jouant au tennis, avait le pied dans le plâtre et souffrait beaucoup. Mais, en me voyant aussi terrifié, il s'est sacrifié, comme toujours. Il a travaillé toute la journée à l'usine et passé la nuit dans un fauteuil près de mon lit d'hôpital. Je suis resté dix jours à St. Elizabeth. Et mon père a dormi dans ce fauteuil les dix nuits de mon séjour.

Maman s'est détournée brusquement, et j'ai compris qu'elle repensait à la même chose. L'infirmière s'est éclipsée. J'ai mis la main dans le dos de ma mère. Elle n'a pas bronché, mais je l'ai sentie frissonner. Elle a contemplé l'Oscar défraîchi dans ses bras. Je le lui ai pris lentement.

— Merci, ai-je dit.

Maman s'est essuyé les yeux. Cette fois-ci, papa n'allait pas venir à l'hôpital, et même si je suis sûr qu'elle lui avait tout raconté, il n'y avait aucun moyen de savoir s'il avait compris ou pas. Mon père avait eu sa première attaque à quarante et un ans — un an après m'avoir veillé toutes ces nuits. J'avais huit ans alors.

J'ai également une sœur plus jeune, Stacy, qui est consommatrice de substances illicites (pour les politiquement corrects) ou camée (pour parler clairement).

Parfois je regarde les vieilles photos d'avant l'attaque de papa, celles où l'on voit une famille jeune et confiante avec un chien hirsute, une pelouse bien entretenue, un panier de basket et un barbecue qui croule sous le charbon de bois. Je cherche des signes précurseurs dans le sourire édenté de ma sœur, sa part d'ombre peut-être, quelque chose de prémonitoire. Mais je ne trouve rien. La maison, on l'a toujours, sauf qu'on dirait un décor de cinéma délabré. Papa est encore en vie, mais quand il s'est écroulé, tout a volé en éclats. Surtout Stacy.

Elle n'est pas venue me voir, elle n'a même pas téléphoné. Plus rien ne me surprend de sa part. Lorsque ma mère s'est retournée vers moi, j'ai empoigné mon vieil Oscar et je me suis dit : Une fois de plus, il n'y a que nous deux. Papa est pratiquement un légume. Stacy est aux abonnés absents. J'ai pris la main de maman, une main tiède et un peu rugueuse depuis quelque temps. Et nous sommes restés ainsi jusqu'à ce que la porte s'ouvre.

Se redressant, maman a dit à l'infirmière :

— Marc a aussi joué avec des poupées.

— Des figurines, me suis-je empressé de rectifier. C'étaient des guerriers, pas des poupées.

En dehors de ma mère, j'avais les visites quotidiennes de Lenny, mon meilleur ami, et de sa femme Cheryl. Lenny Marcus est un grand ténor du barreau, bien qu'il s'occupe également de mes petites affaires, comme la fois où j'ai contesté une contravention pour excès de vitesse... ou encore l'achat de notre maison. Au début, lorsqu'il travaillait pour le bureau du procureur, ses amis et adversaires l'avaient surnommé le Bouledogue, en raison de son comportement hargneux au prétoire. Mais au fil du temps, le sobriquet a dû paraître trop gentil, et Lenny a été rebaptisé Cujo[1]. Je le connais depuis l'école primaire. Je suis le parrain de son fils Kevin. Et lui est le parrain de Tara.

Je n'ai pas beaucoup dormi. La nuit, je fixais le plafond, comptais les bips, écoutais les bruits nocturnes de l'hôpital et m'efforçais de ne pas penser à ma petite fille et à l'infini éventail de probabilités. Sans y parvenir. L'esprit, comme je l'ai découvert, est une obscure fosse aux serpents.

L'inspecteur Regan est venu me voir avec une piste possible.

— Parlez-moi de votre sœur, a-t-il commencé.

— Pourquoi ? ai-je répondu un peu trop vite.

Avant qu'il ne se lance dans des explications, je l'ai stoppé d'un geste de la main. J'avais compris. Ma sœur était toxicomane. Et la drogue avait partie liée avec la criminalité.

— On a été cambriolés ? ai-je demandé.

— Pas à notre connaissance, mais la maison était sens dessus dessous.

— Ah bon ?

— Vous avez une idée ?

— Aucune.

— Dans ce cas, parlez-moi de votre sœur.

— Vous avez le casier de Stacy ?

— Oui.

— Je ne vois pas trop ce que je pourrais ajouter.

— Vous êtes brouillés tous les deux ?

Brouillés, Stacy et moi ?

— Je l'aime, ai-je dit lentement.

1. Chien enragé, personnage éponyme d'un roman de Stephen King. *(N.d.T.)*

27

— Quand l'avez-vous vue pour la dernière fois ?

— Il y a six mois.

— Quand Tara est née ?

— Oui.

— Où ?

— Où je l'ai vue ?

— Oui.

— Stacy est venue à l'hôpital.

— Voir sa nièce ?

— Oui.

— Que s'est-il passé durant cette visite ?

— Stacy était défoncée. Elle voulait tenir le bébé.

— Vous avez refusé ?

— Oui.

— Et ça l'a vexée ?

— Elle a à peine réagi. La drogue, ça la rend amorphe.

— Mais vous l'avez mise à la porte ?

— Je lui ai dit que je ne voulais pas d'elle dans la vie de Tara tant qu'elle n'aurait pas décroché.

— Je vois. Vous espériez que ça l'inciterait à se faire désintoxiquer ?

Je crois que je me suis esclaffé.

— Non, pas vraiment !

— Je ne suis pas certain d'avoir bien compris.

Comment j'allais formuler ça ? J'ai repensé au sourire sur la photo de famille, celui où il lui manque des dents.

— On l'a déjà menacée de pire, ai-je dit. La vérité, c'est que ma sœur ne décrochera jamais. La drogue fait partie d'elle.

— Vous n'aviez donc aucun espoir qu'elle s'en sorte ?

S'il croyait qu'il allait me faire dire ça !

— Mettons que je ne tenais pas à lui confier ma fille.

Regan est allé à la fenêtre. Il a regardé dehors.

— Quand avez-vous emménagé dans votre résidence actuelle ?

— Monica et moi, on a acheté la maison il y a quatre mois.

— Pas loin de là où vous avez grandi tous les deux, hein ?

— Tout à fait.

— Vous vous connaissiez depuis longtemps ?

Sa façon de m'interroger me rendait perplexe.

— Non.

— Bien que vous ayez grandi dans la même banlieue ?

— On ne fréquentait pas les mêmes personnes.

— Je vois… Donc, pour que tout soit bien clair, vous avez acheté la maison il y a quatre mois et vous n'avez pas revu votre sœur depuis six mois, exact ?

— Exact.

— Votre sœur n'a jamais mis les pieds dans votre résidence actuelle ?

— Non.

Regan s'est retourné.

— On a trouvé les empreintes digitales de Stacy à votre domicile.

Je n'ai rien dit.

— Vous n'avez pas l'air surpris, Marc.

— Stacy est toxico. Je doute qu'elle soit capable de tirer sur moi et de kidnapper ma fille, mais il m'est déjà arrivé de la sous-estimer. Vous êtes allés faire un tour chez elle ?

— Personne ne l'a vue depuis la fusillade.

J'ai fermé les yeux.

— Nous ne pensons pas que votre sœur aurait pu monter le coup toute seule, a-t-il ajouté. Mais elle aurait pu avoir un complice — un dealer, un petit ami,

29

quelqu'un qui savait que votre femme venait d'une famille fortunée. Vous n'auriez pas une idée ?

— Non. Alors vous croyez que tout ça, c'est une histoire de kidnapping ?

Regan s'est gratté la barbichette. Avant de hausser légèrement les épaules.

— Ils ont essayé de nous tuer tous les deux, ai-je poursuivi. Comment fait-on pour réclamer une rançon à des parents morts ?

— Ils étaient peut-être tellement dans les vapes qu'ils ont perdu les pédales. Ou bien ils comptaient extorquer de l'argent au grand-père de Tara.

— Dans ce cas, pourquoi ne l'ont-ils pas déjà fait ?

Regan n'a rien répondu. Mais moi, je connaissais la réponse. C'était trop de pression pour des toxicos, surtout après une fusillade. Un toxico est incapable de gérer un conflit. C'est l'une des raisons pour lesquelles il sniffe ou se shoote — pour fuir, s'échapper, disparaître, se fondre dans le néant. L'incident allait faire la une des médias. La police mènerait une enquête. Les toxicos n'auraient pas la force d'affronter ça. Ils prendraient la fuite en laissant tout en plan.

Et en se débarrassant des pièces à conviction.

La demande de rançon est arrivée quarante-huit heures plus tard.

Depuis que j'avais repris conscience, mon état s'améliorait de jour en jour. Peut-être parce que j'avais hâte de me rétablir, ou alors parce que ces douze jours de quasi-catatonie avaient laissé à mes blessures le temps de guérir. Ou que ma douleur était au-delà de la souffrance physique. Je pensais à Tara, et la peur de l'inconnu me coupait la respiration. Je pensais à

Monica, morte et enterrée, et des griffes d'acier me lacéraient de l'intérieur.

Je voulais sortir.

J'avais toujours mal, mais malgré cela, j'ai insisté auprès de Ruth Heller pour qu'elle me laisse rentrer chez moi. Les médecins faisant les plus mauvais patients, elle a fini par céder à contrecœur. On est convenus qu'un kiné viendra me voir une fois par jour. Et qu'une infirmière restera la nuit, juste au cas où.

Le matin de mon départ de l'hôpital, ma mère était à la maison — anciennement, lieu du crime — afin de la « préparer » pour mon retour. Un retour qui, étrangement, ne m'angoissait pas outre mesure. Une maison, c'est de la brique et du mortier. Je ne pensais pas que sa simple vue suffirait à m'émouvoir, ou alors je refusais de me l'avouer.

Lenny m'a aidé à rassembler mes affaires et à m'habiller. Il est grand, maigre, le visage mangé par une barbe naissante à la Homer Simpson, qui reparaît six minutes après le rasage. Enfant, il portait de grosses lunettes et du velours côtelé, même en plein été. Ses cheveux bouclés avaient tendance à pousser trop vite, ça lui donnait un air de caniche égaré. Aujourd'hui, ses boucles sont taillées à ras, et une opération au laser l'a délivré du port des lunettes. Ses costumes sont plutôt du genre chic et cher.

— Tu es sûr que tu ne veux pas venir chez nous ?

— Tu as quatre gosses, lui ai-je rappelé.

— Ouais, bon.

Il a marqué une pause.

— Je peux venir chez toi ?

Je me suis forcé à sourire.

— Sérieusement, a dit Lenny. Il ne faut pas que tu restes seul dans cette maison.

— Ça ira très bien, je t'assure.

— Cheryl t'a préparé quelques plats. Elle les a mis dans le congélateur.

— C'est très gentil de sa part.

— N'empêche qu'elle cuisine toujours aussi atrocement.

— Je n'ai pas dit que je les mangerai.

Lenny s'est affairé autour du sac déjà prêt. Je l'ai regardé. Comme on se connaissait depuis longtemps, depuis les bancs de la petite école, il n'a pas dû être surpris quand j'ai demandé :

— Tu veux me dire ce qui se passe ?

Il n'attendait que ça.

— Je suis ton avocat, hein ?

— Oui.

— J'aimerais donc te donner quelques conseils en tant que tel.

— Je t'écoute.

— J'aurais dû le faire plus tôt. Mais je sais que tu m'aurais envoyé paître. Maintenant, eh bien… maintenant c'est une autre paire de manches.

— Lenny ?

— Oui ?

— De quoi tu parles ?

Malgré ses efforts pour améliorer son look, je le considérais toujours comme un gamin. J'avais du mal à le prendre au sérieux. Comprenez-moi bien : je savais qu'il était brillant. On avait fêté ensemble son admission à Princeton, puis à l'école de droit de Columbia. Mais le Lenny que je voyais, c'était mon compagnon de galère des vendredis et samedis soir. On empruntait le break familial de son père — pas franchement de quoi épater les minettes — et on faisait la tournée des boums. Généralement, on nous laissait entrer, mais nous étions rarement les bienvenus : nous appartenions à cette majorité des lycéens que j'appelle la Masse invisible. Nous restions plantés dans un coin, une bière à la main, dodelinant de la tête au rythme de la musique et cherchant à nous faire remarquer. Sans aucun succès. La plupart du temps, on finissait la soirée autour d'un cheeseburger ou, mieux encore, sur le terrain de foot, couchés sur le dos à contempler les étoiles. Il est bien plus facile de parler, même avec votre meilleur ami, quand on regarde les étoiles.

— O.K., a déclaré Lenny avec de grands gestes dont il avait le secret. Voilà : je ne veux plus que tu t'entretiennes avec les flics sans que je sois là.

J'ai froncé les sourcils.

— C'est vrai, ça ?

— Peut-être qu'il n'y a rien, mais j'ai déjà vu des affaires comme ça. Enfin, pas *comme ça,* mais tu m'as compris, hein. Le suspect numéro un est toujours un membre de la famille.

— Tu penses à ma sœur ?

— Non, à la famille proche. Encore plus proche, si possible.

— Tu es en train de dire que la police me soupçonne, moi ?

— Je ne sais pas. Honnêtement, je n'en sais rien.

Un court silence.

— Oui, bon, il y a des chances.

— Mais on a tiré sur moi, rappelle-toi. C'est ma fille qu'on a kidnappée.

— En effet, et c'est à double tranchant.

— Comment ça ?

— Plus le temps va passer, plus ils te soupçonneront.

— Pourquoi ?

— Ne me le demande pas. C'est comme ça que ça marche. Les kidnappings, c'est le domaine réservé du FBI. Tu es au courant, n'est-ce pas ? Un enfant disparu depuis vingt-quatre heures, ils estiment que l'affaire relève de leur compétence.

— Et alors ?

— Alors au début, pendant une dizaine de jours, ils ont dépêché tout un bataillon d'agents sur place. Ils ont surveillé tes lignes téléphoniques en attendant la demande de rançon. Mais l'autre jour, ils ont plus ou moins levé le camp. Ce qui est normal. Ils ne vont pas poireauter indéfiniment — du coup, il ne reste plus qu'un agent ou deux. Et leur vision des choses a changé aussi. Ils croient moins au kidnapping avec demande de rançon qu'à un enlèvement pur et simple. Moi, je pense que tes téléphones sont toujours sur écoute. Je vais leur poser la question. Ils me répondront qu'ils font ça au cas où on finirait par te réclamer une rançon. Mais ils espèrent également t'entendre dire quelque chose de compromettant.

— Et donc ?

— Sois prudent, a dit Lenny. N'oublie pas que tes téléphones — maison, bureau, portable — sont probablement sur écoute.

— Une fois de plus : Et alors ? Je n'ai rien fait.

— Rien fait… ?

Lenny a battu des mains comme s'il s'apprêtait à décoller.

— Sois prudent, c'est tout. Tu ne voudras peut-être pas me croire, mais la police n'en est pas à son coup d'essai en matière de distorsion de la réalité.

— J'ai du mal à piger. Tu m'expliques que je suis suspect simplement parce que je suis le père et le mari ?

— Oui et non.

— Merci, voilà qui m'éclaire grandement.

Le téléphone sur la table de chevet a sonné. Comme j'étais du mauvais côté du lit, j'ai dit à Lenny :

— Ça ne t'ennuie pas ?

Il a décroché.

— Chambre du Dr Seidman.

Son visage s'est rembruni pendant qu'il écoutait.

— Ne quittez pas, a-t-il aboyé, me tendant le combiné avec l'air de quelqu'un qui craint d'être contaminé.

Je lui ai lancé un regard interloqué avant de dire :

— Allô ?

— Bonjour, Marc. Edgar Portman à l'appareil.

Le père de Monica. Cela expliquait la réaction de Lenny. Comme toujours, Edgar s'exprimait sur un ton extrêmement formel. Il y a des gens qui pèsent leurs mots. Et quelques-uns, comme mon beau-père, qui les placent sur une balance, un par un, avant qu'ils quittent leur bouche.

Pris de court, j'ai répondu bêtement :

— Bonjour, Edgar. Comment allez-vous ?

— Bien, merci. Je me sens coupable de ne pas vous avoir appelé plus tôt. J'ai su par Carson que vous étiez en train de vous remettre de vos blessures. J'ai jugé préférable de vous laisser tranquille.

— Comme c'est délicat de votre part, ai-je lâché avec à peine un soupçon de sarcasme.

— Vous sortez aujourd'hui, il me semble.

— C'est exact.

Edgar s'est éclairci la voix, ce qui ne lui ressemblait guère.

— Je me demandais si vous ne pourriez pas passer à la maison.

La maison. La sienne, évidemment.

— Aujourd'hui ?

— Le plus tôt possible, oui. Et seul, s'il vous plaît.

Un silence. Lenny m'a regardé, déconcerté.

— Quelque chose ne va pas, Edgar ? ai-je questionné.

— J'ai une voiture qui attend en bas, Marc. On en discutera de vive voix.

Et, sans me laisser le temps de réagir, il a raccroché.

C'était une limousine, une Lincoln noire.

Lenny a poussé mon fauteuil dehors. Je connaissais bien le coin. J'avais grandi à quelques jets de pierre de St. Elizabeth. Quand j'avais cinq ans, mon père m'avait amené ici, aux urgences (douze points de suture), et à sept ans… bon, je n'ai plus grand-chose à vous apprendre sur l'épisode de la salmonellose. J'avais fait mes études de médecine et mon internat à ce qui s'appelait à l'époque l'hôpital presbytérien de Columbia, mais j'étais revenu à St. Elizabeth pour un stage d'ophtalmologie réparatrice.

Oui, je suis chirurgien plastique, mais pas de la manière dont vous l'entendez. Il m'arrive de refaire un nez par-ci par-là, toutefois, pour les poches de silicone et autres, il faudra vous adresser ailleurs. Ce n'est pas un jugement de valeur. Simplement, ce n'est pas mon rayon.

Je travaille en chirurgie pédiatrique réparatrice avec une ancienne camarade de l'école de médecine, une fille du Bronx au tempérament volcanique nommée Zia Leroux. Nous exerçons notre activité dans le cadre d'une association qui s'appelle Planète assistance solidarité. C'est nous qui l'avons fondée, Zia et moi. Nous nous occupons d'enfants, principalement à l'étranger, qui souffrent de difformités congénitales, ou provoquées par la misère ou la guerre. Nous voyageons beaucoup. J'ai opéré des fractures de la face au Sierra Leone, des becs-de-lièvre en Mongolie-Extérieure, des dysostoses cranio-faciales au Cambodge, des victimes de brûlures dans le Bronx. Comme la plupart des confrères dans mon cas, j'ai reçu une formation élargie. J'ai étudié l'ORL — nez, gorge, oreilles — plus la chirurgie réparatrice, plastique, orale et, ainsi que je l'ai déjà mentionné, l'ophtalmologie. Zia a suivi un cursus similaire, bien qu'elle soit plus calée en maxillo-faciale.

Vous pourriez croire qu'on est des âmes charitables. Et vous auriez tort. J'avais le choix. Je pouvais refaire les seins ou tirer la peau de celles qui étaient déjà trop belles… ou je pouvais venir en aide à des enfants blessés par la vie. J'ai opté pour la seconde voie. Moins pour aider les plus défavorisés, hélas ! que par pur intérêt professionnel. Les spécialistes de la chirurgie réparatrice sont, au fond, des amateurs de puzzles. Des gens bizarres. Nous prenons notre pied avec des malformations congénitales dignes d'un spectacle de foire et des tumeurs géantes. Vous connaissez ces ouvrages de médecine truffés de difformités faciales tellement hideuses qu'on ose à peine les regarder ? Eh bien, Zia et moi, on adore ça. Notre plus grand plaisir est de reconstruire — morceau par morceau — ce qui a été cassé.

L'air frais a chatouillé mes poumons. Le soleil brillait comme au premier jour, comme pour se moquer de ma morosité. J'ai offert mon visage à sa caresse apaisante. Monica, elle aimait faire ça. Elle disait que ça la « déstressait ». Les rayons solaires lui faisaient l'effet d'un massage. Je gardais les yeux clos. Lenny attendait en silence, pour me laisser du temps.

Je me suis toujours considéré comme quelqu'un d'hypersensible. Au cinéma, je pleure facilement devant un navet. Il n'y a rien de plus simple que de jouer avec mes émotions. Mais je n'ai jamais pleuré à cause de mon père. Et aujourd'hui, avec le choc que je venais de subir, je me sentais — comment dire ? — au-delà des larmes. Mécanisme de défense classique, pensais-je. Il aurait fallu pousser plus loin. Un peu comme dans mon boulot : dès qu'une fissure apparaît, je la ravaude avant qu'elle ne se transforme en crevasse.

Lenny fulminait toujours depuis le coup de fil.

— Tu sais ce qu'il te veut, le vieux salopard ?

— Absolument pas.

Il s'est tu un instant. Je savais à quoi il pensait. Il tenait Edgar pour responsable de la mort de son père. Son vieux avait occupé un poste de dirigeant chez Pro-Ness Foods, l'une des sociétés d'Edgar. Il avait trimé vingt-six ans pour la boîte. Il en avait cinquante-deux quand Edgar avait orchestré une importante fusion. Le père de Lenny a perdu son travail. Je revois encore M. Marcus, tassé sur une chaise de cuisine, en train de glisser méthodiquement son CV dans des enveloppes. Il n'a jamais retrouvé un emploi et, deux ans plus tard, il décédait d'une crise cardiaque. Mais allez donc convaincre Lenny que les deux événements n'avaient aucun lien entre eux.

— Tu ne veux pas que je vienne, c'est sûr ? a-t-il dit.

— Nan, t'inquiète pas.

— T'as ton portable ?

Je le lui ai montré.

— Appelle-moi si tu as besoin de quoi que ce soit.

Je l'ai remercié et l'ai laissé partir. Le chauffeur a ouvert la portière. Je suis monté en grimaçant. Ce n'était pas très loin. Kasselton, New Jersey. Ma ville natale. Nous avons dépassé les maisons à étage des années soixante, les spacieux ranchs des années soixante-dix, les murs habillés d'alu des années quatre-vingt, les faux manoirs des années quatre-vingt-dix. Finalement, les rideaux d'arbres se sont resserrés. Les maisons étaient situées à l'écart de la route, à l'abri de la végétation, loin de la populace susceptible de s'aventurer dans les parages. Nous approchions du domaine réservé des vieilles fortunes, à l'odeur caractéristique d'automne et de feu de bois.

La famille Portman s'était installée dans ce bosquet immédiatement après la guerre de Sécession. Comme la majeure partie du Jersey, la propriété se composait au départ de terres agricoles. L'arrière-arrière-grand-père Portman s'est enrichi en revendant progressivement du terrain. Aujourd'hui encore, ils possédaient une petite dizaine d'hectares, ce qui les classait parmi les plus gros propriétaires fonciers de la région. Tandis que nous remontions l'allée, mon regard s'est égaré sur la gauche — du côté du cimetière familial.

On y apercevait un monticule de terre fraîche.

— Arrêtez la voiture.

— Désolé, docteur Seidman, a dit le chauffeur, j'ai reçu l'ordre de vous amener directement à la grande maison.

J'allais protester, mais je me suis ravisé. J'ai attendu qu'on se gare devant l'entrée principale. Puis je suis descendu et j'ai rebroussé chemin. J'ai entendu le chauffeur qui m'appelait :

— Docteur Seidman ?

J'ai continué à avancer. Il m'a interpellé à nouveau. Je n'ai pas bronché. Malgré l'absence de pluie, l'herbe était d'un vert tropical. Et la roseraie, en pleine floraison, explosait de couleurs.

J'ai voulu presser le pas, mais j'ai eu l'impression que ma peau allait éclater. J'ai donc ralenti. C'était ma troisième visite chez les Portman — bien que leur propriété, je l'aie vue de l'extérieur des dizaines de fois dans ma jeunesse — et je n'avais jamais mis les pieds dans leur cimetière familial. Au contraire, comme tout individu rationnel, je l'évitais de mon mieux. Le fait d'enterrer ses proches dans son jardin comme des animaux domestiques, voilà bien une idée de riches que nous, les gens ordinaires, avions du mal à comprendre.

La clôture autour du cimetière, haute d'une soixantaine de centimètres, était d'une blancheur immaculée. Comme si on l'avait repeinte pour l'occasion. J'ai enjambé l'inutile grille et je me suis frayé le passage entre les modestes pierres tombales, l'œil rivé sur le monticule de terre. Quand j'y suis enfin parvenu, j'ai été pris d'un frisson.

Une tombe fraîchement creusée. Pas encore de dalle. Sur la plaque, calligraphié à la façon d'un faire-part de mariage, on lisait simplement : « Notre Monica ».

Je restais là, les yeux papillotants. Monica. Ma beauté au regard de braise. Notre vie de couple avait été mouvementée : trop de passion au commencement, et pas assez à la fin. J'ignore à quoi c'est dû. Monica avait changé, c'était certain. La fougue, le pétillement m'avaient séduit au début. Par la suite, les sautes d'humeur ont fini par me lasser. Je n'ai pas eu la patience de creuser plus loin.

Pendant que je contemplais le petit tas de terre, un souvenir douloureux m'est revenu en mémoire. Deux soirs avant l'agression, en entrant dans la chambre, j'avais trouvé Monica en pleurs. Ce n'était pas la première fois. Loin de là. Jouant mon rôle dans la pièce de théâtre qu'était notre vie, je lui avais demandé ce qu'elle avait, mais le cœur n'y était pas. Autrefois, je m'inquiétais davantage. Elle ne répondait jamais. J'essayais de la prendre dans mes bras. Elle se raidissait. Au bout d'un moment, j'ai laissé tomber : à trop entendre crier au loup, on ne réagit plus, on s'endurcit. C'est comme ça quand on vit avec quelqu'un de dépressif. On ne peut pas s'inquiéter tout le temps. Et à partir d'un certain stade, on commence à se rebiffer.

Du moins, c'est ce que je me disais.

Seulement cette fois-ci, les choses avaient été différentes : Monica m'avait répondu. Oh, pas grand-chose, juste une phrase. « Tu ne m'aimes pas. » C'est tout. Froidement. Tel quel. « Tu ne m'aimes pas. » Et, tout en proférant les protestations d'usage, je m'étais demandé si, au fond, elle n'avait pas raison.

Les paupières closes, j'ai repensé à ce qu'avait été notre vie commune. Oui, ça ne tournait pas rond entre nous, mais depuis six mois, nous avions une échappatoire, un havre de chaleur et de paix en la personne de notre fille. J'ai regardé le ciel, cligné à nouveau des yeux, avant de les baisser sur la terre qui recouvrait ma lunatique compagne.

— Monica, ai-je dit tout haut.

Et je lui ai fait une dernière promesse.

J'ai juré sur sa tombe de retrouver Tara.

Un domestique, majordome, employé de maison — ou quel que soit le nom qu'on leur donne aujourd'hui — m'a escorté jusqu'à la bibliothèque. L'intérieur, bien que sobre, respirait indéniablement le luxe : parquets en bois foncé recouverts de tapis d'Orient, mobilier traditionnel, plus robuste que raffiné. Malgré sa fortune et la superficie de ses terres, Edgar n'était pas du genre à faire étalage de signes extérieurs de richesse. L'expression « nouveau riche » était synonyme d'abjection.

Vêtu d'un blazer en cachemire bleu marine, mon beau-père s'est levé de son bureau en chêne massif. Dessus, il y avait une plume d'oie — qui lui venait de son arrière-grand-père, si mes souvenirs sont bons — et deux bustes en bronze, l'un de Washington et l'autre de Jefferson. À ma grande surprise, oncle Carson était là aussi. Quand il était venu me voir à l'hôpital, j'étais trop mal en point pour les effusions. Mais Carson s'est rattrapé. Il m'a serré dans ses bras. Je me suis cramponné à lui sans un mot. Lui aussi sentait l'automne et le feu de bois.

Aucune photo dans la pièce — pas une image de vacances, pas une photo de classe, pas un portrait de monsieur et madame sur leur trente et un dans une fête de patronage. En fait, je ne crois pas avoir vu une seule photo dans toute la maison.

— Comment ça va, Marc ? a dit Carson.

Aussi bien que possible, ai-je répondu en me tournant vers Edgar, qui n'est pas sorti de derrière son bureau. Nous ne nous sommes pas donné l'accolade. Nous n'avons même pas échangé une poignée de main. Il s'est levé, m'a fait signe de m'asseoir dans le fauteuil en face du bureau.

Edgar, je ne le connaissais pas très bien. Nous ne nous étions rencontrés qu'à trois reprises. J'ignorais le montant de sa fortune, mais même hors de ces murs, même dans la rue ou dans un dépôt d'autobus, les Portman sentaient l'argent à plein nez. Monica dégageait également cette impression, acquise au fil des générations : ça ne s'apprend pas, c'est quasi génétique. Le fait qu'elle ait choisi de vivre dans notre maison relativement modeste pouvait passer pour une forme de rébellion.

Elle avait haï son père.

Moi non plus, il ne m'était pas franchement sympathique, peut-être parce que j'avais déjà croisé des individus de son espèce. Edgar croyait être arrivé à la force du poignet, alors qu'il avait gagné son argent de la manière la plus facile qui soit : il l'avait hérité. Je ne connais pas beaucoup de nantis, mais j'ai remarqué que plus on vous offre de choses sur un plateau, plus vous vitupérez les mères qui vivent d'allocations familiales et des aumônes de l'État. C'est curieux. Edgar appartient à cette catégorie d'êtres à part, persuadés d'avoir conquis leur statut grâce à un dur labeur. On se trouve tous des justifications, bien sûr ; quand on vit dans le luxe et qu'on n'a rien fait pour le mériter, ma foi, il y a de quoi se sentir fragilisé. Mais aucune raison de se prendre pour le nombril du monde, en tout cas.

Je me suis assis. Edgar aussi. Carson, lui, est resté debout. J'ai dévisagé mon beau-père. Corpulent comme quelqu'un de bien nourri, il avait un visage tout en rondeurs. Mais la rougeur habituelle avait déserté ses joues. Ses doigts entrelacés reposaient sur sa bedaine. Il avait l'air, à mon étonnement, ravagé, épuisé et vidé.

Je dis *à mon étonnement* car j'ai toujours considéré Edgar comme un monstre d'égocentrisme, un homme dont les joies et les peines primaient tout le reste, un homme dont l'entourage était assimilé à des colifichets réunis là pour son bon plaisir. À présent, il avait perdu deux enfants. Son fils Eddie, le quatrième du nom, s'était tué au volant en état d'ivresse une dizaine d'années auparavant. D'après Monica, il avait délibérément franchi la double ligne jaune pour aller s'encastrer sous le semi-remorque. Elle en rejetait la faute sur son père. Elle avait beaucoup de choses à lui reprocher.

Il y avait aussi la mère de Monica. Je ne l'ai rencontrée qu'une seule fois. Elle se « repose » énormément.

Elle prend des « vacances prolongées ». Bref, elle passe sa vie dans des institutions. Lorsque je l'ai vue, ma belle-mère était habillée pour sortir, pomponnée et poudrée, ravissante et trop pâle, le regard vague, l'élocution indistincte et le pas chancelant.

À l'exception d'oncle Carson, Monica avait coupé les ponts avec sa famille. Vous pensez bien que ça ne me dérangeait pas vraiment.

— Vous vouliez me voir ? ai-je dit.

— Oui, Marc. En effet.

J'ai attendu qu'il parle.

Edgar a posé les mains sur son bureau.

— Vous l'aimiez, ma fille ?

Pris au dépourvu, j'ai néanmoins répliqué sans l'ombre d'une hésitation :

— Oui, beaucoup.

Il a dû flairer le mensonge. Je me suis efforcé de ne pas ciller.

— Tout de même, elle n'était pas heureuse.

— Et vous pensez que c'est ma faute ?

Il a eu un lent hochement de tête.

— J'en ai bien peur.

Ma ligne de défense consistant à renvoyer la balle dans le camp adverse ne tenait pas la route. Les paroles d'Edgar m'avaient fait l'effet d'un coup de poing. La culpabilité était de retour.

— Saviez-vous qu'elle voyait un psychiatre ? a-t-il demandé.

J'ai jeté un coup d'œil à Carson avant de me retourner vers lui.

— Non.

— Elle ne voulait pas que ça se sache.

— Comment l'avez-vous découvert ?

Edgar n'a pas répondu. Il contemplait ses mains. Puis il a dit :

— J'aimerais vous montrer quelque chose.

J'ai risqué un autre regard en direction de Carson. Il serrait les dents. J'ai eu l'impression de le voir trembler.

D'un tiroir du bureau, Edgar a sorti un sac en plastique transparent. Il l'a brandi, le tenant entre le pouce et l'index. Il m'a fallu un moment, mais quand j'ai pris conscience de ce que je voyais, j'ai écarquillé les yeux.

Il a remarqué ma réaction.

— Vous reconnaissez donc ceci ?

Incapable de parler, j'ai regardé Carson. Il avait les yeux rouges. Muet, j'ai hoché la tête. À l'intérieur du sac plastique, il y avait un fragment de tissu, peut-être huit centimètres sur huit. Ce motif, je l'avais vu quinze jours plus tôt, juste avant de m'écrouler sous les balles.

Rose avec des pingouins noirs.

Ma voix était à peine audible :

— Où avez-vous eu ça ?

Edgar m'a tendu une grosse enveloppe à bulles, recouverte de plastique elle aussi. Je l'ai retournée. Son nom et son adresse étaient imprimés sur une étiquette blanche. Il n'y avait pas de nom d'expéditeur. L'enveloppe avait été postée à New York.

— C'est arrivé dans le courrier d'aujourd'hui.

Edgar a désigné le bout de tissu.

— C'est à Tara ?

Je crois avoir acquiescé.

— Ce n'est pas tout.

À nouveau, il a fouillé dans le tiroir.

— J'ai pris la liberté de tout ranger dans des sacs en plastique. Au cas où la police voudrait les faire analyser.

Il m'a remis ce qui ressemblait à un sachet de congélation. Il y avait des cheveux là-dedans. Une fine touffe de cheveux. Le souffle m'a manqué.

Des cheveux de bébé.

De loin, j'ai entendu Edgar demander :

— Ce sont les siens ?

Les yeux fermés, j'ai essayé de me représenter Tara dans son berceau. Son image, me suis-je rendu compte, atterré, commençait à pâlir dans ma mémoire. Comment était-ce possible ? Je ne savais plus si c'était ma fille que je voyais ou bien une illusion créée pour remplacer un souvenir qui s'estompait déjà. Nom de Dieu ! Des larmes me picotaient les paupières. Je me suis efforcé d'invoquer la douce sensation du duvet sur la tête de Tara, l'habitude que j'avais de suivre le contour de son crâne du bout du doigt.

— Marc ?

— Ça se peut, ai-je répondu en rouvrant les yeux. Mais je ne suis pas en mesure de l'affirmer avec certitude.

— Autre chose.

Edgar m'a tendu un nouveau sac plastique. Avec précaution, j'ai posé le sachet avec les cheveux sur le bureau. Le sac contenait une feuille de papier blanc. Une lettre tirée sur une imprimante laser.

Si vous contactez les autorités, nous disparaissons. Vous ne saurez jamais ce qu'elle est devenue. Nous veillons. Nous serons informés. Nous avons quelqu'un dans la place. Vos appels sont sur écoute. N'en discutez pas au téléphone. Nous savons, pépé, que vous êtes riche. Nous voulons deux millions de dollars. Vous, papa, déposerez la rançon. Vous, pépé, vous préparerez l'argent. Ci-joint un téléphone

46

portable. On ne peut pas l'identifier. Mais si vous composez un numéro ou l'utilisez à des fins autres, nous le saurons. Nous disparaîtrons, et vous ne reverrez jamais l'enfant. Préparez l'argent. Donnez-le à papa. Papa, gardez l'argent et le téléphone à portée de main. Rentrez chez vous et attendez. Nous vous appellerons pour vous dire ce qu'il faut faire. Le moindre faux pas, et vous pourrez dire adieu à votre fille. Il n'y aura pas de seconde chance.

La syntaxe était pour le moins singulière. J'ai relu la lettre trois fois, avant de regarder Edgar et Carson. Un calme étrange s'était emparé de moi. C'était terrifiant, certes… mais d'un autre côté, quel soulagement. Enfin il se passait quelque chose. Nous pouvions agir. Nous pouvions récupérer Tara. Tout n'était pas perdu.

Edgar s'est levé. Il est allé ouvrir un placard et en a sorti un sac de sport avec le logo de Nike.

— Tout est là, a-t-il annoncé sans préambule.

Il a déposé le sac sur mes genoux. Je l'ai contemplé fixement.

— Deux millions de dollars ?

— Les numéros des billets ne se suivent pas, mais nous avons la liste de tous les numéros, juste au cas où.

Mon regard est allé de Carson à Edgar.

— Vous ne croyez pas qu'on devrait prévenir le FBI ?

— Pas vraiment, non.

Edgar s'est perché sur le bureau et a croisé les bras. Il sentait la lotion capillaire, mais au-delà j'ai perçu quelque chose de plus fétide, de plus animal. De près, on voyait que ses yeux étaient cernés de noir.

— À vous de décider, Marc. C'est vous, le père. Quoi que vous fassiez, nous le respecterons. Cependant, comme vous le savez, j'ai déjà eu affaire aux autorités fédérales. Peut-être que je me laisse influencer par la piètre opinion que j'ai de leur compétence, ou peut-être ne suis-je pas objectif parce que j'ai vu à quel point ils sont régis par des impératifs d'ordre personnel. S'il s'agissait de ma propre fille, je me fierais davantage à mon jugement qu'au leur.

Je ne savais pas trop comment réagir. Mais Edgar a réglé le problème. Il a frappé dans ses mains et m'a indiqué la porte.

— Puisqu'on vous dit de rentrer chez vous et d'attendre, je pense que le mieux serait d'obéir.

3

LE MÊME CHAUFFEUR ÉTAIT LÀ. Je me suis glissé à l'arrière, serrant le sac Nike sur ma poitrine. J'oscillais entre l'angoisse la plus folle et une étrange jubilation. Je pouvais récupérer ma fille. Ou tout bousiller.

Mais avant toute chose : fallait-il prévenir la police ?

J'ai essayé de me calmer, de réfléchir froidement, avec du recul, de peser le pour et le contre. Évidemment, ça n'a pas marché. Étant médecin, il m'était déjà arrivé de prendre des décisions d'une importance vitale. Je sais que, pour ce faire, il faut lâcher du lest, éviter la surenchère émotionnelle. Mais là, la vie de ma fille était en jeu. Ma propre fille. Mon univers.

La maison que j'ai achetée avec Monica est située — littéralement — à deux pas de la maison où j'ai grandi — et que mes parents occupent toujours, du reste. Mes sentiments sont partagés là-dessus. Cette proximité ne me plaît pas outre mesure, mais je culpabilise encore plus à l'idée de les abandonner. Du coup, j'ai trouvé un compromis : habiter près de chez eux tout en voyageant beaucoup.

Lenny et Cheryl vivent à quatre rues de là, dans la maison où Cheryl a passé son enfance. Ses parents sont partis pour la Floride il y a six ans. Ils ont gardé un pied-à-terre dans le coin, à Roseland, pour venir rendre visite à leurs petits-enfants et fuir la fournaise qu'est la Floride en été.

Je n'aime pas particulièrement Kasselton. La ville a très peu changé en trente ans. Ados, nous nous moquions de nos parents, de leur matérialisme, de leurs valeurs en apparence ineptes. Depuis, nous sommes devenus nos parents. Nous les avons remplacés, éjectés vers le premier village de retraités susceptible de les accueillir. Et nos enfants ont pris notre place. Mais le snack *Chez Maury* est toujours dans Kasselton Avenue. La brigade de pompiers est toujours principalement constituée de volontaires. Les lignes à haute tension sont toujours trop près de mon ancienne école élémentaire. Dans le bois derrière chez les Brenner, à Rockmont Terrace, les gamins se retrouvent toujours pour fumer un joint. Le lycée compte toujours entre cinq et huit candidats au tableau d'honneur national tous les ans, même si de mon temps la liste était à dominante juive, alors qu'aujourd'hui elle penche du côté de la communauté asiatique.

On a tourné à droite dans Monroe Avenue et on est passés devant notre maison familiale. Avec sa peinture blanche et ses volets noirs, bien que légèrement plus délabrée que ses voisines, elle ne se distinguait des autres que par la présence d'une rampe d'accès pour fauteuil roulant. Nous l'avons fait installer quand j'avais douze ans, après la troisième attaque de papa. Mes copains et moi, on aimait bien la dévaler en skateboard. On avait bâti un tremplin au bout, avec des parpaings et du contreplaqué.

La voiture de l'infirmière était garée dans l'allée. Elle vient dans la journée. On n'a personne à temps plein. Ça fait plus de vingt ans maintenant que mon père est condamné au fauteuil roulant. Il ne peut pas parler. Sa bouche s'affaisse tristement du côté gauche. Une moitié de son corps est entièrement paralysée, et l'autre moitié ne vaut guère mieux.

Quand le chauffeur a tourné dans Darby Terrace, j'ai retrouvé ma maison — notre maison — exactement telle que je l'avais quittée il y a quinze jours. J'ignore à quoi je m'attendais. À du ruban jaune peut-être, autour du théâtre du crime. Ou à une grosse tache de sang. Mais il n'y avait aucune trace des événements qui avaient eu lieu ici deux semaines plus tôt.

Quand je l'ai achetée, cette maison faisait l'objet d'une vente par adjudication. On ne connaissait pas très bien la famille Levinsky qui avait vécu là pendant trente-six ans. Mme Levinsky semblait être une douce créature affligée d'un tic facial. M. Levinsky était un ogre qui lui criait toujours dessus depuis la pelouse. Il nous terrorisait. Une fois, nous avons vu Mme Levinsky surgir de la maison en chemise de nuit. Son mari la poursuivait avec une pelle. Les gamins avaient l'habitude de couper par tous les jardins, sauf le leur. Je venais juste de boucler mon premier cycle d'études lorsque le bruit a couru qu'il avait abusé de sa fille Dina, une pauvre môme aux cheveux fins et aux yeux tristes que j'avais eue dans ma classe depuis le primaire. Quand j'y repense, en douze ans de scolarité avec Dina Levinsky, jamais je ne l'ai entendue parler autrement que dans un murmure, et encore, lorsqu'elle y était contrainte par des profs bien intentionnés. Pas une fois je ne me suis intéressé à Dina. Je ne sais pas si cela aurait changé quelque chose, mais aujourd'hui je le regrette.

Cette année-là, l'année de la rumeur, les Levinsky ont déménagé brusquement. Pour aller où, mystère. La banque a pris possession de la maison et l'a mise en location. Monica et moi avons fait une proposition d'achat quelques semaines avant la naissance de Tara.

Au début, juste après notre installation, je restais éveillé la nuit, guettant je ne sais quoi — des échos du passé de cette maison, des drames qui s'étaient joués à l'intérieur. J'essayais d'imaginer quelle chambre avait été celle de Dina, comment elle avait vécu, comment elle vivait maintenant, mais ça ne donnait pas grand-chose. Ainsi que je l'ai déjà dit, une maison, c'est de la brique et du mortier. Rien d'autre.

Deux voitures inconnues étaient garées devant ma porte. Ma mère se tenait dans l'entrée. Quand je suis descendu, elle s'est précipitée vers moi comme dans ces reportages sur le retour des prisonniers de guerre. Elle m'a serré dans ses bras, m'asphyxiant presque de son parfum. Le sac Nike qui m'encombrait m'a empêché de répondre à ses effusions.

Par-dessus son épaule, j'ai aperçu l'inspecteur Bob Regan. Et, à côté de lui, un grand Black au crâne rasé, avec des lunettes noires griffées.

— Ils t'attendaient, a chuchoté ma mère.

J'ai hoché la tête et me suis avancé vers eux. Regan a mis sa main en visière, mais juste pour la pose. Le soleil n'était pas si fort que ça. Le Black, lui, est demeuré de marbre.

— Où étiez-vous ? a demandé Regan.

Je n'ai pas répondu immédiatement, alors il a ajouté :

— Voilà plus d'une heure que vous êtes sorti de l'hôpital.

J'ai pensé au téléphone portable dans ma poche, au sac bourré d'argent dans ma main. Et j'ai opté pour une demi-vérité :

— Je suis allé sur la tombe de ma femme.

— Il faut qu'on parle, Marc.

— Entrez, ai-je dit.

Tout le monde a regagné la maison. Je me suis arrêté dans le hall. Le corps de Monica avait été découvert à moins de trois mètres de l'endroit où je me trouvais maintenant. Sans faire un mouvement, j'ai scruté les murs à la recherche de traces visibles de violence. Il n'y en avait qu'une, que j'ai eu vite fait de repérer. Au-dessus de la lithographie de Behren, près de la cage d'escalier, un impact de balle — la seule balle qui n'avait touché ni Monica ni moi — avait été bouché avec de l'enduit. Beaucoup trop blanc, l'enduit. Il allait falloir repasser une couche de peinture par-dessus.

Je l'ai contemplé longuement. Quelqu'un s'est raclé la gorge derrière moi, me tirant de ma torpeur. Ma mère m'a frotté le dos et s'est éclipsée dans la cuisine. J'ai introduit Regan et son acolyte dans le séjour. Ils ont pris les deux fauteuils. Moi, je me suis assis sur le canapé. On n'avait pas eu le loisir de s'installer convenablement, Monica et moi. Les fauteuils remontaient à l'époque de ma vie en foyer d'étudiants, et ça se voyait. Le canapé venait de l'appartement de Monica : un meuble d'occasion, trop solennel, qu'on imaginerait bien stocké dans un coin du château de Versailles. Il était lourd, rigide et très peu rembourré, même du temps de sa splendeur.

— Voici l'agent Lloyd Tickner, a commencé Regan en désignant le Black. Du FBI.

Tickner m'a gratifié d'un hochement de tête. J'ai fait de même.

Regan a essayé de me sourire.

— Content de voir que vous allez mieux.

— Mieux, sûrement pas.

Il a eu l'air décontenancé.

— Je n'irai pas mieux tant que je n'aurai pas retrouvé ma fille.

— Oui, bien sûr. À ce propos… On a quelques questions supplémentaires à vous poser, si ça ne vous ennuie pas.

J'ai fait signe que non.

Regan a toussoté dans son poing, histoire de gagner du temps.

— Comprenez-moi bien. Nous sommes tenus de poser ces questions-là. Non pas que ça m'amuse. Ça ne vous amusera certainement pas non plus, mais il s'agit d'un passage obligé. Vous me suivez ?

Pas vraiment, mais ce n'était pas le moment de tergiverser.

— Allez-y.

— Que pouvez-vous nous dire au sujet de votre mariage ?

Un signal d'alarme s'est mis à clignoter dans mon cerveau.

— Qu'est-ce que mon mariage vient faire là-dedans ?

Regan a haussé les épaules. Tickner n'a pas bronché.

— Nous essayons d'avoir une vision d'ensemble, c'est tout.

— Mon mariage n'a strictement rien à voir avec tout cela.

— Vous avez sûrement raison, mais la vérité, Marc, c'est que la piste est en train de refroidir. Chaque jour qui passe nous handicape un peu plus. Nous devons explorer toutes les voies possibles.

— La seule qui m'intéresse, c'est celle qui mène à ma fille.

— Nous en sommes bien conscients. C'est le principal objet de notre enquête. Retrouver votre fille et comprendre ce qui lui est arrivé. N'oublions pas qu'on a essayé de vous tuer, je me trompe ?

— Pas que je sache.

— Mais, voyez-vous, nous ne pouvons pas ignorer les autres éléments.

— Quels autres éléments ?

— Votre mariage, par exemple.

— Quoi, mon mariage…

— Quand vous vous êtes mariés, Monica était déjà enceinte, n'est-ce pas ?

— Qu'est-ce que ça… ?

Je me suis arrêté. J'avais envie de leur rentrer dans le lard, mais les paroles de Lenny ont résonné à mes oreilles. Ne pas parler aux flics sans qu'il soit présent. J'aurais dû l'appeler, je le savais. Mais quelque chose dans leur voix et leur posture… Si je réclamais mon avocat maintenant, ils penseraient que j'étais coupable. Or je n'avais rien à cacher. Pourquoi nourrir leurs soupçons ? Bien sûr, je me doutais que c'était leur méthode, leur façon de fonctionner, seulement j'étais médecin. Pis, chirurgien. Et nous commettons souvent l'erreur de nous croire supérieurs au reste du monde.

J'ai choisi de jouer la carte de l'honnêteté.

— Oui, elle était enceinte. Et alors ?

— Vous êtes chirurgien plastique ?

Le changement de sujet m'a désarçonné.

— En effet.

— Vous et votre associée vous rendez souvent à l'étranger pour soigner des traumatismes du visage, des brûlures, des choses comme ça ?

— Des choses comme ça, oui.

— Vous voyagez donc beaucoup ?

— Pas mal, oui, ai-je dit.

— En fait, on pourrait dire que, dans les deux ans précédant votre mariage, vous avez passé plus de temps à l'étranger que dans le pays.

— Possible, ai-je lâché, me tortillant sur le coussin rigide. Mais j'aimerais bien qu'on m'explique ce que ceci a à voir avec cela.

Regan m'a adressé son sourire le plus désarmant.

— On essaie juste de dresser un tableau complet, c'est tout.

— Un tableau de quoi ?

— Votre associée… (Il a consulté ses notes.)… est une certaine Mlle Zia Leroux.

— Dr Leroux, ai-je corrigé.

— Dr Leroux, je vous remercie. Où est-elle maintenant ?

— Au Cambodge.

— Pour opérer des enfants atteints de malformations ?

— Oui.

Regan a penché la tête, feignant la perplexité.

— Dites-moi, cette mission n'était-elle pas prévue pour vous, à l'origine ?

— À l'origine, oui.

— Quand exactement ?

— Je ne suis pas certain de vous suivre.

— Quand avez-vous changé votre programme ?

— Je ne sais plus, ai-je dit. Il y a huit mois, peut-être neuf.

— Et c'est le Dr Leroux qui est partie à votre place ?

— Absolument. Mais je ne vois pas…

Il n'a pas cillé.

— Vous aimez votre métier, hein, Marc ?

— Oui.

— Vous aimez bien voyager ? Accomplir ce travail humanitaire ?

— Tout à fait.

Regan s'est gratté la tête d'un geste théâtral, histoire de montrer l'étendue de son désarroi.

— Puisque vous aimez ça, pourquoi vous êtes-vous désisté au profit du Dr Leroux ?

Je comprenais maintenant où il voulait en venir.

— J'ai préféré ralentir.

— Le rythme de vos déplacements ?

— Oui.

— Et pour quelle raison ?

— Parce que j'avais d'autres obligations.

— Autrement dit, une épouse et une fille ?

Me redressant, j'ai planté mon regard dans le sien.

— L'objet, ai-je dit. C'est quoi, l'objet de cet interrogatoire ?

Regan s'est calé dans son fauteuil. Le taciturne Tickner a fait de même.

— On cherche à compléter le tableau, rien de plus.

— Vous l'avez déjà dit.

— Attendez, laissez-moi une seconde.

Regan a feuilleté son calepin.

— Un jean et un chemisier rouge.

— Quoi ?

— Votre femme.

Il a désigné ses notes.

— Vous avez dit que, ce matin-là, elle portait un jean et un chemisier rouge.

De nouvelles images de Monica m'ont submergé. J'ai tenté de faire barrage à la déferlante.

— Eh bien ?

— Quand nous avons découvert son corps, a dit Regan, elle était nue.

Un frémissement né dans mon cœur s'est propagé dans mes bras, provoquant des picotements au bout de mes doigts.

— Vous n'étiez pas au courant ?

J'ai dégluti.

— Elle a été… ?

Ma voix est restée coincée dans ma gorge.

— Non, a répondu Regan. On n'a relevé aucune trace de violence autre que les blessures par balle.

Une fois de plus, il a mimé l'incompréhension.

— Nous l'avons retrouvée dans cette même pièce. Ça lui arrivait souvent, de se balader en tenue d'Ève ?

Surcharge. Je me suis efforcé d'intégrer ces nouvelles données, de ne pas perdre le fil.

— Elle portait un jean et un chemisier rouge.

— Elle était donc déjà habillée ?

Je me suis rappelé le bruit de la douche. Je l'ai revue sortant de la salle de bains, secouant ses cheveux, s'allongeant sur le lit pour enfiler son jean par-dessus ses hanches.

— Oui.

— C'est sûr et certain ?

— Sûr et certain, oui.

— Nous avons fouillé toute la maison. On n'a pas trouvé de chemisier rouge. Des jeans, oui. Elle en avait plusieurs. Mais pas de chemisier rouge. Ça ne vous paraît pas bizarre ?

— Minute, ai-je dit. Ses vêtements n'étaient pas à côté de son corps ?

— Eh non.

Ça n'avait aucun sens.

— Je regarderai dans son placard.

— Nous l'avons déjà fait, mais vous pouvez vérifier, allez-y. J'aimerais tout de même savoir comment les vêtements qu'elle avait sur elle auraient atterri dans son placard ?

Je n'avais rien à répondre à cela.

— Possédez-vous une arme, docteur Seidman ?

Encore un changement de sujet. Je m'accrochais de mon mieux, mais la tête commençait à me tourner.

— Oui.

— De quel type ?

— Un trente-huit Smith & Wesson. Il a appartenu à mon père.

— Où le rangez-vous ?

— Il y a un compartiment dans le placard de la chambre. Sur l'étagère du haut, dans un petit coffre.

Regan a tâtonné derrière lui et sorti la boîte métallique.

— Celui-ci ?

— Oui.

— Ouvrez-le.

Je l'ai rattrapé au vol. Le métal bleu-gris était froid. Mais surtout, je l'ai trouvé étonnamment léger. J'ai composé la combinaison et rabattu le couvercle en arrière. Puis j'ai fouillé parmi les papiers administratifs — le certificat d'achat de la voiture, le titre de propriété de la maison, le rapport d'expertise — mais c'était plus pour me donner une contenance. J'avais compris depuis le début : Le revolver n'y était plus.

— On vous a tiré dessus avec un calibre trente-huit, a repris Regan. Or, apparemment, le vôtre a disparu.

Je gardais l'œil sur la boîte, comme si le revolver allait soudain se matérialiser à l'intérieur. Mais j'avais beau me creuser les méninges, je ne voyais rien. Pas l'ombre d'une explication.

— Vous ne savez pas où il est, par hasard ?

J'ai fait non de la tête.

— Il y a un autre élément étrange dans cette affaire, a dit Regan.

J'ai levé les yeux sur lui.

— Ce n'est pas le *même* trente-huit qui vous a blessé et qui a tué Monica.

— Je vous demande pardon ?

— Oui, moi aussi, j'ai eu du mal à y croire. J'ai effectué l'examen balistique à deux reprises. Vous et votre femme avez été touchés par des balles provenant de deux armes différentes, toutes deux de calibre trente-huit… et la vôtre semble s'être volatilisée.

Regan a haussé les épaules.

— Aidez-moi à comprendre, Marc.

Je les ai dévisagés l'un et l'autre. Leurs têtes ne me disaient rien qui vaille. L'avertissement de Lenny m'est revenu à l'esprit, en force.

— Je veux appeler mon avocat.

— Vous en êtes sûr ?

— Oui.

— Alors allez-y.

Ma mère se tenait à l'entrée de la cuisine en se tordant les mains. Qu'avait-elle entendu de la conversation ? À en juger par son expression, beaucoup trop. Elle m'a lancé un regard interrogateur. J'ai hoché la tête, et elle est partie téléphoner à Lenny. J'ai croisé les bras, mais ça ne faisait pas très naturel. J'ai tapoté du pied. Tickner a ôté ses lunettes noires. Nos yeux se sont rencontrés, et il m'a adressé la parole pour la première fois.

— Qu'y a-t-il dans le sac ?

Je me suis contenté de le regarder.

— Le sac de sport que vous aviez dans les bras.

Sa voix ne correspondait pas à son physique de cador : c'était une voix de beauf, aux inflexions quasi geignardes.

— Qu'est-ce qu'il y a là-dedans ?

J'avais commis une erreur. J'aurais dû écouter Lenny. J'aurais dû l'appeler sur-le-champ. À présent, je ne savais plus trop quoi dire. À l'arrière-plan, j'entendais ma mère qui pressait Lenny de se dépêcher. J'ai cherché — sans grand succès — une réponse plus ou moins plausible, histoire de gagner du temps, quand un bruit a interrompu mes réflexions.

Le téléphone portable, celui que les ravisseurs avaient envoyé à mon beau-père, était en train de sonner.

4

TICKNER ET REGAN ATTENDAIENT QUE JE RÉPONDE.

Je me suis excusé et sans leur laisser le temps de réagir, la main sur le téléphone, je suis sorti précipitamment. Le soleil m'a frappé en plein visage. Clignant des yeux, j'ai regardé le clavier. La touche *On* n'était pas située au même endroit que sur le mien. En face, deux gamines coiffées de casques aux couleurs vives pédalaient sur des bicyclettes fluo. Une cascade de rubans roses dégringolait de l'un des guidons.

Quand j'étais petit, il y avait bien une douzaine de mômes de mon âge dans le quartier. On se retrouvait après l'école. Je ne sais plus trop à quoi on jouait, sinon qu'on se cachait, qu'il y avait beaucoup de courses-poursuites et une forme de violence feinte (si ce n'est latente). On se disputait, on changeait de camp, on se jurait amitié, on se déclarait la guerre… et le lendemain, tout était oublié. Chaque après-midi, on faisait table rase. On forgeait de nouvelles alliances. Et un nouveau gamin rentrait chez lui en larmes.

Mon pouce a fini par trouver la bonne touche. J'ai appuyé et porté le téléphone à mon oreille, le tout en un seul geste. Mon cœur battait la chamade. Je me suis raclé la gorge et j'ai dit bêtement :

— Allô ?

— Répondez par oui ou par non.

La voix avait la qualité métallique de l'automate qui vous demande de presser « un » pour obtenir le service clientèle, et « deux » pour accéder à une opératrice.

— Vous avez l'argent ?

— Oui.

— Vous connaissez Garden State Plaza ?

— À Paramus, ai-je dit.

— Dans exactement deux heures, je veux que vous soyez garé au parking nord. Section neuf. Quelqu'un viendra vers votre voiture.

— Mais…

— Si vous n'êtes pas seul, nous disparaîtrons. Si vous êtes suivi, nous disparaîtrons. Si je flaire un flic, nous disparaîtrons. Il n'y aura pas de seconde chance. Vous avez compris ?

— Oui, mais quand…

Clic.

J'ai laissé retomber ma main. Sans chercher à lutter contre la torpeur qui m'envahissait. Les petites filles se chamaillaient maintenant. Les détails m'échappaient, mais les mots « à moi » revenaient souvent, lourdement accentués. Un 4 × 4 a surgi au coin de la rue. Je l'observais comme d'en haut. Les freins ont gémi. La portière du conducteur s'est ouverte avant même que le véhicule ne soit complètement à l'arrêt.

C'était Lenny. Un coup d'œil sur mon visage, et il a pressé le pas.

— Marc ?

— Tu avais raison.

J'ai hoché la tête en direction de la maison. Regan était sorti sur le pas de la porte.

— Ils croient que j'y suis pour quelque chose.

La figure de Lenny s'est assombrie. Ses yeux se sont étrécis, les pupilles guère plus grosses que des têtes d'épingle. En sport, on appelle ça prendre son « air de match ». Lenny était en train de se transformer en Cujo. Il a fixé Regan comme pour décider quel membre il allait lui arracher en premier.

— Tu leur as parlé ?

— Un peu.

Son regard s'est braqué sur moi.

— Tu ne leur as pas dit que tu voulais un avocat ?

— Pas tout de suite.

— Bordel, Marc, je t'avais prévenu…

— J'ai reçu une demande de rançon.

Ça lui a coupé le sifflet. J'ai consulté ma montre. Paramus était à quarante-cinq minutes en voiture. Avec les embouteillages, il fallait bien compter une heure. J'avais du temps, mais pas énormément. J'ai entrepris de lui résumer la situation. Avec un autre regard noir à l'adresse de Regan, Lenny m'a entraîné plus loin. Nous nous sommes arrêtés au bord du trottoir, puis, tels deux gosses, nous nous sommes accroupis pour nous asseoir, genoux sous le menton. Entre la chaussette de Lenny et le revers de son pantalon, on apercevait sa peau. C'était une position très inconfortable. On avait le soleil dans les yeux. Tous deux, nous regardions ailleurs, selon l'habitude prise dans notre jeunesse, plutôt que de nous faire face. Ça facilitait les confidences.

Je parlais rapidement. Au milieu de mon récit, Regan s'est dirigé vers nous. Se retournant, Lenny lui a crié :

— Hé, vous tenez à vos couilles ?

Regan a marqué une pause.

— Comment ?

— Vous allez arrêter mon client ?

— Non.

Lenny a pointé un doigt vers la braguette de Regan.

— Alors un pas de plus, et je vous les arrache et je les suspends à mon rétroviseur.

Regan s'est redressé.

— Nous avons des questions à poser à votre client.

— Dur ! Allez donc harceler quelqu'un qui soit moins bien défendu.

Le congédiant d'un geste de la main, Lenny m'a fait signe de continuer. Regan a reculé à contrecœur. De nouveau, j'ai regardé ma montre. Cinq minutes seulement s'étaient écoulées depuis le coup de fil. J'ai terminé pendant que Lenny dardait son regard laser sur Regan.

— Tu veux mon avis ? a-t-il dit.

— Oui.

Toujours sans quitter Regan des yeux :

— Je crois que tu devrais leur en parler.

— T'en es sûr ?

— Nom d'un chien, non.

— Qu'aurais-tu fait, toi ? Si ç'avait été un de tes mômes ?

Il a réfléchi trois secondes.

— Je ne peux pas me glisser dans ta peau, si c'est à ça que tu penses. Mais je suppose que je l'aurais fait, oui. J'aime autant mettre toutes les chances de mon côté. Donc, faire appel à la police. Ça ne veut pas dire que ça marche à tous les coups, mais eux sont des spécialistes. Pas nous.

Les coudes sur les genoux, il a posé son menton sur ses mains — une posture de jeunesse.

— Ça, c'est l'avis de Lenny l'ami, a-t-il ajouté. Lenny l'ami t'encouragerait à leur dire.

— Et Lenny l'avocat ?

— Il insisterait. Il te recommanderait fortement de te mettre à table.

— Pourquoi ?

— Si tu pars avec deux millions de dollars et qu'ils s'évanouissent dans la nature — même si tu récupères Tara —, ça va leur paraître pour le moins louche.

— Je m'en fiche. Je veux retrouver Tara, c'est tout.

— Je comprends. Ou plutôt Lenny l'ami comprend.

Ç'a été son tour de regarder l'heure. Je me sentais pompé, vidé de l'intérieur. Je l'entendais presque, le tic-tac. C'était insoutenable. Une fois de plus, j'ai essayé de réfléchir posément, de peser le pour et le contre. Mais le tic-tac ne s'arrêtait pas.

Lenny avait parlé de mettre toutes les chances de notre côté. Je ne suis pas joueur. Je n'aime pas prendre de risques. Sur le trottoir d'en face, l'une des gamines a crié :

— Je vais le dire !

Elle est partie en trombe. Sa copine a rigolé et enfourché son vélo. Mes yeux se sont embués. J'aurais tant voulu que Monica soit là. Que je ne sois pas seul à prendre cette décision.

J'ai jeté un œil sur notre porte d'entrée. Regan et Tickner étaient dehors. Les bras croisés, Regan se balançait sur ses talons. Tickner, la mine toujours aussi placide, ne bougeait pas. Pouvais-je faire confiance à ces hommes, alors que la vie de ma fille était en jeu ? Agiraient-ils dans l'intérêt de Tara ou bien, comme l'avait laissé entendre Edgar, feraient-ils passer leurs propres priorités d'abord ?

Le tic-tac devenait plus fort, plus entêtant.

On avait assassiné ma femme. On avait enlevé mon enfant. Ces jours-ci, je m'étais souvent demandé pourquoi — pourquoi nous ? — tout en m'efforçant de garder la tête froide et de ne pas m'apitoyer sur mon sort. Mais je ne voyais aucune explication, aucun mobile, c'était sans doute le plus terrifiant. Il n'y avait peut-être pas de raison du tout, au fond. Tout cela était peut-être la faute à pas de chance.

Regardant droit devant lui, Lenny attendait. Tic-tac, tic-tac.

— Allons leur dire, ai-je murmuré.

Leur réaction m'a surpris : ils ont paniqué.

Tickner et Regan ont essayé de le cacher, bien sûr, mais leur langage corporel les a trahis : les yeux qui papillotent soudain, les coins de la bouche qui se crispent, la voix qui prend une sonorité trop bien modulée, style bande FM. Ça allait beaucoup trop vite pour eux. Tickner a aussitôt appelé un négociateur du FBI spécialisé dans les kidnappings afin de solliciter son aide. Tout en parlant, il a plaqué sa main sur le récepteur. Regan a contacté ses collègues à Paramus. Après avoir raccroché, Tickner m'a dit :

— Nous quadrillerons le centre commercial. Discrètement, bien entendu. Nous tâcherons de poster des voitures à chaque sortie et sur la route 17 dans les deux sens. Nous aurons des hommes à l'intérieur du centre, à toutes les entrées. Mais j'aimerais que vous m'écoutiez avec attention, docteur Seidman. Notre expert nous conseille de gagner du temps. Peut-être qu'on pourrait demander un délai aux ravisseurs…

— Non, ai-je dit.

— Ils ne vont pas se sauver. Ce qu'ils veulent, c'est l'argent.

— Voilà presque trois semaines qu'ils ont ma fille, ai-je rétorqué. Je n'ai pas l'intention de faire traîner les choses.

Il a acquiescé de mauvaise grâce, s'efforçant de conserver son masque de placidité.

— Dans ce cas, je vous mettrai quelqu'un dans la voiture.

— Non.

— Il pourrait se cacher à l'arrière.

— Non, ai-je répété.

Tickner a essayé une autre approche.

— Ou, mieux encore — on l'a déjà fait, ça —, on dira aux ravisseurs que vous n'êtes pas en état de conduire. Enfin quoi, vous sortez à peine de l'hôpital. Un de nos hommes prendra le volant. On prétendra que c'est votre cousin.

Fronçant les sourcils, j'ai regardé Regan.

— Vous ne m'aviez pas dit que ma sœur pouvait être mêlée à tout ça ?

— C'est une possibilité, oui.

— Alors ne croyez-vous pas qu'elle saura si ce gars-là est un cousin ou non ?

Tickner et Regan ont tous les deux hésité, avant de hocher la tête à l'unisson.

— Bien vu, a fait Regan.

Lenny et moi avons échangé un regard. Voilà les professionnels entre les mains de qui je remettais la vie de Tara. Cette perspective ne me rassurait pas. Je me suis tourné vers la porte.

Tickner a posé la main sur mon épaule.

— Où allez-vous ?

— À votre avis, hein ?

— Asseyez-vous, docteur Seidman.

— Pas le temps. Il faut que j'y aille. Il pourrait y avoir de la circulation.

— La circulation, nous pouvons la bloquer.

— Mais oui, bien sûr, et ça n'aura pas l'air louche du tout.

— Je doute fort qu'ils vous suivent à partir d'ici.

J'ai pivoté sur mes talons.

— Et vous seriez prêt à miser la vie d'un enfant là-dessus ?

Il a marqué une pause, et ça m'a suffi.

— Vous ne pigez pas, lui ai-je déclaré bien en face. Je me fiche de l'argent ou du fait qu'ils puissent s'enfuir. Je veux récupérer ma fille, point final.

— Nous le comprenons, a répondu Tickner. Mais vous oubliez une chose.

— Laquelle ?

— S'il vous plaît, a-t-il dit. Asseyez-vous.

— Écoutez, soyez gentil, O.K. ? Permettez-moi de rester debout. Je suis médecin : annoncer une mauvaise nouvelle, ça me connaît. Alors n'essayez pas de me manipuler.

Tickner a levé les mains.

— D'accord, d'accord.

Il a pris une longue inspiration, encore une tactique pour gagner du temps. Mais je n'étais pas d'humeur.

— Eh bien, de quoi s'agit-il ?

— Celui qui a fait ça, a-t-il commencé. Il a tiré sur vous. Il a tué votre femme.

— J'en suis conscient.

— Non, je ne le crois pas. Réfléchissez deux secondes. Nous ne pouvons pas vous lâcher comme ça. L'auteur de ces actes a attenté à votre vie. Il a tiré sur vous à deux reprises et vous a laissé pour mort.

— Marc, a ajouté Regan en se rapprochant, nous vous avons déjà soumis les hypothèses les plus folles. L'ennui, justement, c'est que ce sont juste des hypothèses. Nous ignorons les véritables motivations de ces gens-là. Peut-être s'agit-il d'un simple kidnapping, mais si c'est le cas, il n'a pas de précédent dans nos annales.

. Ses sourcils arqués étaient censés exprimer la candeur.

— Ce dont nous sommes sûrs, en revanche, c'est qu'ils ont essayé de vous tuer. Or on ne cherche pas à tuer les parents quand on veut obtenir une rançon.

— Ils comptaient peut-être extorquer de l'argent à mon beau-père, ai-je dit.

— Alors pourquoi avoir attendu si longtemps ?

Je n'avais pas de réponse à lui donner.

— Il se peut, a repris Regan, que ce ne soit pas une affaire de kidnapping. Du moins, pas dans un premier temps. L'enlèvement pourrait être secondaire. Il est possible que c'est vous et votre femme qui étiez visés… et qu'ils veulent terminer le travail.

— Vous pensez que c'est un guet-apens ?

— C'est très possible, oui.

— Et que me conseillez-vous ?

C'est Tickner qui a répondu.

— N'y allez pas seul. Laissez-nous le temps de nous organiser. Attendez qu'ils vous rappellent.

J'ai regardé Lenny. Il a intercepté mon regard et hoché la tête.

— Impossible, a-t-il tranché.

Tickner s'est retourné brusquement.

— Avec tout le respect dû à votre fonction, votre client court un grave danger.

— Ma fille aussi, ai-je dit simplement.

Il n'y avait pas trente-six solutions. Je suis allé vers ma voiture.

— Gardez vos hommes à distance.

5

COMME IL Y AVAIT PEU DE CIRCULATION, je suis arrivé au centre commercial très en avance. J'ai coupé le moteur et, me calant dans mon siège, jeté un œil alentour. Les flics et les agents fédéraux devaient sûrement me filer le train, mais je ne les voyais pas. Ce qui était une bonne chose.

Et maintenant ?

Aucune idée. J'ai donc attendu. J'ai trifouillé la radio, sans rien trouver qui me convienne. Alors j'ai allumé le lecteur de cassettes et de CD. Entendre Donald Fagen de Steely Dan chanter « Black Cow » m'a fait un drôle d'effet. Je n'avais pas écouté cette cassette depuis mes premières années de fac. Pourquoi Monica l'avait-elle gardée ? Puis, avec un pincement au cœur, je me suis dit qu'elle avait utilisé la voiture en dernier et que c'était peut-être la dernière chanson qu'elle avait entendue.

J'ai observé les gens qui s'apprêtaient à entrer dans le centre commercial. Surtout les jeunes mères — comment elles ouvraient la portière arrière du monospace, dépliaient la poussette dans l'air avec une habileté de prestidigitateur ; comment elles extirpaient leur progéniture des sièges auto avec des gestes qui faisaient penser à Buzz Aldrin dans Apollo 11 ; comment elles s'avançaient, la tête haute, pressant d'un doigt nonchalant le bouton du verrouillage central.

Elles avaient l'air tellement blasées, toutes ces mamans. Leurs enfants à leurs côtés. Leur sécurité assurée, avec l'ABS et les sièges aux formes futuristes. Et moi, j'étais là, avec un sac bourré d'argent et l'espoir de récupérer ma fille. La frontière était mince. J'avais envie de baisser ma vitre et de hurler un avertissement.

L'heure du rendez-vous approchait. Le soleil tapait contre le pare-brise. J'ai cherché mes lunettes noires, puis je me suis ravisé. Je ne sais pas pourquoi. Le fait que je porte des lunettes noires aurait-il gêné les ravisseurs ? Je ne le crois pas. D'un autre côté, mieux valait ne pas prendre de risques.

La tête dans les épaules, j'ai continué à balayer le parking du regard tout en essayant de ne pas me faire remarquer. Chaque fois que quelqu'un se garait à proximité, ou bien passait devant la voiture, je ne pouvais m'empêcher de me demander : Tara est-elle dans les parages ?

Les deux heures s'étaient écoulées. J'avais hâte d'en finir. Tout allait se jouer dans les prochaines minutes. Calme. Il fallait que je reste calme. La mise en garde de Tickner résonnait dans mon esprit. Et si un inconnu venait à ma voiture et me faisait sauter la cervelle ?

C'était une possibilité tout à fait envisageable.

La sonnerie du portable m'a fait sursauter. Je l'ai collé à mon oreille et j'ai aboyé précipitamment :

— Allô !

La voix mécanique a dit :

— Prenez la sortie ouest.

— C'est par où, l'ouest ? ai-je demandé, désemparé.

— Suivez les panneaux de la route 4. Empruntez l'autopont. Nous vous surveillons. Si vous n'êtes pas seul, nous disparaîtrons. Gardez le téléphone près de votre oreille.

J'ai obéi avec empressement, serrant le téléphone dans ma main droite jusqu'à ce que mes doigts s'engourdissent. De la main gauche, j'agrippais le volant comme si j'allais l'arracher.

— Prenez la route 4 en direction de l'ouest.

J'ai bifurqué à droite et je me suis engagé sur la bretelle d'entrée. J'ai risqué un regard dans le rétro pour voir si j'étais suivi. Difficile à dire.

— Vous allez voir un centre commercial, a poursuivi la voix mécanique.

— Il y en a des milliers, des centres commerciaux.

— C'est tout de suite à droite, à côté d'un magasin qui vend des berceaux. Devant la sortie Paramus.

— O.K.

— Allez-y. Vous verrez une allée sur la gauche. Suivez-la jusqu'au bout et coupez le moteur. Tenez l'argent prêt.

J'ai immédiatement compris pourquoi le ravisseur avait choisi cet endroit. Il n'y avait qu'une seule voie d'accès. Les boutiques étaient toutes à louer, excepté le magasin de berceaux situé au fond à droite. Autrement dit, c'était isolé et juste à la sortie de la grande route. Personne ne pouvait débarquer ou ne serait-ce que ralentir sans que cela se remarque.

J'espérais que le FBI s'en était rendu compte.

Arrivé à l'arrière du bâtiment, j'ai aperçu un homme à côté d'une camionnette. Il portait une chemise de flanelle noir et rouge sur un jean noir, des lunettes de soleil et une casquette de base-ball. Je me suis efforcé de relever un quelconque signe distinctif, mais le mot qui m'est venu à l'esprit, c'était « moyen ». Taille moyenne, carrure moyenne. À part son nez. Même à distance, on voyait qu'il était difforme, comme celui d'un ancien boxeur. Mais n'était-ce pas un déguisement ? Allez savoir.

J'ai examiné la camionnette. Elle portait une enseigne, « B & T Électricité », Ridgewood, New Jersey. Ni adresse ni téléphone. Elle était immatriculée dans le New Jersey. J'ai mémorisé le numéro.

L'homme a approché son portable de sa bouche, façon talkie-walkie, et j'ai entendu la voix mécanique annoncer :

— Je vais venir vers vous. Passez l'argent par la vitre. Ne descendez pas de voiture. Ne m'adressez pas la parole. Une fois que nous serons loin avec l'argent, je vous appellerai pour vous indiquer où se trouve votre fille.

L'homme a baissé le téléphone et s'est dirigé vers moi. Sa chemise dépassait de son pantalon. Était-il armé ? J'aurais été incapable de le dire et, du reste, il était trop tard pour s'en inquiéter. J'ai appuyé sur le bouton pour ouvrir les vitres. Rien. Il fallait remettre le contact. L'homme se rapprochait. La casquette tellement enfoncée sur la tête que la visière frôlait ses lunettes de soleil. J'ai tourné la clé. Le tableau de bord s'est rallumé. À nouveau, j'ai pressé le bouton. La vitre s'est baissée.

Je l'ai scruté avec une attention redoublée. Sa démarche était légèrement chaloupée, comme s'il avait un verre dans le nez, mais il ne semblait pas nerveux. Mal rasé, le teint brouillé, il avait les mains sales. Son jean noir était déchiré au genou. Ses baskets, des Converse montantes, avaient connu des jours meilleurs.

Alors qu'il était à deux pas de la voiture, j'ai poussé le sac par la vitre en retenant mon souffle. Sans ralentir l'allure, l'homme a pris le sac et pivoté vers la camionnette. Il était pressé maintenant. Les portes arrière de la camionnette se sont ouvertes, il a bondi à l'intérieur, et elles se sont refermées aussitôt. On aurait dit qu'elles l'avaient avalé.

Le conducteur a fait vrombir le moteur et a démarré sur les chapeaux de roues, et là je me suis rendu compte qu'il y avait une autre sortie donnant sur une route secondaire. La camionnette s'y est engouffrée et a disparu.

J'étais seul.

Sans bouger, j'ai attendu que le portable sonne. Mon cœur cognait dans ma poitrine. J'étais en nage. Aucun véhicule ne s'aventurait par là. L'asphalte était fissuré. Des cartons débordaient d'une poubelle. Des bouteilles cassées jonchaient le sol. J'ai fixé le bitume, m'efforçant de lire les noms sur les étiquettes délavées.

Quinze minutes ont passé.

J'imaginais déjà les retrouvailles avec ma fille : j'allais la prendre dans mes bras, la bercer, lui chuchoter des mots tendres. Le téléphone. Le téléphone portable était censé sonner. Ça faisait partie du scénario. Le portable qui sonne, la voix mécanique qui me donne des instructions. Premier acte, deuxième acte. Alors pourquoi ce putain de portable refusait-il de coopérer ?

Une Buick LeSabre s'est arrêtée sur le parking, à bonne distance de moi. Le chauffeur, je ne l'ai pas reconnu, mais son passager si, c'était Tickner. Nos yeux se sont rencontrés. J'ai tenté de déchiffrer son expression, mais il est demeuré impassible.

J'ai contemplé le téléphone, n'osant plus regarder ailleurs. Le tic-tac était de retour, lent, assourdissant.

Dix autres minutes se sont écoulées avant qu'il ne laisse entendre son tintement récalcitrant. Le son n'a pas eu le temps de se propager que je l'ai plaqué contre mon oreille.

— Allô ?

Rien.

Tickner m'observait avec attention. Il a hoché imperceptiblement la tête, sans que je sache trop pourquoi. Son chauffeur gardait les deux mains sur le volant, dans la position dix heures dix.

J'ai réessayé :

— Allô ?

La voix mécanique a dit :

— Je vous avais prévenu, à propos des flics.

Le sang s'est glacé dans mes veines.

— Pas de seconde chance.

Fin de la communication.

6

IL N'Y AVAIT PAS D'ÉCHAPPATOIRE.

J'aspirais à l'oubli. À l'état comateux de l'hôpital. À cette poche de perfusion et au flot ininterrompu d'anesthésiques. J'étais comme écorché. Mes terminaisons nerveuses étaient à vif. Je ressentais tout.

J'étais rongé par la peur et le désarroi. La peur m'enfermait dans une pièce, tandis que le désarroi — l'atroce sentiment que j'avais tout saboté et qu'il m'était impossible de soulager la souffrance de mon enfant — m'emprisonnait dans une camisole de force et éteignait la lumière. Très vraisemblablement, j'étais en train de devenir fou.

Les jours passaient dans une sorte de torpeur visqueuse. La plupart du temps, j'étais assis à côté du téléphone — de plusieurs, en fait. Mon téléphone fixe, mon portable et celui des ravisseurs pour lequel j'avais acheté un chargeur afin qu'il continue à fonctionner. Je restais sur le canapé, avec les téléphones à ma droite. J'essayais de regarder autre chose, y compris la télévision, en vertu du vieux dicton à propos de l'eau qui ne bout jamais quand on l'observe. Mais je ne pouvais m'empêcher d'épier ces fichus téléphones du coin de l'œil, comme s'ils allaient se sauver, les exhortant silencieusement à sonner.

J'ai essayé de rétablir ce fameux lien télépathique père-fille, celui qui m'avait permis de croire que Tara était toujours en vie. La pulsation était là (du moins, j'ai voulu m'en convaincre), ténue, à peine perceptible maintenant.

Pas de seconde chance...

Pour ne rien arranger, j'avais rêvé la nuit dernière d'une autre femme que Monica — mon amour de jeunesse, Rachel. C'était un de ces rêves décalés dans l'espace et le temps, lorsque la réalité apparaît déformée, voire contradictoire, et où, pourtant, tout semble couler de source. Rachel et moi étions ensemble. On n'avait jamais rompu, et cependant on avait été séparés pendant toutes ces années. Moi, j'avais trente-quatre ans, alors qu'elle n'avait absolument pas vieilli depuis le jour où elle m'avait quitté. Dans le rêve, Tara était toujours ma fille — elle n'avait, par parenthèse, jamais été kidnappée — mais, étrangement, elle était aussi la fille de Rachel, bien que Rachel ne soit pas sa mère. Ç'a déjà dû vous arriver, d'avoir des rêves semblables. Tout est sens dessus dessous, mais on ne songe guère à s'en étonner. À mon réveil, ce rêve s'est évanoui comme n'importe quel rêve, me laissant un arrière-goût et un poignant sentiment de nostalgie.

Ma mère avait tendance à être trop présente. Elle venait justement de placer un énième plateau de nourriture devant moi. Je n'y ai pas prêté attention et, pour la millionième fois, elle a répété son mantra :

— Il faut que tu prennes des forces pour Tara.

— C'est ça, m'man. Tu as raison. Peut-être que si je fais assez de pompes, elle va nous revenir.

Maman a secoué la tête, refusant de mordre à l'hameçon. C'était cruel de ma part. Elle souffrait aussi. Sa petite-fille avait disparu, et son fils était devenu une loque. Je l'ai vue soupirer et retourner dans la cuisine. Je ne me suis pas excusé.

Tickner et Regan passaient souvent à la maison. Ils me faisaient penser au shakespearien « beaucoup de bruit pour rien ». Ils me parlaient des moyens miraculeux de la technologie déployés pour retrouver Tara : analyses d'ADN, empreintes latentes, caméras de surveillance, aéroports, péages, gares ferroviaires, traceurs et labos. Ils égrenaient les clichés les plus éculés, tels que « dans chaque recoin » et « toutes les pistes envisageables ». J'écoutais en hochant la tête. Ils m'ont montré des photos prises dans les postes de police, mais l'individu en chemise de flanelle n'y figurait pas.

— Nous avons enquêté sur B & T Électricité, m'a dit Regan le premier soir. L'entreprise existe, mais ils utilisent des enseignes aimantées, de celles qu'on peut facilement arracher d'un camion. On leur en a volé une il y a deux mois. Ils n'ont pas jugé bon de le signaler.

— Et la plaque minéralogique ? ai-je demandé.

— Le numéro que vous nous avez donné ne correspond pas.

— Comment ça ?

— Ils se sont servis de deux vieilles plaques, a expliqué Regan. Ils les scient en deux, puis ils soudent la première moitié de l'une avec la seconde moitié de l'autre.

Je me suis contenté de le dévisager.

— Ç'a quand même un côté positif, a-t-il ajouté.

— Ah oui ?

— Ça veut dire qu'on a affaire à des professionnels. Ils savaient que, si vous nous contactiez, on investirait le centre commercial. Du coup, ils vous ont fixé rendez-vous dans un endroit dont on ne pouvait pas s'approcher sans être vus. Ils nous ont lancés sur de fausses pistes avec leur enseigne volée et leur plaque d'immatriculation trafiquée. Ce sont des pros.

— Et c'est mieux parce que… ?

— Les pros ne sont généralement pas sanguinaires.

— Alors qu'est-ce qu'ils font ?

— À mon avis, ils cherchent à vous avoir à l'usure pour réclamer encore plus d'argent.

M'avoir à l'usure. Ça marchait.

Mon beau-père a téléphoné après le fiasco de la rançon. Il était clairement déçu. Je ne voudrais pas paraître méchant — après tout, c'est Edgar qui a fourni l'argent et qui était prêt à donner davantage — mais il m'a semblé que sa déception était plus dirigée contre moi, parce que je n'avais pas suivi ses conseils, que motivée par le résultat de l'opération.

Il avait raison, bien sûr. Je m'étais conduit comme le dernier des imbéciles.

J'ai bien essayé d'apporter ma pierre à l'édifice de l'enquête, mais mes efforts n'ont guère rencontré d'écho auprès des autorités. Au cinéma, la police coopère et partage les informations avec la victime. Naturellement, j'ai pressé Regan et Tickner de questions, auxquelles ils n'ont pas répondu. Ils refusaient d'aborder les détails avec moi. Mes interrogations étaient accueillies presque avec dédain. Je voulais savoir, par exemple, comment ma femme avait été découverte, pourquoi elle était nue. Autant parler à un mur…

Lenny venait souvent à la maison. Il avait du mal à me regarder en face car lui aussi se reprochait de m'avoir poussé à m'ouvrir aux flics. Regan et Tickner, eux, oscillaient entre la culpabilité de l'échec et un sentiment qui laissait transparaître que moi, le mari et le père éploré, j'étais peut-être à l'origine de toute l'affaire. Ils s'intéressaient à mon mariage bancal avec Monica et voulaient savoir ce qu'était devenu mon revolver. Lenny avait raison : plus le temps passait, plus la police se concentrait sur l'unique suspect à sa disposition.

À savoir, ma pomme.

Au bout de huit jours, Tickner et Regan se sont faits plus rares. Ils consultaient plus fréquemment leur montre. Ils s'excusaient pour donner des coups de fil concernant d'autres affaires. Je comprenais, évidemment. Il n'y avait pas eu de nouvelles pistes. Les choses étaient au point mort. En un sens, cette accalmie me faisait du bien.

Mais le neuvième jour, tout a basculé.

À dix heures du soir, je m'apprêtais à aller me coucher. J'étais seul. J'aime ma famille et mes amis, mais ils ont senti que j'avais besoin de me retrouver. Tout le monde était parti avant le dîner. J'ai commandé un repas chez le Chinois et, me conformant aux instructions de ma mère, j'ai mangé pour prendre des forces.

J'ai jeté un œil sur le réveil. C'est comme ça que j'ai su l'heure exacte : 22 h 18. Distraitement, j'ai regardé dehors. Dans le noir, quelque chose a accroché mon regard. J'ai suspendu mon geste et scruté par la vitre.

Plantée dans mon allée telle une statue de pierre, une femme était en train de fixer la maison. Enfin, je suppose qu'elle la fixait. Son visage était dans l'ombre. Elle avait des cheveux longs et un manteau qui lui tombait jusqu'aux chevilles. Elle avait les mains dans les poches.

Elle restait là, sans bouger.

Je ne savais que penser. On avait parlé de nous aux infos, bien sûr. Les reporters, j'en avais vu défiler un certain nombre. J'ai examiné la rue dans les deux sens. Pas de voitures, pas de camions de la télévision… Elle était venue à pied. En soi, rien d'extraordinaire. Dans ma banlieue, les gens sortent promener leur chien, leur femme ou les deux à la fois. Une femme seule à pied, il n'y avait pas de quoi en faire un fromage.

Mais alors, pourquoi s'était-elle arrêtée ?

Par curiosité morbide, probablement.

Elle paraissait grande, vue d'ici, mais ce n'était peut-être qu'une impression. Je me suis demandé que faire. En proie à un sentiment de malaise, j'ai attrapé mon sweat-shirt et un pantalon de jogging et les ai enfilés par-dessus mon pyjama. À nouveau, j'ai regardé par la fenêtre. La femme s'est raidie.

Elle m'avait aperçu.

Elle a tourné les talons précipitamment. Oppressé, j'ai voulu ouvrir la fenêtre. Le châssis était bloqué. J'ai cogné dessus pour le décoincer et essayé encore. Il a cédé de deux ou trois centimètres. J'ai approché ma bouche de l'ouverture.

— Attendez !

Elle a accéléré le pas.

— Une minute, s'il vous plaît.

Elle s'est mise à courir. Merde ! Je ne trouvais plus mes pantoufles et je n'avais pas le temps d'aller chercher des chaussures. Je me suis précipité dehors. L'herbe me chatouillait la plante des pieds. J'ai sprinté dans la direction qu'elle avait prise mais, trop tard, elle avait disparu.

De retour à la maison, j'ai appelé Regan pour lui rapporter l'incident. Tout en parlant, je me suis senti bête. Une inconnue s'était arrêtée devant chez moi. La belle affaire. Regan non plus n'a pas eu l'air de s'en émouvoir. Je me suis convaincu que ce n'était rien, juste une voisine indiscrète. J'ai grimpé dans mon lit, allumé la télé et, finalement, j'ai fermé les yeux.

Mais la nuit n'était pas terminée.

Il était quatre heures du matin quand le téléphone a sonné. Je me trouvais dans un état que faute de mieux je qualifie de sommeil. Je ne m'endors plus jamais complètement. Je flotte au-dessus du seuil de la vigilance, les yeux fermés. Les nuits traînent en longueur comme les jours. La frontière entre les deux est incertaine. La nuit, si mon corps parvient à se reposer, mon esprit, lui, refuse de se déconnecter.

Les paupières closes, j'étais en train de rejouer le scénario de l'agression pour la énième fois, espérant faire surgir un nouveau souvenir. J'ai commencé là où j'étais en ce moment même : dans la chambre. Le réveil se mettait en marche. Lenny et moi devions faire une partie de squash dans la matinée. On jouait tous les mercredis depuis un an déjà, et jusque-là, on avait progressé du « pitoyable » au « presque rattrapable ». Monica était sous la douche. J'avais une opération à onze heures. Je me levais et j'allais jeter un œil sur Tara. Puis, toujours en pyjama, je descendais à la cuisine, j'ouvrais le placard à droite du frigo, je choisissais la barre à la framboise plutôt qu'à la myrtille (j'ai récemment communiqué ce détail à Regan, comme si cela avait de l'importance) et, tout en mangeant, je me penchais sur l'évier…

Et vlan ! plus rien jusqu'à l'hôpital.

Le téléphone a sonné une seconde fois. J'ai ouvert les yeux. Ma main a trouvé le combiné.

— Allô ?

— Inspecteur Regan à l'appareil. Je suis avec l'agent Tickner. Nous serons chez vous d'ici deux minutes.

J'ai dégluti.

— Que se passe-t-il ?

— Deux minutes.

Et il a raccroché.

Je me suis extirpé du lit. J'ai regardé par la fenêtre, m'attendant presque à revoir la même femme. Il n'y avait personne. Mon jean de la veille était roulé en boule par terre. Je l'ai enfilé, j'ai passé le sweat-shirt et je suis descendu. Ouvrant la porte, j'ai risqué un coup d'œil dehors. Une voiture de police a tourné dans la rue. Regan conduisait, Tickner assis à côté de lui. Je ne crois pas les avoir déjà vus arriver dans le même véhicule.

Cela ne présageait rien de bon.

Les deux hommes sont sortis de la voiture. Une vague de nausée m'a submergé. Je m'étais préparé à cette visite depuis l'échec de la remise de rançon. J'étais même allé jusqu'à me représenter la scène : comment ils allaient m'assener le coup, et comment j'allais hocher la tête, les remercier et les prier de m'excuser. Je m'étais exercé. Je savais exactement comment j'allais réagir.

À présent, en les regardant approcher, j'ai senti mes défenses s'écrouler et un frisson de panique m'envahir. Je tenais à peine debout. Les jambes flageolantes, je me suis adossé au chambranle de la porte. Les deux hommes marchaient au pas. Ça m'a rappelé les vieux films de guerre, quand les officiers, la mine solennelle, se rendent chez la mère. J'ai secoué la tête pour éloigner cette vision.

— On a quelque chose à vous montrer, a dit Regan.

Ils sont entrés, je les ai suivis. Regan a allumé une lampe, mais elle n'éclairait pas grand-chose. Tickner est allé vers le canapé. Il a ouvert son ordinateur portable. L'écran s'est illuminé, le baignant d'une lueur bleutée.

— On a une ouverture, a expliqué Regan.

Je me suis rapproché.

— Votre beau-père nous a donné la liste des numéros des billets de la rançon, vous vous rappelez ?

— Oui.

— L'un des billets a resurgi dans une banque hier après-midi. L'agent Tickner a la vidéo ici.

— La vidéo de la banque ?

— Oui. Nous l'avons téléchargée sur son portable. Il y a douze heures, quelqu'un a apporté un billet de cent dollars dans cette banque pour l'échanger contre de petites coupures. Nous aimerions vous la montrer.

J'ai pris place à côté de Tickner. Il a appuyé sur un bouton et la vidéo a démarré immédiatement. Je m'attendais à du noir et blanc, à une qualité d'image floue, granuleuse, il n'en était rien. La scène saisie par la caméra de surveillance était presque trop colorée. Un homme chauve était en train de parler au guichetier. Il n'y avait pas de son.

— Je ne le reconnais pas, ai-je déclaré.

— Attendez.

Le chauve a dit quelque chose à l'employé. Ils ont eu l'air de rigoler de bon cœur. Il a pris un bout de papier et lui a adressé un geste d'au revoir. Le guichetier a répondu d'un petit signe de la main. La personne suivante s'est approchée. Je me suis entendu gémir.

C'était ma sœur, Stacy.

La torpeur à laquelle j'aspirais tant m'a envahi d'un coup. Je ne sais pas pourquoi. Peut-être parce que j'étais partagé entre deux émotions diamétralement opposées. D'abord l'angoisse. Ma sœur avait fait ça. Ma propre sœur, que j'aimais tendrement, m'avait trahi. Mais aussi l'espoir : maintenant nous avions une piste. Et si c'était Stacy, je ne pouvais croire qu'elle ferait du mal à Tara.

— C'est votre sœur ? a demandé Regan en pointant l'image du doigt.

— Oui.

J'ai levé les yeux.

— Ç'a été pris où ?

— Dans les Catskills. Un patelin nommé…

— Montague, ai-je terminé à sa place.

Tickner et Regan ont échangé un regard.

J'étais déjà à la porte.

— Je sais où elle se trouve.

7

MON GRAND-PÈRE ADORAIT LA CHASSE, ce qui m'a toujours paru bizarre car cet homme-là était la douceur et
la gentillesse mêmes. Il ne parlait jamais de sa passion.
Il n'accrochait pas de têtes de cerfs au-dessus de la cheminée. Il ne conservait pas de photos de trophées, de
ramures en guise de souvenir ni aucun autre objet
fétiche cher aux chasseurs. Il ne chassait pas avec des
amis ou des membres de la famille. Pour lui, la chasse
était une activité solitaire ; il ne l'expliquait pas, ne la
défendait pas, ne la partageait pas avec autrui.

En 1956, grand-père a acheté une petite cabane dans
les bois de Montague, État de New York. Elle avait
coûté, m'a-t-on dit, moins de trois mille dollars. Je
doute qu'on puisse en tirer beaucoup plus aujourd'hui.
Il n'y avait qu'une seule chambre. La construction elle-
même était rustique, mais sans le charme qu'on associe
habituellement à cet adjectif. Elle était presque impossible à trouver : le chemin de terre s'arrêtait à deux
cents mètres de la cabane. Le reste, il fallait l'effectuer
à pied sur un sentier envahi de racines.

À sa mort, il y a quatre ans, c'est ma grand-mère qui en a hérité. Du moins, je le suppose. Personne ne s'est vraiment posé la question. Mes grands-parents s'étaient retirés en Floride une dizaine d'années auparavant. Ma grand-mère se débattait maintenant dans les affres ténébreuses de la maladie d'Alzheimer. La vieille cabane devait faire partie de son patrimoine. En matière de taxes et autres frais, elle avait probablement accumulé une montagne d'arriérés.

Quand nous étions enfants, chaque été, ma sœur et moi passions un week-end là-bas avec les grands-parents. Ça me faisait suer. La nature, pour moi, était synonyme d'ennui rompu occasionnellement par une attaque de moustiques. Il n'y avait pas la télé. On se couchait tôt, et dans une obscurité beaucoup trop dense. Dans la journée, le profond silence était trop souvent troublé par le charmant écho de coups de fusil. On faisait de longues promenades, occupation que je continue à trouver assommante. Une année, ma mère n'avait mis dans mon sac que des habits de couleur kaki. Tout le week-end, j'ai été terrifié à l'idée qu'un chasseur me prenne pour un daim.

Stacy, en revanche, aimait ça. Même petite, elle était ravie d'échapper au cercle infernal des obligations scolaires et parascolaires, comme les activités sportives et la nécessité de plaire à tout le monde. Elle partait en vadrouille des heures durant. Elle ramassait des feuilles tombées des arbres et recueillait des lombrics dans un bocal. Elle traînait les pieds dans le tapis d'aiguilles de pin.

J'ai parlé de la cabane à Tickner et Regan alors qu'on roulait à tombeau ouvert sur la route 87. Tickner a contacté par radio la police de Montague. Trouver la cabane ne me posait pas de problème, mais expliquer le chemin, c'était déjà plus compliqué. J'ai fait de mon mieux. Regan gardait le pied sur le champignon. Il était quatre heures et demie du matin. L'autoroute était déserte — pas besoin de mettre la sirène. Nous avons pris la sortie 16. Les bois se fondaient en une masse indistincte. Je lui ai indiqué où tourner. La voiture zigzaguait sur les petites routes qui n'avaient pas changé d'un iota depuis trente ans.

Un quart d'heure plus tard, nous étions arrivés.

Stacy.

Ma sœur n'a jamais été jolie. C'était peut-être l'une des sources de ses ennuis. Ça paraît absurde, je sais. Voire idiot… Tant pis, je vous le dis quand même. Personne n'invitait Stacy aux fêtes de lycée. Aucun garçon n'appelait à la maison. Elle avait très peu d'amis. Bien sûr, beaucoup d'adolescents traversent ces périodes-là. L'adolescence est une guerre : on n'en sort pas indemne. Et la maladie de notre père était un énorme fardeau pour nous. Mais ça ne justifie pas tout.

Pour finir, après avoir épuisé toutes les hypothèses et théories psychanalytiques, je pense que le problème de ma sœur était bien plus terre à terre. Elle souffrait d'une sorte de déséquilibre chimique au cerveau. Telle substance en excès, telle autre en déficit. Nous n'avions pas su déceler les signes avant-coureurs suffisamment tôt. À l'époque, la dépression était considérée comme la manifestation d'un tempérament ombrageux, et rien d'autre. Ou alors, il n'est pas impossible que je cherche à ratiociner pour masquer ma propre indifférence à son égard. Stacy n'était que ma petite sœur, un peu déjantée, mais bon… J'avais d'autres chats à fouetter. J'avais fait mien l'égoïsme de l'adolescence, si vous voulez bien me passer ce pléonasme.

De toute façon, que le mal-être de Stacy soit d'origine physiologique, psychologique, ou les deux réunis, son périple destructeur était terminé.

Ma petite sœur était morte.

Nous l'avons trouvée sur le plancher, recroquevillée en position fœtale. C'est comme ça qu'elle dormait, enfant, les genoux sur la poitrine, le menton rentré. Même s'il n'y avait aucune marque sur elle, on voyait clairement qu'elle ne dormait pas. Je me suis baissé. Ses yeux grands ouverts me fixaient. Elle avait toujours son air égaré. Ce n'était pas normal. La mort était censée apporter l'apaisement qui l'avait fuie toute sa vie. Alors pourquoi Stacy semblait-elle complètement perdue, hein ?

Une seringue hypodermique gisait à côté d'elle, sa compagne dans la mort comme dans la vie. La drogue, évidemment. Était-ce intentionnel ou non ? Je n'avais pas le temps d'y réfléchir. Les policiers se sont déployés. Péniblement, j'ai détaché mon regard d'elle.

Tara.

La cabane était sens dessus dessous. Des ratons laveurs avaient réussi à s'introduire à l'intérieur et en avaient fait leur repaire. Le canapé sur lequel mon grand-père avait l'habitude de piquer un somme, les bras croisés, était éventré. Le rembourrage s'était répandu sur le sol. Les ressorts saillaient, prêts à embrocher l'intrus. Ça sentait la charogne et l'urine.

J'ai dressé l'oreille, guettant les pleurs d'un bébé. Rien. Il n'y avait qu'une seule autre pièce ici. Je me suis glissé dans la chambre, qui était plongée dans le noir. J'ai appuyé sur l'interrupteur. Sans résultat. Les faisceaux lumineux des torches électriques trouaient l'obscurité telles des lames de sabre. Mon regard a fait le tour de la pièce. Quand je l'ai vu, j'ai failli pousser un cri.

Un parc pour bébé.

Un de ces parcs pliants aux parois en filet pour faciliter le transport. Monica et moi, on en avait un. Je ne connais personne, avec un enfant en bas âge, qui n'en possède pas. L'étiquette pendouillait sur le côté. Il devait être neuf.

Des larmes me sont montées aux yeux. Le rayon de la torche a éclairé convulsivement le parc. Il était vide. Mon cœur s'est serré. Je me suis précipité quand même, au cas où la lumière aurait créé une illusion d'optique, au cas où Tara s'y serait lovée en boule, si bien qu'on l'aurait à peine distinguée. Mais dedans, il n'y avait qu'une couverture.

Quelqu'un — tout bas, comme dans un cauchemar qui vous paralyse — a chuchoté :

— Nom de Dieu.

J'ai pivoté dans la direction de la voix, qui a repris, plus faiblement :

— Là... dans le placard.

Tickner et Regan étaient déjà dans la chambre. Ils ont regardé à l'intérieur. Même à la lueur improbable des torches électriques, je les ai vus changer de tête.

J'ai titubé à travers la pièce, me raccrochant au dernier moment à la poignée de la porte du placard pour ne pas perdre l'équilibre. À la vue du tissu effiloché, j'ai senti mes tripes imploser et se consumer en cendres.

Là, par terre, déchirée et râpée, gisait la grenouillère rose avec les pingouins noirs.

DIX-HUIT MOIS PLUS TARD

8

ASSISE SUR UN TABOURET du *Starbucks*, la veuve suivait les passants d'un œil distrait. La vapeur qui montait de son café formait un cercle de buée sur la vitre. Lydia l'a observée un moment. Les ravages étaient encore visibles : regard lointain, à mille lieues de là, posture résignée, peau terne, mains tremblantes.

Lydia a commandé un grand crème avec une double dose de café. Le barman, un garçon maigre avec un bouc, lui a doublé la dose gratuitement — « offert par la maison ». Les hommes, y compris les plus jeunes, avaient tendance à faire ces choses-là pour Lydia. Elle a abaissé ses lunettes de soleil et l'a remercié. Il en a presque défailli. Tous les mêmes.

Elle s'est dirigée vers la table des condiments, sachant qu'il avait les yeux rivés sur ses fesses. Là encore, rien de bien nouveau. Elle a ajouté un sachet d'aspartam à sa boisson. Le *Starbucks* était pratiquement vide — il y avait plein de sièges libres —, mais Lydia s'est hissée sur le tabouret juste à côté de la veuve. Sentant sa présence, cette dernière est sortie de sa prostration.

— Wendy ? a dit doucement Lydia.

Wendy Burnet, la veuve, s'est tournée en direction de la voix.

— Je suis vraiment désolée de ce qui vous arrive.

Lydia lui a souri. Elle avait un sourire chaleureux. Son corps menu, compact, était moulé dans un tailleur gris. La jupe était fendue assez haut. À la fois business et sexy. Elle avait des yeux brillants, un petit nez légèrement retroussé, et ses cheveux formaient des bouclettes auburn — mais ça, c'était du provisoire.

Wendy Burnet l'a dévisagée si longuement que Lydia s'est demandé si elle ne l'avait pas reconnue. Ce regard, si familier, cet hésitant je-vous-ai-déjà-vue-quelque-part, même si elle n'avait pas reparu à la télévision depuis l'âge de treize ans. Certains lui disaient même : « Vous savez à qui vous me faites penser ? », mais Lydia — qui à l'époque figurait à l'affiche sous le nom de Larissa Dane — se contentait de hausser les épaules.

Hélas, cette hésitation-là était d'un tout autre ordre. Wendy Burnet était toujours sous le choc de la fin tragique de son cher et tendre. Il lui fallait du temps pour enregistrer et assimiler de nouvelles données. Manifestement, elle ne savait comment réagir, ni si elle avait déjà rencontré Lydia ou pas.

Au bout de quelques secondes, elle a opté pour le neutre :

— Merci.

— Pauvre Jimmy, a poursuivi Lydia. Quelle mort atroce.

Wendy a attrapé son gobelet en plastique et avalé une bonne gorgée. Lydia a jeté un œil sur les petites boîtes à côté du gobelet : la veuve Wendy avait, elle aussi, pris un grand crème, sauf qu'elle l'avait choisi décaféiné, avec du lait de soja. Imperceptiblement, Lydia s'est rapprochée d'elle.

— Vous ne savez pas qui je suis, n'est-ce pas ?

Wendy a souri faiblement, d'un air d'excuse.

— Je suis désolée.

— Il n'y a pas de quoi. Je ne pense pas que nos chemins se soient croisés.

Wendy attendait qu'elle se présente. Ne voyant rien venir, elle a demandé :

— Vous avez connu mon mari, alors ?

— Et comment !

— Vous aussi, vous travaillez dans les assurances ?

— Malheureusement, non.

Wendy a froncé les sourcils. Lydia sirotait son breuvage. Le malaise grandissait, du moins pour la veuve. Lydia, ça ne la gênait pas. N'y tenant plus, Wendy s'est levée pour partir.

— Ravie de vous avoir rencontrée.

— J'ai…

Lydia a hésité, jusqu'à ce que Wendy lui accorde sa pleine attention.

— J'ai été la dernière personne à avoir vu Jimmy vivant.

Wendy s'est figée. Lydia a bu une autre gorgée et fermé les yeux.

— C'est bon, a-t-elle murmuré, désignant son gobelet. J'adore leur café, pas vous ?

— Vous avez bien dit… ?

— S'il vous plaît, a lâché Lydia avec un petit geste. Asseyez-vous, que je puisse m'expliquer correctement.

Wendy a jeté un coup d'œil en direction des serveurs, occupés à gesticuler et à gémir contre ce qu'ils considéraient comme un complot mondial visant à les empêcher de mener une vie de rêve. Elle s'est perchée sur son tabouret. Pendant quelques instants, Lydia s'est contentée de la contempler. Wendy s'est efforcée de soutenir son regard.

— Voyez-vous, a repris Lydia, penchant la tête et l'enveloppant d'un nouveau sourire chaleureux, c'est moi qui ai tué votre mari.

Wendy a pâli.

— Ce n'est pas drôle.

— Tout à fait d'accord avec vous, Wendy. Seulement l'humour n'était pas mon principal souci. Vous aimeriez plutôt entendre une blague, hein ? Je suis sur une liste de blagues qu'on reçoit par e-mail. La plupart sont nulles, mais parfois on tombe sur un truc vraiment hilarant.

Wendy restait pétrifiée sur son tabouret.

— Qui diable êtes-vous ?

— Calmez-vous, Wendy.

— Je veux savoir…

— Chut.

Tendrement, Lydia a posé un doigt sur ses lèvres.

— Laissez-moi vous expliquer, O.K. ?

Les lèvres de Wendy se sont mises à trembler. Lydia n'a pas retiré son doigt tout de suite.

— Vous êtes perdue, c'est normal. Je vais donc éclairer votre lanterne. Tout d'abord, oui, c'est moi qui ai mis une balle dans la tête de Jimmy. Mais c'est Heshy…

Lydia a désigné par la vitre une espèce de colosse au crâne difforme.

— …qui a fait le boulot préliminaire. Franchement, en abattant Jimmy, je crois plutôt lui avoir rendu un service.

Wendy la regardait sans ciller.

— Vous voulez savoir pourquoi, n'est-ce pas ? Bien sûr que vous voulez savoir. Mais au fond de vous,

Wendy, je pense que vous le savez déjà. Nous sommes des femmes d'expérience, vous et moi. Les hommes, ça nous connaît.

La veuve se taisait.

— Wendy, vous comprenez ce que je vous dis ?

— Non.

— Moi, je suis sûre que si, mais je vais vous le redire quand même. Jimmy, votre défunt époux, devait une grosse somme d'argent à des gens vraiment pas commodes. À ce jour, le montant frôle les deux cent mille dollars.

Lydia a souri.

— Vous n'allez pas me dire que vous ignoriez tout du démon du jeu qui possédait votre mari, hein ?

Wendy semblait avoir du mal à articuler.

— Je ne… vois pas…

— J'espère que votre confusion n'est pas imputable à mon sexe.

— Quoi ?

— Ce serait extrêmement mesquin et discriminatoire de votre part. Nous sommes au XXIᵉ siècle. Les femmes sont libres de faire ce qu'elles veulent.

— Vous…

Wendy s'est arrêtée de parler, puis a essayé de nouveau :

— … vous avez assassiné mon mari ?

— Vous regardez souvent la télévision, Wendy ?

— Quoi ?

— La télévision. À la télé, quand quelqu'un comme votre mari doit de l'argent à quelqu'un comme mon patron, eh bien, que se passe-t-il ?

Lydia s'est interrompue, avec l'air d'attendre une réponse. Wendy a fini par dire :

— Je ne sais pas.

— Évidemment que si, vous savez, mais une fois de plus, je répondrai à votre place. Mon personnage — bon, d'accord, généralement c'est un homme — est envoyé pour le menacer. Après quoi, mon acolyte Heshy, celui qui est dehors, lui flanque une raclée ou lui casse les deux jambes. Mais il ne le tue pas. C'est un principe de base chez les méchants de la télé : « On ne peut pas faire casquer un mort. » Vous avez déjà entendu ça, n'est-ce pas, Wendy ?

Elle a attendu. Au bout d'un moment, Wendy a dit :

— Peut-être.

— Pourtant, c'est faux. Tenez, prenez Jimmy. Votre mari avait une maladie : le jeu. Je me trompe ? Vous y avez tout laissé. La boîte d'assurances. Elle était à votre père. Jimmy l'avait reprise. Elle n'existe plus. Dépôt de bilan. La banque était prête à saisir votre maison. Vous et vos gosses aviez à peine de quoi vous acheter à manger. Mais Jimmy ne s'arrêtait pas pour autant.

Lydia a secoué la tête.

— Ah, les hommes. J'ai pas raison ?

Wendy avait les larmes aux yeux. Elle a chuchoté faiblement :

— Alors vous l'avez tué ?

— Je ne m'explique pas bien, a dit Lydia avec douceur. Vous connaissez l'expression « tondre un œuf » ?

Une fois encore, elle a semblé attendre une réaction. Wendy a finalement acquiescé. Lydia a eu l'air satisfait.

— C'est précisément le cas ici. Avec Jimmy, j'entends. J'aurais pu laisser carte blanche à Heshy — il est très fort dans son domaine — mais à quoi bon ? Jimmy n'avait pas l'argent. Jamais il n'aurait pu réunir une somme pareille en liquide.

Se redressant, Lydia a tendu ses paumes vers elle.

— Voyons, Wendy, tâchez de raisonner comme un homme d'affaires... oui, enfin, une femme d'affaires. Sans verser dans un féminisme à tout crin, je pense qu'on devrait au moins essayer de rester sur un pied d'égalité.

Elle lui a souri. Wendy s'est tassée sur son tabouret.

— O.K., en tant que *femme* d'affaires avisée, que suis-je censée faire ? Je ne peux pas laisser la dette impayée. Dans mon métier, ça équivaut à un suicide professionnel. Quand quelqu'un doit de l'argent à mon employeur, eh bien, il paie. Toujours. L'ennui, avec Jimmy, c'est qu'il n'avait pas la queue d'un. Mais... mais...

Le sourire de Lydia s'est élargi.

— Il avait une femme et trois gosses. Et il avait travaillé dans les assurances. Vous voyez où je veux en venir, Wendy ?

La veuve n'osait pas respirer.

— Je pense que oui, mais bon, je vais vous le dire quand même. L'assurance... Plus exactement, l'assurance vie. Jimmy avait souscrit une police. Il ne l'a pas avoué tout de suite, mais Heshy sait être convaincant.

Le regard de Wendy a pivoté vers la vitre. La voyant frissonner, Lydia a réprimé un sourire.

— Jimmy nous a dit qu'il avait deux polices, en fait, avec un capital global de près d'un million de dollars.

— Alors...

Wendy s'efforçait de comprendre.

— ... vous avez tué Jimmy pour l'argent de l'assurance ?

Lydia a fait claquer ses doigts.

— Gagné, ma grande.

Wendy a ouvert la bouche, mais aucun son n'en est sorti.

— Mettons-nous bien d'accord. Les dettes de Jimmy ne sont pas mortes avec lui. Nous le savons l'une et l'autre. Une banque vous réclame toujours le remboursement d'un prêt, pas vrai ? Les sociétés de crédit font grimper les taux d'intérêt.

Lydia a haussé ses épaules fines, les paumes vers le ciel.

— Pourquoi en irait-il autrement pour mon employeur ?

— Vous ne parlez pas sérieusement ?

— Le premier chèque de l'assurance devrait arriver dans une semaine. D'ici là, la dette de votre mari s'élèvera à deux cent quatre-vingt mille dollars. Il me faudra un chèque de ce montant le jour même.

— Mais, rien que les factures qu'il a laissées…

— Chut.

Une fois de plus, Lydia l'a fait taire en posant un doigt sur ses lèvres. Et, baissant la voix dans un murmure confidentiel :

— Ça ne me regarde pas vraiment, Wendy. Je vous ai offert la possibilité — exceptionnelle — de vous en sortir. Déclarez faillite, s'il le faut. Vous habitez un quartier rupin. Déménagez. Arrangez-vous pour que Jack… il a onze ans, n'est-ce pas ?

Wendy a tressailli en entendant le nom de son fils.

— Bon, eh bien, pas de colonie de vacances pour Jack cette année. Trouvez-lui un petit boulot après l'école. Débrouillez-vous. Tout ça, ce n'est pas mes oignons. Vous, vous allez rembourser ce que vous devez, et basta. Vous n'entendrez plus jamais parler de moi. Mais si vous ne payez pas, alors là… regardez bien Heshy, là-bas.

Elle a marqué une pause pour laisser à Wendy le temps de suivre sa recommandation. Qui a produit l'effet escompté.

— Nous tuerons le jeune Jack d'abord. Puis, quarante-huit heures après, nous tuerons Lila. Si vous rapportez cette conversation à la police, nous tuerons Jack, Lila et Darlene. Tous les trois, dans l'ordre. Et ensuite, une fois que vous aurez enterré vos enfants — écoutez bien, Wendy, c'est important —, je vous ferai payer quand même.

Wendy était sans voix.

Lydia a ponctué une grande gorgée de café d'un « Ah ! » de satisfaction.

— Dé-li-cieux, a-t-elle déclaré, se levant de son tabouret. C'était très sympa, cette petite causette entre filles. Il faudra qu'on remette ça, un de ces jours. Disons, chez vous, à midi, vendredi 16 ?

Wendy gardait la tête baissée.

— Vous avez compris ?

— Oui.

— Qu'avez-vous l'intention de faire ?

— Je paierai la dette, a dit Wendy.

Lydia lui a souri.

— Encore une fois, toutes mes condoléances.

En sortant, elle a inspiré une goulée d'air frais et s'est retournée. Wendy Burnet n'avait pas bougé. Lydia lui a adressé un signe de la main avant de rejoindre Heshy. Il mesurait un mètre quatre-vingt-dix-huit. Elle, un mètre cinquante-trois. Il pesait cent trente-huit kilos. Elle, cinquante-deux. Sa tête à lui ressemblait à une citrouille mal formée. Ses traits à elle semblaient avoir été ciselés dans de la porcelaine d'Orient.

— Un problème ? a demandé Heshy.

— Je t'en prie ! a-t-elle répondu avec un geste de dérision. Passons à des transactions plus juteuses. Tu as trouvé notre homme ?

— Oui.

— Et il a le paquet ?

— Bien sûr, Lydia.

— Parfait.

Elle a froncé les sourcils, en proie à un doute soudain.

— Qu'est-ce qu'il y a ? a-t-il grogné.

— J'ai un drôle de pressentiment, c'est tout.

— Tu veux qu'on fasse marche arrière ?

Elle lui a souri.

— Surtout pas, Nounours.

— Alors qu'est-ce qu'on fait ?

Elle a réfléchi un court instant.

— Allons rouvrir le dossier du Dr Seidman.

9

— ARRÊTE DE BOIRE DU JUS DE POMME, a dit Cheryl à son petit dernier, Connor.

Les bras croisés, je me tenais sur la touche. Comme il faisait frisquet, de ce froid humide de fin d'automne, j'avais remonté la capuche de mon sweat par-dessus ma casquette. Ça plus les Ray-Ban, on aurait dit le portrait-robot de Unabomber[1].

Nous assistions à un match de foot entre gamins de huit ans. Lenny était l'entraîneur principal. Il avait besoin d'un assistant et, s'il m'a recruté, c'est sans doute parce que je dois être le seul à m'y connaître encore moins en football que lui. Malgré ça, notre équipe était en train de gagner. Je crois que le score était de 83 à 2, mais je n'en suis pas certain.

— Pourquoi je ne peux pas boire du jus de pomme ? a demandé Connor.

1. Surnom d'un tueur en série qui sévissait dans des universités et dans des compagnies aériennes *(N.d.T.)*.

— Parce que, a répondu Cheryl avec la patience d'une mère, le jus de pomme te donne la diarrhée.

À ma droite, Lenny faisait pleuvoir sur les mômes un flot ininterrompu d'encouragements.

— Tu es le meilleur, Ricky. Vas-y, fonce, Petey. *Ça*, c'est une passe, Davey.

Il avait cette manie agaçante d'accoler un « y » à tous les prénoms. Une fois, dans le feu de l'action, il m'a appelé Marky. Mais une fois seulement.

— Tonton Marc ?

On tirait sur ma jambe. J'ai baissé les yeux sur Connor, qui a vingt-six mois.

— Quoi, mon grand ?

— Le jus de pomme, ça me donne la diarrhée.

— C'est bon à savoir.

— Tonton Marc ?

— Oui ?

Connor m'a considéré d'un air grave.

— La diarrhée, a-t-il énoncé, n'est pas mon amie.

Je me suis retourné vers Cheryl. Elle a dissimulé un sourire, mais je la sentais préoccupée. J'ai dit à Connor :

— Voilà une parole pleine de sagesse.

Il a hoché la tête, satisfait de ma réponse. J'aime ce gosse, il me fend le cœur et m'enchante tout autant. Vingt-six mois. Deux mois de plus que Tara. Je le regarde grandir avec une vénération et une nostalgie à faire imploser un haut fourneau.

Il est retourné auprès de sa mère. Autour de Cheryl gisait pêle-mêle son butin de maman-en-tant-que-bête-de-somme. Des briques de jus Minute Maid, des couches, des lingettes à l'*aloe vera* pour fesses délicates. Des biberons, des biscuits, des oranges et des pamplemousses (coupés en longueur pour éviter la suffocation), des cubes de ce que j'espérais être du fromage, le tout hermétiquement scellé dans des sachets en plastique transparent.

Lenny, l'entraîneur en chef, hurlait des conseils stratégiques à nos joueurs. Lorsqu'ils passaient à l'attaque, il criait :

— Marquez !

Aux défenseurs, il recommandait :

— Arrêtez-le !

Et par moments, comme maintenant, il se laissait aller à des subtilités telles que :

— Tape dans le ballon !

Après l'avoir répété pour la quatrième fois d'affilée, il m'a regardé. J'ai levé les pouces et hoché la tête en signe d'approbation. Il aurait bien voulu me répondre par un doigt d'honneur, mais il y avait trop de témoins en bas âge alentour. J'ai recroisé les bras et scruté le terrain. Les gamins étaient harnachés comme des pros. Ils portaient des chaussures à crampons et avaient remonté leurs chaussettes par-dessus leurs jambières. La plupart s'étaient tartinés de graisse noire sous les yeux, même si le soleil était à peine visible. Je regardais Kevin, mon filleul, essayer, conformément aux instructions de son père, de taper dans le ballon. Quand, soudain, j'ai eu comme un coup à l'estomac.

J'ai chancelé.

Ça se passait toujours de la même façon. Je pouvais suivre un match, dîner chez des amis, opérer un patient, écouter une chanson à la radio. Bref, me livrer à une activité parfaitement normale et anodine, et tout à coup, bang ! ça me tombait dessus.

Mes yeux se sont embués. Jamais, avant le meurtre et l'enlèvement, je n'avais connu ça. Mon métier de chirurgien m'avait appris à garder mon sang-froid en toute circonstance. Aujourd'hui, je porte des lunettes noires comme un acteur de série B qui se prend pour une star. Croisant le regard de Cheryl, j'y ai lu de l'inquiétude. Je me suis redressé avec un sourire forcé. Cheryl embellissait de jour en jour. C'est ainsi que la maternité sied à certaines femmes.

Ne vous méprenez pas sur mon compte : je ne passe pas mes journées à pleurer. Mon deuil ne m'empêche pas de vivre. Je travaille, bien que je n'aie pas encore eu le courage de repartir pour l'étranger. Je préfère rester dans les parages, au cas où il y aurait du nouveau. Ce n'est pas très rationnel, je sais, ça frise même l'illusion. Mais je ne me sens pas prêt.

— Tonton Marc ?

Connor, à nouveau. Il parlait drôlement bien, pour un mouflet de son âge. J'ai pensé à la voix qu'aurait eue Tara, et mes yeux se sont fermés. Cheryl a voulu l'écarter, mais je l'ai arrêtée d'un geste.

— Qu'est-ce qu'il y a, mon grand ?

— Et le caca ?

— Quoi donc ?

Il a plissé un œil pour mieux se concentrer.

— C'est mon ami, le caca ?

Grave question.

— Je ne sais pas, mon grand. À ton avis ?

Connor a réfléchi si intensément à sa propre requête qu'on aurait cru qu'il allait exploser. Finalement, il a répondu :

— C'est plus mon ami que la diarrhée.

J'ai acquiescé sagement. Notre équipe a marqué un nouveau but. Brandissant les poings, Lenny a hurlé :

— Yesss !

Il s'est presque catapulté sur le terrain pour féliciter Craig (ou devrais-je dire Craigy ?), l'heureux buteur.

Les autres joueurs l'ont suivi. Il y a eu un joyeux fou-toir, auquel je n'ai pas pris part. Mon boulot à moi était de rester dans l'ombre, pour faire pendant aux pitreries de Lenny.

Je regardais les parents sur la ligne de touche. Les mères s'agglutinaient en grappes : elles parlaient de leurs gosses, et personne n'écoutait, car les enfants des autres, ça n'intéresse pas grand monde. Chez les pères, on observait davantage d'activité. Certains filmaient au Caméscope. D'autres criaient des encouragements. Quelques-uns poussaient leurs gamins d'une façon qui était presque malsaine. Il y en avait aussi qui tripotaient leur portable ou n'importe quel gadget électronique leur permettant de décompresser après une semaine de travail.

Mais qu'est-ce qui m'avait pris de prévenir la police ?

On me répétait sur tous les tons, depuis cette journée fatidique, que je n'étais pas responsable de ce qui s'était passé. En un sens, je sais bien que ma conduite n'a probablement rien changé. Selon toute vraisemblance, ils n'avaient pas l'intention de nous rendre Tara. Elle était peut-être déjà morte avant le premier coup de fil. Il pouvait s'agir d'une mort accidentelle. Comment savoir ?

Et c'est là, le *hic*.

Impossible d'être absolument sûr que ce n'est pas ma faute. C'est mathématique : chaque action appelle une réaction.

Je ne rêve pas de Tara — enfin, pas directement —, mais il m'arrive de rêver de la camionnette blanche avec la plaque contrefaite et l'enseigne volée. Dans mes rêves, j'entends un bruit étouffé, et je sais avec certitude que c'est un bébé qui pleure. Je suis convaincu maintenant que Tara était dans la camionnette, mais en rêve, je suis incapable de bouger. Mes jambes sont coulées dans du béton. À mon réveil, je suis assailli par des questions inévitables. Tara s'était-elle vraiment trouvée tout près de moi ? Et surtout, si j'avais été un peu plus courageux, aurais-je pu la sauver alors ?

L'arbitre, un lycéen dégingandé avec un sourire bon enfant, a donné un coup de sifflet et agité les mains au-dessus de sa tête. Fin du match.

— Ouais, youpi ! a crié Lenny.

Les gamins se dévisageaient, perplexes. L'un d'eux a demandé à son camarade :

— Qui a gagné ?

L'autre a haussé les épaules.

Ils se sont rangés en file pour serrer la main aux joueurs de l'équipe adverse.

Se levant, Cheryl m'a tapoté dans le dos.

— Belle victoire, monsieur l'entraîneur.

— Eh oui, j'ai porté cette équipe à bout de bras, ai-je acquiescé.

Elle a souri. Les garçons se dirigeaient vers nous, à présent. Je les ai félicités d'un sobre hochement de tête. La mère de Craig avait apporté une grosse boîte de petits cakes aux couleurs de Halloween. La maman de Dave avait des packs de quelque chose qui s'appelait Yoo-Hoo, une sorte d'ersatz de lait chocolaté au goût de craie. J'ai fourré un cake dans ma bouche et zappé la boisson.

— Il est à quoi, le tien ? a demandé Cheryl.

— Pourquoi, il y en a des différents ?

En regardant tous ces parents avec leurs mômes, je me suis senti de trop. Lenny s'est approché de moi.

— Super, le match, hein ?

— Ouais. On est des bêtes.

Il m'a entraîné à l'écart.

— L'estimation du patrimoine de Monica est pratiquement bouclée. Il n'y en a plus pour longtemps, maintenant.

— Ah, ai-je fait sans grand intérêt.

Ni moi ni Monica n'avions rédigé de testament. Lenny me harcelait depuis des années : il faut mettre par écrit qui va hériter de ton argent, qui s'occupera de ta fille, qui prendra soin de tes parents, et patati et patata. Mais on ne l'écoutait pas. On allait vivre éternellement. Les testaments, les dernières volontés, c'était bon pour… pour les morts.

Sautant du coq à l'âne, Lenny m'a proposé :

— Tu veux venir à la maison faire une partie de baby-foot ?

— N'oublie pas que je suis déjà champion du monde, lui ai-je rappelé.

— Ça, c'était hier.

— On peut bien profiter un peu de son titre, non ? Je n'ai pas envie de le remettre en jeu tout de suite.

— O.K.

Lenny est retourné auprès des siens. J'ai vu sa fille, Marianne, lui bloquer le passage. Elle gesticulait comme une folle. Tassé sur lui-même, il a sorti son portefeuille, en a tiré un billet. Marianne l'a embrassé sur la joue et est repartie en courant. Il l'a suivie du regard en secouant la tête. Un sourire jouait sur ses lèvres. J'ai baissé les yeux.

Le pire — ou le meilleur, devrais-je dire — c'est qu'il me restait un espoir.

Voici ce que nous avions trouvé, l'autre nuit, dans la cabane de grand-père : le corps de ma sœur, des cheveux appartenant à Tara dans le parc pour bébé (confirmé par l'analyse ADN) et une grenouillère rose avec des pingouins noirs comme celle que portait Tara.

Et voici ce que nous n'avons toujours pas trouvé : l'argent de la rançon, l'identité des éventuels complices de Stacy — et Tara.

La forêt est vaste. Il est facile d'y dissimuler une petite tombe. On aurait pu entasser des rochers par-dessus. Un animal aurait pu déterrer les restes et les emporter dans les fourrés. Ces restes pourraient être loin de la cabane de mon grand-père. Voire dans un tout autre endroit.

Ou alors — mais je gardais cette pensée-là pour moi — il n'y avait pas de tombe du tout.

La police et le FBI partent du principe que ma sœur a agi de concert avec des individus peu recommandables. Personne ne peut affirmer si, au départ, leur mobile était l'enlèvement ou le cambriolage, mais tout le monde s'accorde à dire qu'à un moment donné quelqu'un a dû paniquer. Peut-être croyaient-ils que Monica et moi n'étions pas à la maison. Peut-être s'attendaient-ils à avoir affaire à une simple baby-sitter. Quoi qu'il en soit, en nous voyant, quelqu'un, sous l'emprise de la drogue ou de l'affolement, a tiré. Alors un de ses compagnons a tiré aussi, d'où les résultats de l'examen balistique, montrant qu'on avait été touchés par des balles provenant de deux trente-huit différents. Ensuite, ils ont kidnappé le bébé. Pour finir, ils ont doublé Stacy et l'ont liquidée par le biais d'une over-dose d'héroïne.

Je persiste à dire « ils » parce que, d'après les auto-rités, Stacy devait avoir au moins deux complices. Le pro, celui qui fixait les rendez-vous, savait contrefaire les plaques minéralogiques et disparaître sans laisser de traces. Et l'autre, le « paniqueur » si vous préférez, qui a tiré sur nous et qui a probablement causé la mort de Tara.

Certains, bien sûr, n'adhèrent pas à cette hypothèse. Ils considèrent qu'il y avait un seul complice — le professionnel — et que celle qui a paniqué, c'était Stacy. C'est elle qui aurait tiré la première, sur moi vraisemblablement, puisque je ne me souviens de rien, après quoi le pro aurait abattu Monica pour couvrir sa bévue. Cette hypothèse est étayée par l'une des pistes dont nous disposons depuis la nuit de la cabane : un dealer qui, arrêté pour un tout autre motif et désireux de se racheter une conduite, a raconté à la police qu'il avait vendu une arme à Stacy, un calibre trente-huit, huit jours avant le meurtre et l'enlèvement. Qui plus est, les seuls cheveux et empreintes digitales relevés sur le lieu du crime appartenaient à Stacy. Un pro aurait porté des gants et fait attention, tandis que sa complice bourrée de dope, non.

Il existe une troisième hypothèse, plus évidente, du moins aux yeux de certains policiers et agents du FBI.

Je suis le cerveau de l'opération.

Voici le scénario : premièrement, le suspect numéro un, c'est toujours le mari. Deuxièmement, mon Smith et Wesson calibre trente-huit n'a pas été retrouvé. Ils me l'ont assez seriné… Moi aussi, j'aurais bien aimé savoir où il est. Troisièmement, je n'ai jamais voulu d'enfant. La naissance de Tara m'a forcé à contracter un mariage sans amour. Ils croient avoir des preuves comme quoi j'envisageais le divorce (j'avoue y avoir songé, c'est vrai), et donc j'aurais tout planifié, du début à la fin. J'ai invité ma sœur chez moi et probablement sollicité son aide afin de lui faire porter le chapeau. J'ai caché l'argent de la rançon. J'ai tué et enterré ma propre fille.

Abominable, je vous l'accorde, mais je suis au-delà de la colère. Je suis au-delà de l'épuisement. Je ne sais plus trop où j'en suis, d'ailleurs.

Le principal problème, dans cette version-là, c'est comment justifier le fait que j'ai été laissé pour mort. Ai-je tué Stacy ? A-t-elle tiré sur moi ? Ou bien — roulement de tambour, s'il vous plaît — existe-t-il une troisième possibilité, qui tient des deux hypothèses à la fois ? D'aucuns pensent, mais oui, que j'étais derrière tout cela, et que j'avais un autre complice en dehors de Stacy. C'est lui qui aurait assassiné Stacy, peut-être à mon insu, peut-être pour détourner les soupçons de moi et me venger, en quelque sorte.

Retour à la case départ.

En résumé, quand on y regarde de près, on s'aperçoit qu'on ne sait rien. On ne sait pas où est passé l'argent. On ne sait pas qui a fait ça. Ni pourquoi. Et, par-dessus tout, on ne sait pas où est Tara.

Voilà où nous en sommes aujourd'hui, un an et demi après les événements. Le dossier, théoriquement, est toujours ouvert, mais Regan et Tickner ont d'autres affaires en cours. Je n'ai pas eu de leurs nouvelles depuis presque six mois. Les médias, faute de nouvel os à ronger, se sont tournés vers des filons plus fertiles.

Le goûter terminé, tout le monde s'est dirigé vers le parking envahi de monospaces. J'ai consulté ma montre. Pour moi aussi, il était l'heure de partir. Interceptant le regard de Lenny, je lui ai fait signe que je m'en allais. En silence, il a articulé le mot *testament*. Et, au cas où je n'aurais pas reçu le message, il a mimé le geste de signer. J'ai hoché la tête. Puis je suis monté dans ma voiture et j'ai allumé la radio. Elle diffusait une vieille chanson de James Taylor, une de mes préférées.

J'ai souri, mis le moteur en marche et pris le chemin de l'hôpital.

Une heure plus tard, je me brossais les mains avant de pratiquer une intervention sur un garçon de huit ans, victime — pour employer un terme familier aux profanes comme aux professionnels — d'un traumatisme facial. Mon associée, Zia Leroux, était là aussi.

Je ne sais pas très bien pourquoi j'ai choisi la chirurgie plastique. Ce n'était ni l'appât du gain ni le désir d'aider mon prochain. Je voulais être chirurgien, oui, mais je me voyais plutôt dans le domaine cardiovasculaire. C'est drôle, la vie, parfois. En deuxième année d'internat, je suis tombé sur un chef de service de cardio qui était — comment dire ? — un connard fini. En chirurgie esthétique, en revanche, j'ai rencontré quelqu'un d'extraordinaire. Liam Reese était de ces hommes qui semblent avoir tout pour eux : un beau physique, une tranquille assurance et une chaleur qui conquièrent naturellement l'entourage. On avait envie de lui plaire. On avait envie d'être comme lui.

Le Dr Reese était devenu mon mentor. Il m'a fait découvrir l'aspect créatif de la chirurgie réparatrice. L'ossature du visage et du crâne représente la partie la plus complexe du paysage squelettique humain. Nous qui la réparons sommes des artistes. Des musiciens de jazz. Nous improvisons. C'est le Dr Reese qui m'a appris ça. Il m'a appâté avec des histoires de microchirurgie, de greffes osseuses et de peau artificielle. Je me souviens de lui avoir rendu visite à Scarsdale. Sa femme était une beauté aux jambes interminables. Sa fille était major de sa classe. Son fils était capitaine de l'équipe de basket, le gosse le plus attachant que j'aie connu. À l'âge de quarante-neuf ans, le Dr Reese a trouvé la mort dans un accident de la route. Quelle tragédie, diront certains. Pas moi.

À la fin de mon internat, on m'a offert une formation d'un an en chirurgie maxillo-faciale à l'étranger. Ce serait, croyais-je, ma version du voyage en Europe avec un sac à dos. Je me trompais. Les choses ont mal tourné depuis le début. On s'est retrouvés en pleine guerre civile en Sierra Leone. J'ai été confronté à des blessures tellement invraisemblables qu'il était quasi impossible d'imaginer le degré de cruauté nécessaire pour les infliger. Et cependant, même au milieu de ce carnage, j'ai ressenti une étrange exultation. Je ne cherche pas à savoir pourquoi. Comme je l'ai déjà dit, ça me fait vibrer. Peut-être est-ce la satisfaction d'aider des gens qui en ont réellement besoin. Ou alors je trouve dans ce travail ce que d'aucuns recherchent dans les sports extrêmes, la proximité de la mort afin de se sentir pleinement vivant.

À mon retour, Zia et moi avons fondé Planète, et voilà. J'aime ce que je fais. Sans doute notre métier ressemble-t-il à l'un de ces sports, mais il a aussi — pardonnez-moi ce calembour — un visage humain.

Notre patient d'aujourd'hui représentait un défi passablement complexe. Mon saint patron — le saint patron d'un bon nombre de mes confrères en chirurgie réparatrice — est le clinicien français René Lefort. Il balançait des cadavres du toit d'une taverne pour pouvoir étudier le schéma naturel des fractures faciales. Ça devait beaucoup impressionner les dames... Entre autres expériences, il faisait tomber des poids de plus en plus lourds sur le crâne de ses macchabées afin de mesurer la gravité des dégâts au niveau des maxillaires. Certains types de fractures portent encore son nom : Lefort type I, Lefort type II, Lefort type III.

Zia et moi avons réexaminé les radios. Le petit garçon présentait une ligne de fracture de type III, autrement dit une séparation totale entre les os du visage et la boîte crânienne. Si j'avais voulu, j'aurais pu lui arracher le visage à la façon d'un masque.

— Accident de voiture ?

Zia a hoché la tête.

— Le père était saoul.

— Évidemment, lui n'a rien, je parie ?

— Il a même pensé à boucler sa ceinture de sécurité.

— Mais pas celle de son fils…

— Trop d'efforts. C'est fatigant de lever le coude, qu'est-ce que tu crois !

Zia et moi venons d'horizons très différents. Elle est noire comme la nuit, alors que moi, je suis plus blanc que blanc (couleur « ventre de poisson mort », selon la définition de Zia). Je suis né à Newark et j'ai grandi dans la banlieue de Kasselton, New Jersey. Zia a vu le jour dans une hutte en terre, dans un village proche de Port-au-Prince, en Haïti. À un moment, sous le règne de Papa Doc, ses parents ont été emprisonnés pour des raisons politiques. Personne ne connaît les détails de cette histoire. Son père a été exécuté. Sa mère a été relâchée, mais il fallait voir dans quel état. Elle a pris sa fille et s'est enfuie sur ce qu'on peut littéralement qualifier de radeau. Trois passagers sont morts durant la traversée. Zia et sa mère ont survécu. Elles ont atterri dans le Bronx et se sont installées au sous-sol d'un institut de beauté. Elles passaient leurs journées à balayer les cheveux. Des cheveux auxquels, semblait-il à Zia, il était impossible d'échapper. Ils collaient à ses vêtements, à sa peau, s'insinuaient dans sa gorge, dans ses poumons. Elle vivait en permanence avec la sensation d'avoir une mèche de cheveux dans la bouche.

Aujourd'hui encore, quand elle est nerveuse, elle a tendance à se tripoter la langue comme pour extirper un souvenir de son passé.

Une fois l'opération terminée, Zia et moi nous nous sommes écroulés sur un banc. Elle a défait son masque et l'a laissé retomber sur sa poitrine.

— Du gâteau, a-t-elle dit.

— Amen, ai-je acquiescé. Au fait, c'était comment, ton rendez-vous d'hier ?

— Archinul.

— Dommage.

— Les mecs sont tous des nazes.

— À qui le dis-tu.

— Je suis tellement désespérée que j'en viendrais presque à coucher de nouveau avec toi.

— Aïe ! Femme, n'as-tu donc aucun sens moral ?

Son sourire était d'une blancheur étincelante dans son visage d'ébène. Elle frôlait le mètre quatre-vingts, avait des muscles lisses et des pommettes si hautes et si pointues qu'on pouvait craindre qu'elles ne lui transpercent la peau.

— Quand vas-tu recommencer à sortir avec des femmes ?

— Je sors avec des femmes.

— Suffisamment longtemps, j'entends, pour partager leur couette.

— Toutes les femmes ne sont pas aussi faciles que toi, Zia.

— Si c'est pas malheureux ! a-t-elle lancé, me gratifiant d'un coup de poing pour rire.

On avait couché ensemble une fois, Zia et moi… et on savait que ça ne se reproduirait plus. C'est ainsi qu'on s'était rencontrés. Ça s'est passé en première année d'école de médecine. Eh oui, le coup d'un soir.

J'en avais eu, des coups d'un soir, mais deux seulement m'ont laissé un souvenir impérissable. L'un avait débouché sur une catastrophe. Et l'autre — celui-ci — sur une amitié qui pour moi n'a pas de prix.

Il était huit heures du soir quand nous avons enfin retiré nos tenues opératoires. On a pris la voiture de Zia, un truc minuscule appelé Mini, pour aller faire quelques courses au Stop-n-Shop de Northwood Avenue. Zia jacassait sans s'interrompre pendant que nous poussions nos Caddies dans les allées. J'aimais bien l'écouter parler. Ça me redonnait de l'énergie. Au rayon traiteur, elle a récupéré un ticket avec le numéro d'ordre et, inspectant les plats du jour, a froncé les sourcils.

— Qu'est-ce qu'il y a ?

— *Hure de sanglier* en promo.

— Et alors ?

— Hure de sanglier, a-t-elle répété. Quel génie du marketing a inventé ce nom-là ? « Dites, j'ai une idée. Si on donnait à notre charcuterie les noms des bestiaux les plus répugnants ? Ou plutôt non. Appelons-la d'après leur tête. »

— Tu achètes toujours ce truc ? ai-je dit.

Elle a réfléchi un instant.

— C'est bien possible.

Nous étions arrivés à la caisse. Zia a posé ses emplettes sur le tapis roulant. J'ai placé la barre de séparation et déchargé mon chariot. La plantureuse caissière a commencé à taper ses articles.

— Tu as faim ? m'a-t-elle demandé.

J'ai haussé les épaules.

— Je mangerais bien un morceau quelque part.

— On n'a qu'à faire ça.

Le regard de Zia qui errait par-dessus mon épaule s'est figé soudainement. Elle a plissé les yeux, quelque chose changeant dans son expression.

— Marc ?

— Ouais.

Elle a agité la main comme pour chasser une vision.

— Nan, c'est pas possible.

— Quoi ?

Regardant toujours par-dessus mon épaule, Zia a eu un geste du menton. Je me suis retourné lentement. Et mon cœur a cessé de battre.

— Je l'ai vue seulement en photo, a dit Zia, mais n'est-ce pas… ?

J'ai hoché la tête avec effort.

C'était Rachel.

Le temps s'est arrêté. Ce n'était pas normal. On avait rompu il y a des lustres. En principe, je devrais être en train de sourire, avec une pointe de nostalgie peut-être, une pensée attendrie pour ma folle jeunesse. Eh bien, non. Rachel se trouvait à dix mètres de moi, et j'ai tout pris de plein fouet : c'était un sentiment si fort, si déchirant qu'il a ravivé l'amour et la douleur comme au premier jour.

— Ça va ? a demandé Zia.

Nouveau hochement de tête.

Êtes-vous de ceux qui croient à l'existence de l'âme sœur… au seul et unique amour qui nous est prédestiné ? Là-bas, trois caisses plus loin, sous le panneau CAISSE RAPIDE — DIX ARTICLES MAXIMUM, se tenait le mien.

— Je pensais qu'elle s'était mariée, a dit Zia.

— Elle *est* mariée.

— Je ne vois pas d'alliance.

Elle m'a donné une tape sur le bras.

— Oooh, ce que c'est palpitant, non ?

— Un vrai conte de fées, ai-je acquiescé.

Zia a fait claquer ses doigts.

— Tu sais à quoi ça me fait penser ? À ce disque mer-
dique que tu écoutais autrefois, tu sais, la chanson sur
les deux anciens amants qui se rencontrent dans une
épicerie. Comment ça s'appelle, déjà ?

La première fois que j'avais vu Rachel, à l'âge de
dix-neuf ans, l'effet n'avait pas été fulgurant. Je ne suis
pas tombé à la renverse. Je ne suis même pas certain
de l'avoir trouvée attirante. Mais, comme je n'allais
pas tarder à le découvrir, j'aime les femmes dont les
attraits se dévoilent petit à petit. On commence par se
dire : elle est pas mal, celle-là, puis, quelques jours
plus tard, c'est peut-être une parole qu'elle prononce,
ou sa manière d'incliner la tête en parlant, et alors là,
vlan ! on a l'impression de s'être pris un autobus en
pleine figure.

C'est ce que je ressentais maintenant. Rachel avait
changé, mais pas beaucoup. Les années avaient durci sa
beauté discrète, l'avaient rendue plus cassante, plus
anguleuse. Elle avait maigri. Ses cheveux de jais étaient
noués en queue de cheval. La plupart des hommes
aiment les cheveux lâchés. Moi, je les préfère tirés
en arrière, à cause de l'ouverture, de la vulnérabilité,
surtout avec le cou et les pommettes de Rachel. Elle
portait un jean et un chemisier gris. Les yeux baissés,
elle penchait la tête avec cet air concentré que je
connaissais si bien. Elle ne m'avait pas encore vu.

— Dan Machin-Chose, a dit Zia.

— Quoi ?

— C'est lui qui chante cette chanson sur les deux
amants dans l'épicerie.

Rachel a fouillé dans son portefeuille, en a sorti un billet de vingt dollars. Au moment de le tendre à la caissière, elle a levé les yeux… et m'a aperçu.

Je ne saurais décrire sa réaction. Elle n'a pas paru surprise. Nos regards se sont croisés, mais le sien n'exprimait aucune joie. J'ai cru plutôt y lire la peur. Ou la résignation. Je ne sais pas. J'ignore également combien de temps nous sommes restés là à nous dévisager.

— Je ferais mieux de te laisser, a chuchoté Zia.

— Hein ?

— Si elle te croit avec un tel canon, elle en déduira qu'elle n'a aucune chance.

Je pense que j'ai dû sourire.

— Marc ?

— Ouais.

— Arrête ! Quand je te vois planté là, la bouche ouverte… Ça me flanque les chocottes.

— Merci.

J'ai senti sa main dans mon dos.

— Allez, va dire bonjour.

Mes jambes se sont mises en marche, bien que mon cerveau n'ait émis aucun ordre spécifique à cet égard. Rachel a laissé à la caissière le soin de ranger ses achats. S'avançant vers moi, elle s'est efforcée de sourire. Elle avait toujours eu un sourire d'enfer, le genre qui vous fait songer à la poésie et aux ondées printanières, le genre qui illumine votre journée. Mais là, son sourire était différent, plus crispé. Plus douloureux. Je me suis demandé si cela tenait au fait qu'elle se sentait mal à l'aise, ou bien si la vie s'était chargée de faire baisser le courant pour réduire la luminosité une fois pour toutes.

On s'est arrêtés à un mètre l'un de l'autre, ne sachant si les circonstances se prêtaient à un baiser, à une accolade ou à une poignée de main. Du coup, on n'a rien fait.

— Salut, ai-je dit.

— Toujours aussi beau parleur, à ce que je vois, a rétorqué Rachel.

J'ai plaqué un sourire canaille sur mon visage.

— Dis, chérie, c'est quoi ton signe ?

— Voilà qui est mieux.

— Tu viens souvent ici ?

— Parfait. Et maintenant : « On ne s'est pas déjà vus quelque part ? »

— Impossible.

J'ai haussé un sourcil.

— J'aurais sûrement pas oublié une jolie poulette comme toi.

Nous avons ri tous les deux. On faisait de gros efforts. Et on n'était pas dupes.

— Tu as l'air en forme, ai-je dit.

— Toi aussi.

Court silence.

— Bon, ai-je déclaré, je suis en panne de clichés lourdingues et de badinage forcé.

— Ça alors… a dit Rachel.

— Qu'est-ce que tu fabriques ici ?

— Je fais mes courses.

— Non, je veux dire…

— Je sais ce que tu veux dire, m'a-t-elle interrompu. Ma mère a acheté un appartement dans une résidence à West Orange.

Quelques mèches échappées de sa queue de cheval lui tombaient sur le visage. J'ai eu du mal à résister à la tentation de les écarter du bout du doigt.

Le regard de Rachel a vacillé avant de revenir se poser sur moi.

— J'ai su, pour ta femme et ta fille. Je suis désolée.

— Merci.

— Je voulais téléphoner ou écrire, mais…

— Tu es mariée, il paraît.

Elle a remué les doigts de sa main gauche.

— Plus maintenant.

— Et tu travailles pour le FBI.

Rachel a baissé sa main.

— Ça aussi, c'est de l'histoire ancienne.

Nouveau silence. La caissière s'est tournée vers le client suivant. Zia s'est approchée par-derrière. Elle s'est raclé la gorge et a tendu la main.

— Bonsoir, je suis Zia Leroux.

— Rachel Mills.

— Ravie de vous rencontrer, Rachel. Je suis l'associée de Marc.

Et, après réflexion, elle a ajouté :

— Nous sommes simplement amis.

— Zia ! ai-je dit.

— Oui, bon, désolée. Écoutez, Rachel, j'aimerais beaucoup rester bavarder avec vous, mais il faut que je me sauve.

Elle a pointé son pouce en direction de la sortie.

— Profitez-en pour discuter. Marc, je repasse te chercher tout à l'heure. Contente de vous avoir connue, Rachel.

— Moi aussi.

Zia a filé. J'ai haussé les épaules.

— Elle est extra, comme toubib.

— Je n'en doute pas, a dit Rachel en s'emparant de son chariot. J'ai quelqu'un qui m'attend dans la voiture, Marc. Ça m'a fait plaisir de te revoir.

— Moi aussi.

Avec tout ce que j'avais perdu, j'avais bien appris quelque chose, non ? Je ne pouvais pas la laisser partir comme ça. Je me suis éclairci la voix.

— On pourrait peut-être remettre ça.

— J'habite toujours Washington. Je repars demain.

Silence. J'étais en train de me liquéfier. Le souffle me manquait.

— Au revoir, Marc.

Ses yeux noisette étaient humides.

— Ne t'en va pas.

Je n'ai pas réussi à masquer la note implorante dans ma voix. Rachel m'a regardé, et elle a tout vu.

— Que veux-tu que je te dise, Marc ?

— Que tu aimerais bien qu'on se revoie.

— C'est tout ?

J'ai secoué la tête.

— Tu sais que ce n'est pas tout.

— Je n'ai plus vingt et un ans.

— Moi non plus.

— La fille que tu as aimée est morte et enterrée.

— Non, ai-je rétorqué, elle est en face de moi.

— Tu ne me connais plus.

— On n'a qu'à refaire connaissance. Je ne suis pas pressé.

— Rien que ça ?

J'ai essayé de sourire.

— Ouais.

— J'habite Washington. Toi, tu vis dans le New Jersey.

— Je déménagerai.

Mais, avant même que ces mots aient quitté mes lèvres, avant que Rachel ait esquissé une moue, j'ai su que c'était de la pure forfanterie. Je ne pouvais laisser tomber mes parents, renoncer à ma collaboration avec Zia… ni abandonner mes fantômes.

Rachel s'est tournée pour partir. Sans dire au revoir cette fois. Elle a poussé son chariot vers la porte automatique qui s'est ouverte dans un chuintement. J'ai vu la femme de ma vie disparaître sans se retourner. Je ne l'ai pas suivie. Mon cœur a volé en éclats, mais je n'ai rien fait pour la retenir.

Peut-être que je n'avais rien appris, tout compte fait.

10

JE ME SUIS MIS À BOIRE.

Je ne suis pas très porté sur l'alcool — c'était plutôt l'herbe, le viatique de ma jeunesse — mais j'ai trouvé une vieille bouteille de gin dans le placard au-dessus de l'évier. Il y avait du tonic au frigo. Et un bac à glaçons au congélateur. Faites l'addition.

J'habitais toujours dans l'ancienne maison des Levinsky. Elle est beaucoup trop grande pour moi, mais je n'ai pas le cœur de la lâcher. C'est comme un portail, un cordon (fragile) qui me relie à ma fille. La vendre serait fermer la porte à Tara. Je ne peux pas faire ça.

Zia voulait venir s'installer chez moi, mais je l'en ai dissuadée. Elle n'a pas insisté. J'ai repensé à la chanson sentimentale de Dan Fogelberg (et pas Dan Machin-Chose), où les deux anciens amants se rencontrent et parlent jusqu'à épuisement. J'ai repensé à Bogie apostrophant les dieux qui, de tous les troquets de la terre, avaient conduit Ingrid Bergman précisément dans le sien. Bogie a bu après son départ. Ç'a eu l'air de le soulager. Peut-être que ça me soulagerait aussi.

Que Rachel puisse encore me chambouler à ce point-là, cela me contrariait énormément. C'était stupide et franchement infantile. On s'était connus durant les vacances d'été entre ma deuxième et ma troisième année de fac. Elle venait de Middlebury, dans le Vermont : c'était une cousine éloignée de Cheryl, même si personne ne connaissait leur degré de parenté exact. Ce fameux été, elle avait été reçue dans la famille de Cheryl pour échapper au divorce particulièrement pénible de ses parents. On nous a présentés et, comme je l'ai déjà dit, il a fallu du temps pour que le bus me rentre dedans. Du coup, le choc n'en a été que plus violent.

On a commencé à sortir ensemble. On faisait pendant à Lenny et Cheryl. Tous les quatre, on passait les week-ends dans la maison de campagne de Lenny, sur la côte. C'était un été paradisiaque, un été comme tout le monde devrait en vivre au moins une fois au cours de son existence.

Si ç'avait été un film, la suite se déroulerait sous forme d'un montage en plans alternés. Scène un : Rachel et moi dans une barque sur le fleuve, moi, en train de ramer, elle, assise sous un parasol, souriant timidement, puis d'un air narquois. Elle m'arroserait, je l'arroserais, et la barque finirait par chavirer. Ce n'est jamais arrivé, mais vous voyez ce que je veux dire. Ensuite, il y aurait une scène de pique-nique sur le campus, nous deux dans la bibliothèque, nos corps emmêlés sur un canapé, mon regard rivé sur Rachel absorbée dans sa lecture, lunettes sur le nez, repoussant distraitement ses cheveux derrière son oreille. Scène finale : deux corps ondulant sous un drap de satin blanc, même si, probablement, aucun étudiant n'utilise des draps de satin. Mais on parle cinéma, là.

J'étais amoureux.

Une année, pendant les vacances de Noël, on est allés voir la grand-mère de Rachel dans sa maison de retraite. La vieille femme a pris nos mains dans les siennes et nous a déclarés *beshert*, ce qui en yiddish signifie « prédestinés ».

Ce qui s'est passé, alors ?

Durant ma quatrième année d'études, Rachel a décidé de partir pour six mois à Florence. J'avais vingt-deux ans. J'en ai eu marre et, pendant qu'elle était là-bas, j'ai couché avec une autre fille — une insipide étudiante de Babson. C'était un coup d'un soir, qui ne signifiait absolument rien. J'ai bien conscience que ce n'est pas une excuse, mais sait-on jamais.

Bref, quelqu'un à cette soirée-là l'a dit à quelqu'un d'autre, et ç'a fini par arriver aux oreilles de Rachel. Elle m'a téléphoné d'Italie pour rompre illico, réaction que sur le moment j'ai jugée complètement disproportionnée. J'étais trop fier (comprenez : trop bête) pour la supplier. Mais peu à peu, quand les implications me sont enfin montées au cerveau, j'ai appelé, j'ai écrit, j'ai envoyé des fleurs. Rachel n'a jamais répondu. C'était fini. Terminé.

Me levant, j'ai titubé jusqu'à mon bureau. J'ai repêché la clé que j'avais scotchée sous la console et j'ai ouvert le tiroir du bas. Là, sous une pile de dossiers, il y a ma cache secrète. Elle ne contient pas de drogue, non, juste le passé. Des souvenirs liés à Rachel. J'ai sorti la photo si familière. Lenny et Cheryl l'ont toujours dans leur pièce à vivre, ce qui — et c'est bien compréhensible — mettait Monica en rage. On y figure tous les quatre — Lenny, Cheryl, Rachel et moi — à une réception officielle lors de ma quatrième année de médecine. Rachel porte une robe noire à fines bretelles, et l'image de ses épaules nues me laisse encore sans voix à ce jour.

C'était il y a longtemps.

La vie a continué. J'ai eu d'autres aventures (souvenez-vous de Zia), mais il ne se passe pas un jour sans que j'aie une pensée, même fugace, pour Rachel. Oui, je sais, j'ai idéalisé notre amour. Sans cette stupide bourde de ma part, je ne vivrais sans doute pas dans une espèce d'univers parallèle, toujours tendrement enlacé sur le canapé avec ma bien-aimée. Ainsi que Lenny l'a fait remarquer dans un moment de vérité, si ma relation avec Rachel avait été si extraordinaire que ça, elle aurait sûrement survécu à cet accident de parcours, trivial entre tous.

Suis-je en train de dire que je n'ai jamais aimé ma femme ? Non. Du moins, je ne le crois pas. Monica était belle — belle à couper le souffle —, passionnée et imprévisible. Qui plus est, elle était riche et sophistiquée. Mais j'avais beau éviter les comparaisons, mon amour pour Monica se cantonnait à mon petit monde étriqué d'après Rachel. Peut-être avec le temps me serait-il arrivé la même chose si j'étais resté avec Rachel, mais ça, c'est de la prospective, et la prospective n'a rien à faire dans les histoires de cœur.

Au fil des ans, Cheryl, à son corps défendant, m'a tenu informé des faits et gestes de Rachel. J'ai appris qu'elle s'était enrôlée dans les forces de l'ordre et était devenue agent fédéral à Washington. J'avoue que ça ne m'a pas vraiment surpris. Il y a trois ans, Cheryl m'a annoncé que Rachel avait épousé un type plus âgé, un gros bonnet du FBI. Malgré le temps — onze années s'étaient écoulées depuis notre rupture —, j'étais effondré. J'ai compris à quel point j'avais tout gâché. Quelque part, j'avais toujours eu l'impression que Rachel et moi attendions le moment propice pour reprendre nos esprits et nous remettre ensemble. Et voilà qu'elle s'était mariée avec quelqu'un d'autre...

Cheryl a vu mon expression et ne m'a plus jamais reparlé de Rachel.

Alors que je contemplais la photo, j'ai entendu le bruit du 4 × 4 que je connaissais par cœur. Je n'ai pas pris la peine d'aller ouvrir. Lenny avait la clé. Il ne frappait jamais, de toute façon. Et il savait où me trouver. J'ai rangé la photo juste au moment où il est entré avec deux énormes gobelets en plastique aux couleurs criardes.

Il a levé les deux mains.

— Cerise ou coca ?

— Cerise.

Il m'a tendu le gobelet.

— Zia a appelé Cheryl, a-t-il dit en guise d'explication.

Il aurait fallu s'y attendre.

— Je n'ai pas envie d'en parler, ai-je répondu.

Lenny s'est laissé choir sur le canapé.

— Moi non plus.

De sa poche, il a sorti une épaisse liasse de papiers.

— Le testament et les dernières infos sur le patrimoine de Monica. Tu liras ça à tête reposée.

Il a saisi la télécommande et s'est mis à zapper.

— T'aurais pas un film porno, par hasard ?

— Non, désolé.

Lenny a haussé les épaules et s'est branché sur un match de basket universitaire sur ESPN. Pendant quelques minutes, on a regardé la télé en silence. C'est moi qui l'ai rompu le premier.

— Pourquoi tu ne m'as pas dit que Rachel avait divorcé ?

Il a grimacé de douleur et levé la main comme un agent qui règle la circulation.

— Qu'est-ce que tu as ?

— Le froid me donne mal au crâne. Je bois toujours ces trucs-là trop vite.

— Pourquoi tu ne me l'as pas dit ?

— Je croyais qu'on ne parlait pas de ça.

Je l'ai dévisagé.

— Ce n'est pas aussi simple, Marc.

— Qu'est-ce qui n'est pas simple ?

— Rachel a traversé une très mauvaise passe.

— Moi aussi.

Lenny suivait le match d'un peu trop près.

— Qu'est-ce qui lui est arrivé, Lenny ?

— Je ne suis pas bien placé, a-t-il dit en secouant la tête. Ça fait quoi, quinze ans que tu ne l'avais pas vue ? Quatorze, plus exactement.

— Quelque chose comme ça, oui.

Son regard a fait le tour de la pièce et s'est posé sur une photo de Monica et Tara. Baissant les yeux, il a siroté son granité.

— Il serait temps de tourner la page, mon pote.

Calés dans le canapé, nous avons fait mine de nous intéresser au match. Tourner la page… J'ai regardé la photo de Tara et me suis demandé si Lenny faisait allusion à autre chose qu'à Rachel.

Edgar Portman a pris la laisse en cuir et l'a agitée. Bruno, son bull-mastiff, a foncé en direction du bruit. Il y a six ans, Bruno avait remporté le prix du meilleur chien de sa catégorie à l'exposition canine de Westminster. Beaucoup lui trouvaient l'étoffe d'un grand champion, mais Edgar a préféré le retirer de la compétition.

Un chien de concours est toujours par monts et par vaux. Or Edgar voulait que Bruno reste avec lui.

Les gens avaient tendance à le décevoir. Les chiens, jamais.

La langue pendante, Bruno a remué la queue. Edgar a fixé la laisse au collier. Ils allaient sortir pour une heure. Edgar a jeté un œil sur son bureau. Sur la surface vernie trônait un paquet, identique à celui qu'il avait reçu dix-huit mois plus tôt. Bruno s'est mis à gémir. Était-ce de l'impatience ou avait-il perçu l'angoisse de son maître ? Les deux, peut-être.

D'une manière ou d'une autre, Edgar avait besoin d'air.

Le paquet d'il y a un an et demi avait subi toutes les analyses possibles. La police n'avait rien découvert. Fort de cette expérience, Edgar était convaincu que ces incapables n'en sauraient pas plus cette fois-ci. À l'époque, Marc n'avait pas voulu l'écouter. Restait à espérer qu'il ne répéterait pas la même erreur.

Edgar s'est dirigé vers la porte. Bruno ouvrait la marche. C'était bon, l'air frais. Il a inspiré profondément. Ça ne changeait pas grand-chose au tableau, mais ça faisait du bien. Tous deux se sont engagés sur le chemin familier, quand soudain Edgar a bifurqué sur la droite. Le cimetière familial. À force de le voir tous les jours, il ne le voyait pour ainsi dire plus. Il n'allait jamais sur les tombes. Mais aujourd'hui, il était attiré. Surpris par cet accroc dans la routine, Bruno a suivi à contrecœur.

Edgar a enjambé la petite barrière. Sa jambe lui faisait mal. L'âge. Ces promenades lui devenaient pénibles. Il se servait de plus en plus fréquemment d'une canne — la canne de Dashiell Hammett quand il avait attrapé la tuberculose, ou en tout cas vendue comme telle —, mais, pour une raison ou une autre, il ne l'emportait jamais lorsqu'il sortait son chien. Ça lui semblait déplacé.

Bruno a hésité avant de sauter la barrière. Ils se sont arrêtés devant les deux dernières stèles en date. Edgar évitait de songer à la vie et à la mort, à la fortune et à son rapport au bonheur. Couper les cheveux en quatre, ce n'était pas son truc. Il comprenait à présent qu'il n'avait probablement pas été un très bon père. Sauf qu'il avait appris de son père, lequel, à son tour, avait appris du sien. Finalement, peut-être son attitude distante l'avait-elle sauvé. S'il avait aimé ses enfants pleinement, s'il s'était investi à fond dans leur vie, il n'aurait sans doute pas réussi à survivre à leur mort.

Le chien s'est remis à geindre. Edgar s'est tourné vers lui, l'a regardé dans les yeux.

— Il faut qu'on y aille, mon garçon, a-t-il dit doucement.

La porte de la maison s'est ouverte. Edgar a vu son frère Carson se précipiter vers lui. Il a remarqué son expression.

— Mon Dieu ! s'est écrié Carson.

— Tu as trouvé le paquet, je suppose.

— Oui, bien sûr. Tu as appelé Marc ?

— Non.

— Tant mieux, a opiné Carson. C'est une blague. C'est forcément une blague.

Edgar n'a pas répondu.

— Tu n'es pas de mon avis ?

— Je ne sais pas.

— Tu n'imagines quand même pas qu'elle est toujours en vie.

Edgar a tiré légèrement sur la laisse.

— Attendons le retour des analyses, a-t-il dit. Comme ça, on sera fixés.

J'aime bien travailler le soir. J'ai de la chance. J'adore mon métier et, tel un athlète, j'oublie tous mes soucis quand j'entre en lice.

Ce soir-là cependant — trois jours après ma rencontre avec Rachel —, je n'étais pas de garde. Assis seul dans le séjour, j'étais en train de zapper d'une chaîne à l'autre. Comme la plupart des mâles de notre espèce, j'ai tendance à trop jouer avec la télécommande. Je suis capable de regarder tout et n'importe quoi des heures durant. L'année dernière, Lenny et Cheryl m'ont offert un lecteur DVD, arguant que mon magnétoscope prenait le chemin des tourne-disques d'antan. Je l'ai consulté pour savoir l'heure. Neuf heures et des poussières. J'avais le temps de me passer un film et d'aller me coucher avant onze heures.

Je venais juste de retirer le DVD de location de son boîtier et je m'apprêtais à le glisser dans l'appareil — il n'existe pas encore de télécommande qui puisse faire ça — quand j'ai entendu un chien aboyer. Je me suis levé. Une famille avait emménagé deux maisons plus loin. Ils avaient quatre ou cinq gosses — difficile à dire, quand il y en a autant, ils se confondent tous les uns avec les autres. Je ne m'étais pas encore présenté, mais j'avais aperçu dans leur jardin un chien-loup à peu près de la taille d'une Ford Explorer. C'est lui qui avait dû aboyer.

J'ai écarté le rideau, regardé par la fenêtre et, pour une raison que je ne saurais pas expliquer, je n'ai pas vraiment été surpris par ce que j'y ai vu.

La femme se tenait exactement à la même place qu'il y a dix-huit mois. Le manteau, les cheveux longs, les mains dans les poches — tout était pareil.

Je n'osais pas la quitter des yeux, mais, en même temps, je ne voulais pas qu'elle me voie. Je me suis laissé tomber à genoux et j'ai rampé vers le côté de la fenêtre, tel un limier de choc. Le dos au mur, j'ai réfléchi à ce que j'allais faire.

Tout d'abord, maintenant que je ne la voyais plus, elle pouvait partir sans que je le sache. Hmm, pas bon, ça. J'ai risqué un coup d'œil : la femme était toujours là. Elle s'était même rapprochée de ma porte d'entrée. Il n'y avait plus qu'à ouvrir la porte pour la cueillir. Et, si jamais elle se sauvait, je la rattraperais.

Un autre coup d'œil rapide, et là, je me suis rendu compte qu'elle avait les yeux rivés sur la vitre. Je me suis reculé précipitamment. Zut, elle m'avait vu. Rien à faire. J'ai agrippé le châssis de la fenêtre, mais elle avait déjà tourné les talons.

Ah non, pas cette fois.

Je portais une tenue opératoire — tous les toubibs que je connais en ont une ou deux pour traîner à la maison — et j'étais pieds nus. J'ai foncé vers la porte. La femme était presque au carrefour. En me voyant, elle a pressé le pas et s'est carrément mise à courir.

Je me suis élancé à sa poursuite. Tant pis pour mes pieds. Au fond de moi, je me sentais ridicule. Moi qui ne suis pas franchement un as du jogging, j'étais en train de galoper après une inconnue parce qu'elle s'était arrêtée devant chez moi. J'ignorais ce qui me poussait à continuer. Si ça se trouve, elle était sortie prendre l'air, et je lui avais fait peur. Peut-être qu'elle allait appeler la police. Je voyais leur réaction d'ici. Non content d'avoir massacré toute ma famille, voilà que je pourchassais les femmes du quartier.

Je n'ai pas ralenti.

La femme a tourné dans Phelps Road, avec une bonne longueur d'avance sur moi. J'ai bandé mes muscles pour essayer d'aller encore plus vite. Les gravillons du trottoir m'entamaient la plante des pieds. Je me suis efforcé de rester sur l'herbe. Je l'avais perdue de vue et le souffle commençait à me manquer. Pour couronner le tout, mon nez s'était mis à couler.

Arrivé au bout de ma rue, j'ai pris à droite.

Il n'y avait personne.

La route était droite et bien éclairée. Je me suis retourné bêtement, mais la femme n'était pas derrière moi non plus.

Elle avait disparu.

Mais comment ?

Elle ne pouvait pas être aussi rapide. Même Carl Lewis n'était pas aussi rapide. J'ai marqué une pause et, les mains sur les genoux, inhalé un peu d'oxygène vital. Bon. Et si elle habitait dans l'une de ces maisons ? Elle était juste sortie faire un tour, quelque chose avait attiré son attention, et elle s'était arrêtée pour regarder...

Exactement comme il y a dix-huit mois ?

O.K., tout d'abord je ne savais pas s'il s'agissait de la même femme.

J'aurais donc surpris deux femmes différentes devant chez moi, plantées telles des statues au même endroit ?

Et pourquoi pas ? Ou alors, il s'agissait toujours de la même femme. Peut-être qu'elle s'intéressait à l'architecture.

L'architecture des pavillons de banlieue dans toute leur splendeur ? Et si c'était le cas, pourquoi s'était-elle enfuie ?

Je ne sais pas, mais peut-être — ce n'est qu'une supposition — parce qu'elle était poursuivie par une espèce de cinglé ?

Je suis reparti en courant, sans savoir où j'allais. Mais, en passant devant chez les Zucker, j'ai pilé tout net.

Était-ce possible ?

La femme s'était bel et bien volatilisée. Ce qui voulait dire : a) elle habitait dans la rue ; b) elle se cachait.

Ou c) elle avait coupé par chez les Zucker pour gagner les bois.

Quand j'étais gamin, on empruntait parfois le sentier qui traversait le jardin des Zucker pour rejoindre les terrains de sport. La vieille Zucker, elle n'aimait pas ça. Elle ne disait rien, mais, postée derrière sa fenêtre, elle nous fusillait du regard. Au bout d'un moment, on a renoncé à prendre ce raccourci et on a préféré passer par la route.

J'ai regardé à droite et à gauche. Aucun signe de la femme.

Se pouvait-il qu'elle connaisse l'existence du sentier ?

Je me suis enfoncé dans le jardin obscur, m'attendant à moitié à voir la vieille Zucker à la fenêtre de la cuisine, mais elle avait déménagé à Scottsdale il y a des années. J'ignorais qui habitait ici, à présent. Je ne savais même pas si le sentier existait toujours.

Il faisait noir comme dans un four. Toutes les lumières de la maison étaient éteintes. J'ai essayé de localiser le sentier. En fait, ça n'a pas été difficile. Ces choses-là ne s'oublient pas. C'est comme un réflexe. J'ai couru et quelque chose m'a heurté à la tête. J'ai entendu un bruit mat puis j'ai basculé en arrière.

Étourdi, j'ai levé les yeux. À la faible lueur de la lune, j'ai distingué une balançoire. Une balançoire en bois. Elle n'était pas là du temps de mon enfance et, dans l'obscurité, je ne l'avais pas vue. Je me sentais groggy, mais il ne fallait pas que je traîne. J'ai bondi sur mes pieds avec beaucoup trop d'enthousiasme, ce qui m'a fait chanceler.

Le sentier était toujours là.

Je l'ai suivi aussi rapidement que j'ai pu. Des branches me fouettaient le visage. Je m'en fichais. Le sentier n'était pas très long — une quinzaine de mètres, à tout casser. Il donnait sur un grand espace découvert, composé de terrains de foot et de base-ball. Si mon inconnue avait pris ce chemin-là, je pourrais la repérer de loin.

J'apercevais déjà les halos brumeux des néons du parking. Émergeant des broussailles, j'ai scruté les environs. J'ai vu plusieurs paires de poteaux de but et un grillage.

Mais pas de femme.

Zut !

Je l'avais perdue. Une fois de plus. J'avais le moral dans les chaussettes. À la réflexion, c'était une vraie histoire de fous. J'ai regardé mes pieds. Ils me faisaient un mal de chien. Quelque chose — du sang, probablement — coulait le long de mon pied droit. Je me sentais le dernier des imbéciles. Un imbécile vaincu, qui plus est. J'ai fait demi-tour…

Attendez, ne raccrochez pas tout de suite.

À distance, sous les lumières du parking, il y avait une voiture. Une voiture solitaire, abandonnée à son triste sort. J'ai hoché la tête, suivant le fil de mon raisonnement. Mettons que cette voiture appartienne à mon inconnue. Elle se gare, elle traverse les bois, elle vient se poster devant chez moi. Pourquoi, je n'en avais pas la moindre idée. Mais j'ai décidé de m'en tenir à cette hypothèse.

O.K., si c'était bien sa voiture, ça voulait dire qu'elle n'était pas encore partie. Jusque-là, j'avais tout bon. Alors que s'est-il passé ? Elle se fait repérer, elle file, elle prend la direction du sentier… et se fait la réflexion que je suis peut-être à ses trousses.

J'ai presque fait claquer mes doigts. La mystérieuse inconnue devait savoir que j'avais grandi ici et que je risquais de me souvenir du sentier. Que faire ?

J'ai réfléchi et la réponse m'est venue aussitôt.

Elle se cache sûrement dans le bois qui borde le sentier.

Si ça se trouve, elle m'épie en ce moment même.

D'accord, ce n'était qu'une supposition, mais elle me semblait logique. Parfaitement logique. Et maintenant ? J'ai poussé un gros soupir et lâché un « Zut ! » sonore. J'ai rebroussé chemin vers la maison des Zucker. Tête baissée, je balayais la végétation du regard, guettant le moindre bruissement.

La nuit demeurait silencieuse.

Arrivé au bout du sentier, j'ai fait mine de poursuivre ma route comme pour rentrer chez moi. Je me suis laissé happer par l'obscurité, puis je suis revenu sur mes pas en rampant façon commando, jusqu'à la balançoire, et j'ai attendu, caché dessous.

J'ignore combien de temps je suis resté ainsi. Sans doute deux ou trois minutes, pas plus. J'étais sur le point d'abandonner quand j'ai entendu du bruit. J'étais toujours à plat ventre, le nez en l'air. La silhouette s'est dressée et s'est engagée sur le sentier.

Je me suis relevé en essayant de rester invisible, mais rien à faire. La femme s'est retournée et m'a aperçu.

— Attendez ! ai-je crié. Je veux juste vous parler.

Elle s'était déjà enfoncée dans le bois. Dans cette masse sombre et touffue, il était facile de la perdre à nouveau. Je n'allais pas prendre ce risque. Si je ne la voyais pas, je pouvais l'*entendre*.

J'ai bondi dans les fourrés et me suis immédiatement cogné à un arbre. J'ai vu des étoiles. Dieu, quel abruti ! Je me suis arrêté et j'ai dressé l'oreille.

Silence.

Elle se cachait, encore.

Pourtant, elle ne devait pas être bien loin. Tant pis, me suis-je dit. Et j'ai bondi là où j'avais entendu du bruit pour la dernière fois, bras et jambes écartés afin de couvrir un maximum de surface. J'ai atterri sur un buisson.

Ma main gauche a cependant touché autre chose.

Elle a essayé de s'éloigner en rampant, mais mes doigts se sont refermés sur sa cheville. Elle m'a donné un coup de pied. Je tenais bon, comme un chien qui refuse de desserrer les crocs.

— Lâchez-moi ! a-t-elle crié.

Je n'ai pas reconnu la voix. Je continuais à me cramponner à sa cheville.

— Non mais, qu'est-ce qui... lâchez-moi !

Non. Ayant gagné du terrain, je l'ai tirée vers moi. Mes yeux commençaient à s'accoutumer à l'obscurité. J'ai tiré encore. Elle a roulé sur le dos. J'ai enfin réussi à voir son visage.

Il m'a fallu un moment pour comprendre. Tout d'abord, le souvenir ne datait pas d'hier. Le visage, ou ce que j'en distinguais, avait changé. Ce qui l'a trahie, et m'a permis de la reconnaître, c'est la façon dont ses cheveux lui ont dégringolé sur les yeux au cours de notre échauffourée. C'était presque plus familier que les traits — la vulnérabilité de la posture, sa manière de fuir mon regard. Et bien sûr, le fait de vivre dans cette maison, la maison qui me semblait indissociable d'elle, a dû graver son image dans un coin de ma mémoire.

La femme a repoussé ses cheveux sur le côté et m'a regardé. J'ai revu mon école, le bâtiment en brique qui se trouvait à deux cents mètres à peine de l'endroit où nous vivions. Ça tombait sous le sens : la mystérieuse inconnue s'était arrêtée devant la maison où elle avait vécu.

La mystérieuse inconnue était Dina Levinsky.

11

ON S'EST ASSIS À LA TABLE DE LA CUISINE. J'ai fait du thé, un thé vert chinois acheté au *Starbucks*. C'était censé avoir un effet apaisant. On allait bien voir. J'ai tendu une tasse à Dina.

— Merci, Marc.

J'ai hoché la tête et pris place en face d'elle. Dina, je la connaissais depuis toujours. Je la connaissais comme on se connaît entre mômes, entre camarades de classe, même si — un peu de patience, s'il vous plaît —, même si je doute qu'on se soit jamais adressé la parole.

On a tous une Dina Levinsky dans notre passé. C'était la tête de Turc, le paria de la classe, objet de tant d'insultes et de moqueries que c'en était un miracle si elle n'avait pas disjoncté. Je ne participais pas à la curée, mais j'y ai souvent assisté en spectateur. Même si je n'avais pas occupé la maison de son enfance, Dina Levinsky aurait continué à vivre en moi. Elle vit aussi en vous. Vite : qui charriait-on le plus quand vous étiez en primaire ? Exactement, vous vous en souvenez. Vous

vous rappelez son prénom, son nom de famille, son physique. Vous le revoyez, vous la revoyez rentrant seul(e) de l'école ou assis(e) en silence à la cafétéria. Quoi qu'il arrive, Dina Levinsky sera toujours là.

— Tu es devenu médecin, paraît-il, m'a-t-elle dit.

— Oui. Et toi ?

— Artiste. J'ai une expo au Village le mois prochain.

— Une exposition de peintures ?

Elle a hésité.

— Oui.

— Tu as toujours été douée en dessin.

Surprise, elle a penché la tête sur le côté.

— Tu avais remarqué ?

Il y a eu une brève pause. Puis je me suis entendu dire :

— J'aurais dû faire quelque chose.

Dina a souri.

— Non, c'est moi qui aurais dû faire quelque chose.

Elle avait embelli. Pas comme le vilain petit canard devenu cygne, non, car pour commencer Dina n'avait jamais été vilaine. Quelconque, plutôt. Elle l'était peut-être encore. Ses traits étaient toujours aussi pointus, mais ils se mariaient mieux avec un visage d'adulte. Ses cheveux, naguère raides comme des baguettes, avaient du corps maintenant.

— Tu te souviens de Cindy McGovern ? m'a-t-elle demandé.

— Bien sûr.

— Elle m'a persécutée plus que n'importe qui.

— Je sais.

— Tu vois, c'est drôle. J'ai exposé il y a quelques années dans une galerie de Manhattan, et qui se pointe là-bas ? Cindy. Elle vient m'embrasser, tout sourires, elle me parle du bon vieux temps, et je te le jure, Marc, elle avait complètement oublié tout ce qu'elle m'avait fait subir. Ce n'était pas de la comédie. Elle l'avait juste occulté, c'est tout. Je l'ai déjà constaté, ça.

— Constaté quoi ?

Dina a pris sa tasse entre les mains.

— Personne ne se souvient d'avoir été le persécuteur.

Elle s'est recroquevillée sur la chaise ; son regard errait à travers la cuisine. Je me suis interrogé sur mes propres souvenirs : avais-je été un simple spectateur ou bien ce trip révisionniste était aussi le mien ?

— Quelle histoire ! a dit Dina.

— Quoi, le fait d'être revenue ici ?

— Oui.

Elle a reposé sa tasse.

— J'imagine que tu attends une explication.

Je n'ai pas répondu.

Son regard s'est remis à vagabonder.

— Tu veux entendre un truc bizarre ?

— Vas-y.

— C'est justement ici que je m'asseyais. Quand j'étais petite. Nous aussi, on avait une table rectangulaire. Je me mettais toujours au même endroit. Tout à l'heure, en entrant, j'ai été spontanément attirée vers cette chaise-ci. C'est… c'est en partie la raison pour laquelle je suis venue ce soir.

— Je ne suis pas sûr de bien comprendre.

— Cette maison, a-t-elle dit, elle exerce toujours une sorte d'attraction sur moi. Une emprise.

Elle s'est penchée en avant. Pour la première fois, nos regards se sont rencontrés.

— Tu connais la rumeur, n'est-ce pas ? À propos de mon père et de ce qui est arrivé ici.

— Oui.

— Tout ça, c'est vrai.

Je me suis efforcé de ne pas ciller. Je ne savais pas quoi dire. Je pensais à l'enfer qu'elle avait vécu à l'école. J'ai essayé d'y superposer celui qu'elle avait vécu dans cette maison. C'était incommensurable.

— Il est mort. Mon père, je veux dire. Il est mort il y a six ans.

J'ai baissé les yeux.

— Je vais bien, Marc. Je t'assure. J'ai été suivie en thérapie… enfin, je le suis toujours. Tu connais le Dr Radio ?

— Non.

— C'est son vrai nom. Stanley Radio. La méthode Radio est assez connue. Ça fait des années qu'il me soigne. Je vais beaucoup mieux. J'ai dépassé les pulsions autodestructrices. J'ai dépassé le stade de la dévalorisation. C'est drôle… Je m'en suis sortie. Non, je suis sérieuse. La plupart des victimes d'abus ont des problèmes affectifs et sexuels. Pas moi. La vie de couple ne me fait pas peur. Je suis mariée maintenant et mon mari est quelqu'un de formidable. Ce n'est pas tous les jours Byzance, mais ça se passe plutôt bien.

— Je suis content, ai-je dit, faute de mieux.

Elle a souri.

— Tu es superstitieux, Marc ?

— Non.

— Moi non plus. Sauf que, quand j'ai appris pour ta femme et ta fille, je me suis posé des questions. Sur cette maison. Le mauvais karma et tout. Tu avais une si jolie femme…

— Tu connaissais Monica ?

— J'ai eu l'occasion de la rencontrer.

— Quand ?

Dina n'a pas répondu tout de suite.

146

— Le terme « déclencheur », ça t'évoque quelque chose ?

— En psychiatrie, tu veux dire ?

— Oui. Tu comprends, quand j'ai su par la presse ce qui s'était passé ici, ç'a agi à la façon d'un déclencheur. Comme chez une alcoolique ou une anorexique. On n'est jamais complètement guéri. Il suffit d'un événement — d'un déclencheur — et on retombe dans ses travers. J'ai commencé à me ronger les ongles. À me faire du mal physiquement. C'est comme si... comme s'il fallait que j'affronte cette maison. Que j'affronte mon passé pour le vaincre.

— C'est ce que tu faisais ce soir ?

— Oui.

— Et quand je t'ai repérée il y a dix-huit mois ?

— Pareil.

Je me suis rencogné dans ma chaise.

— Tu viens souvent ici ?

— Tous les deux ou trois mois. Je me gare devant l'école et je coupe par chez les Zucker. Mais il y a une autre raison.

— À quoi ?

— À mes visites. Vois-tu, cette maison garde toujours mes secrets. Littéralement.

— Je ne te suis pas très bien.

— J'essaie de rassembler mon courage pour frapper à la porte encore une fois, mais je n'y arrive pas. Et là, regarde, je suis dans la cuisine, sans aucun problème.

Elle s'est forcée à sourire, comme pour mieux me convaincre.

— Mais je ne sais toujours pas si j'en suis capable.

— Capable de quoi ?

— Je radote.

147

Dina s'est mise à se gratter le dos de la main, vite et fort, au risque de s'arracher la peau. J'ai eu envie de poser ma main sur son bras, mais ce geste me semblait condescendant.

— J'ai tout écrit. Dans mon journal intime. Tout ce qui m'est arrivé. Et il est ici.

— Dans la maison ?

Elle a hoché la tête.

— Je l'ai caché.

— La police a tout passé au peigne fin, après le meurtre.

— Ils ne l'ont pas trouvé, j'en suis sûre. Et même s'ils l'avaient découvert, ce n'est qu'un vieux journal. Ils n'avaient aucune raison d'y toucher. D'un côté, je voudrais ne rien faire. C'est fini, terminé, tu vois ce que je veux dire ? Ne pas réveiller le chat qui dort. Mais, d'un autre côté, j'aimerais l'exposer au grand jour. Comme si c'était un vampire et que le soleil allait le tuer.

— Où est-il ? ai-je demandé.

— Au sous-sol. Il faut grimper sur le sèche-linge pour l'attraper. C'est derrière une canalisation, à l'intérieur du vide sanitaire.

Elle a jeté un coup d'œil sur l'horloge. Puis elle m'a regardé et a croisé les bras sur ses épaules.

— Il commence à se faire tard.

— Ça va ?

Son regard errait à nouveau. Sa respiration était devenue inégale.

— Je ne crois pas pouvoir rester ici plus longtemps.

— Tu veux récupérer ton journal ?

— Je ne sais pas.

— Tu veux que j'aille te le chercher ?

Elle a secoué la tête avec force.

— Non.

Elle s'est levée, aspirant l'air à grandes goulées.

— Je ferais mieux d'y aller.

— Reviens quand tu veux, Dina.

Elle n'écoutait déjà plus. En pleine crise de panique, elle se dirigeait vers la porte.

— Dina ?

Elle a pivoté brusquement vers moi.

— Tu l'aimais ?

— Qui ?

— Monica. Est-ce que tu l'aimais ? Ou bien il y avait quelqu'un d'autre ?

— Qu'est-ce que tu racontes ?

La couleur a déserté son visage. Elle m'a contemplé, pétrifiée.

— Tu sais qui a tiré sur toi, n'est-ce pas, Marc ?

J'ai ouvert la bouche, mais aucun son n'en est sorti. Le temps de reprendre mes esprits, Dina avait tourné les talons.

— Désolée, je dois partir.

— Attends.

Ouvrant la porte à la volée, elle s'est précipitée dehors. Par la fenêtre, je l'ai regardée se hâter en direction de Phelps Road. Cette fois, je ne l'ai pas suivie.

J'ai fait volte-face et, ses paroles — « *Tu sais qui a tiré sur toi, n'est-ce pas, Marc ?* » — résonnant toujours dans ma tête, j'ai foncé au sous-sol.

Que les choses soient claires : je n'allais pas fouiller les entrailles inhospitalières de la maison dans le but de violer l'intimité de Dina. Contrairement à mes confrères psychiatres, j'ai tendance à penser que parfois il vaut mieux ne pas revenir sur le passé. Mais je ne prétends pas détenir la solution, et ce n'est certainement pas à moi de décider ce qui est bon pour Dina.

Ce n'était pas non plus la curiosité qui me poussait. À vrai dire, rien que de songer aux horreurs qui avaient eu lieu ici, j'en avais la chair de poule. Qui plus est, j'avais déjà été amplement servi de ce côté-là, merci. J'avais eu ma dose.

Alors, je recherchais quoi, au juste ?

J'ai appuyé sur l'interrupteur. Une ampoule nue s'est allumée. À peine dans l'escalier, je me suis mis à cogiter. Dina avait dit plusieurs choses bizarres. Faisant momentanément abstraction des révélations les plus dramatiques, je me suis concentré sur les subtilités.

Tout d'abord, je me suis souvenu que, plantée sur le trottoir, elle avait fait un pas vers la maison. Cherchant, comme elle me l'avait expliqué, à « rassembler son courage pour frapper à la porte encore une fois ».

Encore une fois.

Frapper à la porte *encore une fois.*

À l'évidence, elle était déjà venue frapper à ma porte.

Ensuite, Dina m'avait avoué avoir « rencontré » Monica. Mais je ne voyais pas comment. La propriété des Portman était située à l'autre extrémité de notre banlieue tentaculaire. Dès son plus jeune âge, Monica avait été envoyée en pension. Personne ici ne la connaissait. Je me rappelle l'avoir entrevue au cinéma un été, quand j'étais en seconde. Je l'avais dévisagée, bouche bée. Elle m'avait soigneusement ignoré. Son personnage de beauté distante était déjà très au point.

Où et comment ma riche, belle et distante épouse aurait-elle rencontré la pauvre et effacée Dina Levinsky ? La réponse la plus vraisemblable, à la lumière de cet « encore une fois », c'était que Dina avait frappé à la porte et Monica lui avait ouvert. Elles ont dû discuter. Dina lui a probablement parlé de son journal caché.

Tu sais qui a tiré sur toi, n'est-ce pas, Marc ?

Non, Dina. Mais j'ai bien l'intention de le découvrir.

J'ai posé le pied sur le sol en ciment. Partout il y avait des cartons, des cartons que je n'ouvrirai jamais, pas plus que je ne les jetterai. Pour la première fois peut-être, j'ai remarqué des taches de peinture par terre. Toutes sortes de nuances. Elles devaient être là depuis l'époque de Dina, souvenir de son unique échappatoire.

Le lave-linge et le sèche-linge se trouvaient dans le coin gauche. Je m'en suis approché tout doucement. Marchant sur la pointe des pieds, comme si je craignais de réveiller les fantômes assoupis de Dina. C'était idiot. Ainsi que je l'ai déjà dit, je ne suis pas superstitieux, et même si je l'avais été, même si j'avais cru aux esprits du mal et *tutti quanti*, je n'avais pas à redouter leur courroux. Ma femme était morte et ma fille avait disparu… que pouvaient-ils me faire de plus ? Autant les bousculer, les inciter à agir — peut-être me révéleraient-ils ce qui était réellement arrivé à ma famille, à Tara ?

Et voilà. Tara. Tout, finalement, tournait autour d'elle. J'ignore quelle était sa place là-dedans, ou s'il existait un lien entre son enlèvement et Dina Levinsky. Probablement pas. Mais je n'allais pas en rester là.

Car, voyez-vous, Monica n'a jamais parlé de sa rencontre avec Dina.

Je trouve ça bizarre. D'accord, c'est un peu tiré par les cheveux, mais si Dina avait vraiment frappé à notre porte, si Monica lui avait ouvert, elle l'aurait mentionné à un moment ou un autre, non ? Elle savait que Dina Levinsky avait été en classe avec moi. Alors, pourquoi avait-elle passé cette visite — et leur rencontre — sous silence ?

J'ai escaladé le sèche-linge. Là, j'ai dû m'accroupir avant de lever les yeux. J'étais au royaume de la poussière. Avec des toiles d'araignée partout. J'ai vu la trappe et glissé la main à l'intérieur. Pas évident… Mon bras avait du mal à se frayer un passage dans l'enchevêtrement de conduites. Une adolescente aux bras fins n'aurait pas eu ce problème.

Enfin, j'ai réussi à contourner les tuyaux de cuivre. Mes doigts tâtonnaient dans le vide. J'ai avancé la main de deux ou trois centimètres. Et là, j'ai rencontré quelque chose.

Retroussant ma manche, j'ai réussi à enfoncer mon bras de quelques centimètres supplémentaires. Deux tuyaux me rentraient dans la chair, mais j'avais la place qu'il fallait. J'ai attrapé l'objet et l'ai sorti.

Le journal.

C'était un banal cahier d'écolier avec la familière couverture marbrée. Je l'ai ouvert et l'ai feuilleté. L'écriture, minuscule, m'a fait penser à ce type au centre commercial qui trace des prénoms sur un grain de riz. D'une calligraphie impeccable — que devait démentir le contenu —, Dina avait noirci les pages de haut en bas, sans laisser de marges.

Je ne l'ai pas lu. Une fois de plus, je n'étais pas descendu pour cette raison. J'ai remis le journal là où je l'avais trouvé. J'ignorais si le fait d'y avoir touché n'allait pas déchaîner la colère des dieux, genre malédiction de Toutankhamon, mais sincèrement, ça m'était égal.

J'ai tâtonné à nouveau. Je savais. Je ne vois pas comment, mais je savais. Finalement, ma main a frôlé autre chose. Mon cœur a fait un bond. C'était lisse. Lisse comme du cuir. Je l'ai sorti. Dans un nuage de poussière. Je me suis frotté les yeux.

C'était un DayRunner, l'agenda-planning de Monica.

Je m'en souviens, elle l'avait acheté dans une boutique chic de Manhattan. Pour organiser sa vie, m'avait-elle dit. Ça se composait d'un calendrier et d'un agenda. À quand remontait cet achat ? Je ne savais plus. Peut-être à huit ou neuf mois avant sa mort. J'ai essayé de me rappeler la dernière fois où je l'avais vu. En vain.

Coinçant l'agenda entre mes genoux, j'ai remis la trappe en place. Puis je suis descendu du sèche-linge. J'avais l'intention de l'ouvrir en haut, où l'éclairage était meilleur. Mais ç'a été plus fort que moi. L'agenda était doté d'une fermeture Éclair. Malgré la poussière, celle-ci a coulissé sans effort.

Un CD en est tombé et a atterri sur le sol.

Il luisait dans la pénombre tel un joyau. Je l'ai ramassé en le tenant par les bords. Il ne portait pas d'étiquette. Juste la marque du fabricant — Memorex — et l'inscription : « CD-ROM, 80 minutes ».

Qu'est-ce que c'est encore que ça ?

Un seul moyen de le savoir : remonter à la hâte et redémarrer mon ordinateur.

12

QUAND J'AI GLISSÉ LE DISQUE dans le lecteur, j'ai vu apparaître l'écran suivant :

Mot de passe :----------
EDC
Newark, NJ

Un mot de passe de six chiffres. J'ai tapé la date de naissance de Monica. Rien. La date de naissance de Tara. Toujours rien. J'ai essayé notre anniversaire de mariage, puis le mien. J'ai essayé le code de notre carte bancaire. Rien à faire.

Je me suis rencogné dans mon siège.

Fallait-il que j'appelle l'inspecteur Regan ? Il n'était pas loin de minuit maintenant… même si j'arrivais à le joindre, ç'aurait été pour lui dire quoi ? « Bonsoir, j'ai trouvé un CD planqué dans mon sous-sol, venez vite » ? Non. Pas la peine de jouer les hystériques. Mieux valait garder son calme, feindre de rester rationnel. Prendre le temps de réfléchir. Je pouvais toujours lui téléphoner dans la matinée. La nuit porte conseil.

Très bien, mais je n'avais pas l'intention de laisser tomber, pas tout de suite. Je me suis connecté à Internet, sur un moteur de recherches, et j'ai tapé EDC à Newark. Un listing est apparu.

« EDC — Enquêteurs Détectives de Choc. »

Détectives ?

Il y avait un lien pour un site Web. J'ai cliqué dessus. EDC était un « groupe d'enquêteurs professionnels privés » qui offrait des « services confidentiels ». Ils proposaient en ligne des vérifications d'identité pour moins de cent dollars. Leurs annonces publicitaires clamaient : « Informez-vous pour savoir si votre *nouveau fiancé* n'a pas un casier judiciaire ! » et « Où est-elle, *l'ex-femme de votre vie* ? Peut-être vous aime-t-elle encore ! », des choses comme ça. Ils menaient également des « investigations discrètes et poussées » à la demande et se targuaient en général d'être « un cabinet spécialisé dans toutes les missions de recherche ».

Et Monica, en l'occurrence, que recherchait-elle ?

J'ai décroché le téléphone et composé leur numéro vert. Je suis tombé sur une machine — pas étonnant, vu l'heure — qui m'a remercié de mon appel et m'a précisé que les bureaux ouvraient à neuf heures du matin. Pas grave, je rappellerais.

J'ai raccroché et éjecté le CD que j'ai saisi par les bords pour l'examiner. Je cherchais… je ne sais pas moi, un indice quelconque, mais je n'ai rien trouvé. Il était temps de faire fonctionner mes méninges. À l'évidence, Monica avait bénéficié des prestations d'EDC, et le fruit de leurs recherches était gravé sur ce CD. Pas très brillant comme déduction, mais c'était un début.

Bon, alors, revenons en arrière. Si ce CD était à Monica, si elle avait réellement loué les services d'un détective privé, elle a dû payer EDC pour lesdits services.

J'ai hoché la tête. Voilà qui était déjà mieux.

Mais — et c'est là que ça se gâtait — la police avait étudié à la loupe nos comptes bancaires et l'état de nos finances. Ils avaient épluché toutes les transactions, toutes les facturettes, tous les chèques signés, tous les retraits au distributeur. Avaient-ils vu passer un paiement à l'ordre d'EDC ? Si oui, soit ils n'ont rien trouvé, soit ils me l'ont caché. Bien entendu, je n'étais pas resté les bras ballants : moi aussi, j'avais inspecté nos relevés de comptes. Et je n'avais rien remarqué à l'ordre d'une agence de détectives privés, pas plus qu'un retrait d'espèces inhabituel.

Qu'est-ce que cela signifiait ?

Peut-être que ce CD était vieux.

Possible. Je doute que quelqu'un parmi nous ait vérifié les transactions remontant à plus de six mois avant l'agression. Sa relation avec les détectives de choc pouvait dater de cette époque-là. Je n'avais qu'à consulter les anciens relevés.

Mais je n'étais pas vraiment convaincu.

Ce CD n'était pas vieux, j'en étais certain. D'ailleurs, le facteur temps n'avait pas beaucoup d'importance. Récent ou non, les questions étaient les mêmes : pourquoi Monica aurait-elle engagé un détective privé ? Quel était le mot de passe qui protégeait l'accès à ce fichu CD ? Pourquoi l'avait-elle caché dans ce lieu sinistre au sous-sol ? Que venait faire Dina Levinsky là-dedans ? Et surtout, tout cela avait-il un quelconque rapport avec l'agression, ou bien s'agissait-il juste d'un vœu pieux de ma part ?

156

J'ai regardé par la fenêtre la rue vide et silencieuse. La banlieue dormait. Je n'apprendrais plus rien cette nuit. Demain matin, j'irais chercher mon père pour sa promenade hebdomadaire, puis j'appellerais EDC et peut-être même Regan.

Je suis allé me mettre au lit et j'ai attendu le sommeil.

Le téléphone sur la table de chevet d'Edgar Portman a sonné à quatre heures et demie du matin. Réveillé en plein rêve, Edgar s'est dressé en sursaut et a tâtonné à la recherche du combiné.

— Oui ? a-t-il aboyé.

— Vous m'avez dit de téléphoner dès que je saurais.

Edgar s'est frotté le visage.

— Vous avez les résultats.

— Oui.

— Et ?

— Ça correspond.

Edgar a fermé les yeux.

— Dans quelle mesure en êtes-vous certain ?

— C'est un préalable. Si je devais me présenter devant un tribunal, j'aurais besoin de quelques semaines de plus afin de peaufiner mes conclusions. Mais ce serait surtout pour suivre le protocole.

Edgar ne pouvait s'arrêter de trembler. Il a remercié son interlocuteur et, après avoir raccroché, a commencé à se préparer.

13

LE LENDEMAIN, j'étais dehors à six heures du matin. J'ai parcouru un pâté de maisons, sorti la clé que j'avais depuis mes années de fac et, ayant ouvert la porte, je me suis glissé dans la maison de mon enfance.

Le temps n'avait pas été clément avec elle, même si elle n'avait jamais figuré dans *Maison et Jardin* (sauf peut-être sur une photo légendée « avant »). Nous avions remplacé la moquette quatre ans auparavant — une moquette bouclée bleu et blanc tellement usée qu'elle s'était pratiquement remplacée d'elle-même — par du gris uniforme style bureau afin de faciliter le passage du fauteuil roulant de mon père. Autrement, rien n'avait bougé. Sur les consoles vernies trônaient toujours les bibelots en porcelaine rapportés d'un lointain voyage en Espagne. Des toiles avec des fruits et des violons dignes d'un *Holiday Inn* — bien que personne dans la famille ne soit particulièrement musicien, ni porté sur les fruits — ornaient toujours les murs peints en blanc.

Il y avait des photos sur le manteau de la cheminée. Je m'arrêtais systématiquement devant celles de ma sœur, Stacy. Je ne sais pas ce que je cherchais. Ou plutôt si. Je recherchais des indices, des signes avant-coureurs. Quelque chose, n'importe quoi, laissant prévoir que cette jeune femme fragile et ravagée allait un jour acheter une arme dans la rue, tirer sur moi, faire du mal à ma fille.

— Marc ? (C'était maman. Elle savait ce que j'étais en train de faire.) Tu peux venir m'aider ?

Je suis allé dans la chambre du fond. Papa dormait au rez-de-chaussée ; c'était plus simple que de hisser un fauteuil roulant à l'étage. Nous l'avons habillé : ce qui ressemblait un peu à habiller un tas de sable mouillé. Papa penche d'un côté, puis de l'autre. Son poids est sujet à des fluctuations soudaines. Maman et moi, on a l'habitude, mais ça ne nous rend pas la tâche plus facile.

Lorsque ma mère m'a embrassé pour me dire au revoir, j'ai perçu les effluves familiers de cigarette et de pastille de menthe. Je l'avais harcelée pour qu'elle arrête de fumer. Elle me le promettait encore et toujours, mais je savais qu'elle ne le ferait pas. J'ai remarqué à quel point la peau de son cou était devenue flasque ; ses chaînes en or disparaissaient presque dans les replis. Elle s'est baissée pour embrasser mon père sur la joue, s'y attardant quelques secondes de trop.

— Soyez prudents, nous a-t-elle recommandé.

C'est ce qu'elle disait chaque fois.

Et notre périple a commencé. J'ai poussé le fauteuil de papa devant la gare ferroviaire. Nous vivons dans une banlieue-dortoir. Des hommes surtout, mais aussi des femmes faisaient la queue en manteau long, la mallette dans une main, le gobelet de café dans l'autre. À mes yeux, ces gens-là étaient des héros. Ils prenaient ce putain de train cinq jours par semaine, faisaient Dieu sait combien de changements pour parvenir à destination.

Moi, on m'admire parce que je fais un boulot qui sort des sentiers battus. On m'en parle en termes de sacrifice. Certes, si j'avais été chirurgien esthétique, j'aurais gagné des fortunes. Mes parents auraient eu une vie plus confortable, une infirmière à temps complet pour mon père, un logement mieux adapté. Mais je n'ai pas pris cette option-là parce que, franchement, ça m'aurait barbé. J'ai choisi un travail plus excitant, un travail que j'aime, car subvenir aux besoins des miens ne me suffit pas. J'ai voulu un métier qui me procure des satisfactions personnelles. Ces types en costume que je regarde à présent monter, hagards, dans le train de banlieue ? Souvent, ils détestent ce qu'ils font, mais ils le font quand même. Ils le font pour assurer une meilleure existence à leur famille, aux enfants, et peut-être, qui sait, à leurs parents âgés et malades.

Alors qui d'entre nous mérite l'admiration, hein ?

Papa et moi suivions tous les jeudis le même itinéraire. Nous prenions l'allée circulaire du parc derrière la bibliothèque. Le parc comptait un nombre incalculable de terrains de foot. L'aire de jeux, la vue et les cris des enfants semblaient produire un effet apaisant sur mon père. Nous nous sommes arrêtés pour respirer un bon coup. J'ai jeté un œil sur ma gauche. Plusieurs joggeuses moulées dans du Lycra nous ont dépassés au trot. Papa était comme figé. J'ai souri. Peut-être que son penchant pour cet endroit n'avait rien à voir avec le foot.

Je ne me souviens plus comment il était autrefois. Je ne revois que des bribes d'images, des flashes — un rire grave, un petit garçon cramponné au biceps paternel, les pieds en l'air. Et c'est à peu près tout. Je sais que je l'aimais comme un fou, et ça me suffit.

Après sa deuxième attaque, il y a seize ans, son élocution est devenue extrêmement laborieuse. Il restait en rade au milieu d'une phrase, omettait des mots. Il lui arrivait de se taire pendant des heures, voire des jours. On en finissait par oublier sa présence. Personne ne savait s'il souffrait de la classique « aphasie expressive » — on comprend, mais on est incapable de communiquer — ou bien de quelque chose de plus sérieux encore.

Par une chaude journée de juin, alors que j'étais en terminale, mon père m'avait soudain agrippé par la manche avec une force surhumaine. J'allais me rendre à une soirée. Lenny m'attendait à la porte. La poigne étonnamment vigoureuse de mon père m'a stoppé net. Je l'ai regardé. Son visage était blanc, les tendons de son cou saillaient, mais ce que j'ai vu surtout, c'était la peur. La peur à l'état pur. Son expression allait hanter mon sommeil pendant des années. Je me suis posé sur une chaise à côté de lui, sans qu'il me lâche le bras.

— Papa ?

— Je comprends, a-t-il imploré, resserrant son emprise. S'il te plaît.

Chaque mot était un combat.

— Je comprends toujours.

C'est tout ce qu'il a dit. Mais c'était assez. Je l'ai interprété de la façon suivante : « Même si je ne peux pas parler ou répondre, je comprends. S'il te plaît, ne m'exclus pas de ta vie. » Au début, les médecins étaient d'accord. Il avait une aphasie expressive. Puis il a eu une nouvelle attaque, et ils ne savaient plus trop ce qu'il comprenait et ce qu'il ne comprenait pas. J'ignore si, pour ma part, j'applique ma propre version du pari de

Pascal — s'il me comprend, il faut que je lui parle, et s'il ne me comprend pas, où est le mal ? — mais j'estime que je lui dois bien ça. Justement, en ce moment même, j'étais en train de lui narrer la visite de Dina Levinsky — « Tu vois qui c'est, papa ? » — et l'histoire du CD caché.

Son visage était immobile, le coin gauche de la bouche affaissé comme sous le coup de la colère. J'ai souvent regretté qu'on ait eu cette conversation du « je comprends », lui et moi. Qu'est-ce qui est pire : être au-delà de la compréhension ou bien se rendre compte à quel point on est pris au piège ? Ou peut-être que je le sais.

J'amorçais le deuxième virage, près de la nouvelle piste de skateboard, lorsque j'ai repéré mon beau-père. Edgar Portman était assis sur un banc, superbe de décontraction, les jambes croisées, les plis de son pantalon suffisamment effilés pour découper des tomates en tranches. Depuis le meurtre, Edgar et moi essayions d'entretenir une relation qui n'avait pas existé du vivant de sa fille. Nous nous sommes adressés à une agence de détectives privés — Edgar, bien sûr, connaissait ce qu'il y avait de mieux — mais ils sont revenus bredouilles. Au bout d'un moment, on s'est lassés tous les deux de faire semblant. Le seul lien entre nous faisait référence à la pire période de ma vie.

Certes, sa présence ici pouvait être une coïncidence. Nous habitons dans la même agglomération, il est donc normal qu'on se croise de temps à autre. Mais je savais que ce n'était pas le cas. Edgar n'était pas du genre à aller flâner dans le parc. Il était là pour me voir.

Nos regards se sont rencontrés — le sien ne me disait rien qui vaille. J'ai propulsé le fauteuil vers le banc. Edgar continuait à me fixer, sans se préoccuper de mon

père. J'aurais aussi bien pu pousser un chariot de supermarché.

— Votre mère m'a dit que je vous trouverais ici.

Je me suis arrêté à quelques pas de lui.

— Quoi de neuf ?

— Venez vous asseoir.

J'ai rangé le fauteuil de mon père sur la gauche et
j'ai abaissé le frein. Papa regardait droit devant lui. Sa
tête a roulé sur son épaule droite, signe qu'il était
fatigué. Je me suis retourné face à Edgar. Il a décroisé
les jambes.

— J'étais en train de me demander comment j'allais
vous annoncer ça.

Je ne l'ai pas brusqué. Il a détourné les yeux.

— Edgar ?

— Hmm.

— Dites-le, point.

Il a hoché la tête, me sachant gré de ma franchise.
C'était tout lui, ça. Sans préambule, il a déclaré :

— J'ai reçu une nouvelle demande de rançon.

J'ai eu un mouvement de recul. J'ignore ce que
j'attendais — apprendre que Tara était morte, peut-être
— bref, tout sauf ça… Je n'arrivais pas à assimiler la
chose. J'allais demander des précisions quand j'ai
remarqué qu'il avait un cartable sur les genoux. Il l'a
ouvert et en a sorti un sachet plastique — exactement
comme la dernière fois. J'ai plissé les yeux. Il me l'a
tendu. Quelque chose m'a gonflé la poitrine.

Des cheveux. Il y avait des cheveux à l'intérieur.

— Leur preuve, a dit Edgar.

Incapable de proférer un son, je me suis contenté de
regarder le sachet. Doucement, je l'ai posé sur mes
genoux.

— Ils pensaient bien qu'on aurait des doutes.

— Qui ça, ils ?

— Les ravisseurs. Ils nous ont donné quelques jours. J'ai immédiatement apporté ces cheveux dans un laboratoire.

J'ai levé les yeux sur lui.

— Les résultats préliminaires sont arrivés il y a deux heures, poursuivait Edgar. Ils n'ont aucune valeur juridique, mais c'est passablement concluant. Les cheveux correspondent à ceux qu'on nous a envoyés il y a un an et demi. (Il a dégluti.) Ils appartiennent à Tara.

J'ai entendu les mots sans vraiment les comprendre. Pour une raison ou une autre, j'ai secoué la tête.

— Ils les ont peut-être conservés depuis…

— Non. Il y a les tests de vieillissement. Ces cheveux sont ceux d'un enfant de deux ans.

Je crois que je le savais déjà. Je voyais bien que ce n'étaient pas des cheveux duveteux de bébé. Les cheveux de ma fille. Ils avaient dû foncer, s'épaissir…

Edgar m'a tendu un billet. Toujours dans le cirage, je l'ai pris. La première ligne disait :

VOUS VOULEZ UNE DERNIÈRE CHANCE ?

J'ai ressenti un coup violent dans la poitrine. La voix d'Edgar semblait soudain venir de très loin.

— J'aurais probablement dû vous avertir tout de suite, mais ç'avait tout l'air d'un canular. Carson et moi ne voulions pas vous donner de faux espoirs. J'ai des amis qui ont pu accélérer la procédure des analyses ADN. Il nous restait des cheveux du courrier précédent.

Il a posé la main sur mon épaule. Je n'ai pas moufté.

— Elle est en vie, Marc. Je ne sais pas où ni comment, mais Tara est en vie.

Je n'arrivais pas à détacher les yeux de ces cheveux. Tara... L'éclat, les reflets dorés. Je les ai caressés à travers le plastique. J'aurais voulu plonger ma main à l'intérieur, toucher ma fille, mais j'ai cru que mon cœur allait exploser.

— Ils réclament deux autres millions. Dans leur lettre, ils nous déconseillent d'alerter la police — ils prétendent avoir un informateur sur place. Ils ont envoyé encore un portable à votre intention. J'ai l'argent dans la voiture. Il nous reste peut-être vingt-quatre heures. C'est le créneau qu'ils nous ont laissé pour les analyses ADN. Il faudra vous tenir prêt.

J'ai finalement lu le billet. Puis je me suis tourné vers mon père, immobile dans son fauteuil roulant. Il continuait à regarder droit devant lui.

— Vous pensez que je suis riche, je sais, a dit Edgar. En un sens, c'est vrai. Mais pas comme vous l'imaginez. Je ne suis pas tout seul, et...

J'ai pivoté vers lui. Ses yeux s'étaient agrandis et ses mains tremblaient.

— Ce que je veux dire, c'est qu'il ne me reste plus beaucoup de liquidités. Je ne suis pas fait d'argent. Ceci est à peu près tout.

— Ça m'étonne même que vous alliez jusque-là, ai-je dit.

Aussitôt, j'ai senti que je l'avais blessé. J'ai voulu me rétracter, mais curieusement je ne l'ai pas fait. J'ai jeté un coup d'œil sur mon père. Ses traits étaient comme d'habitude, figés, mais — j'ai regardé de plus près — il y avait une larme sur sa joue. Ce qui ne voulait rien dire. Il lui était déjà arrivé de larmoyer, sans raison apparente. Je n'ai vu aucun signe là-dedans.

Et puis, je ne sais pas pourquoi, j'ai suivi son regard. Par-delà le terrain de foot, les poteaux de but, les deux femmes avec des poussettes, jusqu'à la rue, à une centaine de mètres de nous. Mon estomac a fait un saut de carpe. Là-bas, sur le trottoir, les mains dans les poches, se tenait un homme en chemise de flanelle, jean noir et casquette de base-ball.

Je n'aurais pas juré que c'était le même homme. La flanelle à carreaux noirs et rouges n'est pas denrée rare. C'était peut-être mon imagination — la distance qui nous séparait était grande — mais j'ai eu l'impression qu'il me souriait. J'ai eu un haut-le-corps.

Edgar a dit :

— Marc ?

Je l'ai à peine entendu. Je me suis levé, sans quitter l'homme des yeux. Au début, il n'a pas bronché. Je me suis précipité vers lui.

— Marc ?

Mais j'étais sûr de ne pas me tromper. On n'oublie pas ces choses-là. On ferme les yeux, et il reparaît. On rêve de moments comme celui-ci. Et les rêves, on sait à quoi ça mène. J'ai continué à courir, cependant. Pas d'erreur possible, je savais qui c'était.

Alors que j'étais encore loin, l'homme m'a adressé un signe de la main. Je n'ai pas ralenti, mais j'ai compris que c'était futile. J'étais seulement à mi-parcours quand une camionnette blanche est arrivée. L'homme à la chemise de flanelle m'a gratifié d'un salut militaire avant de s'engouffrer à l'arrière.

Je n'avais pas atteint la rue que la camionnette avait déjà disparu.

14

LE TEMPS A COMMENCÉ à me jouer des tours. Il allait et venait. Accélérait et ralentissait. Se condensait et soudain se brouillait. Mais ça n'a pas duré. Le chirurgien en moi a repris le dessus. Lui savait compartimenter. Ç'a toujours été plus facile dans mon métier que dans ma vie privée. Au travail, je suis capable de canaliser mes émotions, de les axer sur un but constructif. Chose que je n'ai jamais réussi à faire à la maison.

Mais cette crise-là avait provoqué une mutation. Compartimenter était moins une question de choix que de survie. Si je cédais au doute, aux interrogations… ça me paralyserait. Ce que recherchaient les ravisseurs. Ils voulaient que je craque. Seulement voilà, je travaille mieux sous pression. C'est là que je donne le meilleur de moi-même. J'en suis conscient. Et c'est ce qui me restait à faire maintenant. Les cloisons se sont dressées. Je pouvais envisager la situation sous un angle rationnel.

Et d'abord, ce coup-ci, je n'allais pas prévenir la police.

Toutefois, ça ne signifiait pas que j'allais attendre, les bras ballants.

Lorsque Edgar m'a remis le sac marin rempli d'argent, j'avais déjà une idée.

J'ai appelé chez Cheryl et Lenny. Personne n'a répondu. J'ai consulté ma montre : huit heures et quart. Je n'avais pas le numéro du portable de Cheryl, et de toute façon, mieux valait lui parler de vive voix.

J'ai pris la voiture pour me rendre à l'école élémentaire : à huit heures vingt-cinq, j'étais là-bas, garé derrière une rangée de 4 × 4 et de monospaces. Cette école, comme tant d'autres, était une bâtisse en brique rendue informe par de nombreux rajouts : si certains s'harmonisaient avec la construction, ceux qui dataient du début des années soixante-dix, avec leurs vitres bleues et leurs tuiles bizarres, ressemblaient à des serres postapocalyptiques.

Les gamins s'égaillaient comme toujours autour de la cour de récréation. Sauf qu'aujourd'hui les parents restaient pour les surveiller. Ils bavardaient entre eux et, quand la cloche sonnait, s'assuraient que leur progéniture était bien en sécurité avant de tourner les talons. Ça me rendait malade de voir la peur dans leurs yeux. Mais je comprenais. Le jour où on devient parent, la peur vous colle aux basques. J'en étais l'exemple vivant.

La Chevy bleue de Cheryl s'est arrêtée dans l'allée. Je me suis dirigé vers elle. Elle était en train de dégager Justin de son siège quand elle m'a vu. Justin l'a embrassée dûment avant de filer, et elle l'a suivi des yeux, comme s'il allait disparaître sur le court tronçon de béton.

— Salut, toi, m'a-t-elle lancé.

Je l'ai saluée en retour. Puis :

— J'ai quelque chose à te demander.

— Quoi ?

— Le numéro de téléphone de Rachel.

Cheryl était déjà à côté de la portière du conducteur.

— Monte.

— Je suis garé sur le parking.

— Je te ramènerai. L'entraînement à la piscine a pris du retard. Il faut que je dépose Marianne à l'école.

Elle a remis le contact. J'ai grimpé sur le siège du passager. Me retournant, j'ai souri à Marianne. Un casque sur la tête, elle pianotait à toute vitesse sur sa GameBoy Advance. Presque sans lever les yeux, elle m'a distraitement répondu par un petit signe de la main. Ses cheveux étaient encore humides. Connor était sanglé dans le siège auto à côté d'elle. La voiture empestait le chlore, odeur que j'ai trouvée étrangement réconfortante. Je sais que Lenny la nettoie religieusement, mais même lui n'arrive pas à suivre. Il y avait des frites dans l'interstice entre les sièges. Des miettes d'origine indéterminée s'accrochaient aux housses. Sur le plancher, à mes pieds, gisait un pot-pourri de notices scolaires et de dessins d'enfants piétinés par des bottes en caoutchouc. J'étais assis sur un Action Man, de ceux que *McDonald's* offre avec ses Happy Meals. Entre nous, il y avait un boîtier de CD intitulé ÇA C'EST DE LA MUSIQUE, avec les derniers hits de Britney, de Christina et de boy's band. À l'arrière, les vitres portaient des traces de doigts graisseux.

Les gosses n'avaient le droit de jouer à la GameBoy que dans la voiture, jamais à la maison. Sous aucun prétexte, ils n'étaient autorisés à regarder un film interdit aux moins de douze ans. Quand j'avais demandé à Lenny comment Cheryl et lui prenaient ces décisions-là, il m'avait répondu : « Il ne s'agit pas des règles en elles-mêmes, mais du fait que ce sont des règles. »

Cheryl gardait les yeux sur la route.

— Sans vouloir être indiscrète…

— Tu aimerais connaître mes intentions.

— Ma foi, oui.

— Et si je n'ai pas envie de t'en parler ?

— Ça vaut peut-être mieux, a-t-elle dit.

— Fais-moi confiance, Cheryl. Il me faut ce numéro.

Elle a mis son clignotant.

— Rachel est ma meilleure amie.

— O.K.

— Elle a eu du mal à se remettre de votre rupture.

Cheryl a hésité.

— Et vice versa.

— Tout à fait. Je ne m'exprime pas bien, là. C'est juste que… il y a certaines choses que tu devrais savoir.

— Quoi, par exemple ?

Les deux mains sur le volant, elle fixait la chaussée devant elle.

— Tu as demandé à Lenny pourquoi on ne t'a jamais dit qu'elle avait divorcé.

— Exact.

Cheryl a jeté un œil dans le rétroviseur, pour regarder non pas la circulation, mais sa fille. Marianne semblait absorbée dans son jeu.

— Elle n'a pas divorcé. Son mari est mort.

La voiture a freiné devant le collège. Marianne a ôté son casque et s'est glissée dehors. Elle n'a pas pris le temps d'embrasser sa mère, mais elle a dit au revoir. Cheryl a redémarré.

— Je suis désolé de l'apprendre, ai-je dit puisque c'est la formule d'usage.

L'esprit fonctionnant d'une manière bizarre, voire macabre, j'ai failli faire remarquer : « Tiens, on a autre chose en commun, Rachel et moi. »

Comme si elle avait lu dans mes pensées, Cheryl a ajouté :

— Il a été tué.

Le singulier parallèle est resté en suspens entre nous pendant quelques secondes. Je me taisais.

— Je ne connais pas les détails, s'est-elle empressée de dire. Lui aussi travaillait pour le FBI. À l'époque, Rachel était l'une des femmes le plus haut placées du Bureau. Elle a démissionné après sa mort. Elle ne répondait plus à mes coups de fil. Depuis, elle a sacrément trinqué.

Cheryl s'est arrêtée à côté de ma voiture.

— Je te raconte ça pour que tu comprennes. Beaucoup d'eau a coulé sous les ponts. Rachel n'est plus celle que tu as aimée il y a toutes ces années.

J'ai dit posément :

— Je veux juste son numéro de téléphone.

Sans un mot de plus, Cheryl a attrapé un stylo derrière le pare-soleil, l'a décapuchonné avec les dents et a griffonné le numéro sur une serviette de chez *Dunkin' Donuts*.

— Merci.

Elle a à peine hoché la tête quand je suis descendu.

Je n'ai pas hésité. J'avais mon portable sur moi. Une fois dans ma voiture, j'ai composé le numéro. Rachel a répondu d'un « Allô ? » mal assuré. Je suis allé droit au but.

— J'ai besoin de ton aide.

15

CINQ HEURES PLUS TARD, le train de Rachel entrait en gare de Newark.

Je n'ai pas pu m'empêcher de penser à ces vieux films où les amants se quittent dans une gare, la vapeur s'échappe par en dessous, le conducteur lance un dernier appel, le coup de sifflet retentit, les roues se mettent en branle en cliquetant, l'un des deux agite la main, penché par la fenêtre, l'autre court le long du quai. J'ignore pourquoi ça m'est venu à l'esprit. La gare de Newark est aussi romantique qu'une bouse d'hippopotame infestée de mouches. Le train s'est arrêté quasi sans bruit, et rien dans l'air ne prédisposait particulièrement à la rêverie.

Mais, lorsque Rachel est apparue, j'ai senti que ça continuait à vibrer dans ma poitrine. Elle portait un jean délavé, un col roulé rouge et un sac de voyage en bandoulière. Au début, je l'ai fixée, c'est tout. Je venais juste d'avoir trente-six ans. Rachel en avait trente-cinq. Notre rupture remontait à une quinzaine d'années. On avait vécu séparément toute notre vie d'adulte.

Et pourtant, quand j'ai eu besoin d'aide, c'est à elle que je me suis adressé spontanément. Et elle est venue.

Elle s'est avancée vers moi sans l'ombre d'une hésitation.

— Ça va ? a-t-elle demandé.

— Bien.

— Ils ont appelé ?

— Pas encore.

Hochant la tête, elle s'est dirigée vers la sortie. Elle s'exprimait avec autorité. Elle aussi, elle avait endossé son rôle de professionnelle.

— Parle-moi de ces analyses ADN.

— Je ne sais rien de plus.

— Ce n'est donc pas définitif ?

— Ça n'a pas de valeur juridique, mais autrement, ils ont l'air sûrs d'eux.

Rachel a transféré son sac de l'épaule droite à l'épaule gauche. Je m'efforçais de me maintenir à sa hauteur.

— On a quelques décisions drastiques à prendre, Marc. Tu te sens prêt ?

— Oui.

— Tout d'abord, tu es certain de ne pas vouloir prévenir les flics ou le FBI ?

— Ils disent dans leur lettre qu'ils ont un informateur dans la place.

— C'est probablement du pipeau.

On a parcouru quelques mètres en silence.

— Je les ai prévenus, la dernière fois, ai-je dit.

— Ce n'était pas forcément une mauvaise chose.

— En tout cas, ce n'était pas la bonne.

Elle a haussé les épaules.

— Tu ne sais pas ce qui s'est passé. Ils ont peut-être repéré que tu étais suivi. Peut-être qu'ils surveillaient ta maison… Plus vraisemblablement, ils n'ont jamais eu l'intention de te rendre ta fille. Tu comprends ça ?

— Oui.

— Et tu ne veux toujours pas alerter la police ?

— C'est pour ça que je t'ai appelée, toi.

Elle s'est finalement arrêtée, attendant que je lui indique la direction à prendre. J'ai pointé le doigt à droite. Elle s'est remise à marcher.

— Autre chose, a-t-elle dit.

— Quoi ?

— On ne les laissera pas nous dicter le timing, cette fois. On exigera des preuves pour être sûrs que Tara est en vie.

— Ils diront qu'ils ont envoyé les cheveux.

— Et nous, on répondra que les analyses ne se sont pas révélées concluantes.

— Ils vont gober ça, tu crois ?

— Je ne sais pas. Probablement pas.

Elle marchait la tête haute, le menton levé.

— Mais c'est ça que j'entends par « décisions drastiques ». Ce type en chemise de flanelle dans le parc ? Ils sont en train de te narguer. Ils cherchent à t'intimider, à t'affaiblir. Pour que tu obéisses aveuglément, une fois de plus. Tara est ton enfant. Si tu veux remettre l'argent, c'est ton affaire, mais je te le déconseille. Ils ont déjà joué la fille de l'air. Il n'y a pas de raison pour qu'ils ne recommencent pas.

Nous avons pénétré dans le parking. J'ai remis mon ticket à l'employé.

— Alors, que suggères-tu ? ai-je demandé.

— Plusieurs choses. D'abord, nous allons réclamer un échange. Pas de : « Voici l'argent, rappelez-nous plus tard. » Ils nous rendent ta fille, on leur donne l'argent.

— Et s'ils refusent ?

Elle m'a décoché un regard éloquent.

— Des décisions drastiques. Tu comprends ?

J'ai acquiescé.

— Je veux également un relais de surveillance électronique afin que je puisse t'accompagner. Il me faut une caméra à fibres optiques pour voir à quoi il ressemble, ton bonhomme. On n'a pas de main-d'œuvre, mais il y a des choses qu'on peut faire quand même.

— Et s'ils s'en aperçoivent ?

— Et s'ils se volatilisent à nouveau ? m'a-t-elle rétorqué du tac au tac. Quoi qu'on fasse ici, on prend des risques. J'essaie de tirer des leçons de ce qui s'est passé la première fois. Il n'existe aucune garantie. Je m'efforce simplement d'améliorer nos chances de réussite.

La voiture est arrivée. Nous sommes montés dedans et nous avons pris la grande route. Rachel est soudain devenue très silencieuse. Les années se sont effacées. Et j'ai reconnu son expression. Je l'avais déjà vue.

— Quoi d'autre ?

— Rien.

— Rachel ?

Le ton de ma voix lui a fait détourner les yeux.

— Il y a un ou deux trucs qu'il faudrait que tu saches.

J'attendais la suite.

— J'ai appelé Cheryl, a-t-elle dit. Je sais qu'elle t'a mis au courant. Tu es bien conscient que je ne fais plus partie du FBI ?

— Oui.

— Il y a des limites à ce que je peux faire.

— Je comprends.

Elle s'est rencognée dans son siège. L'expression était toujours là.

— Quoi encore ?

— Il faut que tu regardes la réalité en face, Marc.

Nous nous sommes arrêtés à un feu rouge. Je me suis tourné et je l'ai scrutée — pour de bon. Ses yeux étaient toujours du même noisette pailleté d'or. La vie ne lui avait pas fait de cadeaux, mais ça ne se voyait pas dans ses yeux.

— Les chances que Tara soit encore en vie sont minimes.

— Mais les analyses ADN ? ai-je protesté.

— Je réglerai ça plus tard.

— Tu « régleras ça » ?

— Plus tard.

— Ça veut dire quoi, nom d'un chien ? Tout correspond. D'après Edgar, la confirmation finale est une simple formalité.

— Plus tard, a-t-elle répété, une note métallique dans la voix. Pour l'instant, partons du postulat qu'elle est toujours en vie. Procédons à la remise de la rançon comme s'il y avait un enfant vivant et bien portant à l'autre bout. Mais il faudrait que tu comprennes qu'il peut s'agir d'une escroquerie minutieusement élaborée.

— Qu'est-ce qui te fait croire ça ?

— Ça n'a pas d'importance.

— Bien sûr que si, nom de Dieu ! Tu es en train de dire qu'ils ont falsifié les analyses ?

— Ça m'étonnerait.

Puis elle a ajouté :

— Mais c'est une possibilité.

— Comment ? Les deux séries de cheveux se correspondent.

— Les cheveux se correspondent entre eux.

— Oui.

— Et comment sais-tu que les cheveux que tu as reçus la première fois — il y a un an et demi — appartenaient à Tara ?

J'ai mis quelques minutes à assimiler le sens de sa question.

— As-tu fait analyser ce premier envoi pour voir si l'ADN collait avec le tien ?

— Pour quoi faire ?

— Si ça se trouve, les ravisseurs t'ont envoyé les cheveux d'un autre enfant.

J'ai secoué la tête pour tenter de m'éclaircir les idées.

— Mais ils avaient son vêtement. Le truc rose avec des pingouins noirs. Comment tu expliques ça ?

— Tu ne crois pas que chez Gap, ils en ont vendu plus d'un ? Écoute, j'ignore encore ce qu'il en est, alors ne nous perdons pas en hypothèses. Concentrons-nous sur ce que nous avons à faire ici et maintenant.

Je me suis redressé. Nous nous sommes tus, et je me suis demandé si j'avais eu raison de faire appel à elle. Il y avait trop d'excédent de bagages dans cette histoire… Mais d'un autre côté, j'avais confiance en Rachel. À condition de rester pro. De compartimenter.

— Je veux juste récupérer ma fille, ai-je dit.

Rachel a hoché la tête ; elle a ouvert la bouche comme pour parler, puis s'est ravisée. Et, dans le silence qui a suivi, le portable des ravisseurs s'est mis à sonner.

16

LYDIA AIMAIT BIEN CONTEMPLER LES VIEILLES PHOTOS.

Allez donc savoir pourquoi… Ça ne lui procurait aucun réconfort. Le facteur nostalgie était, au mieux, limité. Heshy, lui, ne regardait jamais en arrière. Lydia, pour des raisons qu'elle ne s'expliquait guère, si.

Cette photo-ci, en particulier, avait été prise quand elle avait huit ans. Un cliché en noir et blanc, tiré de la célèbre sitcom télévisée *Rires de famille*. La série avait été diffusée pendant sept ans d'affilée — dans le cas de Lydia, à partir de l'âge de six ans jusqu'à son treizième anniversaire. *Rires de famille* mettait en scène l'ex-beau gosse de Hollywood, Clive Wilkins, dans le rôle d'un veuf, père de trois adorables bambins : les jumeaux Tod et Rod, âgés de onze ans au début du tournage, et leur délicieuse et espiègle petite sœur Trixie, interprétée par l'irrésistible Larissa Dane. Oui, question mièvrerie, le spectacle se posait là. Aujourd'hui encore, TV Land rediffusait d'anciens épisodes de *Rires de famille*.

De temps en temps, une revue consacrée au showbiz publie un papier sur les acteurs de *Rires de famille*.

Clive Wilkins est mort d'un cancer du pancréas deux ans après l'arrêt de la série. Selon l'auteur de l'article, il était « comme un vrai père sur le plateau de tournage ». Lydia sait, bien sûr, que ce sont des foutaises. Ce type-là buvait et empestait le tabac. Lorsqu'elle l'embrassait devant les caméras, elle devait faire appel à ses considérables dons de jeune actrice pour réprimer ses haut-le-cœur.

Vrais jumeaux dans la vie, Jarad et Stan Frank, qui avaient interprété Tod et Rod, s'étaient lancés, eux, dans une carrière musicale. Dans *Rires de famille*, ils avaient un groupe de groovy garage avec un répertoire de chansons écrites par d'autres, des instruments joués par d'autres et des voix tellement amplifiées et déformées par les synthétiseurs que Jarad et Stan, incapables de tenir une note même si on la leur tatouait dans la paume, ont fini par se prendre pour d'authentiques musiciens. Les jumeaux, qui frisaient à présent la quarantaine et flirtaient avec la calvitie, se plaisaient à croire, tout en se disant « fatigués de la célébrité », qu'il leur suffisait de faire un pas pour retrouver les feux de la rampe.

Mais le véritable suspens, la palpitante énigme de la saga *Rires de famille*, portait sur le sort de la « délicieuse et espiègle » Trixie, Larissa Dane. Voici ce que l'on sait à son sujet : lors de la dernière saison de la série, les parents de Larissa ont divorcé et se sont âprement disputé ses gains. Son père s'est brûlé la cervelle. Sa mère s'est remariée avec un comédien bidon qui s'est volatilisé avec l'argent. Comme la plupart des enfants stars, Larissa Dane a immédiatement rejoint les rangs des *has been*. Des rumeurs de débauche et de toxicomanie, même si — c'était avant le retour en force de la nostalgie — ça n'intéressait pas grand monde. À l'âge de quinze ans, elle a failli mourir d'une overdose.

Elle a été expédiée dans une espèce de sanatorium, et on n'a plus entendu parler d'elle. Beaucoup pensent qu'elle a succombé à une seconde overdose.

Naturellement, ce n'est pas le cas.

— Tu es prête à donner ce coup de fil, Lydia ? a demandé Heshy.

Elle n'a pas répondu tout de suite. Encore une photo, extraite de *Rires de famille*, cinquième saison, cent douzième épisode. La petite Trixie avait le bras dans le plâtre. Tod voulait dessiner une guitare dessus. Papa n'était pas vraiment d'accord. Tod protestait : « Mais, papa, c'est juste pour la dessiner, pas pour en jouer ! » Rires préenregistrés. La jeune Larissa n'avait pas compris la plaisanterie. Lydia adulte ne la comprenait pas davantage. En revanche, elle se rappelait bien comment elle s'était cassé le bras ce jour-là. Une bêtise de môme — elle était en train de chahuter et elle est tombée dans l'escalier. La douleur était atroce, mais ils devaient à tout prix mettre l'épisode en boîte. Du coup, le médecin du studio lui a injecté Dieu sait quoi, et deux scénaristes de service ont incorporé la fracture dans le script. Elle était à peine consciente au moment où ils ont filmé.

Non, inutile de sortir les violons.

Lydia avait tout entendu. Le calvaire de l'enfant star, la maltraitance, l'argent volé, les longues heures. Elle avait regardé tous les talk-shows, écouté toutes les complaintes, vu les larmes de crocodile de ses collègues — écœurée par leur hypocrisie.

La vérité sur le dilemme de l'enfant star ? Rien à voir avec la maltraitance, même si, à l'époque où elle avait été suffisamment jeune et bête pour recourir à l'aide d'un psy, il lui a répété à satiété qu'elle devait « bloquer », qu'elle avait vraisemblablement été victime d'un des producteurs de la série. Les parents non plus n'y étaient pour rien. Pas plus que leur négligence ou, à l'inverse, la pression qu'ils pouvaient exercer sur leur jeune prodige. Ce n'étaient ni l'absence d'amis, ni les longues heures, ni les difficultés à communiquer, ni la valse des tuteurs des studios. Non, ce n'était rien de tout cela.

C'était, tout simplement, la perte de la notoriété.

Le reste, c'est des excuses car personne n'a envie d'admettre qu'on peut être à ce point futile. Lydia a été engagée dans la série alors qu'elle avait six ans. Elle avait peu de souvenirs de sa vie d'avant. Elle se souvenait surtout d'avoir été une star.

Une star, c'est un être à part. Une princesse. Quelque chose qui, sur terre, se rapproche le plus d'une divinité. On apprend à nos enfants qu'ils sont précieux ; Lydia, elle, le vivait au quotidien. Tout le monde la trouvait adorable. La fille idéale, gentille, tendre et cependant délurée. On la regardait avec une sorte de convoitise. Les gens voulaient l'approcher, connaître sa vie, passer du temps avec elle, toucher l'ourlet de son manteau.

Puis, un beau jour, pfuitt… tout s'est envolé.

La renommée crée une dépendance plus forte que le crack. Les adultes qui retombent dans l'anonymat — après avoir connu leur heure de gloire — sombrent en général dans la dépression, même s'ils tentent de faire croire qu'ils sont au-dessus de ça. Ils se refusent à reconnaître la vérité. Toute leur vie est un mensonge, une tentative désespérée pour remettre la main sur une dose de la plus puissante des drogues : la célébrité.

Ces adultes-là n'ont bu qu'une gorgée du nectar avant qu'on le leur arrache. Mais pour un enfant star, ce nectar est du lait maternel. Il n'a jamais vécu autre chose, ne comprend pas que c'est passager, que ça ne durera pas.

On ne peut pas expliquer ça à un enfant. Lydia a toujours été adulée, et un beau jour les feux des projecteurs se sont éteints. Pour la première fois de sa vie, elle s'est retrouvée seule dans le noir.

C'est ça qui vous fiche dedans.

Lydia s'en rendait compte aujourd'hui. Heshy l'avait aidée. Il l'avait fait décrocher une bonne fois pour toutes. Pourtant, elle était bien partie pour se foutre en l'air, couchant à droite à gauche, sniffant et s'injectant toutes sortes de stupéfiants. Elle ne faisait pas ça pour fuir. Elle le faisait par réaction, pour punir les autres. Sauf que, comme elle l'a compris lors d'une cure après un incident particulièrement violent et sordide, elle se punissait elle-même.

— Lydia ?

— Hmm.

— Je crois qu'on devrait appeler maintenant.

Elle s'est tournée vers Heshy. Ils s'étaient connus à l'hôpital, chez les dingues, et tout de suite le malheur de l'un avait trouvé un écho chez l'autre. Heshy l'avait secourue un jour qu'elle s'était fait culbuter par deux garçons de salle. Sur le moment, il les avait simplement repoussés. Les deux hommes les ont menacés, et ils ont promis de ne rien dire. Heshy était quelqu'un de patient. Quinze jours après, il est rentré dans l'un des matons avec une voiture volée. Pendant qu'il était à terre, blessé, Heshy a reculé en lui roulant sur la tête, puis, positionnant le pneu à la base de son cou, il a appuyé sur le champignon. Un mois plus tard, l'autre maton a été retrouvé chez lui, avec quatre doigts arrachés. Non pas coupés ou tranchés, mais tordus. Ça se voyait aux déchirures causées par la rotation. À force de les tourner, les os et les tendons avaient fini par se rompre.

Lydia avait encore un des doigts quelque part au sous-sol.

Il y a dix ans, ils se sont enfuis ensemble et ont changé de nom. D'apparence aussi, juste ce qu'il fallait. Et ils sont repartis de zéro, anges vengeurs, dévastés mais supérieurs, au-dessus du *vulgum pecus*. Lydia ne souffrait plus. Ou alors, quand ça lui arrivait, elle trouvait un exutoire.

Ils avaient trois résidences. Officiellement, Heshy habitait dans le Bronx. Elle avait un appartement dans le Queens. Et chacun avait une adresse professionnelle, avec un numéro de téléphone. Mais tout ça, c'était pour la galerie. Ils ne voulaient ni l'un ni l'autre qu'on sache qu'ils formaient une équipe, un couple d'amants. Lydia, sous un faux nom, avait acheté cette maison jaune vif il y a quatre ans. La maison avait deux chambres et une salle de bains. La cuisine, où se tenait Heshy, était gaie et aérée. Ils étaient au bord d'un lac, un trou paumé dans le nord du comté de Morris, New Jersey. Un coin paisible. Ils adoraient les couchers de soleil.

Lydia continuait à fixer les photos de « l'espiègle Trixie ». Elle essayait de se remémorer son état d'esprit à cette époque-là, mais des souvenirs, il ne lui en restait guère. Heshy, posté derrière elle à présent, attendait avec sa patience coutumière. D'aucuns les auraient taxés d'assassins sans scrupules. Mais c'était là un terme impropre, encore une de ces inventions hollywoodiennes. Comme la prétendue merveille qu'était l'espiègle Trixie. Personne n'embrasse ce métier violent simplement parce qu'il se révèle lucratif. Il y a des moyens plus faciles de gagner sa vie. On peut se comporter en professionnel. On peut maîtriser ses émotions. On peut même se convaincre qu'il s'agit d'une journée de bureau comme une autre, mais, en étant vraiment honnête, si on se place du mauvais côté de la barrière, c'est parce qu'on y trouve du plaisir. Lydia en était consciente. Faire souffrir quelqu'un, le tuer, voir son regard s'éteindre… non, elle n'avait pas besoin de ça. Ce n'était pas une nécessité, comme l'avaient été les feux de la rampe. Quoique, indéniablement, il y eût cet agréable frisson, l'excitation, l'oubli de sa propre souffrance.

— Lydia ?

— J'y vais, Nounours.

Elle a attrapé le téléphone portable avec le numéro volé et le brouilleur. Puis elle s'est retournée vers Heshy. Il était hideux, mais ça, elle ne le voyait pas. Il a hoché la tête. Elle a allumé le modificateur de voix et composé le numéro.

En entendant Marc Seidman, Lydia a dit :

— On remet ça ?

17

LE TEMPS QUE JE RÉPONDE AU TÉLÉPHONE, Rachel a posé
sa main sur la mienne.

— Ceci est une négociation. La peur et l'intimidation
en font partie intégrante. Il faut que tu sois fort. S'ils
ont l'intention de la relâcher, ils coopéreront.

J'ai dégluti, pressé le bouton et dit :

— Allô ?

— On remet ça ?

C'était la même voix de robot. Mon sang n'a fait
qu'un tour. Fermant les yeux, j'ai répondu :

— Non.

— Pardon ?

— Je veux des preuves que Tara est toujours en vie.

— Vous avez reçu les échantillons, non ?

— Si.

— Et ?

J'ai jeté un coup d'œil vers Rachel, qui a hoché la
tête.

— La comparaison n'a pas été concluante.

— Très bien, a fait la voix. Je n'ai plus qu'à raccrocher.

— Attendez, ai-je dit.

— Oui ?

— La dernière fois, vous avez disparu de la circulation.

— En effet.

— Comment puis-je être sûr que ça ne se reproduira pas ?

— Vous avez contacté la police ce coup-ci ?

— Non.

— Dans ce cas, vous n'avez rien à craindre. Voici ce que vous allez faire.

— Ça ne marche pas.

— Comment ?

J'ai senti que je commençais à frissonner.

— On procède à un échange. Vous n'aurez pas l'argent tant que je n'aurai pas ma fille.

— Vous n'êtes pas en position de marchander.

— Je récupère ma fille, ai-je dit en articulant pesamment, avec lenteur. Je vous laisse l'argent.

— Ça ne marche pas comme ça.

— Soit, ai-je répondu en m'efforçant de parler crânement. On va en rester là, alors. Je ne veux pas vous voir filer, puis revenir à la charge pour réclamer davantage. On fait un échange et basta.

— Docteur Seidman ?

— Je suis là.

— Je vous demande de m'écouter avec attention.

Le silence, interminable, m'a mis les nerfs en pelote.

— Si je raccroche maintenant, je ne rappellerai pas avant dix-huit mois.

J'ai fermé les paupières.

— Réfléchissez un peu aux répercussions. Ça ne vous intéresse donc pas de savoir où était votre fille depuis tout ce temps ? Ou ce qu'elle est devenue ? Si je raccroche, vous resterez encore sans nouvelles d'elle pendant dix-huit mois de plus.

Une ceinture d'acier m'encerclait la poitrine, m'empêchant de respirer. J'ai regardé Rachel. Elle ne me quittait pas des yeux comme pour m'encourager à ne pas faiblir.

— Quel âge aura-t-elle à ce moment-là, docteur Seidman ? Si elle vit toujours, j'entends.

— Je vous en prie.

— Vous êtes prêt à m'écouter ?

Mes paupières se sont crispées.

— Tout ce que je demande, ce sont des preuves.

— Nous vous avons envoyé des échantillons de cheveux.

— J'apporte l'argent. Vous amenez ma fille. Vous aurez l'argent quand je l'aurai vue.

— Essayeriez-vous de poser des conditions, docteur Seidman ?

La voix mécanique avait pris une drôle d'inflexion.

— Peu m'importe qui vous êtes, ai-je déclaré. Ou pourquoi vous faites ça. Je veux récupérer ma fille, c'est tout.

— Alors vous nous remettrez la rançon exactement comme je vous le dirai.

— Non, ai-je rétorqué. Pas sans preuves.

— Docteur Seidman ?

— Oui.

— Au revoir.

Et la communication a été coupée.

18

LA RAISON EST UNE CORDE FINE. La mienne s'est brisée.

Je n'ai pas hurlé, non. Bien au contraire. J'ai été envahi d'un calme absolu. Éloignant le téléphone de mon oreille, je l'ai contemplé comme s'il venait juste de se matérialiser dans ma main et que je n'aie pas la moindre idée de ce que c'était.

— Marc ?

J'ai levé les yeux sur Rachel.

— Ils ont raccroché.

— Ils rappelleront.

J'ai secoué la tête.

— Pas avant dix-huit mois, ils ont dit.

Rachel a scruté mon visage.

— Marc, écoute-moi bien.

Je n'ai pas pipé.

— Tu as fait ce qu'il fallait.

— Merci. Je me sens déjà beaucoup mieux.

— J'ai quelque expérience dans ce domaine. Si Tara est en vie et s'ils ont l'intention de la rendre, ils céderont sur ce point-là. S'ils refusent l'échange, c'est parce qu'ils ne veulent pas… ou ne peuvent pas.

Ne peuvent pas. Intellectuellement, je comprenais. J'ai fait appel à mon entraînement. Le tout était de compartimenter.

— Et maintenant ?

— On va se préparer comme prévu. Je suis suffisamment équipée. On cachera un micro sur toi. Ainsi, s'ils rappellent, on sera prêts.

J'ai hoché la tête, hébété.

— O.K.

— En attendant, y a-t-il autre chose qu'on puisse faire ? N'as-tu pas reconnu la voix ? Est-ce qu'il te revient des détails sur l'homme en chemise de flanelle, la camionnette, n'importe quoi ?

— Non.

— Au téléphone, tu as parlé d'un CD que tu aurais trouvé dans ton sous-sol.

En quelques mots, je l'ai mise au courant de ma découverte. Elle a sorti un calepin et pris des notes.

— Ce disque, tu l'as sur toi ?

— Non.

— Ce n'est pas grave. Puisqu'on est à Newark, profitons-en pour aller faire un tour chez EDC.

19

LYDIA A LEVÉ LE SIG-SAUER P226 EN L'AIR.

— Je n'aime pas trop la façon dont ça s'est passé.

— Tu as bien fait, lui a dit Heshy. On arrête là. Fini, terminé.

Elle a fixé l'arme. Ça la démangeait d'appuyer sur la détente.

— Lydia ?

— Je t'ai entendu.

— On a fait ça parce que c'était simple.

— Simple ?

— Oui. De l'argent facilement gagné.

— Beaucoup d'argent.

— C'est vrai, a-t-il acquiescé.

— On ne peut pas abandonner.

Heshy a remarqué ses yeux humides. Ce n'était pas une question d'argent.

— D'une manière ou d'une autre, il est au supplice, a-t-il dit.

— Je sais.

— Pense à ce que tu viens de lui faire à l'instant. S'il n'entend plus parler de nous, il passera le reste de sa vie à s'interroger, et à culpabiliser.

Lydia a souri.

— Tu cherches à m'allumer, là ?

Elle s'est lovée sur ses genoux, à la manière d'un chaton. Il a refermé ses énormes bras autour d'elle et, l'espace d'un moment, Lydia s'est calmée. Elle se sentait apaisée, en sécurité. Elle a fermé les yeux. Elle adorait cette sensation, mais elle savait — et lui aussi — que ça ne durerait pas. Qu'il n'y en aurait jamais assez.

— Heshy ?

— Oui.

— Je veux cet argent.

— Je m'en doute.

— Et puis, ce serait mieux s'il mourait.

Heshy l'a attirée tout contre lui.

— Alors, c'est comme si c'était fait.

20

J'IGNORE COMMENT je m'imaginais les bureaux de ces enquêteurs de choc… Une porte avec une vitre dépolie, à la Sam Spade, ou à la Philip Marlowe peut-être. Un immeuble crasseux en brique défraîchie. Sans ascenseur, évidemment. Une secrétaire à la poitrine opulente, aux cheveux mal teints.

Rien de tout cela, ici. Les Enquêteurs Détectives de Choc logeaient dans un bâtiment flambant neuf, faisant partie du programme de « réhabilitation urbaine » de Newark. Il y en a quelques-uns ici, de ces immeubles de bureaux, qui brillent comme des étoiles dans un ciel noir. Mais le paysage reste inchangé. Leur beauté stérile n'est pas contagieuse.

Nous sommes sortis de l'ascenseur. J'avais toujours le sac avec deux millions de dollars à la main. Ça me faisait tout bizarre. Trois réceptionnistes, un casque avec écouteurs sur la tête, trônaient derrière une cloison vitrée. On a décliné nos noms dans l'Interphone. Rachel a montré une carte d'agent du FBI en retraite. La porte s'est ouverte automatiquement.

Rachel est entrée la première. Je lui ai emboîté le pas. Je me sentais vidé, à plat, mais je fonctionnais. L'horreur de ce qui venait d'arriver — la communication coupée — était si monstrueuse qu'elle m'avait propulsé de la torpeur dans un curieux état de concentration. Encore une fois, ça m'a fait penser au bloc opératoire. Quand j'en franchis le seuil, le monde cesse d'exister. J'avais un patient, un garçon de six ans, qui devait subir une banale reconstruction de son bec-de-lièvre. Alors qu'il était sur la table d'op, son état s'est détérioré brusquement. Son cœur s'est arrêté. Je ne me suis pas affolé. Je me suis concentré, un peu comme maintenant. Le gamin s'en est sorti.

Brandissant toujours sa carte, Rachel a demandé à voir un responsable. La réceptionniste a souri et hoché la tête, comme quelqu'un qui n'écoute pas. Sans ôter son casque, elle a appuyé sur quelques boutons. Une autre femme est apparue et nous a conduits dans un bureau, au bout d'un couloir.

Je n'ai pas su tout de suite si nous étions en présence d'un homme ou d'une femme. La plaque en bronze sur la table disait *Conrad Dorfman*. Conclusion : c'était un homme. Il s'est levé d'un geste théâtral, trop mince dans son costume bleu à rayures ; le veston était cintré à la taille, de sorte que ses pans évasés pouvaient presque passer pour une jupe. Il avait des doigts fuselés, des cheveux plaqués en arrière comme Julie Andrews dans *Victor Victoria*, et la carnation inégalement lisse de ceux qui mettent du fond de teint.

— Je vous en prie, a-t-il dit d'une voix par trop affectée. Mon nom est Conrad Dorfman. Je suis le directeur général d'EDC.

Nous nous sommes serré la main. Il a gardé les nôtres un peu trop longtemps dans la sienne, plaçant sa main

193

libre par-dessus et nous regardant intensément dans les yeux. Puis il nous a invités à nous asseoir. Nous a offert une tasse de thé. Rachel, en notre nom à tous deux, a accepté.

On a bavardé quelques minutes. Conrad a questionné Rachel sur ses anciennes fonctions au FBI. Elle s'est montrée évasive, laissant entendre qu'elle aussi travaillait pour une agence de détectives privés et donc, en tant que consœur, était digne de courtoisie professionnelle. Je ne disais rien, lui abandonnant tout le boulot. On a frappé à la porte. La femme qui nous avait escortés dans le couloir est entrée, poussant un chariot argenté. Conrad a entrepris de verser le thé. Rachel a alors abordé le sujet de notre visite.

— Nous avons besoin de votre aide. La femme du Dr Seidman était une cliente à vous.

Conrad Dorfman se concentrait sur sa tâche. Il se servait d'un de ces passe-thé tressés qu'on trouve aujourd'hui dans tous les lieux branchés. Il a vidé quelques feuilles vertes et continué à verser lentement.

— Vous lui avez fourni un CD protégé par un mot de passe. Il faudrait que nous puissions y accéder.

Conrad a d'abord tendu une tasse à Rachel, puis à moi. Se rasseyant, il a bu une grande gorgée.

— Je regrette, a-t-il dit, mais je ne peux rien pour vous. Le choix du mot de passe appartient à la cliente.

— La cliente est décédée.

Dorfman n'a pas cillé.

— Ça ne change pas grand-chose.

— Son mari ici présent est sa plus proche famille. Le CD est donc à lui.

— Je ne sais pas, la transmission de patrimoine n'est pas mon rayon. Mais nous n'avons aucune prise sur ces choses-là. Comme je viens de vous le dire, c'est la cliente qui choisit le mot de passe. On lui a peut-être donné le CD — à ce stade, je ne puis le confirmer, ni l'infirmer — par contre, il nous est impossible de connaître les chiffres ou les lettres qu'elle aurait programmés pour son mot de passe.

Rachel a attendu une fraction de seconde, le dévisageant. Il a soutenu son regard, mais a été le premier à baisser les yeux. Il a pris sa tasse et bu une autre gorgée.

— Pourrions-nous savoir pourquoi elle s'est adressée à vous ?

— Sans commission rogatoire ? J'en doute.

— Votre CD, a-t-elle dit. Il a un autre accès.

— Je vous demande pardon ?

— Chaque société en a un. L'information n'est jamais perdue. Votre société programme ses propres mots de passe pour vous permettre d'accéder au contenu des CD.

— Je ne vois pas de quoi vous parlez.

— J'ai été agent du FBI, monsieur Dorfman.

— Et alors ?

— Je connais ces choses-là. S'il vous plaît, ne me prenez pas pour une imbécile.

— Ce n'était pas mon intention, mademoiselle Mills. Mais je ne peux rien faire.

J'ai regardé Rachel. Elle semblait réfléchir à la conduite à adopter.

— J'ai encore des relations, monsieur Dorfman. Au Bureau. Nous pouvons nous renseigner. Fouiner à droite et à gauche. Les agents fédéraux n'aiment pas beaucoup les privés. Vous le savez. Je ne veux pas faire d'histoires. Je veux juste ouvrir ce CD.

Dorfman a reposé sa tasse. Pianoté sur son bureau. On a frappé, et la même femme a poussé la porte. Elle lui a fait signe. Il s'est levé, toujours aussi théâtral, et a pratiquement franchi d'un bond la distance qui les séparait.

— Excusez-moi une minute.

Je me suis alors tourné vers Rachel. Elle évitait de me regarder.

— Rachel ?

— On verra bien ce que ça va donner, Marc.

Mais ça n'a pas donné grand-chose. Conrad Dorfman est revenu dans son bureau, a traversé la pièce et s'est planté devant Rachel, attendant qu'elle lève les yeux. Elle n'a pas eu cette obligeance.

— Notre P-DG, Malcolm Deward, est lui-même un ancien du FBI. Vous le saviez ?

Rachel se taisait.

— Il a passé quelques coups de fil pendant que nous bavardions.

Conrad a marqué une pause.

— Mademoiselle Mills ?

Rachel a fini par lever les yeux.

— Vos menaces sont stériles. Vous n'avez pas de relations au Bureau. M. Deward, hélas pour vous, si. Sortez d'ici. Tout de suite.

21

— C'EST QUOI, CETTE HISTOIRE, HEIN ?

— Je te l'ai dit, je ne suis plus au FBI.

— Qu'est-ce qui s'est passé, Rachel ?

Elle regardait droit devant elle.

— Ça fait longtemps que tu ne fais plus partie de ma vie.

Et voilà, il n'y avait rien à ajouter. Rachel a pris le volant. Je me cramponnais au téléphone portable, l'exhortant à sonner. Le jour baissait quand nous sommes arrivés chez moi. Je m'interrogeais sur l'opportunité d'appeler Tickner ou Regan... d'un autre côté, qu'est-ce que ç'aurait changé maintenant ?

— Il nous faut faire vérifier cet ADN, a décrété Rachel. Mon hypothèse est peut-être peu plausible, mais crois-tu que l'idée qu'ils retiennent ta fille depuis tout ce temps l'est davantage ?

J'ai donc téléphoné à Edgar. Je lui ai dit que j'avais besoin d'analyses complémentaires. Pas de problème, selon lui. J'ai raccroché sans préciser que j'avais déjà compromis la remise de rançon en faisant appel à un ancien agent du FBI. Moins on en parlait, et mieux c'était. Rachel a contacté quelqu'un qu'elle connaissait pour récupérer les cheveux chez Edgar et me faire un prélèvement sanguin. La personne en question dirigeait un labo privé. Nous allions être fixés dans vingt-quatre ou quarante-huit heures, ce qui, en termes de demande de rançon, serait probablement trop tard.

J'ai pris place sur un fauteuil du séjour. Rachel s'est assise par terre. Ouvrant son sac, elle en a sorti des fils et tout un tas de machins électroniques. Étant chirurgien, je suis plutôt habile de mes mains, mais dès qu'il s'agit de tous ces gadgets high-tech, je suis complètement perdu. Avec soin, elle a étalé le contenu du sac sur la moquette, totalement absorbée par ce qu'elle était en train de faire. C'était pareil quand nous étions étudiants. Puis elle a plongé la main dans le sac et en a tiré une lame de rasoir.

— Le sac avec l'argent ?

Je le lui ai tendu.

— Et tu comptes faire quoi ?

Elle l'a ouvert. L'argent était en liasses. Des billets de mille dollars, cinquante billets par liasse, quarante liasses en tout. Rachel en a pris une et, doucement, a sorti l'argent sans déchirer la bande qui l'entourait. Elle a battu les billets comme un vulgaire paquet de cartes.

— Qu'est-ce que tu fais ?

— Je vais découper un trou.

— Là-dedans ?

— Ouais.

Elle l'a fait à l'aide de la lame, creusant un cercle de six millimètres de profondeur. Puis elle a scruté le sol et, ayant repéré un petit objet noir qui avait à peu près la même dimension, elle l'a glissé dans le trou avant de remettre la bande sur la liasse.

— Un Q-Logger, a-t-elle dit en guise d'explication. C'est un genre de balise GPS.

— Si tu le dis.

— GPS signifie Global Positioning System. Autrement dit, ça permet de suivre l'argent à la trace. J'en mettrai un dans la doublure du sac également, mais ça, la plupart des criminels le savent. En général, ils transfèrent les billets dans un sac à eux. Mais avec tout cet argent, ils n'auront pas le temps de fouiller chaque liasse.

— Ils peuvent être encore plus petits, ces trucs-là ?

— Les Q-Loggers ?

— Oui.

— Oui, mais le problème, c'est l'alimentation. On a besoin de piles. C'est là que le bât blesse. Celui-ci peut émettre douze kilomètres.

— Et le récepteur ?

— Tu veux dire, comment je fais pour suivre leurs déplacements ?

— Oui.

— La plupart du temps, un ordinateur portable fait l'affaire, mais j'ai ici la dernière trouvaille de la technologie.

Et Rachel a brandi un appareil que j'avais vu trop souvent dans le milieu médical. Je dois être le seul médecin de la planète à ne pas en posséder un.

— Un Palm Pilot ?

— Avec un écran spécial. Je l'aurai sur moi au cas où il me faudrait bouger.

Elle s'est remise au travail.

— Et le reste, c'est quoi ? ai-je demandé.

— Du matériel de surveillance. Je ne sais pas dans quelle mesure je pourrai l'utiliser, mais j'aimerais placer un Q-Logger dans ta chaussure. Je voudrais une caméra dans la voiture. Et aussi essayer de planquer quelques fibres optiques sur toi ; ça risque d'être plus problématique.

Elle a entrepris de trier son matériel. Les yeux baissés, elle a ajouté :

— J'ai autre chose à te dire.

Je me suis penché en avant.

— Tu te souviens, quand mes parents ont divorcé ?

— Évidemment.

C'est comme ça qu'on s'était rencontrés.

— On avait beau être proches, toi et moi, on n'en a jamais parlé.

— J'avais l'impression que tu n'y tenais pas.

— C'est vrai, a-t-elle acquiescé, un peu trop vite.

Et moi non plus, ai-je pensé. J'ai été égoïste. Nous sommes restés ensemble deux ans, et pas une fois je ne l'ai questionnée là-dessus. C'était plus qu'une « impression » qui me retenait d'aborder le sujet. Je sentais bien que quelque chose la rongeait, la rendait malheureuse, et je n'ai pas voulu remuer le couteau dans la plaie, de peur que ça ne se retourne contre moi.

— C'était la faute de mon père.

J'ai failli sortir une ânerie du style : « C'est la faute à personne » ou : « Il faut être deux pour danser le tango », mais un sursaut de bon sens m'a poussé à me taire. Rachel n'avait toujours pas relevé les yeux.

— Mon père a détruit ma mère. Il l'a brisée. Tu sais comment ?

— Non.

— Il la trompait.

Se redressant, elle a planté son regard dans le mien. Je n'ai pas bronché.

— C'était un cercle vicieux. Il la trompait, il se faisait prendre, il jurait de ne plus recommencer. Jusqu'à la prochaine fois. Ma mère, ça l'a minée.

Rachel a dégluti, s'est tournée de nouveau vers ses jouets électroniques.

— Du coup, quand j'ai su, pendant que j'étais en Italie, que tu avais eu une aventure…

Mille considérations m'ont traversé l'esprit, mais franchement, elles étaient sans intérêt. Tout comme ce qu'elle venait de me dire. Bon, ça expliquait pas mal de choses, mais ce n'était qu'un cas de plus du trop-peu-trop-tard. Je suis resté à ma place, sans bouger de mon fauteuil.

— J'ai mal réagi, a-t-elle dit.

— Tu étais jeune.

— Je voulais juste… J'aurais dû t'en parler sur le moment.

Elle me tendait une perche. J'ai ouvert la bouche pour répondre, et puis j'ai calé. Trop. C'était trop. Six heures s'étaient écoulées depuis la demande de rançon. Les secondes s'égrenaient, tic-tac, ricochant douloureusement dans ma cage thoracique.

J'ai sursauté en entendant le téléphone sonner. Mais ce n'était que mon poste fixe, et non le portable des ravisseurs. J'ai décroché. Lenny…

— Que se passe-t-il ? a-t-il demandé de but en blanc.

J'ai dévisagé Rachel. Elle a secoué la tête. J'ai fait signe que j'avais bien reçu le message.

— Rien, ai-je dit.

— Ta maman m'a raconté que tu avais vu Edgar, au parc.

— T'inquiète.

— Il va te baiser, ce vieux salopard, tu le sais ?

Inutile de vouloir raisonner Lenny lorsqu'il était question d'Edgar Portman. Qui plus est, il devait avoir raison.

— Je sais.

Il y a eu un bref silence.

— Tu as appelé Rachel, a-t-il repris.

— Oui.

— Pourquoi ?

— Ce n'est pas important.

Une nouvelle pause. Puis Lenny a ajouté :

— Tu me mens, hein ?

— Comme un arracheur de dents.

— Bon, d'accord. Au fait, on joue toujours au squash, demain ?

— Je crois que je vais annuler.

— Pas de problème. Marc ?

— Ouais.

— Si tu as besoin de moi…

— Merci, Lenny.

J'ai raccroché. Rachel était occupée à bricoler ses gadgets électroniques. Les mots qu'elle avait prononcés étaient oubliés, partis en fumée. Levant les yeux, elle a dû lire quelque chose sur mon visage.

— Marc ?

Je me taisais.

— Si ta fille est en vie, nous la ramènerons. Je te le promets.

Mais, pour la première fois, j'ai eu du mal à la croire.

22

L'AGENT TICKNER contemplait fixement le rapport.

Le dossier Seidman avait été rangé au fond d'un tiroir. Ces derniers temps, le FBI avait révisé ses priorités. Le terrorisme venait en tête de liste. L'urgence numéro un. Les numéros deux à dix portaient, ma foi, sur le terrorisme. L'affaire Seidman ne le concernait que dans la mesure où il y avait eu kidnapping. La police locale préférait faire appel au FBI, plus efficace et mieux équipé pour ce genre d'affaire. L'alerter trop tard pouvait coûter une vie humaine. Heureusement, Regan n'avait pas traîné.

Mais une fois le problème du kidnapping « réglé » — un mot qu'il détestait employer dans ce sens-là —, le boulot de Tickner (officieusement, du moins) consistait à se retirer et à céder la place aux locaux. S'il y repensait souvent — on n'oublie pas la vue d'un vêtement de bébé dans une cabane abandonnée —, dans sa tête, l'affaire avait été classée.

Enfin, elle l'était cinq minutes auparavant.

Il a relu le bref rapport pour la troisième fois. Il ne cherchait pas à comprendre. Pas encore. Tout cela était vraiment trop bizarre. Non, ce qu'il voulait, ce qu'il espérait, c'était découvrir une approche, une prise à laquelle se raccrocher. Or il ne trouvait rien.

Rachel Mills… Que diable venait-elle faire là-dedans ?

Un jeune subalterne — Tickner ne savait plus s'il s'appelait Kelly ou Fitzgerald, c'était un nom irlandais en tout cas — se tenait en face du bureau sans savoir que faire de ses mains. Tickner s'est renversé dans son siège et, croisant les jambes, s'est tapoté la lèvre inférieure avec son stylo.

— Il doit y avoir un lien entre eux, a-t-il dit à Sean, ou Patrick.

— Elle a prétendu être détective privé.

— Elle a une licence ?

— Non, monsieur.

Tickner a secoué la tête.

— Alors il y a autre chose là-dessous. Vérifiez les archives téléphoniques, contactez ses amis, ses connaissances. Renseignez-vous.

— Bien, monsieur.

— Appelez cette agence de détectives. EDC, c'est ça ? Dites-leur que j'arrive.

— Bien, monsieur.

Le petit Irlandais est parti. Tickner avait le regard vague. Rachel et lui avaient suivi la même formation à Quantico. Ils avaient eu le même mentor. Il réfléchissait à ce qu'il devait faire. La police locale lui inspirait rarement confiance, mais il aimait bien Regan. Ce type-là était suffisamment décalé pour faire un bon collaborateur. Il a décroché le téléphone et composé le numéro du portable de Regan.

— Inspecteur Regan.

— Pas de nouvelles, bonnes nouvelles.

— Ah ! agent Tickner. Vous portez toujours vos lunettes noires ?

— Et vous... vous vous tripotez toujours la barbichette... euh, entre autres choses ?

— Oui, pour la première supposition.

Un sitar jouait à l'arrière-plan.

— Je vous dérange ?

— Pas du tout, j'étais en train de méditer. Vous devriez essayer, vous aussi.

— Oui, je vais inscrire ça sur ma liste de bonnes résolutions.

— Ça vous détendrait, agent Tickner. Je vous sens très tendu, là. Vous m'appelez pour une raison précise, je suppose ?

— Vous vous souvenez de notre affaire préférée ?

Il y eut une drôle de pause.

— Oui.

— Ça fait combien de temps qu'on n'a rien eu de nouveau ?

— Je n'ai pas l'impression qu'on ait jamais eu du nouveau...

— Eh bien, nous en avons peut-être maintenant.

— Je vous écoute.

— On vient de recevoir un curieux appel d'un ancien du FBI. Un dénommé Deward. Aujourd'hui détective privé à Newark.

— Et alors ?

— Il semblerait que notre ami, le Dr Seidman, lui ait rendu visite tout à l'heure. Et il n'était pas tout seul.

Lydia s'est teint les cheveux en noir — pour mieux se fondre dans la nuit.

Leur plan était simple.

— On s'assure qu'il a bien l'argent, a-t-elle annoncé à Heshy. Puis je le bute.

— T'es sûre ?

— Sûre et certaine. Et le plus beau, c'est que le meurtre sera automatiquement lié à la fusillade originelle.

Lydia lui a souri.

— Même si ça tourne mal, personne ne pourra remonter jusqu'à nous.

— Lydia ?

— Tu as un problème ?

Heshy a haussé ses larges épaules.

— Tu ne préfères pas que je le tue, moi ?

— Je tire mieux que toi, Nounours.

— Mais…

Un instant d'hésitation, un nouveau haussement d'épaules.

— Je n'ai pas besoin d'une arme.

— Toi, tu cherches à me protéger.

Heshy n'a rien dit.

— C'est vraiment mignon.

Et ça l'était. Mais si elle voulait le faire, c'était justement pour protéger Heshy. Des deux, il était le plus vulnérable. Lydia ne craignait pas d'être arrêtée. D'abord, parce qu'elle était trop sûre d'elle. Seuls les imbéciles se font prendre, il suffit d'être prudent. Mais surtout, si jamais elle se faisait choper, il y avait peu de chances qu'on la condamne. Il ne s'agissait pas tant de son physique de gentille fille, même si, indéniablement, il jouerait en sa faveur. Non, le fait est qu'aucun procureur ne tiendrait le choc face à la surmédiatisation larmoyante de son procès. Lydia leur rappellerait son « tragique » passé, invoquant les sévices dont elle avait été victime. Elle pleurerait sur les plateaux des talk-

206

shows. Elle parlerait du calvaire de l'enfant surmédia-
tisée, des difficultés qu'elle avait connues dans la peau
de l'espiègle Trixie. Elle ferait la martyre idéale — adorable et innocente. Et le public — sans même mentionner
le jury — en redemanderait.

— C'est mieux comme ça, a-t-elle déclaré. S'il te
voit, il risque de déguerpir. Tandis que s'il m'aperçoit,
moi…

Heshy a acquiescé d'un signe de la tête. Lydia avait
raison : ç'allait être du gâteau. Elle lui a caressé le
visage et lui a tendu les clés.

— Pavel a compris ce qu'il doit faire ? a-t-elle
demandé.

— Oui. Il nous retrouvera là-bas. En chemise de flanelle, bien entendu.

— Bon, alors allons-y. J'appelle le Dr Seidman.

D'une pression du doigt, Heshy a déverrouillé les
portières de la voiture.

— Oh, a-t-elle fait, il faut que je vérifie quelque
chose avant qu'on parte.

Lydia a ouvert la portière arrière. L'enfant dormait à
poings fermés dans le siège auto. Elle s'est assurée que
son harnais de sécurité était bien fixé.

— Il vaut mieux que je m'assoie derrière, Nounours.
Au cas où le petit bout se réveillerait.

Non sans efforts, Heshy s'est installé au volant. Lydia
a sorti le téléphone, le modificateur de voix et a
composé le numéro.

23

NOUS AVONS COMMANDÉ UNE PIZZA, ce qui, à mon avis, était une erreur. Les pizzas tardives rappellent trop la fac. Je fixais le portable, priant pour qu'il sonne. Rachel se taisait, ce qui ne me dérangeait pas. Le silence ne nous a jamais gênés. Ça aussi, c'était bizarre. À bien des égards, on retrouvait nos anciennes habitudes, comme si on n'avait pas été séparés toutes ces années. Mais sur d'autres plans, plus nombreux encore, nous étions deux étrangers réunis par un lien ténu.

Plissant le front, Rachel trifouillait son matériel électronique. Elle a mordu dans un morceau de pizza avant de dire :

— Ce n'est pas aussi bon que chez Tony.

— C'était l'horreur, cet endroit.

— Un peu gras, a-t-elle concédé.

— Un peu ? Leurs grandes pizzas, elles n'étaient pas vendues avec un bon pour une angioplastie gratuite ?

— C'est vrai qu'on se sentait les veines légèrement bouchées après ça.

On s'est regardés.

— Rachel ?

— Oui.

— Et s'ils n'appelaient pas ?

— Ça voudra dire qu'elle n'est pas avec eux, Marc.

J'ai pris le temps de digérer cette information. J'ai pensé à Connor, le fils de Lenny, à ce qu'il pouvait dire ou faire, et je me suis efforcé de l'appliquer au bébé que j'avais vu pour la dernière fois dans son berceau. Ça ne fonctionnait pas, ce qui en soi ne voulait rien dire. Il restait un espoir. Et je m'y cramponnais. Si ma fille était morte, si ce téléphone ne sonnait plus jamais, je savais que l'espoir finirait par me tuer. Je le savais, et ça m'était égal. Mieux valait suivre cette pente-là qu'essayer de tenir la distance.

Donc, j'avais de l'espoir. Moi, le cynique, j'ai choisi de croire à une heureuse issue.

Lorsque, finalement, le portable s'est mis à sonner, il était presque dix heures. Je n'ai même pas regardé Rachel pour avoir son assentiment. Au premier tintement, j'avais déjà le doigt sur le bouton.

— Allô ?

— O.K., a fait la voix mécanique. Vous allez la voir.

Le souffle m'a manqué. Rachel s'est rapprochée, collant son oreille contre la mienne.

— Bien, ai-je dit.

— Vous avez l'argent ?

— Oui.

— La totalité de la somme ?

— Oui.

— Alors écoutez-moi attentivement. Déviez de ce que je vous dis et nous disparaîtrons. C'est compris ?

— Oui.

— Nous avons contacté notre informateur, celui qui est dans la police. Jusque-là, c'est bon. Apparemment, vous n'avez pas prévenu les autorités. Mais nous voulons en avoir le cœur net. Vous prendrez votre voiture et vous vous dirigerez, seul, vers le pont George-Washington. Une fois là-bas, nous serons dans les parages. Servez-vous de la fonction émetteur-récepteur du téléphone. Je vous indiquerai où aller et quoi faire. Vous serez fouillé. Si on découvre une arme quelconque ou un micro caché, nous disparaîtrons. Compris ?

J'ai senti la respiration de Rachel s'accélérer.

— Quand verrai-je ma fille ?

— Quand nous nous rencontrerons.

— Comment puis-je savoir que vous ne filerez pas tout simplement avec l'argent ?

— Comment pouvez-vous savoir que je ne vais pas vous raccrocher au nez ?

— J'arrive tout de suite.

Et j'ai ajouté rapidement :

— Mais je ne vous remettrai pas l'argent tant que je n'aurai pas vu Tara.

— Nous sommes bien d'accord. Vous avez une heure devant vous. Tenez-moi au courant.

CONRAD DORFMAN n'avait pas l'air ravi de devoir réintégrer les bureaux d'EDC à une heure aussi tardive. Tickner s'en fichait. Si Seidman était venu ici seul, ça représenterait incontestablement une piste intéressante. Mais le fait que Rachel Mills soit mêlée à l'affaire, eh bien, disons que sa curiosité s'en trouvait plus que piquée.

— Mlle Mills vous a-t-elle montré sa carte professionnelle ?

— Oui, a répondu Dorfman. Avec la mention « retraité ».

— Et elle était avec le Dr Seidman ?

— Oui.

— Ils sont arrivés ensemble ?

— Je crois bien. Oui, enfin, quand ils sont venus ici, ils étaient ensemble.

Tickner a hoché la tête.

— Que voulaient-ils ?

— Un mot de passe. Pour un CD-ROM.

— Je ne vous suis pas, là.

— Ils affirmaient détenir un CD-ROM ayant appartenu à une cliente. Nos CD sont protégés par un mot de passe. Ils ont exigé qu'on leur donne le mot de passe en question.

— Et vous l'avez fait ?

Dorfman semblait sincèrement choqué.

— Bien sûr que non. On a passé un coup de fil chez vous. Là, on nous a expliqué… en fait, on ne nous a pas expliqué grand-chose. On nous a juste déconseillé toute forme de coopération avec l'agent Mills.

— Ex-agent, a précisé Tickner.

Comment ? se demandait-il. Comment diable Rachel Mills s'était-elle retrouvée dans cette galère ? Il avait essayé de lui laisser le bénéfice du doute. Contrairement à ses collègues, il l'avait connue, l'avait vue en action. Elle avait été un bon agent, exceptionnel même. Mais maintenant il s'interrogeait. Il s'interrogeait sur le timing. Sur sa présence ici. Sa tentative de faire pression sur l'agence de détectives.

— Vous ont-ils dit comment ils étaient entrés en possession de ce CD-ROM ?

— D'après eux, il appartenait à la femme du Dr Seidman.

— C'est vrai, ça ?

— Je pense que oui.

— Vous êtes au courant que sa femme est morte il y a plus d'un an et demi, monsieur Dorfman ?

— Maintenant, oui.

— Mais au moment de leur visite, vous ne le saviez pas.

— C'est exact.

— Pourquoi Seidman a-t-il attendu dix-huit mois pour réclamer le mot de passe ?

— Il ne l'a pas dit.

— Vous le lui avez demandé ?

Dorfman a remué sur son siège.

— Non.

Tickner a souri, copain-copain.

— Vous n'aviez aucune raison de le faire, a-t-il acquiescé, grand seigneur. Leur avez-vous fourni quelque information que ce soit ?

— Non, aucune.

— Vous ne leur avez pas dit pourquoi Mme Seidman s'était adressée à vous en premier lieu ?

— Non.

— Parfait.

Tickner s'est penché en avant, les coudes sur les genoux. Il allait poser une autre question quand son portable a sonné.

— Excusez-moi, a-t-il dit, plongeant la main dans sa poche.

— Ça va prendre encore longtemps ? s'est enquis Dorfman. J'ai des projets pour ce soir.

Sans se donner la peine de répondre, Tickner s'est levé et a collé le téléphone à son oreille.

— Oui ?

— Ici l'agent O'Malley, a dit le petit jeune.

— Vous avez trouvé quelque chose ?

— Oh oui !

— Je vous écoute.

— On a consulté les archives téléphoniques de ces trois dernières années. Seidman ne l'a jamais appelée — en tout cas, pas de chez lui ni de son travail — jusqu'à aujourd'hui.

— Serait-ce un *mais* que j'entends, là ?

— Absolument. En revanche, Rachel Mills lui a téléphoné... une fois.

— Quand ça ?

— En juin, il y a deux ans.

Tickner a fait le calcul. Ça devait être trois mois environ avant le meurtre et le kidnapping.

— Autre chose ?

— Et de taille, je pense. J'ai demandé à l'un de nos agents de passer chez Rachel, à Falls Church. Il n'a pas fini de fouiller l'appartement, mais devinez ce qu'il a découvert dans le tiroir de sa table de nuit ?

— On n'est pas en train de faire un quiz, O'Ryan.

— O'Malley.

Tickner s'est frotté l'arête du nez.

— Dites-moi ce qu'il a découvert.

— Une photo de bal de promo.

— Quoi ?

— Enfin, je ne sais pas si c'est un bal de promo. Mais ça fait assez vieillot. La photo doit dater de quinze ou vingt ans. On y voit Rachel avec une coiffure à la diable, et une espèce de bracelet floral autour du bras.

— Mais quel rapport, bon sang, avec…

— Le gars sur la photo.

— Eh bien ?

— Notre agent est sûr que le gars qui l'accompagne — son cavalier, quoi — n'est autre que ce bon Dr Seidman.

Tickner a senti un frisson le parcourir.

— Continuez à creuser, a-t-il dit. Et rappelez-moi dès que vous aurez du nouveau.

— Ça marche.

Il a raccroché. Rachel et Seidman, ensemble dans un bal de promo ? Mais comment… ? Elle était du Vermont, si ses souvenirs étaient bons. Seidman, lui, habitait dans le New Jersey. Ils n'étaient pas allés au même lycée. Et la fac ? Il fallait qu'ils se renseignent.

— Un problème ?

Tickner s'est retourné vers Dorfman.

— Voyons si j'ai bien tout compris, monsieur Dorfman. Ce CD-ROM appartenait à Monica Seidman ?

— C'est ce qu'on nous a dit.

— Oui ou non, monsieur Dorfman ?

L'homme s'est raclé la gorge.

— Je crois bien que oui.

— Elle était donc cliente chez vous ?

— Oui, ça, nous avons pu le confirmer.

— En résumé, la victime d'un meurtre a été votre cliente.

Silence.

— Son nom a été dans tous les journaux locaux, a poursuivi Tickner, le regard dur. Comment se fait-il que vous ne vous soyez pas manifestés ?

— Nous n'étions pas au courant.

Tickner continuait à le fixer.

— Le type qui s'est occupé de l'affaire ne fait plus partie de l'agence, a-t-il ajouté précipitamment. Vous comprenez… il n'était plus là au moment où Mme Seidman a été tuée. Du coup, personne ici n'a fait le rapprochement.

Il se défendait. Tant mieux. Tickner l'a cru, mais ne l'a pas montré. Qu'il se mette donc en quatre pour rentrer dans ses bonnes grâces.

— Qu'y avait-il sur ce CD ?

— Des photos, je pense.

— Vous pensez ?

— C'est généralement le cas. Pas toujours. On utilise les CD pour stocker des photos, mais il pourrait y avoir des documents scannés aussi. Je ne saurais vous dire.

— Pourquoi ?

Dorfman a levé les deux mains.

— Ne vous inquiétez pas. Nous avons un double : tous les dossiers vieux de plus d'un an sont archivés au sous-sol. Les bureaux étaient fermés, mais quand j'ai su que vous étiez intéressé, j'ai fait venir quelqu'un. À l'heure où je vous parle, il est en train de copier le contenu du CD de sauvegarde.

— Où ça ?

— À l'étage du dessous.

Dorfman a consulté sa montre.

— Il doit avoir fini ou presque. Vous voulez qu'on descende voir ?

Tickner s'est levé.

— Allons fouiner.

25

— TOUT N'EST PAS PERDU, a dit Rachel. Mon matériel est ultrasophistiqué. Même s'ils te palpent, ils ne trouveront pas forcément. J'ai ici un gilet pare-balles avec un sténopé en plein milieu.

— Et tu crois qu'ils ne vont pas s'en apercevoir à la palpation.

— Oui, bon, écoute, je sais que tu flippes, mais soyons un peu pragmatiques, hein ? Il y a de très fortes chances pour que ce soit un guet-apens. Ne donne pas l'argent tant que tu n'auras pas vu Tara. Ne te fais pas coincer quelque part, tout seul. Et ne t'inquiète pas pour le Q-Logger : s'ils sont réglo, nous aurons Tara avant qu'ils aient pris le temps de vérifier les liasses de billets. Je sais bien que ce n'est pas une décision facile, Marc.

— Non, tu as raison. La dernière fois, je ne me suis pas mouillé. Je crois qu'on est obligés de prendre des risques. Mais le gilet, pas question.

— O.K., voici ce que nous allons faire. Je serai dans le coffre. Ils pourraient contrôler la banquette arrière pour voir s'il n'y a pas quelqu'un qui serait couché dessus. Le coffre me semble plus sûr. Je débrancherai les fils ; comme ça, quand il s'ouvrira, il n'y aura pas de lumière. Je tâcherai de te suivre à distance. Attention, je ne suis pas Wonder Woman. Je peux te perdre de vue, mais rappelle-toi : ne me cherche pas des yeux. Même discrètement. Ces gens-là sont très forts. Ils le remarqueraient.

— Je comprends.

Elle était habillée en noir de pied en cap. J'ai dit :

— Rachel, on a l'impression que tu vas donner une lecture publique au Village.

— Amen. T'es prêt ?

Tous les deux, on a entendu la voiture. J'ai regardé par la fenêtre, et l'aiguille de mon trouillomètre a fait un bond en avant.

— Merde.

— Quoi ?

— C'est Regan, le flic chargé de l'enquête. Ça fait plus d'un mois que je ne l'ai pas vu.

Je me suis tourné vers Rachel. Son visage était d'une blancheur fantomatique sur tout ce fond noir.

— Coïncidence ?

— Sûrement pas, a-t-elle dit.

— Comment diable a-t-il su, pour la rançon ?

Elle s'est écartée de la fenêtre.

— Il ne vient sans doute pas pour cette raison.

— Pour quoi, alors ?

— À mon avis, ils ont eu vent de notre visite chez EDC.

J'ai froncé les sourcils.

— Quel rapport ?

— Pas le temps d'expliquer. Je vais me planquer dans le garage. Il va te poser des questions sur moi. Dis-lui que je suis rentrée à Washington. S'il insiste, réponds que je suis une amie de longue date, point barre. Il va vouloir t'interroger.

— Pourquoi ?

Mais déjà elle tournait les talons.

— Sois ferme et vire-le d'ici. Je t'attends près de la voiture.

Ça ne m'enchantait guère, mais ce n'était pas le moment d'ergoter. Rachel s'est éclipsée dans le garage. Quand Regan s'est engagé dans l'allée, j'ai ouvert la porte pour essayer de l'intercepter.

Il a souri.

— Vous m'attendiez ?

— J'ai entendu votre voiture.

Il a hoché la tête comme si mes propos requéraient un examen approfondi.

— Vous avez deux minutes, docteur Seidman ?

— À vrai dire, vous tombez plutôt mal.

— Ah.

Sans ralentir le pas, il m'a contourné pour pénétrer dans la maison. Son regard semblait fouiller les moindres recoins.

— On sort, hein ?

— Que désirez-vous, inspecteur ?

— Nous avons eu accès à de nouvelles informations.

J'ai attendu qu'il enchaîne.

— Vous ne voulez pas savoir ce que c'est ?

— Bien sûr que si.

Regan avait un drôle d'air, presque un air de sérénité. Il a contemplé le plafond comme pour décider de la couleur dont il allait le repeindre.

— Où étiez-vous aujourd'hui ?

— Sortez d'ici, je vous prie.

Il avait toujours les yeux au plafond.

— Votre animosité me surprend.

À vrai dire, il ne me semblait guère surpris.

— Vous dites que vous avez du nouveau. Si c'est le cas, je vous écoute. Sinon, sortez. Je ne suis pas d'humeur à subir un interrogatoire.

Il a pris une expression conciliante.

— Vous vous êtes rendu, paraît-il, dans une agence de détectives privés de Newark.

— Et alors ?

— Pour quoi faire ?

— Vous savez quoi, inspecteur ? Je vais vous prier de partir car répondre à vos questions ne m'aidera pas à retrouver ma fille.

Il m'a regardé.

— Vous en êtes sûr ?

— Soyez gentil, débarrassez-moi le plancher. Maintenant.

— Comme vous voudrez.

Regan s'est dirigé vers la porte. Une fois sur le seuil, il m'a demandé :

— Où est Rachel Mills ?

— Aucune idée.

— Elle n'est pas ici ?

— Nan.

— Et vous ne savez pas où elle pourrait être ?

— À mon avis, sur la route de Washington.

— Hmm. Comment vous êtes-vous connus, tous les deux ?

— Bonsoir, inspecteur.

— Oui, oui. Une dernière question.

J'ai ravalé un soupir.

— Vous avez trop regardé *Columbo*, inspecteur.

— En effet, a-t-il reconnu, souriant. Mais permettez-moi de vous la poser quand même.

J'ai écarté les mains en signe d'assentiment.

— Savez-vous comment est mort son mari ?

— Il a été tué, ai-je dit trop rapidement.

Aussitôt, je me suis mordu la langue. Il s'est penché un peu plus dans ma direction.

— Et savez-vous qui l'a tué ?

Je n'ai pas bronché.

— Marc ?

— Bonsoir, inspecteur.

— C'est elle, Marc. D'une balle dans la tête, tirée à bout portant.

— C'est n'importe quoi, ai-je dit.

— Ah oui ? Vous en êtes sûr ?

— Si elle l'a tué, pourquoi n'est-elle pas en taule ?

— Bonne question, a déclaré Regan, en s'éloignant à reculons. Vous devriez peut-être la lui poser.

26

RACHEL ÉTAIT DANS LE GARAGE. Elle m'a regardé. Tout à coup, elle m'a paru petite. Et angoissée. Le coffre de la voiture était ouvert. Je me suis dirigé vers la portière du conducteur.

— Qu'est-ce qu'il voulait ? m'a-t-elle demandé.

— Ce que tu as dit.

— Il savait, pour le CD ?

— Il savait qu'on était allés chez EDC. Il n'a pas parlé du CD.

Je me suis glissé derrière le volant. Elle n'a pas insisté. Ce n'était guère le moment de soulever de nouveaux problèmes. Sauf que je m'interrogeais sur le bien-fondé de mon choix. Je remettais ma vie — et celle de ma fille — entre les mains d'une femme qu'au fond je connaissais très peu. Lenny avait raison : ce n'était pas aussi simple. Je voyais peut-être en Rachel quelqu'un qu'elle n'était pas, et Dieu seul savait ce que ça allait me coûter.

Sa voix m'a tiré de ma prostration.

— Marc ?

— Quoi ?

— Je continue à penser que tu devrais mettre le gilet pare-balles.

— Non.

J'avais répondu plus sèchement que je ne l'aurais voulu. Ou peut-être pas. Rachel a grimpé dans le coffre et l'a refermé. J'ai posé le sac marin contenant l'argent sur le siège à côté de moi. J'ai pressé le bouton d'ouverture de la porte du garage et j'ai mis le moteur en marche. C'était parti.

Quand Tickner avait neuf ans, sa mère lui avait offert un livre d'illusions d'optique. On regardait un dessin, mettons, une vieille avec un gros nez, on regardait bien et là, paf ! on découvrait une jeune femme représentée de trois quarts. Tickner avait adoré ce livre. Plus tard, ç'avait été l'Œil magique : on scrutait le tourbillon des couleurs en attendant de voir surgir un cheval ou n'importe quelle autre image. Parfois, ça prenait du temps. On se demandait s'il y avait vraiment quelque chose là-dedans. Et puis, soudain, l'image apparaissait.

Exactement ce qui était en train de se passer ici.

Il existe des moments, au cours d'une enquête, qui modifient tout — comme dans ces vieilles illusions d'optique. On est face à une réalité lorsque cette réalité bouge, et les apparences se révèlent mensongères.

Tickner n'avait jamais adopté le point de vue conventionnel dans l'affaire Seidman. Pour lui, c'était comme lire un livre auquel il manquait des pages.

Dans sa carrière, il n'avait pas eu à traiter beaucoup de meurtres. Normalement, c'était le boulot des policiers. Toutefois, il connaissait un tas d'enquêteurs. Les meilleurs limiers étaient toujours les plus décalés, les plus délirants, dotés d'une imagination débridée. Il

223

les avait entendus parler d'un tournant dans l'investigation, quand la victime « se manifeste » depuis la tombe, pour désigner son assassin du doigt. En général, Tickner écoutait ce charabia en hochant poliment la tête. C'était le genre de métaphore que les flics employaient volontiers à l'intention du grand public.

L'imprimante continuait à ronronner. Il avait déjà vu douze photos.

— Il en reste combien ? a-t-il demandé.

Dorfman a regardé l'écran.

— Six.

— Les mêmes que celles-là ?

— Plus ou moins, oui. Je veux dire, c'est la même personne.

Tickner a examiné les clichés. Oui, il s'agissait bien de la même personne. Ils étaient tous en noir et blanc, tous pris à l'insu du sujet, probablement à distance avec un zoom.

Ces histoires de manifestations d'outre-tombe — il ne les trouvait plus aussi bêtes. Monica Seidman était morte depuis dix-huit mois. Son assassin courait toujours. Or, alors que tout espoir semblait perdu, elle s'était levée de tombe pour pointer le doigt. Tickner a regardé de nouveau, s'efforçant de comprendre.

Le sujet de toutes ces photos, la personne que Monica Seidman pointait du doigt, était Rachel Mills.

Lorsqu'on prend l'embranchement est du New Jersey Turnpike, on voit Manhattan se profiler à l'horizon. À l'instar de la plupart de ceux qui empruntent l'autoroute jour après jour, je considérais cette vue-là comme un fait acquis. Mais plus maintenant. Pendant un moment, j'avais eu l'impression de voir encore les deux Tours. Telle une lumière brillante que j'aurais fixée longuement, leur image demeurait en moi même quand je fermais les yeux. Mais, comme une tache solaire, elle finissait par s'estomper progressivement. Aujourd'hui, c'est différent. Chaque fois que je passe par là, je les cherche du regard. Y compris ce soir. Seulement, il m'arrive d'oublier leur emplacement précis. Et ça, ça me fait rager plus que je ne saurais l'exprimer.

Par habitude, j'ai pris le niveau inférieur du pont George-Washington. Il n'y avait pas de circulation à cette heure. J'ai utilisé ma carte de péage. Rachel était dans le coffre. Drôle de situation, quand on y repensait. J'ai attrapé le téléphone portable et appuyé sur le bouton d'appel. Presque immédiatement, la voix mécanique a dit :

— Suivez la Henry-Hudson en direction du nord.

J'ai porté le téléphone à ma bouche, façon talkie-walkie.

— O.K.

— Dites-moi quand vous serez sur l'Hudson.

— Bien.

Je me suis placé dans la file de gauche. Je connaissais bien le coin. J'avais suivi une formation à New York Presbyterian. Zia et moi avions partagé un logement : avec un interne en cardiologie nommé Lester dans un immeuble Arts déco à la pointe nord de Manhattan. À l'époque où j'habitais ici, ça faisait partie du quartier de Washington Heights. Aujourd'hui, les promoteurs l'ont rebaptisé « Hudson Heights », comme pour le démarquer, en matière de standing et de prix, de ses racines populaires.

— Je suis sur l'Hudson, ai-je dit.

— Prenez la prochaine sortie.

— Le parc de Fort Tryon ?

— Oui.

Je connaissais aussi. Fort Tryon flotte tel un nuage au-dessus de l'Hudson. C'est une falaise déchiquetée, calme et paisible, avec le New Jersey à l'ouest, et Riverdale-Bronx à l'est. Le parc est un labyrinthe de sentier rocailleux avec une faune préhistorique, de terrasses en pierre, de recoins de ciment et de brique, d'épaisses broussailles, de talus rocheux et d'espaces verts. J'en avais passé, des journées estivales, sur ses pelouses, en short et T-shirt, avec Zia et des manuels de médecine pour compagnie. Mon moment préféré : le crépuscule, la lueur orangée baignant le paysage d'une aura quasi éthérée.

J'ai mis mon clignotant et je me suis engagé sur la bretelle de sortie. Il n'y avait pas de voitures et presque pas de lumières. Le parc fermait la nuit, mais la route qui le traversait restait ouverte à la circulation. Péniblement, ma voiture a gravi la pente escarpée pour pénétrer dans une espèce de forteresse médiévale. Les Cloîtres — un ancien monastère qui appartient à présent au Metropolitan Museum — en occupent le centre et abritent une fabuleuse collection d'objets du Moyen Âge. Enfin, c'est ce qu'on m'a dit. J'ai été dans ce parc des centaines de fois. Je n'ai jamais mis les pieds aux Cloîtres.

C'était un lieu bien choisi pour une remise de rançon — sombre, désert, avec des sentiers sinueux, des rochers, des bosquets touffus, des allées goudronnées ou non. On pouvait s'y perdre. On pouvait s'y cacher longtemps sans qu'on vous retrouve.

La voix mécanique a demandé :

— C'est bon, vous y êtes ?

— Je suis à Fort Tryon, oui.

— Garez-vous devant le café. Descendez et dirigez-vous vers le cercle.

Voyager dans le coffre était bruyant et cahoteux. Rachel avait emporté une couverture matelassée, mais, question bruit, il n'y avait rien à faire. Elle avait une lampe de poche dans sa sacoche, qu'elle n'a pas jugé utile d'allumer. L'absence de lumière ne la gênait pas.

Au contraire, le noir était propice à la réflexion.

Tout en s'efforçant de se détendre pour amortir les secousses, elle repensait à l'attitude de Marc juste avant leur départ. Le flic, manifestement, lui avait dit quelque chose qui l'avait bouleversé. Était-ce à propos d'elle ? Très certainement. Elle se demandait ce qu'il avait bien pu raconter et comment elle devait réagir.

Peu importait. Pour l'instant, il fallait se concentrer sur la tâche qui l'attendait.

Rachel retrouvait des réflexes familiers. Non sans une pointe de nostalgie. Son travail au FBI lui manquait. C'était tout ce qu'elle avait — plus qu'une échappatoire, la seule chose qui l'ait jamais passionnée dans la vie.

Après toutes ces années de séparation, il restait tout de même un point commun entre Marc et elle : ils aimaient l'un et l'autre leur métier. Sauf que Marc avait conservé le sien. Et pas elle. Était-ce une raison pour désespérer ?

Non. Lui, il avait perdu son enfant. Jeu, set et match.

Dans l'obscurité du coffre, elle s'est badigeonné le visage de noir pour éviter qu'il brille. La voiture s'est engagée dans une montée. Son matériel était prêt, portée de main.

Elle a songé à Hugh Reilly, le salopard.

Sa rupture avec Marc — et tout ce qui s'est ensuivi — était son œuvre. Hugh avait été son meilleur ami à la fac. Il ne désirait rien d'autre, lui disait-il. Juste être son ami. Il savait bien qu'elle avait un petit copain,

Rachel avait-elle été naïve ou volontairement aveugle ? En général, quand un homme prétend être « juste un ami », il espère être le prochain sur la liste… Ce soir-là, Hugh l'avait appelée en Italie avec les meilleures intentions du monde. « Je voulais simplement te tenir au courant. En tant qu'ami. » Et de lui rapporter ce que Marc avait fait dans une vulgaire sauterie entre étudiants.

Oui, il fallait arrêter de s'en vouloir. Et d'en vouloir à Marc. Hugh Reilly… Où en serait-elle aujourd'hui si ce salaud n'avait pas fourré le nez dans ses affaires ? Elle n'en savait rien. Et qu'était-elle devenue ? Ah çà ! c'était plus facile. Elle buvait trop. Elle avait mauvais caractère. Elle souffrait de maux d'estomac. Elle passait trop de temps à lire *TV Guide*. Sans oublier le principal : elle s'était embarquée dans une relation désastreuse dont elle s'était sortie de la pire manière qui soit.

La voiture a pris un virage et continué à grimper, la projetant contre la paroi du coffre. Deux ou trois minutes plus tard, elle s'est arrêtée. Rachel a levé la tête. Les idées noires se sont dissipées.

L'heure était à l'action.

Depuis la tour de guet du vieux fort, quelque soixante-quinze mètres au-dessus de l'Hudson, Heshy avait une vue imprenable sur les falaises du Jersey, entre le pont Tappan Zee sur la droite et le pont Washington sur la gauche. Il a même pris le temps de l'admirer avant de se mettre au travail.

Comme s'il n'attendait que ça, Seidman a quitté la route qui traversait le parc. Personne ne l'a suivi. Heshy gardait les yeux sur la chaussée. Aucun véhicule n'a ralenti. Aucun véhicule n'a accéléré. Personne n'avait l'air de faire semblant de ne pas suivre.

Il a pivoté, perdant momentanément la voiture de vue avant de la repérer à nouveau. Apparemment, Seidman était seul. Ce qui ne voulait pas dire que quelqu'un ne se planquait pas à l'arrière. Mais c'était déjà ça.

Seidman s'est garé. Il a coupé le moteur et ouvert sa portière. Heshy a porté le micro à sa bouche.

— T'es prêt, Pavel ?

— Oui.

— Il est tout seul, a-t-il dit, cette fois à l'intention de Lydia. Tu peux y aller.

— Garez-vous devant le café. Descendez et dirigez-vous vers le cercle.

Le cercle en question était le cercle Margaret-Corbin. Arrivé dans la clairière, j'ai tout de suite repéré, malgré l'obscurité, l'aire de jeux près de Fort-Washington Avenue, à la hauteur de la 190e Rue. Les couleurs étaient toujours aussi vives. J'aimais bien cet endroit, mais ce soir, les jaunes et les bleus éclatants semblaient me narguer. Je me considérais comme un citadin pur et dur. Lorsque j'avais habité ici, j'avais pensé m'installer dans le quartier — trop sophistiqué que j'étais pour aller m'enterrer en banlieue — et, naturellement, mes enfants auraient joué dans ce parc. J'y ai vu un signe, mais de quoi, je n'en savais rien.

Le téléphone a grésillé.

— Il y a une bouche de métro sur la gauche.

— O.K.

— Prenez l'escalier jusqu'à l'ascenseur.

J'aurais dû m'en douter. On allait me faire prendre l'ascenseur, puis la ligne A du métro. Il serait difficile, voire impossible, à Rachel de me suivre.

— Vous êtes dans l'escalier ?

— Oui.

— Au bout, vous verrez une grille, sur la droite.

Je savais où c'était. La grille donnait sur un petit jardin et n'était ouverte que le week-end. C'était une espèce d'aire de pique-nique, avec des tables de ping-pong — filets et raquettes non compris —, des bancs et des coins-repas. Les gamins s'y réunissaient pour fêter leurs anniversaires.

La grille en fer forgé, me suis-je rappelé, était fermée à clé.

— J'y suis, ai-je dit.

— Assurez-vous que personne ne vous voie. Poussez la grille. Passez vite de l'autre côté et refermez-la.

J'ai jeté un œil dans le jardin. Tout était noir. La lumière des réverbères parvenait à peine jusqu'ici. Le sac marin pesait lourd sur mon épaule. J'ai remonté la bandoulière. Je me suis retourné : personne. Les ascenseurs du métro étaient immobilisés. J'ai posé la main sur la grille. Le cadenas avait été scié. Une dernière fois, j'ai regardé autour de moi, comme la voix mécanique me l'avait ordonné.

Aucun signe de Rachel.

La grille a grincé quand je l'ai poussée. L'écho s'est répercuté dans le silence de la nuit. Je me suis faufilé par l'ouverture, et les ténèbres m'ont englouti tout entier.

Rachel a senti la voiture tanguer au moment où Marc est descendu. Elle a laissé passer une minute qui lui a paru durer deux heures. Quand elle a eu l'impression que la voie était libre, elle a entrouvert le coffre et risque un coup d'œil à l'extérieur.

Il n'y avait pas un chat.

Elle avait emporté une arme, un Glock 22 semi-automatique, ainsi que ses lunettes de vision nocturne, des Rigel 3501 d'usage militaire. Le Palm Pilot capable de recevoir les signaux émis par le Q-Logger était dans sa poche.

Même si elle ne s'attendait pas à ce qu'on la voie, elle a ouvert le coffre juste assez pour pouvoir se couler dehors. Pliée en deux, elle a attrapé à tâtons le semi-automatique et les lunettes. Puis elle a fermé le coffre sans bruit.

Les opérations de terrain étaient ses préférées — du moins, l'entraînement qu'elles exigeaient. Des missions de cape et d'épée comme celle-ci, elle en avait connu très peu. Aujourd'hui, la filature était affaire de haute technologie. On avait des camions, des avions-espions, des fibres optiques. Rares étaient les occasions de s'aventurer en pleine nuit, tout de noir vêtu et la figure enduite de fard gras.

Rachel s'est blottie contre le pneu arrière. À distance, elle a aperçu Marc qui gravissait l'allée. Elle a rangé le pistolet dans son étui et accroché les lunettes à sa ceinture. Puis, se baissant, elle a escaladé le talus herbeux.

Un croissant de lune brillait dans le ciel. Il n'y avait pas d'étoiles. Elle a vu que Marc avait l'oreille collée au téléphone portable. Le sac marin était sur son épaule. Rachel a jeté un regard alentour. La remise de rançon aurait-elle lieu ici même ? L'endroit n'était pas trop mal choisi, à condition d'en connaître les issues. Elle a entrepris de passer en revue les différentes possibilités.

Fort Tryon était vallonné. L'astuce consistait à grimper le plus haut possible. Elle a attaqué la montée lorsque Marc a quitté le parc.

Zut ! Il allait falloir redescendre.

Rachel a rampé jusqu'à la route, façon commando. L'herbe piquait et sentait le foin, sans doute en raison de la récente sécheresse. La jeune femme s'efforçait de ne pas perdre Marc des yeux, mais il est sorti du parc Alors elle a pris le risque d'avancer plus vite. À l'entrée du parc, elle s'est réfugiée derrière un pilier.

Marc était visible. Mais pas pour longtemps.

Le téléphone toujours contre son oreille, il a bifurqué sur la gauche et s'est engouffré dans l'escalier de la ligne A.

Un peu plus loin, un couple se promenait avec un chien. Peut-être étaient-ils dans le coup… ou peut-être était-ce juste un couple avec un chien. Marc avait disparu. Rachel s'est recroquevillée derrière un mur de pierre.

Plaquée contre le mur, elle s'est glissée vers l'escalier du métro.

Tickner trouvait qu'Edgar Portman avait l'allure d'un personnage de Noël Coward. Sous sa robe de chambre rouge attachée avec le plus grand soin, il portait un pyjama en soie. Ses pieds étaient chaussés de pantoufles en velours. Son frère Carson, en revanche, avait l'air passablement échevelé. Son pyjama était de travers. Il avait le cheveu hirsute et les yeux injectés de sang.

Aucun des Portman n'arrivait à détacher le regard des photographies du CD.

— Edgar, a dit Carson, ne nous emballons pas.

— Ne nous… ? (Edgar s'est tourné vers Tickner.) Je lui ai donné de l'argent.

— Oui, monsieur. Il y a un an et demi. Nous sommes au courant.

— Non.

Edgar a essayé de faire claquer ce « Non » pour marquer son impatience, mais la force lui a manqué.

— Je parle de maintenant. D'aujourd'hui, pour être plus précis.

Tickner s'est redressé.

— Combien ?

— Deux millions de dollars. Il y a eu une autre demande de rançon.

— Pourquoi ne nous avez-vous pas prévenus ?

Edgar a émis un bruit, mi-rire mi-grognement.

— Vous vous en êtes si brillamment tirés, la dernière fois.

Le sang de Tickner n'a fait qu'un tour.

— Vous dites que vous avez donné à votre gendre deux millions de plus ?

— C'est ce que je viens de dire.

Carson Portman continuait à fixer les photos. Edgar lui a jeté un coup d'œil avant de reporter son attention sur Tickner.

— Est-ce Marc Seidman qui a tué ma fille ?

Carson s'est levé.

— Voyons, Edgar !

— Ce n'est pas à toi que je parle, Carson.

Les deux hommes se sont tournés vers Tickner. Lequel n'avait nulle intention de se laisser faire.

— Vous avez donc vu votre gendre aujourd'hui ?

Si Edgar était contrarié qu'on ait éludé sa question, il n'en a rien montré.

— Oui, ce matin de bonne heure. À Memorial Park.

— Cette femme qui est sur les photos…

Tickner les a désignées d'un geste de la main.

— Était-elle avec lui ?

— Non.

— Aucun de vous ne l'a croisée auparavant ?

Carson et Edgar ont répondu par la négative. Edgar a ramassé l'une des photos.

— Ma fille a engagé un détective privé pour prendre ça ?

— Oui.

— Je ne comprends pas. Qui est-ce ?

À nouveau, Tickner a fait comme s'il n'avait pas entendu la question.

— La demande de rançon est arrivée chez vous de la même façon que la première fois ?

— Oui.

— Je ne saisis pas très bien. Comment saviez-vous que ce n'était pas un canular ? Que vous aviez affaire aux véritables ravisseurs ?

— On a effectivement cru à un canular, a répliqué Carson. En tout cas, au début.

— Et qu'est-ce qui vous a convaincus du contraire ?

— Ils ont encore envoyé des cheveux.

Carson lui a rapidement parlé des analyses, et des examens complémentaires demandés par le Dr Seidman.

— Ces cheveux, vous les lui avez donnés, alors ?

— Eh bien, oui, a dit Carson.

Edgar semblait absorbé dans la contemplation des photos.

— Cette femme, a-t-il éructé. C'est la maîtresse de Seidman ?

— Je ne peux pas vous répondre.

— Pourquoi, sinon, ma fille aurait-elle fait prendre ces photos ?

Un téléphone portable s'est mis à sonner. Tickner s'est excusé et l'a porté à son oreille.

— Bingo ! a dit O'Malley.

— Quoi ?

— On a eu un gros coup de bol avec la carte de péage de Seidman. Il vient de traverser le pont Washington, il y a tout juste cinq minutes.

La voix mécanique m'a dit :

— Suivez le sentier.

On y voyait encore suffisamment clair pour distinguer les premières marches. J'ai commencé à descendre. L'obscurité m'a encerclé, se refermant autour de moi. J'ai tâtonné du bout du pied, comme un aveugle avec sa canne. Je n'aimais pas ça. Pas du tout. Une fois de plus, j'ai pensé à Rachel. Était-elle loin d'ici ? Je m'efforçais de marcher sur le sentier. Il s'incurvait vers la gauche. J'ai trébuché sur un pavé.

— O.K., a fait la voix. Arrêtez-vous.

J'ai obéi. Je ne voyais rien devant. Derrière moi, la rue n'était qu'une vague lueur. Sur ma droite, il y avait une pente raide. Une odeur de jardin de ville flottait dans l'air, un mélange de fraîcheur et de renfermé. J'ai tendu l'oreille, mais on n'entendait que le lointain bourdonnement du trafic.

— Posez l'argent.

— Non. Je veux voir ma fille.

— Posez l'argent.

— On s'était mis d'accord. Vous me montrez ma fille, je vous montre l'argent.

Il n'y a pas eu de réponse. Le sang rugissait à mes oreilles. La peur me clouait sur place. Non, je n'aimais pas ça. J'étais trop exposé. J'ai regardé le sentier derrière moi. Je pouvais toujours m'enfuir en hurlant comme un malade. Ce quartier était mieux surveillé que d'autres à Manhattan. Il n'était pas exclu que quelqu'un appelle la police ou bien tente de me porter secours.

— Docteur Seidman ?

— Oui ?

Un faisceau lumineux m'a frappé au visage. J'ai levé la main, puis j'ai cligné des yeux pour essayer d'y voir quelque chose. La personne qui tenait la torche l'a abaissée. Une silhouette a bloqué la lumière. Il n'y avait pas d'erreur. J'ai vu tout de suite ce qu'on voulait me montrer.

C'était un homme. J'ai cru même distinguer la chemise de flanelle. Comme je l'ai déjà dit, il apparaissait sous forme de silhouette, si bien qu'on ne voyait ni les couleurs ni les motifs. Je pouvais avoir imaginé des choses. Des formes, non.

À côté de l'homme, cramponné à sa jambe juste au-dessus du genou, il y avait un petit enfant.

27

LYDIA AURAIT VOULU qu'il y ait plus de lumière. Elle aurait voulu voir la tête du Dr Seidman. Ce n'était pas de la cruauté, non, juste de la curiosité. Rien à voir avec le réflexe qui fait ralentir l'automobiliste quand il croise un accident de la circulation. Imaginez un peu… Cet homme-là, on lui avait enlevé son enfant. Pendant un an et demi, il s'était interrogé sur son sort, nuit blanche après nuit blanche, invoquant des visions qu'il valait mieux laisser dans les obscurs abysses de l'inconscient.

Et voilà qu'il se retrouve enfin en présence de sa fille.

Il serait anormal de *ne pas* vouloir voir sa tête.

Les secondes passaient. Elle y tenait. Elle tenait à prolonger le supplice, à le pousser au-delà du supportable afin qu'il soit prêt à recevoir le coup de grâce.

Lydia a sorti son Sig-Sauer. Du buisson derrière lequel elle était cachée, la distance entre elle et Seidman devait être d'une dizaine de mètres. Elle a porté le téléphone avec le modificateur de voix à sa bouche. Elle a parlé en chuchotant. Mais qu'on chuchote ou qu'on hurle, cela ne faisait aucune différence. Avec le modificateur de voix, le résultat était le même.

— Ouvrez le sac.

Il s'est exécuté avec des gestes de somnambule — sans discuter, cette fois. Allumant la torche à son tour, elle l'a braquée sur son visage avant de la diriger sur le sac.

L'argent. On voyait bien les liasses. Elle a hoché la tête. C'était bon, ils pouvaient partir.

— O.K., a-t-elle dit. Laissez l'argent où il est. Avancez lentement sur le sentier. Tara vous attend.

Elle a regardé Seidman lâcher le sac. Les yeux plissés, il scrutait l'endroit où il croyait pouvoir récupérer sa fille. Ses mouvements étaient raides, mais peut-être qu'il était affecté par la lumière en plein visage. Ma foi, ça allait lui faciliter la tâche.

Lydia préférait tirer à bout portant. Deux balles dans la tête, au cas où il aurait porté un gilet de protection. Étant une bonne tireuse, elle pouvait sans doute l'atteindre d'ici. Mais elle voulait être sûre de son coup. Pas de ratés. Aucune chance de fuite.

Seidman se rapprochait. Cinq mètres. Quatre. Trois. Lydia a levé le pistolet.

Si Marc prenait le métro, il serait impossible de le suivre sans se faire remarquer.

Rachel s'est hâtée vers l'escalier. Elle a jeté un œil en bas, dans le noir. Zut ! Marc avait disparu. Elle a inspecté les alentours et a vu un panneau indiquant les ascenseurs qui menaient vers la ligne A. Et une grille métallique fermée, sur la droite. C'était tout.

Il devait être dans un ascenseur, en train de descendre.

Et maintenant ?

En entendant des pas derrière elle, Rachel s'est empressée de s'essuyer le visage, pour se rendre ne serait-ce qu'à moitié présentable. De l'autre main, elle a dissimulé ses lunettes dans son dos.

Deux hommes se sont engouffrés dans l'escalier. Croisant son regard, l'un des deux a souri. Elle s'est frotté le visage et a souri aussi. Les hommes ont dévalé en courant les dernières marches avant de se diriger vers les ascenseurs.

Rapidement, elle a réfléchi à un plan d'action. Ces deux-là pourraient lui servir de couverture. Elle les suivrait dans l'ascenseur, engagerait la conversation. Qui irait la soupçonner alors ? Avec un peu de chance, le métro de Marc ne serait pas encore parti. Dans le cas contraire... bon, pas la peine de cultiver des pensées négatives.

Rachel a pivoté vers les ascenseurs quand quelque chose l'a arrêtée. La grille métallique. Elle était fermée. Dessus, un écriteau : OUVERT LE WEEK-END ET LES JOURS FÉRIÉS SEULEMENT.

Mais, à travers les fourrés, elle avait vu le rayon lumineux d'une torche électrique.

Sur sa gauche, les portes d'un ascenseur ont tinté. Les deux hommes sont montés dans la cabine. Pas le temps de sortir le Palm Pilot pour vérifier le signal GPS.

L'homme qui lui avait souri a posé la main sur la porte pour la retenir. Elle s'est demandé que faire.

Le rayon de lumière s'est éteint.

— Vous venez ? a lancé l'homme.

Elle a attendu que le rayon lumineux revienne. Comme il ne reparaissait pas, elle a secoué la tête.

— Non, merci.

Elle est remontée à toute vitesse pour essayer de trouver un coin sombre. Il fallait qu'il fasse noir afin que ses lunettes fonctionnent. Les Rigel étaient dotées d'un détecteur pour les protéger contre une trop grande luminosité, mais elle préférait qu'il y ait le moins d'éclairage artificiel possible. La rue qui surplombait le parc offrait un bon point de vue, mais c'était encore trop lumineux.

Elle s'est rapprochée de la construction en pierre qui abritait les ascenseurs. Il y avait là un recoin — à condition de se plaquer contre le mur — qui lui offrirait une obscurité totale. Parfait. La végétation était trop dense pour y voir clair, mais tant pis. Elle se débrouillerait.

Les lunettes, pourtant censées être légères, l'encombraient passablement. Elle aurait dû se procurer un modèle qu'on colle juste à l'œil, à la façon d'une paire de jumelles. Alors que celles-ci, il fallait les enfiler comme un masque. L'avantage, cependant, était qu'on avait les mains libres.

Tandis qu'elle les glissait par-dessus sa tête, le rayon lumineux a réapparu. Rachel s'est efforcée d'en localiser la provenance. Il semblait venir d'un endroit différent, cette fois. Plus à droite. Plus près.

Avant qu'elle ait eu le temps de le situer, le rayon s'est évanoui à nouveau.

Ses yeux restaient rivés sur le point d'où il avait jailli. Il faisait noir à présent. Très noir. Sans bouger, elle a achevé de mettre ses lunettes en place. Elles ne permettent pas de voir dans l'obscurité. Leur système optique amplifie la lumière existante, même en très faible quantité. Sauf qu'ici, la luminosité frôlait le néant. Ç'aurait pu poser un problème, si aujourd'hui la plupart des marques ne proposaient pas un dispositif d'éclairage à infrarouge. Il projette un faisceau de lumière infrarouge invisible à l'œil humain.

Mais perceptible par les lunettes de vision nocturne.

Rachel a allumé l'éclairage. La nuit s'est illuminée d'une clarté verdâtre. Elle la voyait non pas à travers une lentille, mais sur un écran phosphorescent, un peu comme celui de la télé. L'image était agrandie et verte, parce que l'œil est capable de distinguer plus de nuances de vert que de n'importe quelle autre couleur phosphorescente. Rachel s'est figée.

Ça y est…

L'apparition était floue, mais on aurait dit une femme. Petite. Embusquée derrière un buisson. Tenant quelque chose contre sa bouche. Un téléphone peut-être. La vision périphérique n'existe pas avec ces lunettes-là, bien qu'elles prétendent vous offrir un angle de trente-sept degrés. Rachel a dû tourner la tête : sur sa droite, en train de poser le sac avec deux millions de dollars par terre, il y avait Marc.

Il s'est dirigé vers la femme. À petits pas, probablement à cause de l'obscurité.

La tête de Rachel pivotait de l'un à l'autre. Marc se rapprochait. La femme restait planquée. Il n'avait aucune chance de la voir. Fronçant les sourcils, Rachel se demandait ce qui se passait.

Soudain, la femme a levé le bras.

Ce n'était pas très clair — les branches des arbres lui brouillaient la vue — mais elle semblait pointer le doigt en direction de Marc. Il était tout près maintenant. Rachel a scruté l'écran. Et là, elle a compris que ce n'était pas un doigt. C'était trop grand pour être une main.

Il s'agissait d'une arme. La femme était en train de viser la tête de Marc.

Une ombre a traversé le champ visuel de Rachel. Elle a ouvert la bouche pour crier un avertissement, lorsqu'une main semblable à un gant de base-ball l'a bâillonnée, empêchant le son de sortir.

Tickner et Regan s'étaient donné rancard sur le New Jersey Turnpike. Tickner a pris le volant. Assis à côté de lui, Regan se caressait le menton.

Tickner a secoué la tête.

— Je n'en reviens pas, que vous ayez toujours votre espèce de bouc, là.

— Vous n'aimez pas ?

— Vous vous prenez pour Enrique Iglesias ?

— Qui ça ?

— Exactement.

— Qu'est-ce qui ne vous plaît pas, au juste ?

— C'est comme porter un T-shirt avec l'inscription : « J'ai eu le blues de la quarantaine en 1998 ».

Regan a réfléchi un instant.

— Oui, bon, d'accord. Au fait, ces lunettes noires que vous avez sur le nez, c'est offert par le FBI ?

Tickner a souri.

— Ça impressionne les filles.

— Oui, ça et votre pistolet hypodermique.

Regan a remué sur son siège.

— Lloyd ?

— Mmm.

— Je ne comprends pas très bien.

Ils ne parlaient plus de pilosité faciale.

— On n'a pas tous les éléments, a répondu Tickner.

— Mais on n'est pas loin ?

— Non.

— Alors, voyons ça tranquille, d'acc ?

Tickner a hoché la tête.

— Tout d'abord, si le labo d'Edgar Portman ne s'est pas planté, l'enfant est toujours en vie.

— Ce qui est bizarre.

— Très. Mais ça explique beaucoup de choses. Qui a toutes les chances de garder en vie un enfant kidnappé ?

— Son père, a répondu Regan.

Formant un pistolet avec le pouce et l'index, Tickner l'a pointé sur Regan et a fait mine d'appuyer sur la détente.

— Gagné.

— Et où elle était, la gamine, pendant tout ce temps ? a demandé Regan.

— Cachée.

— Eh ben, voilà qui est clair.

— Non, mais réfléchissez un peu. Nous, on surveillait Seidman. De près. Il le savait. Alors qui aurait été le mieux placé pour héberger la môme ?

Regan a vu où il voulait en venir.

— L'ex-copine dont nous ignorions l'existence.

— Qui plus est, une copine qui a bossé pour le FBI. Qui est au courant de nos méthodes. Comment procéder à une remise de rançon. Comment cacher un enfant. Quelqu'un qui aurait connu la sœur de Seidman, Stacy, et qui a pu solliciter son aide.

Regan s'est accordé quelques instants de réflexion.

— O.K., admettons que je croie à votre hypothèse. Ils commettent le crime. Ils récupèrent deux millions de dollars et la gamine. Et puis quoi ? Ils attendent encore dix-huit mois ? Ils décident qu'il leur faut davantage de liquidités ? Hein ?

— Ils sont obligés d'attendre pour éviter les soupçons. Peut-être qu'ils voulaient faire estimer précisément le patrimoine de la femme. Ou qu'ils ont besoin de deux millions de dollars de plus pour prendre la poudre d'escampette. Je ne sais pas, moi.

Regan a froncé les sourcils.

— N'empêche, il y a toujours un *hic*.

— Lequel ?

— Si Seidman est derrière tout ça, comment se fait-il qu'il a failli y passer ? Sa blessure, ce n'était pas du pipeau. Il a fait un arrêt cardiaque. Les premiers secours ne donnaient pas cher de sa peau, quand ils sont arrivés sur place. Bon sang, nous avons parlé de double meurtre pendant dix jours.

— C'est un problème, a acquiescé Tickner.

— Et puis, où diable va-t-il en ce moment même ? Le pont Washington. D'après vous, il aurait choisi ce soir pour filer avec deux millions de dollars ?

— Possible.

— Si vous étiez en fuite, auriez-vous utilisé votre carte de péage, vous ?

— Non, mais il ne sait pas forcément à quel point c'est facile à localiser.

— Allez, tout le monde le sait, ça. On reçoit la facture par la poste, avec l'heure et le lieu de passage. Et même... s'il n'était pas assez malin pour y penser, votre agent, Rachel Trucmuche, ne l'aurait pas oublié.

— Rachel Mills. (Tickner a hoché lentement la tête.) Bien vu.

— Merci.

— Alors quelle conclusion peut-on en tirer ?

— Qu'on continue à pédaler joyeusement dans la semoule, a dit Regan.

Tickner a souri.

— C'est bon de se sentir en terrain connu.

Son portable a sonné. C'était O'Malley.

— Où êtes-vous ? a-t-il demandé.

— À moins de deux kilomètres du pont Washington, a dit Tickner.

— Passez la seconde.

— Pourquoi ? Qu'y a-t-il ?

— La police new-yorkaise vient juste de retrouver la voiture de Seidman. Elle est garée devant le parc de Fort Tryon, à environ deux kilomètres et demi du pont.

— Je connais, a répondu Tickner. On y sera en cinq sec.

Heshy trouvait que tout marchait un peu trop bien.

Il avait vu le Dr Seidman quitter sa voiture. Il a attendu. Personne d'autre n'est sorti. Il a commencé à descendre de la vieille tour de guet.

C'est alors qu'il a repéré la femme.

Marquant une pause, il l'a regardée se diriger vers les ascenseurs du métro. Il y avait deux gars avec elle. Jusque-là, rien de louche. Mais quand la femme est remontée en courant, seule, là il ne l'a plus lâchée. Et lorsqu'elle s'est réfugiée dans l'ombre, Heshy s'est rapproché imperceptiblement d'elle.

Il savait qu'il faisait peur à voir. Et que dans son cerveau la plupart des connexions n'étaient pas branchées dans le bon sens. Il s'en fichait — ça aussi, c'était sûrement un problème de branchement. D'aucuns vous diraient que Heshy était le mal incarné. Il avait tué seize personnes au cours de son existence, dont quatorze lentement. Les six hommes qu'il avait laissés en vie le regrettaient encore à ce jour.

Des gens comme Heshy étaient censés ne pas comprendre ce qu'ils faisaient. Ils étaient insensibles à la souffrance d'autrui. Ce qui n'était pas vrai. La douleur infligée à ses victimes n'était pas une pure abstraction. Il connaissait la douleur. Et il connaissait l'amour. Il aimait Lydia. D'une manière que beaucoup seraient incapables d'imaginer. Jusqu'à tuer pour elle. Ou mourir pour elle. Nombreux sont ceux qui disent ça de l'être aimé — mais combien accepteraient de passer à l'acte ?

La femme dans le noir avait des jumelles fixées sur la tête. Des lunettes de vision nocturne. Heshy en avait vu aux informations. Des soldats en portaient sur le champ de bataille. Ça ne signifiait pas forcément qu'elle était flic. Bon nombre d'armes et de gadgets de l'armée étaient disponibles sur Internet : il suffisait de casquer. Heshy l'a observée. Flic ou pas flic, si les lunettes fonctionnaient, cette femme verrait Lydia commettre un meurtre.

Il fallait la neutraliser.

Il s'est avancé sans bruit. Il voulait savoir si elle parlait à quelqu'un, si elle ne communiquait pas par radio avec d'autres unités. Mais non, elle se taisait. Tant mieux. Peut-être était-elle réellement seule…

Il était à environ deux mètres d'elle quand elle s'est raidie. Il l'a entendue pousser un petit cri. Et il a compris qu'il était temps de la réduire au silence.

Il l'a rejointe, avec une vivacité que ne laissait pas soupçonner son énorme masse. Se glissant par-derrière, il a plaqué une main sur sa bouche. Sa paume était suffisamment large pour lui couvrir le nez également. Couper l'arrivée d'air. De sa main libre, il lui a empoigné la nuque. Il a rapproché les deux mains.

Et, la maintenant fermement par la tête, Heshy a soulevé la femme du sol.

28

UN BRUIT M'A ALERTÉ. J'ai tourné la tête. J'avais cru entendre quelque chose, là-haut, au niveau de la rue. Mais mes yeux étaient éblouis par le faisceau aveuglant de la torche, et les arbres me bouchaient la vue. J'ai attendu un peu, tout était redevenu silencieux. Peu importait, d'ailleurs. Tout ce qui comptait maintenant, c'est que j'allais retrouver Tara au bout du chemin.

Concentre-toi, me suis-je dit. Tara. Au bout du chemin. Le reste était accessoire.

Je me suis remis en route, sans un coup d'œil en arrière, sans me préoccuper du sac marin avec les deux millions de dollars. Je revoyais la silhouette sombre, brièvement illuminée par le rayon de la torche. Ma fille. Ici, à quelques pas de moi. J'avais une nouvelle chance de la sauver. Concentre-toi là-dessus. Compartimente. Et que rien ne t'arrête.

J'ai suivi le sentier.

Durant sa carrière au FBI, Rachel avait reçu un bon entraînement en matière d'armes et de combat à mains nues. Elle avait beaucoup appris lors de ses quatre mois à Quantico. Elle savait qu'une vraie bagarre n'a rien à voir avec ce qu'on nous montre à la télé. Pas de coups au visage, pas question de tourner le dos à l'adversaire en sautant, pivotant... rien de tout ça.

Une attaque à mains nues pouvait être parée de manière relativement simple. Il suffisait de viser les points sensibles. Le nez, par exemple — en général, ça faisait venir les larmes aux yeux. Les yeux, évidemment. La gorge aussi — quiconque avait été frappé à la gorge savait que ça vous coupait toute envie de vous battre. L'aine, ça allait de soi. C'est ce qu'on entend en permanence. Sauf qu'il s'agit d'une cible difficile à atteindre, peut-être parce que l'homme a tendance à la protéger. Là-dessus, il vaut mieux feinter et toucher un autre endroit, plus exposé.

Il y avait également le plexus solaire, le cou-de-pied, le genou. Léger problème, si au cinéma le plus petit des adversaires pouvait vaincre le plus gros, dans la vie réelle, ça arrivait plus rarement. Alors, quand une femme aussi petite que Rachel se faisait attaquer par un colosse, ses chances de prendre le dessus étaient quasi nulles.

Pour finir, Rachel avait eu beau s'entraîner — à Quantico, ils avaient même construit une ville factice pour simuler des situations de danger —, jamais encore elle n'avait pris part à une vraie altercation physique. Elle ne s'attendait guère à cette sensation de panique pure, aux jambes qui s'engourdissent désagréablement, à la façon dont le mélange d'adrénaline et de peur vous paralyse et vous prive de vos forces.

Rachel ne pouvait plus respirer. Elle a senti la main sur sa bouche et, hors de son élément, a réagi d'instinct. Au lieu de lancer une ruade — en visant le pied ou le genou —, elle s'est servie de ses deux mains pour tenter de dégager son visage. En vain.

En quelques secondes, l'homme lui avait empoigné la nuque, serrant son crâne comme dans un étau. Ses doigts lui rentraient dans les gencives, lui écrasaient les dents. Ses mains étaient si puissantes que Rachel a cru qu'il allait lui broyer le crâne à la manière d'une coquille d'œuf. Mais non. Il a tiré violemment. Elle a eu l'impression qu'on lui arrachait la tête. Ses pieds ont quitté le sol. Elle s'est agrippée aux poignets de son agresseur pour essayer de desserrer son emprise.

Mais elle n'arrivait toujours pas à respirer.

Un rugissement lui a empli les oreilles. Ses poumons étaient en feu. Elle a donné des coups de pied tellement dérisoires qu'il n'a même pas pris la peine de les esquiver. Son visage était proche du sien, à présent. Elle le sentait postillonner. Ses lunettes étaient de travers et lui bloquaient la vue.

Sa tête était sur le point d'éclater. S'efforçant de se rappeler son entraînement, Rachel a planté ses ongles dans un point de pression sous le pouce de l'homme. Sans succès. Elle a rué de plus belle. Rien à faire. Elle avait besoin d'air. Elle était comme un poisson à l'agonie, gigotant au bout de l'hameçon. La panique gagnait du terrain.

Son arme.

Si seulement elle parvenait à se contrôler le temps de lâcher sa main, elle pourrait sortir l'arme de sa poche et tirer. C'était son unique chance. Son cerveau commençait à déconnecter. Elle était au bord de l'évanouissement.

Rachel a laissé retomber sa main gauche. Son cou était tellement tendu qu'elle craignait qu'il ne craque comme un élastique. Sa main a trouvé l'étui. Ses doigts ont touché le pistolet.

Mais l'homme s'en est aperçu. Alors qu'elle était toujours suspendue dans l'air telle une poupée de chiffon, il lui a donné un grand coup de genou dans les reins. La douleur a explosé en un éclair rouge. Ses yeux se sont révulsés. Toutefois, Rachel n'a pas capitulé. Elle continuait à chercher son arme. L'homme n'avait pas le choix : il l'a reposée.

De l'air. Elle a essayé de ne pas aspirer trop goulûment, mais ses poumons avaient leur propre avis là-dessus. Ç'a été plus fort qu'elle.

Le soulagement a été de courte durée. D'une main, l'homme l'a empêchée de sortir son pistolet. De l'autre, il l'a gratifiée d'un coup fulgurant à la gorge. Suffoquant, Rachel s'est écroulée. Il s'est emparé du pistolet et l'a jeté au loin. Puis il s'est laissé tomber sur elle. Le peu de souffle qui lui restait l'a désertée. À cheval sur sa poitrine, il a refermé les mains sur son cou.

C'est alors que la voiture de police est passée en trombe.

L'homme s'est redressé brusquement. Elle a voulu en profiter, mais il était beaucoup trop costaud pour elle. Tirant un téléphone portable de sa poche, il a lâché dans un murmure rauque :

— On arrête tout ! Les flics !

Rachel a essayé de bouger, de réagir. Mais il n'y avait pas grand-chose à faire. Elle a levé les yeux juste à temps pour voir le poing arriver sur elle et a tenté de s'écarter. Seulement, elle était coincée.

Le coup a projeté sa tête contre les pavés. Et les ténèbres l'ont engloutie.

Lorsque Marc est passé devant elle, Lydia a émergé de derrière le buisson, l'arme pointée sur sa nuque, le doigt sur la détente. L'appel « On arrête tout ! Les flics ! » dans son oreillette l'a prise au dépourvu tant et si bien qu'elle a failli appuyer. Mais son esprit fonctionnait vite. Seidman continuait à suivre le sentier. Lydia a tout vu. Clairement. Elle a jeté son arme. Pas d'arme, pas de preuve. Du moment qu'elle ne l'avait pas sur elle, personne ne pouvait faire le rapprochement. Comme dans la plupart des cas, il était impossible d'en identifier le propriétaire. Elle portait des gants, bien sûr, donc il n'y aurait pas d'empreintes digitales.

Son cerveau carburait de plus belle : qu'est-ce qui l'empêchait de récupérer l'argent ?

Elle était Mlle Tout-le-monde, sortie faire un tour dans le parc. Elle pouvait bien avoir repéré un sac marin, non ? Et si jamais elle se faisait prendre, eh bien, elle était la bonne Samaritaine, qui s'apprêtait à rapporter le sac à la police. Où était le mal ? Que risquait-elle ?

Surtout compte tenu de ce qu'il y avait dans ce sac.

Elle a entendu un bruit. Marc Seidman, qui se trouvait à quatre ou cinq mètres devant elle, s'était mis à courir. Pas de problème. Lydia s'est dirigée vers l'argent. Heshy est apparu au tournant. Sans hésitation, elle a cueilli le sac au passage.

Puis tous deux, Lydia et Heshy, ont longé le sentier pour se fondre dans la nuit.

J'avançais en titubant. Mes yeux se réaccoutumaient, mais il me faudrait encore bien quelques minutes pour recouvrer leur usage intégral. Le sentier descendait. Je prenais garde de ne pas trébucher sur les pavés. La pente s'est accentuée, et je me suis laissé porter par mon élan pour pouvoir aller plus vite sans donner l'impression de courir.

Sur ma droite se trouvait le talus escarpé d'où l'on avait une vue sur le Bronx. Des lumières scintillaient en contrebas.

Soudain, j'ai entendu un cri d'enfant.

Je me suis figé. Ce n'était pas très fort ; ça venait, incontestablement, d'un tout petit enfant. Il y a eu un bruissement, puis un nouveau cri. Plus loin, cette fois. Des pas ont claqué sur les pavés. Quelqu'un était en train de fuir. Fuir avec un enfant.

Non !

J'ai piqué un sprint. Les lumières distantes éclairaient suffisamment le sentier. Devant moi, j'ai aperçu un grillage. Arrivé plus près, j'ai vu qu'il avait été cisaillé. Je l'ai franchi et j'ai regardé autour de moi.

Personne.

Zut, à quel moment m'étais-je trompé ? J'ai essayé de raisonner. De me concentrer. O.K., si j'avais été le fuyard, par où serais-je passé ? Facile. J'aurais bifurqué à droite. Les sentiers étaient sinueux, avec des buissons dans lesquels on pouvait aisément se cacher. C'est ce que j'aurais fait à la place du ravisseur. Je me suis arrêté une fraction de seconde, l'oreille aux aguets. L'enfant, je ne l'ai plus entendu. Mais j'ai entendu quelqu'un s'écrier : « Eh là ! » avec un étonnement non feint.

J'ai incliné la tête. Ça venait de la droite. Parfait. J'ai dévalé la colline. Perdant pied, j'ai failli dégringoler jusqu'en bas. Pour avoir habité dans le coin, je savais que des SDF trouvaient refuge sur les pentes trop raides pour un promeneur occasionnel. Des branchages, un trou dans la terre, et voilà un abri tout prêt. De temps à autre, ça bruissait un peu trop fort pour un écureuil. Ou alors un clodo émergeait apparemment de nulle part — cheveux longs, barbe emmêlée, auréolé d'un nuage de puanteur. Il y avait aussi un endroit, pas loin d'ici, où des prostitués offraient leurs services aux hommes d'affaires descendus du métro. Je venais là faire mon jogging aux heures creuses de la journée. Les allées étaient souvent jonchées d'emballages de capotes.

J'ai poursuivi ma course, à l'affût du moindre bruit. Tout à coup, le sentier s'est dédoublé. Et re-zut. Quel était le chemin le plus tortueux ? J'allais prendre celui de droite quand j'ai entendu quelque chose.

Un frémissement dans les fourrés.

J'ai plongé sans réfléchir. Il y avait là deux hommes : un en complet-veston, un autre, beaucoup plus jeune, en jean. Agenouillé devant lui. Le complet-veston a proféré un juron. Je n'ai pas bronché. Car cette voix ne m'était pas tout à fait inconnue.

C'était lui qui avait hurlé : « Eh là ! »

— Avez-vous vu passer un homme avec une petite fille ?

— Foutez-moi le…

J'ai fait un pas vers lui et je l'ai giflé.

— Vous les avez vus ?

Plus choqué que meurtri, il a pointé le doigt vers la gauche.

— Ils sont partis par là. Il portait un gosse dans les bras.

D'un bond, j'ai regagné le sentier. D'accord, ils se dirigeaient vers la pelouse. S'ils suivaient ce chemin jusqu'au bout, ils ressortiraient à proximité de l'endroit où j'étais garé. J'ai couru à nouveau. J'ai croisé des prostitués assis sur le mur. L'un d'eux a intercepté mon regard — il avait un foulard bleu sur la tête — et m'a fait signe de poursuivre sur le sentier. Je l'ai remercié d'un geste. Au loin, j'apercevais les lumières du parc. Et là, traversant devant un réverbère, j'ai entrevu l'homme en chemise de flanelle avec Tara dans les bras.

— Arrêtez ! ai-je crié. Arrêtez-le !

Mais ils ont disparu.

J'ai dégluti et continué à galoper en appelant à l'aide. Personne n'a réagi. Personne ne m'a répondu. Arrivé au promontoire où les amoureux viennent contempler le panorama, j'ai de nouveau repéré la chemise de flanelle, en train d'enjamber le mur pour s'engouffrer dans le bosquet. J'ai suivi quand soudain j'ai entendu hurler :

— Pas un geste !

Je me suis retourné. C'était un flic. L'arme au poing.

— Pas un geste !

— Il a ma gamine ! Par ici !

— Docteur Seidman ?

Une voix familière sur ma droite. Regan.

Qu'est-ce qui… ?

— Venez avec moi. Vite.

— Où est l'argent, docteur Seidman ?

— Vous ne comprenez pas, ai-je dit. Ils ont sauté par-dessus ce mur.

— Qui ça ?

J'ai bien vu où ça allait nous mener. Deux flics me tenaient en joue. Regan me regardait, les bras croisés. Tickner est apparu derrière lui.

— Si on en parlait, d'accord ?

Ils ne tireraient certainement pas. De toute façon, ça m'était égal. Je suis reparti en courant. Ils m'ont pris en chasse. Les flics étaient plus jeunes et sûrement en meilleure forme physique que moi. Mais j'étais comme possédé. J'ai bondi par-dessus la clôture et atterri sur le talus. Ils ont suivi, plus doucement, en faisant attention.

— Arrêtez !

J'étais trop essoufflé pour leur crier des explications. Je voulais qu'ils restent avec moi — sans me rattraper.

J'ai dévalé la pente en faisant un roulé-boulé. L'herbe sèche s'accrochait à moi, s'emmêlait dans mes cheveux. Juste au moment où je commençais à prendre de la vitesse, je me suis cogné à un tronc d'arbre. J'ai entendu, un bruit mat. Ça m'a coupé le souffle, mais j'ai persévéré. Me laissant glisser sur le côté, j'ai retrouvé le sentier. Les torches des flics me poursuivaient. Toutefois, j'avais une bonne avance. Tant mieux.

Une fois sur le sentier, j'ai pivoté à gauche, à droite. Aucun signe de la chemise de flanelle ou de Tara. J'ai essayé de réfléchir au chemin qu'ils auraient pu emprunter. Rien, le néant le plus total. J'ai marqué une pause. La police me talonnait.

— Pas un geste ! s'égosillait un des flics.

Une chance sur deux. J'allais partir à gauche, replonger dans le noir, lorsque j'ai aperçu le jeune homme au foulard bleu, celui qui m'avait fait signe. Il a secoué la tête et indiqué la direction opposée.

— Merci, ai-je lancé.

Il a peut-être répondu quelque chose, mais j'étais déjà reparti. Rebroussant chemin, je suis repassé par le trou du grillage. J'ai entendu des pas, mais ils étaient trop loin. J'ai levé les yeux : le type en chemise de flanelle était là, devant la bouche de métro. On aurait dit qu'il cherchait à reprendre son souffle.

J'ai accéléré.

Lui aussi.

Il devait y avoir une cinquantaine de mètres entre nous. Sauf que lui portait un enfant. J'avais des chances de le rattraper. Le même flic a braillé :

— Halte !

Histoire de varier un peu.

Je priais pour qu'ils ne se mettent pas à tirer.

— Il est dans la rue ! ai-je crié. Il a ma fille !

J'ignore s'ils écoutaient ou pas. J'ai descendu les marches quatre à quatre : j'étais de retour dans Fort-Washington Avenue, près du cercle Margaret-Corbin.

J'ai jeté un œil sur l'aire de jeux. Rien ne bougeait. J'ai scruté l'avenue. Et j'ai vu quelqu'un courir devant le lycée Mère-Cabrini, côté chapelle.

L'esprit a quelquefois de drôles de détours. La chapelle Cabrini était l'un des lieux les plus surréalistes de Manhattan. Zia m'y a traîné un jour à la messe sans me dire en quoi c'était une attraction touristique. En entrant, j'ai compris tout de suite. Mère Cabrini est morte en 1901, mais son corps embaumé est conservé dans une espèce de bloc de Plexiglas qui fait fonction d'autel. Les prêtres officient au-dessus de son corps-table. Non, je ne plaisante pas. Le même type qui avait travaillé sur Lénine en Russie s'était occupé de la préservation de mère Cabrini. La chapelle est ouverte au public et possède même une boutique de souvenirs.

J'avais les jambes lourdes, mais je continuais à courir. Je n'entendais plus la police. Rapidement, j'ai jeté un regard par-dessus mon épaule. Les torches étaient loin.

— Là-bas ! ai-je hurlé. Le lycée Cabrini !

La porte de la chapelle était fermée à clé. Paniqué, j'ai pivoté sur moi-même. Je les avais perdus, ils étaient partis.

— Par ici !

Peut-être que Rachel ou la police (ou les deux) allait m'entendre. Mais j'avais le cœur gros. Ma fille. Ma fille avait disparu.

C'est alors qu'une voiture a démarré. À dix mètres devant moi. Une Honda Accord. J'ai mémorisé la plaque, tout en sachant que c'était futile. Le conducteur manœuvrait pour sortir de sa place de stationnement. Je ne pouvais pas le voir, mais je ne voulais pas prendre de risques.

La Honda venait juste de se dégager du pare-chocs de la voiture de devant quand j'ai saisi la poignée de la portière côté passager. Coup de bol, il ne l'avait pas verrouillée. Sûrement parce qu'il était pressé.

Plusieurs choses se sont produites en un laps de temps très court. En tirant sur la portière, j'ai vu par la vitre que c'était bel et bien l'homme à la chemise de flanelle. Il a réagi au quart de tour. Se penchant, il a tenté de refermer la portière. J'ai tiré plus fort. La portière s'est entrouverte. Il a appuyé sur le champignon.

J'ai couru à côté de la voiture, comme au cinéma. L'ennui, c'est qu'une voiture est plus rapide qu'un homme. Mais pas question d'abandonner. On entend parler de ces gens qui se découvrent une force surhumaine dans certaines circonstances, d'hommes ordinaires capables de soulever un véhicule pour secourir un être cher. Moi, ces histoires-là me font sourire. Vous aussi, je parie.

Je ne dis pas que j'ai soulevé la Honda. Mais je me suis cramponné à la séparation entre les portières avant et arrière. Mes doigts s'étaient transformés en crochets. Je n'avais pas l'intention de lâcher. Quoi qu'il arrive.

Si je tiens bon, ma fille vivra. Si je lâche, ma fille mourra.

Foin de la concentration. Foin de la compartimentation. Cette pensée, cette équation, était simple comme bonjour.

L'homme a écrasé la pédale d'accélérateur. J'ai levé les pieds, mais je n'avais nulle part où les caler. Ils ont glissé le long de la portière et sont retombés avec un bruit sec. Mes chevilles ont raclé le bitume. J'ai essayé de retrouver mon équilibre. Rien à faire. La douleur était abominable, mais quelle importance ? Je tenais bon.

Je savais cependant que ça n'allait pas durer. Que je le veuille ou non, je finirais par lâcher. Il fallait réagir. Mon corps était à l'horizontale maintenant, parallèle à la chaussée. J'ai étendu les jambes et me suis cabré. Mon pied droit s'est enroulé autour de quelque chose. L'antenne sur le toit. Allait-elle supporter mon poids ? Peu probable. Le visage collé à la vitre arrière, j'ai aperçu le petit siège auto.

Il était vide.

Pris de panique, mes mains ont glissé. Nous avions parcouru vingt, peut-être trente mètres. Le nez cognant contre la vitre, le corps écorché et endolori, j'ai regardé l'enfant sur le siège avant, et une découverte accablante m'a fait lâcher prise.

Une fois de plus, mon esprit s'est laissé aller à des considérations saugrenues. Un enfant de moins de douze ans ne devrait pas être assis à l'avant. C'était contraire à la loi. Sans parler du danger…

Mais ce n'était pas ce qui avait coupé court à ma détermination.

Le conducteur a donné un brusque coup de volant à droite. Les pneus ont crissé. La voiture a fait une embardée, et mes doigts se sont desserrés. J'ai atterri lourdement sur l'asphalte, après avoir rebondi comme une pierre. Derrière moi, j'entendais les sirènes de la police. J'ai pensé qu'ils allaient poursuivre la Honda Accord. Mais peu importait, au fond. Un bref coup d'œil m'avait suffi pour entrevoir la vérité.

L'enfant dans la voiture n'était pas ma fille.

29

ET ME VOILÀ DE RETOUR À L'HÔPITAL, cette fois au New York Presbyterian, mon fief d'antan. On ne m'avait pas encore fait de radios, mais j'étais sûr d'avoir une côte fêlée. Il n'y a rien à faire dans ce cas-là, à part se gaver d'analgésiques. C'était douloureux, mais tant pis. J'étais écorché de partout, avec une plaie à la jambe droite comme après une morsure de requin. J'avais la peau arrachée aux deux coudes. Tout cela était sans importance.

Lenny est arrivé en un temps record. Je voulais qu'il soit là car je ne savais pas très bien quelle attitude adopter. Au début, j'ai failli me convaincre que je m'étais trompé. Un enfant, ça évolue, non ? Et je n'avais pas revu Tara depuis qu'elle avait six mois. De nourrisson, elle était devenue petite fille. Nom d'un chien, j'étais cramponné à une voiture en marche. Tout s'était passé si rapidement…

Néanmoins, je savais.

L'enfant sur le siège avant avait l'air d'être un petit garçon. Un petit garçon qui allait plutôt sur ses trois ans. Son teint, ses cheveux, tout était beaucoup trop clair.

Non, ce n'était pas Tara.

Je savais également que Tickner et Regan avaient des questions à me poser. J'étais prêt à coopérer. Je me demandais aussi comment ils avaient su, pour la remise de rançon. Je n'avais pas revu Rachel. Était-elle ici, dans ce même bâtiment ? Et l'argent de la rançon, la Honda Accord, l'homme en chemise de flanelle ? L'avaient-ils épinglé ? Est-ce lui qui avait kidnappé ma fille, ou bien la première remise de rançon avait-elle été un leurre, comme cette fois-ci ? Auquel cas, comment ma sœur Stacy était-elle venue se greffer là-dessus ?

Bref, je nageais en pleine confusion. Quand Lenny alias Cujo a fait son entrée.

Il s'est rué dans la chambre, vêtu d'un ample pantalon kaki et d'une chemise Lacoste rose. Sa mine affolée a fait resurgir des souvenirs d'enfance. Dans sa hâte d'arriver jusqu'à mon lit, il a manqué bousculer l'infirmière.

— Qu'est-ce qui s'est passé, bon sang ?

J'allais le mettre au parfum quand il m'a arrêté. Se tournant vers l'infirmière, il lui a demandé de sortir. Puis il m'a fait signe. J'ai commencé par ma rencontre avec Edgar dans le parc, et j'ai enchaîné sur mon coup de fil à Rachel, son arrivée, ses gadgets électroniques, l'appel des ravisseurs, la remise de rançon, ma poursuite de la voiture. Je lui ai aussi parlé du CD. Lenny m'a interrompu — il ne peut pas s'en empêcher — mais moins que d'habitude. Son visage s'est momentanément assombri, sans doute parce que je ne l'avais pas mis dans la confidence. Mais il a eu vite fait de se ressaisir.

— Et si c'était Edgar qui te manipule, hein ?

— Dans quel but ? C'est lui qui a perdu quatre millions de dollars.

— Pas s'il a monté le coup lui-même.

J'ai fait la moue.

— Ça ne tient pas debout.

Lenny n'a pas apprécié, mais il n'avait pas d'explication non plus.

— Et où est Rachel maintenant ? s'est-il enquis.

— Elle n'est pas ici ?

— Je ne crois pas.

— Dans ce cas, je n'en sais rien.

Nous nous sommes tus tous les deux.

— Peut-être est-elle rentrée chez moi, ai-je dit.

— Ouais, a acquiescé Lenny. Peut-être…

Il n'y avait pas une once de conviction dans sa voix.

Tickner a poussé la porte. Ses lunettes étaient perchées au sommet de son crâne rasé, spectacle que j'ai trouvé déconcertant ; s'il penchait la tête et dessinait une bouche sur le dessus, ç'aurait l'air d'un second visage. Regan suivait d'une démarche vaguement hiphop, ou alors ça devait être l'effet de sa touffe de poils au menton. Tickner a pris les choses en main.

— Nous savons, pour la demande de rançon, a-t-il annoncé. Nous savons que votre beau-père vous a remis deux autres millions. Nous savons que vous vous êtes rendu dans une agence de détectives privés nommée EDC pour réclamer le mot de passe d'un CD-ROM ayant appartenu à votre femme. Nous savons que Rachel Mills est venue avec vous et que, contrairement à ce que vous avez dit à l'inspecteur Regan, elle n'est pas retournée à Washington. Inutile donc de s'attarder là-dessus.

Tickner s'est rapproché. Lenny le surveillait, prêt à bondir. Croisant les bras, Regan s'est adossé au mur.

— Commençons par l'argent de la rançon, a repris Tickner. Où est-il ?

261

— Je ne sais pas.

— Est-ce que quelqu'un l'a pris ?

— Je ne sais pas.

— Comment ça, vous ne savez pas ?

— Il m'a dit de le poser par terre.

— Qui ça, « il » ?

— Le ravisseur. Celui qui avait le portable.

— Où l'avez-vous laissé ?

— Dans le parc. Sur le sentier.

— Et ensuite ?

— Il m'a dit d'avancer.

— Et vous l'avez fait ?

— Oui.

— Et puis ?

— C'est là que j'ai entendu un enfant crier et quelqu'un partir en courant. Après, ç'a été la débandade.

— Et l'argent ?

— Je viens de vous le dire. Je ne sais pas ce qui est arrivé à l'argent.

— Bon, alors, Rachel Mills, où est-elle ? a demandé Tickner.

— Je ne sais pas.

J'ai regardé Lenny, mais il était occupé à étudier le visage de Tickner.

— Vous nous avez menti au sujet de son retour à Washington, je me trompe ?

Lenny a posé la main sur mon épaule.

— Ne déformons pas, s'il vous plaît, les propos de mon client.

À voir la tête de Tickner, on aurait dit que Lenny était une merde tombée du plafond. Lenny a soutenu son regard sans ciller.

— Vous avez bien dit à l'inspecteur Regan que Mlle Mills avait repris la route de Washington, non ?

— J'ai dit, *à mon avis*, ai-je rectifié.

— Et où était-elle pendant ce temps-là ?

— Ne réponds pas, m'a conseillé Lenny.

Je l'ai rassuré d'un geste.

— Elle était dans le garage.

— Mais pourquoi ne pas l'avoir dit à l'inspecteur Regan ?

— Parce qu'on était en train de se préparer à remettre la rançon. On ne voulait pas se faire retarder.

Tickner a croisé les bras.

— Il y a un truc qui m'échappe.

— Demandez, et on vous expliquera, a lâché Lenny.

— Pour quelle raison Rachel Mills était-elle mêlée à l'histoire de la rançon ?

— C'est une vieille amie, ai-je répondu. Et elle avait travaillé pour le FBI.

— Ah… Vous avez donc cru que son expérience pourrait vous être utile ?

— Oui.

— Et vous avez préféré nous tenir à l'écart ?

— C'est exact.

— Pour quelle raison ?

Lenny s'est chargé de répondre à ma place.

— Vous savez très bien pourquoi.

— Ils m'ont dit : pas de flics. Comme la dernière fois. Je ne voulais pas prendre de risques. Du coup, j'ai appelé Rachel.

— Je vois.

Tickner a regardé Regan. Ce dernier a détourné la tête, comme s'il suivait le fil de ses propres pensées.

— Vous l'avez choisie, elle, parce qu'elle avait été agent du FBI ?

— Oui.

— Et parce que vous étiez… (Tickner a esquissé un vague geste de la main.)… proches ?

— C'était il y a longtemps, ça.

— Et plus maintenant ?

— Non. Plus maintenant.

— Hmm, plus maintenant, a répété Tickner. Pourtant, vous avez fait appel à elle alors que la vie de votre enfant était en jeu. Intéressant.

— Vous trouvez ? Tant mieux, a déclaré Lenny. Au fait, ça rime à quoi, toutes ces questions ?

Tickner l'a ignoré.

— Aujourd'hui mis à part, quand avez-vous vu Rachel Mills pour la dernière fois ?

— Qu'est-ce que ça change ? a demandé Lenny.

— Répondez, s'il vous plaît.

— Pas avant qu'on sache…

C'était à mon tour de poser la main sur le bras de Lenny. Je voyais bien qu'il avait endossé son rôle de contradicteur. Ça partait d'un bon sentiment, mais moi, j'avais hâte qu'on en finisse.

— Il y a un mois environ, ai-je dit.

— Dans quelles circonstances ?

— Je suis tombé sur elle au Stop-n-Shop dans Northwood Avenue.

— Tombé sur elle ?

— Oui.

— Vous voulez dire, par hasard ? Quoi, aucun des deux ne s'attendait à rencontrer l'autre ?

— Oui.

De nouveau, Tickner s'est tourné vers Regan. Immobile, l'inspecteur ne se triturait même pas la barbichette.

— Et avant ça ?

— Quoi, avant ça ?

— Avant que vous ne soyez « tombé »…

Le mot était chargé de sarcasme.

— …sur Mlle Mills au Stop-n-Shop, quand l'avez-vous vue pour la dernière fois ?

— Je ne l'avais pas revue depuis la fac.

La mine incrédule, Tickner a pivoté vers Regan. Lorsqu'il s'est retourné, ses lunettes lui sont descendues sur les yeux. Il les a repoussées sur son front.

— Vous êtes en train de nous expliquer, docteur Seidman, que la seule et unique fois où vous avez revu Rachel Mills entre la fac et aujourd'hui, ç'a été l'autre jour, au supermarché ?

— Tout à fait.

L'espace d'un instant, Tickner a eu l'air désarçonné. Lenny semblait vouloir ajouter quelque chose, mais il s'est retenu.

— Vous êtes-vous parlé au téléphone ? a demandé Tickner.

— Avant aujourd'hui ?

— Oui.

— Non.

— Jamais ? Vous ne vous êtes jamais parlé au téléphone avant aujourd'hui ? Même quand vous sortiez ensemble ?

— Nom de Dieu, a grondé Lenny. C'est quoi, cette question ?

Tickner lui a fait face.

— Vous avez un problème ?

— Oui. Vos questions sont débiles.

Nouvel échange de regards meurtriers. J'ai rompu le silence.

— Je n'avais pas parlé à Rachel au téléphone depuis la fac.

Tickner s'est tourné vers moi, la mine ouvertement sceptique. J'ai jeté un coup d'œil sur Regan. Il hochait la tête, perdu dans ses pensées. Profitant de la confusion générale, j'ai essayé d'enfoncer le clou.

— Avez-vous retrouvé l'homme et l'enfant dans la Honda Accord ?

Tickner a réfléchi un instant, puis a regardé Regan qui a haussé les épaules, l'air de dire « pourquoi pas ».

— Nous avons retrouvé la voiture, abandonnée sur Broadway près de la 145e Rue. Elle avait été volée quelques heures plus tôt.

Tickner a sorti son calepin, mais ne l'a pas consulté.

— Quand on vous a repéré dans le parc, vous avez crié quelque chose à propos de votre fille. D'après vous, c'était elle, dans la voiture ?

— Je l'ai cru, sur le moment.

— Mais vous ne le croyez plus ?

— Non, ai-je dit. Ce n'était pas Tara.

— Qu'est-ce qui vous a fait changer d'avis ?

— Je l'ai vu. Le gamin, j'entends.

— C'était un garçon ?

— J'ai l'impression que oui.

— Quand l'avez-vous vu ?

— Quand j'ai sauté sur la voiture.

Tickner a écarté les bras.

— Si vous commenciez par le commencement et nous racontiez exactement ce qui s'est passé ?

Je leur ai fait le même récit qu'à Lenny. Regan n'a pas décollé du mur, ni desserré les dents. Je trouvais ça bizarre. À mesure que je parlais, l'agitation de Tickner semblait grandir. La peau de son crâne rasé de près s'était tendue, si bien que les lunettes n'arrêtaient pas de glisser. Chaque fois, il les remettait en place. Les veines de ses tempes palpitaient. Ses mâchoires étaient crispées.

Quand j'ai eu terminé, il a lancé :

— Vous mentez.

Lenny s'est placé entre Tickner et mon lit. Un instant, j'ai cru qu'ils allaient en venir aux mains, ce qui, soyons clairs, ne lui aurait pas rendu service. Ça m'a rappelé le jour où Tony Merullo m'avait cherché querelle en classe de CM2. Lenny s'était interposé, lui avait bravement tenu tête et s'était fait tabasser.

Nez à nez avec Tickner, bien plus baraqué que lui, il ne cédait pas un pouce de terrain.

— Quelle mouche vous a piqué, hein, agent Tickner ?

— Votre client est un menteur.

— Messieurs, cet entretien est terminé. Sortez.

Tickner a ployé le cou : à présent, il était front contre front avec Lenny.

— Nous avons des preuves comme quoi il a menti.

— Voyons ça, a dit Lenny, avant d'ajouter : Non, attendez. Laissez tomber. Ça ne m'intéresse pas. Avez-vous l'intention d'appréhender mon client ?

— Non.

— Dans ce cas, dégagez d'ici.

J'ai dit :

— Lenny.

Avec un dernier regard noir à l'adresse de Tickner, histoire de montrer qu'il ne lui faisait pas peur, Lenny s'est tourné vers moi.

— Finissons-en, ai-je demandé.

— Il cherche à te coincer, là.

J'ai haussé les épaules. Lenny a dû sentir que je m'en fichais car il s'est effacé. D'un hochement de tête, j'ai fait signe à Tickner d'achever sa basse besogne.

— Vous avez revu Rachel avant aujourd'hui.

— Je vous ai dit…

— Si vous n'avez eu aucun contact avec elle, comment savez-vous qu'elle a travaillé pour le FBI ?

Lenny s'est esclaffé.

— Qu'est-ce qui vous fait rire ?

— Parce que, espèce d'abruti, Rachel Mills est une amie de ma femme.

Tickner a eu l'air décontenancé.

— Quoi ?

— Ma femme et moi, on téléphone souvent à Rachel. C'est grâce à nous qu'ils se sont connus.

Lenny a rigolé de plus belle.

— C'est ça, votre preuve ?

— Non, ce n'est pas ça, ma preuve, a riposté Tickner, sur la défensive. Votre histoire de demande de rançon, de coup de fil à une ex-petite amie… vous croyez que ça tient debout ?

— Pourquoi ? ai-je dit. Vous voyez ça comment ?

Il n'a pas répondu.

— D'après vous, c'est moi le coupable, hein ? J'aurais monté toute cette opération pour extorquer deux autres millions à mon beau-père ?

Lenny a tenté de me freiner.

— Marc…

— Non, laisse-moi finir.

J'ai voulu interpeller Regan aussi, mais comme il continuait à regarder ailleurs, j'ai parlé à Tickner, les yeux dans les yeux.

— Sincèrement, vous pensez que j'ai manigancé toute cette histoire ? Pourquoi alors avoir orchestré ce rendez-vous compliqué dans le parc ? Comment pouvais-je savoir que vous alliez me retrouver… nom d'un chien, je ne sais toujours pas comment vous avez fait, d'ailleurs. Pourquoi aurais-je bondi sur cette voiture ? Il aurait suffi de planquer l'argent et de raconter un bobard à Edgar, non ? Si j'avais inventé une arnaque, c'est moi qui aurais engagé le type à la chemise de flanelle. Pour quoi faire ? Pourquoi impliquer une tierce personne ou une voiture volée ? Réfléchissez un peu, ça n'a aucun sens.

J'ai regardé Regan qui ne réagissait toujours pas.

— Inspecteur Regan ?

Mais il a seulement dit :

— Vous ne jouez pas franc jeu avec nous, Marc.

— Pardon ? Comment ça je ne joue pas franc jeu ?

— Vous affirmez qu'avant aujourd'hui, vous et Mlle Mills ne vous êtes pas parlé au téléphone depuis la fac.

— Oui.

— Nous disposons d'archives téléphoniques, Marc. Trois mois avant le meurtre de votre femme, Rachel Mills a téléphoné chez vous. Vous voulez bien nous expliquer ça ?

Je me suis tourné, désemparé, vers Lenny, qui m'a dévisagé fixement. C'était absurde.

— Écoutez, ai-je dit. J'ai le numéro du portable de Rachel. On n'a qu'à l'appeler pour savoir où elle est.

— Faites-le, a acquiescé Tickner.

Lenny a décroché le téléphone sur ma table de chevet. Je lui ai donné le numéro. Pendant qu'il le composait, j'ai essayé de remettre de l'ordre dans mes idées. Au bout de six sonneries, j'ai entendu la voix de Rachel disant qu'elle ne pouvait pas répondre et me priant de lui laisser un message. C'est ce que j'ai fait.

Regan a fini par se détacher du mur. Il a tiré une chaise vers mon lit et s'est assis.

— Marc, que savez-vous de Rachel Mills ?

— Ce que je sais me suffit.

— Vous êtes sortis ensemble quand vous étiez étudiants ?

— Oui.

— Combien de temps ?

— Deux ans.

Regan a ouvert grand les bras, tout en candeur et perplexité.

— Vous savez, l'agent Tickner et moi-même ne comprenons toujours pas pourquoi vous l'avez appelée. Bon d'accord, vous vous êtes fréquentés autrefois. Mais puisque vous vous étiez perdus de vue… (Il a haussé les épaules.) Pourquoi elle ?

Comment exprimer ça ? J'ai décidé de ne pas tourner autour du pot.

— Il y a toujours un lien entre nous.

Regan a hoché la tête comme si cela expliquait tout.

— Vous étiez au courant qu'elle s'était mariée ?

— Cheryl — la femme de Lenny — me l'avait dit.

— Et vous saviez que son mari a été tué ?

— Je l'ai appris aujourd'hui.

Puis, réalisant qu'il devait être minuit passé :

— Je veux dire, hier.

— C'est Rachel qui vous l'a dit ?

— Non, c'est Cheryl.

Les paroles de Regan lors de sa visite tardive à mon domicile me sont revenues en mémoire.

— Et vous m'avez annoncé que c'est Rachel qui l'avait tué.

Regan a regardé Tickner.

— Mlle Mills vous en a parlé ? a demandé ce dernier.

— De quoi, du fait qu'elle a tué son mari ?

— Oui.

— Vous plaisantez, j'espère.

— Vous n'y croyez pas, hein ?

— Qu'importe, qu'il y croie ou non ? a dit Lenny.

— Elle a avoué, a déclaré Tickner.

J'ai cherché le regard de Lenny. Il a détourné les yeux. J'ai essayé de me redresser un peu plus.

— Dans ce cas, pourquoi n'est-elle pas en prison ?

Une ombre a traversé le visage de Tickner. Il a serré les poings.

— Selon elle, c'était un accident.

— Vous en doutez, vous ?

— Son mari a reçu une balle dans la tête à bout portant.

— Je vous repose la question : pourquoi n'est-elle pas en prison ?

— Je n'ai pas eu connaissance de tous les détails, a dit Tickner.

— Ce qui veut dire ?

— C'est la police qui a traité le dossier, pas nous. Ils ont décidé de classer l'affaire.

Je ne suis ni flic ni particulièrement féru de psychologie, mais même moi je me suis rendu compte que Tickner ne disait pas tout. J'ai jeté un coup d'œil à Lenny. Son visage était impassible, ce qui ne lui ressemblait guère. Tickner s'est écarté du lit. Regan a enchaîné :

— Vous dites que vous aviez gardé un lien avec Rachel ?

— On vous a déjà répondu ! a aboyé Lenny.

— Vous l'aimiez encore ?

Celle-là, Lenny ne pouvait pas la laisser passer.

— Non, mais vous êtes qui, inspecteur, Barbara Cartland ? Qu'est-ce que votre question a à voir avec la fille de mon client ?

— Un peu de patience, je vous prie.

— Non, inspecteur. Ma patience est à bout. Vos questions sont ineptes.

Je lui ai de nouveau touché le bras. Lenny s'est retourné vers moi.

— Ils attendent de toi que tu dises oui, Marc.

— Je sais.

— Ils espèrent utiliser Rachel comme mobile dans le meurtre de ta femme.

— Ça aussi, je le sais.

J'ai regardé Regan. Et j'ai songé à ce que j'avais ressenti en la revoyant au Stop-n-Shop.

— Vous pensez encore à elle ? a-t-il demandé.

— Oui.

— Et elle, pense-t-elle encore à vous ?

Lenny ne désarmait pas.

— Comment diable voulez-vous qu'il le sache ?

— Bob ? ai-je dit.

C'était la première fois que j'appelais Regan par son prénom.

— Oui ?

— Où voulez-vous en venir ?

Il a baissé la voix et a chuchoté d'un ton de conspirateur :

— Je répète : avant cette rencontre au Stop-n-Shop, aviez-vous revu Rachel Mills depuis votre rupture ?

— Nom de Dieu ! a éructé Lenny.

— Non.

— Vous en êtes sûr ?

— Oui.

— Aucun contact, rien ?

— Ils ne se passaient même pas de billets en salle d'étude, a dit Lenny. Bon, ça y est, oui ?

Regan s'est rencogné dans sa chaise.

— Vous êtes allé dans une agence de détectives privés à Newark pour demander des renseignements à propos d'un CD-ROM.

— Oui.

— Pourquoi maintenant ?

— Je ne comprends pas.

— La mort de votre femme remonte à un an et demi. Pourquoi ce soudain intérêt pour le CD ?

— Je viens de le trouver.

— Quand ?

— Avant-hier. Il était caché au sous-sol.

— Vous ignoriez donc que Monica avait engagé un détective privé ?

J'ai mis un moment à répondre. J'ai repensé à tout ce que j'avais appris depuis la disparition de ma jolie femme. Elle avait consulté un psychiatre. Engagé un détective privé. Dissimulé ses trouvailles au sous-sol de notre maison. Le tout à mon insu. J'ai pensé à ma vie, à mon travail, à mon insatiable désir de voyager. Naturellement, j'aimais ma fille. Je roucoulais sur commande et m'extasiais devant elle. J'étais prêt à mourir — et à tuer — afin de la protéger, mais pour être tout à fait honnête, je n'assumais pas les changements et les sacrifices que sa naissance m'avait imposés.

Quelle sorte de mari avais-je été ? Quelle sorte de père ?

— Marc ?

— Oui, ai-je dit doucement. J'ignorais qu'elle avait engagé un détective privé.

— À votre avis, pourquoi aurait-elle fait ça ?

J'ai secoué la tête.

— Aucune idée.

Regan s'est reculé. Tickner a ouvert une chemise en carton.

— Qu'est-ce que c'est ? a demandé Lenny.

— Le contenu du CD.

Tickner m'a regardé encore une fois.

— Vous n'aviez jamais revu Rachel, hein ? Avant le supermarché.

Je n'ai pas pris la peine de répondre.

Sans préambule, Tickner a sorti une photo et me l'a tendue. Lenny a chaussé ses demi-lunes et s'est penché par-dessus mon épaule. Il était obligé de lever la tête pour pouvoir baisser les yeux. La photo, en noir et blanc, était une vue de l'hôpital de Ridgewood, avec la date estampillée en bas. Elle avait été prise deux mois avant l'agression.

Lenny a froncé les sourcils.

— L'éclairage est très réussi, mais l'ensemble de la composition, c'est moins sûr.

Tickner n'a pas relevé le sarcasme.

— C'est là que vous travaillez, n'est-ce pas, docteur Seidman ?

— On a un bureau là-bas, oui.

— Qui ça, « on » ?

— Moi et mon associée. Zia Leroux.

Il a hoché la tête.

— Il y a une date en bas.

— C'est ce que je vois.

— Étiez-vous au bureau ce jour-là ?

— Franchement, je n'en sais rien. Il faudrait que je consulte mon agenda.

Regan a pointé du doigt l'entrée de l'hôpital.

— Vous voyez cette silhouette, là ?

J'ai scruté l'image, mais elle n'était pas très nette.

— Pas vraiment.

— Notez simplement la longueur du manteau, O.K. ?

— O.K.

274

Tickner m'a remis un deuxième cliché. Ce coup-ci, le photographe s'était servi d'un zoom. Même angle. La personne en manteau apparaissait clairement, à présent : Elle portait des lunettes noires, mais il n'y avait pas l'ombre d'un doute. C'était Rachel.

J'ai levé les yeux sur Lenny. Il avait l'air tout aussi surpris. Tickner a extrait une autre photo. Puis une autre encore. Toutes avaient été prises devant l'entrée de l'hôpital. Sur la huitième, Rachel entrait dans le bâtiment. Sur la neuvième, une heure plus tard, j'en sortais, seul. Sur la dixième, à dix minutes d'intervalle, Rachel repartait par la même porte.

Dans un premier temps, mon cerveau a été incapable d'assimiler ces informations. Je n'étais qu'un grand point d'interrogation frappé de stupeur. Lenny, quoique non moins abasourdi, s'est ressaisi plus vite.

— Dehors, a-t-il dit.

— Vous ne voulez pas nous parler de ces photos d'abord ?

J'aurais bien protesté, mais j'étais trop hébété.

— Dehors, a répété Lenny avec force. Sortez d'ici tout de suite.

30

JE ME SUIS ASSIS DANS LE LIT.

— Lenny ?

Il s'est assuré que la porte était bien fermée.

— Oui, ils pensent que c'est toi. Enfin, toi et Rachel. Vous étiez amants. Elle a tué son mari — j'ignore s'ils te croient impliqué là-dedans —, puis, ensemble, vous avez assassiné Monica, fait Dieu sait quoi de Tara et monté ce bateau pour tondre son père.

— Ça n'a pas de sens.

Lenny a gardé le silence.

— On a failli me tuer, tu te rappelles ?

— Je sais.

— Alors quoi, ils s'imaginent que je me suis tiré dessus ?

— Aucune idée. Mais il ne faut plus leur parler. Ils ont de quoi étayer leur théorie, maintenant. Tu auras beau clamer que Rachel n'était pas ta maîtresse, Monica, elle, a eu suffisamment la puce à l'oreille pour engager un détective privé. Tu vois un peu le tableau ? Le privé prend ces photos, les donne à Monica. Là-dessus, ta femme meurt, ta gamine disparaît et ton beau-père se retrouve soulagé de deux millions. Un an et demi après, il allonge deux autres millions, et toi et Rachel racontez des salades sur votre relation.

— On ne raconte pas de salades.

Il évitait de croiser mon regard.

— Et tout ce que je viens de dire, là ? J'aurais pu garder l'argent de la rançon, point. Je n'avais pas besoin d'embaucher ce type avec la voiture et le gosse. Et ma sœur, hein ? C'est moi qui l'aurais assassinée aussi ?

— Les photos, a dit Lenny à voix basse.

— Je n'étais absolument pas au courant.

Malgré sa réserve, il m'a rétorqué comme dans notre jeunesse :

— Tintin.

— Je te le jure, je n'étais au courant de rien.

— Tu ne l'avais vraiment pas revue, avant le supermarché ?

— Bien sûr que non. Tu le sais, ça. Je ne te l'aurais pas caché.

Il a soupesé cette déclaration longtemps, trop long-temps.

— Tu aurais pu le cacher à Lenny l'ami.

— Non. Et même si c'était le cas, jamais je n'aurais menti à Lenny l'avocat.

— Ni à l'un ni à l'autre, tu n'as parlé de la remise de la rançon.

Nous y voilà.

— On voulait agir avec discrétion, Lenny.

— Je vois.

Mais à l'évidence, il ne voyait pas. Et c'était bien normal.

— Autre chose. Comment as-tu trouvé ce CD au sous-sol ?

— Dina Levinsky est passée à la maison.

— Dina la timbrée ?

— Elle en a bavé, ai-je dit. Tu ne peux pas t'imaginer.

Lenny a balayé ma compassion d'un geste de la main.

— Je ne comprends pas. Que venait-elle faire chez toi ?

Je lui ai raconté tout l'épisode. Lenny s'est mis à grimacer. Pour finir, c'est moi qui ai demandé :

— Quoi ?

— Elle t'a dit qu'elle allait mieux ? Qu'elle s'était mariée ?

— Oui.

— Foutaises.

Je me suis arrêté.

— Comment tu sais ça ?

— Je m'occupe de certaines affaires de sa tante. Dina Levinsky a navigué d'un hôpital psy à l'autre depuis l'âge de dix-huit ans. Elle a même fait de la taule pour attaque à main armée. Elle n'a jamais été mariée. Et je doute fort qu'elle ait jamais exposé quoi que ce soit.

Je ne savais pas trop que penser. Je me suis rappelé le visage tourmenté de Dina, sa pâleur soudaine quand elle m'a dit : « *Tu sais qui a tiré sur toi, n'est-ce pas, Marc ?* »

D'ailleurs, qu'entendait-elle par là, bon sang ?

— Il faut qu'on creuse tout ça, a déclaré Lenny en se frottant le menton. Je vais m'informer à droite à gauche, voir ce que je peux faire. Appelle-moi si tu as du nouveau, O.K. ?

— D'acc.

— Et promets-moi de ne plus leur dire un mot. Il y a de grandes chances pour qu'ils t'arrêtent.

Il a levé la main pour couper court à mes protestations.

— Ils ont largement de quoi t'arrêter et peut-être même t'inculper. C'est vrai qu'il y a encore plein de zones d'ombre, mais ne crois pas que ça les retiendra. Alors, si par hasard ils reviennent, promets-moi de te taire.

J'ai promis parce que, une fois de plus, les autorités n'étaient pas sur la bonne piste. Lenny est parti. Je lui ai demandé d'éteindre en sortant. Mais la chambre n'a pas été plongée dans le noir. Il ne fait jamais noir dans une chambre d'hôpital.

Je tournais et retournais les événements dans ma tête. Tickner avait emporté ces photos étranges avec lui. Dommage. J'y aurais bien jeté un coup d'œil, car quoi qu'on dise, ces images de Rachel à l'hôpital ne rimaient à rien. Étaient-elles réelles ? Un trucage était toujours possible, surtout à l'ère du numérique. Alors, montage, banal copier-coller ? J'ai repensé à Dina Levinsky. Qu'y avait-il derrière sa visite bizarre ? Pourquoi m'avait-elle demandé si j'aimais Monica ? Pourquoi croyait-elle que je connaissais l'auteur de l'agression ? J'étais en train d'y réfléchir quand la porte s'est ouverte.

— C'est ici, l'étalon du bloc opératoire ?

C'était Zia.

— Salut, toi.

Elle est entrée, désignant ma position horizontale d'un mouvement du poignet.

— C'est ça, ton excuse pour sécher le boulot ?

— J'étais de garde hier soir, hein ?

— Eh oui.

— Désolé.

— C'est moi qu'on a tirée du lit à ta place, interrompant, je dois dire, un rêve assez érotique.

Zia a pointé le pouce vers la porte.

— Ce grand Black dans le couloir.

— Avec des lunettes noires sur un crâne rasé ?

— Lui-même. C'est un flic ?

— Un agent du FBI.

— Tu ne pourrais pas nous présenter, dis ? Ça compenserait mon rêve interrompu.

— Je veux bien essayer, ai-je acquiescé. Avant qu'il ne m'embarque.

— Après, ça me va aussi.

J'ai souri. Zia s'est perchée sur le bord du lit. Je lui ai expliqué ce qui s'était passé. Elle n'a pas avancé une solution. Elle n'a posé aucune question. Elle a simplement écouté, c'est ça que j'aime chez elle.

J'en arrivais au moment où je me retrouvais dans le rôle du principal suspect quand mon portable a sonné. Du fait de notre métier, nous avons été surpris l'un et l'autre. À l'hôpital, les téléphones portables sont strictement interdits. Je l'ai attrapé précipitamment et l'ai collé à mon oreille.

— Marc ?

Rachel.

— Où es-tu ?

— Je suis l'argent.

— Quoi ?

— Ils ont fait exactement ce que j'avais pensé, a-t-elle dit. Ils ont balancé le sac, mais sans repérer le Q-Logger dans la liasse de billets. Je suis en train de remonter Harlem River Drive. Ils ont peut-être un kilomètre ou deux d'avance sur moi.

— Il faut qu'on parle, ai-je dit.

— Tu as retrouvé Tara ?

— C'était un leurre. J'ai vu le gamin qu'ils avaient amené. Ce n'était pas ma fille.

Il y a eu une pause.

— Rachel ?

— Ça ne va pas très fort, Marc.

— Comment ça ?

— Je me suis pris une dérouillée, dans le parc. Je tiens debout, mais j'ai besoin de ton aide.

— Attends une seconde. Ma voiture est toujours là-bas. Comment tu fais pour les suivre ?

— Tu n'as pas remarqué la camionnette d'entretien des espaces verts du côté du cercle ?

— Si.

— Je l'ai piquée. C'est une vieille camionnette, facile à faire démarrer en joignant les fils électriques. Je me suis dit qu'ils ne s'apercevraient pas de sa disparition avant demain matin.

— Ils croient que c'est nous, Rachel. Qu'on était amants, quelque chose de ce genre. Ils ont trouvé des photos sur ce fameux CD. Avec toi devant mon lieu de travail.

Silence saturé de friture.

— Rachel ?

— Tu es où ? a-t-elle demandé.

— Au New York Presbyterian.

— Tu vas bien ?

— Je suis cassé, mais ça va.

— Les flics sont là aussi ?

— Et les agents fédéraux. Un dénommé Tickner. Tu le connais ?

Elle a répondu tout doucement :

— Oui.

Puis :

— Comment comptes-tu procéder ?

— Que veux-tu dire ?

— On continue à les suivre ? Ou tu préfères confier cette tâche à Tickner et Regan ?

J'avais envie qu'elle soit là, à mes côtés. Je voulais la questionner sur ces photos et sur le coup de fil chez moi.

— Je ne sais pas si c'est utile, ai-je dit. Tu avais raison sur toute la ligne. Il s'agissait d'une arnaque. Ils ont dû utiliser les cheveux de quelqu'un d'autre.

Re-friture.

— Quoi ? ai-je demandé.

— Tu t'y connais en ADN ?

— Pas vraiment.

— Je n'ai pas le temps de t'expliquer, mais une analyse d'ADN, ça s'effectue par couches successives. Peu à peu, on commence à voir les correspondances. Il faut au moins vingt-quatre heures avant de se prononcer avec certitude.

— Et alors ?

— Je viens de parler au type du labo. On n'a eu que huit heures, jusqu'à présent. Mais les cheveux que t'a donnés Edgar, le second envoi...

— Eh bien ?

— ... ils correspondent aux tiens.

Je n'étais pas certain d'avoir bien entendu. Rachel a émis un son qui ressemblait à un soupir.

— En d'autres termes, il n'exclut pas le fait que tu puisses être le père. Bien au contraire.

J'en ai presque lâché le téléphone. Zia l'a remarqué et s'est rapprochée de moi. Concentration. Compartimentation. Une fois de plus. Quelle était la meilleure solution ? Tickner et Regan ne me croiraient pas. Ils ne me laisseraient pas partir. Ils nous arrêteraient probablement tous les deux. D'un autre côté, si je leur disais, je pourrais peut-être prouver notre innocence. Bon, et après ?

Existait-il une chance que ma fille soit encore en vie ?

C'était la seule et unique question. Si la réponse était oui, alors il fallait que je m'en tienne au plan A. M'ouvrir aux autorités, surtout compte tenu de leurs récents soupçons, ne mènerait à rien. Et si, comme le disait la lettre, il y avait une taupe parmi eux ? Pour l'instant, celui qui avait récupéré l'argent ne se doutait pas que Rachel lui filait le train. Or, que se passerait-il si jamais la police s'en mêlait ? Les ravisseurs allaient-ils paniquer, prendre la fuite, commettre un acte irréfléchi ?

Et puis… Pouvais-je encore faire confiance à Rachel ? Ces photos m'avaient sérieusement ébranlé. Je ne savais plus très bien qui croire. Mais l'un dans l'autre, mes doutes ne constituaient qu'une simple distraction. J'avais un seul objectif : Tara. Quel était le moyen le plus sûr de connaître enfin son sort ?

— C'est grave, tes blessures ? ai-je demandé.

— Je m'en tirerai, Marc.

— Bon, alors, à tout de suite.

J'ai raccroché et regardé Zia.

— Il faut que tu m'aides à sortir d'ici.

Tickner et Regan s'étaient installés au « salon des médecins » un peu plus loin dans le couloir. « Salon » était un bien grand mot pour désigner une pièce nue et abondamment éclairée, avec un poste de télévision à antenne portative et un minifrigo dans un coin. Tickner l'avait ouvert. Dedans, il y avait deux casse-croûte avec un nom sur chaque sachet. Ça lui a rappelé l'école primaire.

Il s'est laissé tomber sur un canapé dépourvu de ressorts.

— Je crois qu'on devrait l'arrêter…

Regan n'a rien dit.

— Vous avez été drôlement discret, Bob. Il y a quelque chose qui vous tracasse ?

Regan s'est gratté la barbichette.

— Oui, ce que nous a dit Seidman.

— Eh bien ?

— Vous ne trouvez pas qu'il n'a pas tort ?

— Vous voulez dire, quand il cherche à prouver son innocence ?

— Oui.

— Pas vraiment. Vous y croyez, vous ?

— Je ne sais pas, a répondu Regan. Mais enfin, pourquoi se serait-il donné tout ce mal avec l'argent ? Il ignorait qu'on allait le suivre jusqu'à Fort Tryon. Et même s'il s'en était douté, pourquoi avoir sauté sur une voiture en marche ? Bigre, il a de la chance de s'en être tiré. Une fois de plus. Ce qui nous ramène au crime initial. Si lui et Rachel Mills ont tout manigancé ensemble, comment se fait-il qu'il a failli y rester ?

Regan a secoué la tête.

— Il y a beaucoup trop de trous.

— Que nous sommes en train de combler un par un, a fait remarquer Tickner.

Regan a esquissé une moue dubitative.

— Voyez tout ce qu'on a exhumé aujourd'hui, du fait de l'implication de Rachel Mills, a dit Tickner. On n'a plus qu'à l'interpeller, elle, et à les cuisiner tous les deux.

Le regard de l'inspecteur s'était à nouveau perdu dans le vague.

Tickner a poussé un soupir.

— Quoi encore ?

— La vitre brisée.

— Sur la scène du crime ?

— Oui.

— Et alors ?

Regan s'est redrèssé.

— Si vous êtes d'accord, revenons-en au meurtre et à l'enlèvement.

— Dans la maison de Seidman ?

— Absolument.

— O.K., allons-y.

— La vitre a été brisée de l'extérieur, a dit Regan. C'est comme ça que l'assassin aurait pu pénétrer dans la maison.

— Ou bien, le Dr Seidman l'a brisée pour nous induire en erreur.

— Lui ou un complice.

— Exact.

— Mais d'une façon ou d'une autre, Seidman aurait été au courant pour la vitre, non ?

— C'est-à-dire ?

— Suivez le fil, Lloyd. Nous pensons que Seidman est impliqué. Donc, il savait que la vitre avait été brisée pour simuler, je ne sais pas, moi, une effraction. On est toujours d'accord ?

— Je suppose que oui.

Regan a souri.

— Alors pourquoi ne l'a-t-il jamais mentionné ?

— Quoi ?

— Lisez sa déposition. Il était en train de manger une barre aux céréales et puis… bam ! plus rien. Aucun bruit. Personne qui l'aurait pris par surprise. Rien du tout. Pourquoi, hein, ne se souvient-il pas d'avoir entendu la vitre se briser ?

— Parce qu'il l'a brisée lui-même pour faire croire à une effraction.

— Mais dans ce cas, il en aurait parlé. Réfléchissez. Il casse la vitre pour nous convaincre que l'agresseur est venu de l'extérieur. Vous, qu'auriez-vous dit à sa place ?

Tickner avait fini par piger.

— J'aurais dit : « J'ai entendu un bruit de verre brisé, je me suis retourné et vlan ! j'ai reçu deux balles. »

— Parfaitement. Sauf que Seidman ne l'a pas fait. Pourquoi ?

Tickner a haussé les épaules.

— Peut-être qu'il a oublié. Il était grièvement blessé, tout de même.

— Ou peut-être — vous me suivez toujours ? — peut-être qu'il dit la vérité.

La porte s'est ouverte. Un jeunot en tenue stérile, l'air épuisé, a jeté un coup d'œil dans la pièce. Voyant les deux flics, il a levé les yeux au ciel et les a laissés seuls. Tickner s'est tourné vers Regan.

— Attendez un peu, c'est inextricable, votre truc.

— Comment ça ?

— Si Seidman est innocent… s'il s'agit réellement d'un agresseur extérieur, pourquoi ne l'a-t-il pas entendu ?

— Il ne s'en souvient pas forcément. On a vu ça des milliers de fois. Un type qui se prend une balle a de sérieux trous de mémoire. Surtout, a ajouté Regan en s'animant, s'il a vu quelque chose qui l'a profondément choqué — quelque chose dont il n'a pas envie de se souvenir.

— Genre sa femme qu'on déshabille et qu'on tue ?

— Par exemple, a dit Regan. Ou pire.

— Que peut-il y avoir de pire ?

Un bip-bip a retenti dans le couloir. À côté, dans la salle des infirmières, quelqu'un râlait contre un changement de planning.

— On a dit qu'il nous manquait des éléments, a répondu Regan lentement. On l'a dit depuis le début. Si ça se trouve, c'est tout l'inverse. Si ça se trouve, on en a *ajouté*.

Tickner a froncé les sourcils.

— On ne cesse d'y mêler le Dr Seidman. Écoutez, on connaît le scénario l'un et l'autre. Dans ces cas-là, le mari est systématiquement impliqué. Pas neuf fois sur dix… plutôt quatre-vingt-dix-neuf fois sur cent. Chaque scénario qu'on a examiné inclut Seidman.

— Et vous pensez que c'est une erreur ?

— Écoutez-moi une seconde. Seidman, on l'a dans le collimateur depuis le départ. Son mariage n'était pas idyllique. Il s'est marié parce que sa femme était enceinte. On a sauté là-dessus. Et même si leur vie de couple avait nagé dans le bonheur, on aurait dit : « Impossible, personne ne peut être heureux à ce point-là », et on serait repartis à la charge. Tout ce qu'on a découvert jusque-là, on a essayé de l'intégrer au postulat de la culpabilité de Seidman. Alors, juste un instant, retirons-le de l'équation. Admettons qu'il soit innocent.

— O.K., et après ? a répliqué Tickner avec un haussement d'épaules.

— Seidman nous a parlé du lien qu'il avait gardé avec Rachel Mills. Pendant toutes ces années.

— Exact.

— Il semble un peu obnubilé par elle.

— Un peu ?

Regan a souri.

— Supposons que ce soit réciproque. Non, attendez. Plus que réciproque.

— O.K.

— Maintenant, rappelez-vous. On part du principe que ce n'est pas Seidman. Donc, il nous dit la vérité. Sur tout. Sur sa dernière rencontre avec Rachel Mills. Sur ces photos. Vous avez vu sa tête, Lloyd. Il est plutôt nul, comme comédien. Ça lui a fait un choc. Il tombait des nues.

— Difficile à dire, a fait Tickner, sceptique.

— Il y a une autre chose que j'ai remarquée, à propos des photos.

— Quoi ?

— Comment expliquer que le privé ne les ait jamais photographiés ensemble ? On la voit, elle, devant l'hôpital. On le voit, lui, sortant de l'hôpital. Ensemble, jamais.

— Ils ont été prudents.

— Prudents comment ? Elle traînait devant son lieu de travail. Quand on est prudent, on n'agit pas comme ça.

— Et quelle est votre explication à vous ?

— Réfléchissez-y, a dit Regan en souriant. Rachel savait que Seidman était dans ce bâtiment. Mais lui, savait-il qu'elle était dehors ?

— Minute.

Tickner s'est fendu d'un sourire à son tour.

— Vous pensez qu'elle le suivait ?

— Peut-être.

Tickner a hoché la tête.

— Nom de... Et il ne s'agit pas de n'importe quelle femme, mais d'un agent fédéral parfaitement entraîné.

— Un, elle savait comment organiser un kidnapping, a commencé Regan en levant un doigt. Deux... (Il a levé un autre doigt.)... elle savait comment assassiner quelqu'un sans se faire prendre. Trois, elle savait comment brouiller les pistes. Quatre, elle connaissait la sœur de Marc, Stacy. Cinq... (Il en était au pouce)... elle pouvait se servir de ses anciennes relations pour retrouver la sœur et lui tendre un piège.

— Bon sang de bonsoir !

Tickner s'est redressé.

— Et ce que vous avez dit tout à l'heure. À propos de Seidman qui aurait vu quelque chose de si terrible qu'il ne s'en souvient pas.

— Disons, l'amour de votre vie qui tire sur vous. Ou sur votre femme. Ou...

Ils se sont arrêtés tous les deux.

— Tara, a dit Tickner. Comment la petite s'inscrit-elle là-dedans ?

— Une façon d'extorquer de l'argent ?

Ni l'un ni l'autre ne trouvaient l'hypothèse satisfaisante. Mais toutes les réponses qui leur venaient à l'esprit les satisfaisaient encore moins.

— On peut y ajouter une chose, a dit Tickner.

— Laquelle ?

— Le trente-huit de Seidman, celui qui a disparu.

— Eh bien ?

— L'arme était dans une boîte fermée, dans sa penderie. Seule une personne proche de lui pouvait connaître cette cachette.

— Ou bien, a enchaîné Regan, poursuivant une nouvelle idée, Rachel Mills aurait pu apporter son propre trente-huit. Puisqu'il y en a eu deux.

— Question : pourquoi aurait-elle eu besoin de deux armes ?

Les deux hommes ont froncé les sourcils et, après avoir étudié toutes les possibilités, sont arrivés à une conclusion irréfutable :

— Il y a toujours un truc qui nous échappe, a fait Regan.

— Ouais.

— Il faut qu'on fasse demi-tour et qu'on se renseigne.

— À quel sujet ?

— Pourquoi, par exemple, Rachel s'en est tirée à si bon compte après le meurtre de son mari ?

— Je peux m'en charger facilement a dit Tickner.

— Faites. Et on va envoyer un gars auprès de Seidman. Maintenant qu'elle a quatre millions de dollars en sa possession, elle pourrait vouloir supprimer le seul homme qui la rattache encore à cette histoire.

31

ZIA A TROUVE MES HABITS DANS LE PLACARD. Comme mon jean était taché de sang, on a opté pour un pantalon de tenue chirurgicale. Elle a couru m'en chercher un. Grimaçant de douleur à cause de ma côte fêlée, je l'ai enfilé et j'ai noué le cordon à la taille. Je ne me sentais pas très vaillant. Zia a vérifié que la voie était libre. Au cas où les fédéraux seraient encore là, elle avait mis au point un plan B. Un ami à elle, le Dr David Beck, avait été impliqué dans une importante affaire criminelle quelques années auparavant. Il avait connu Tickner à cette occasion. Beck était de garde. S'il fallait qu'on en arrive là, il attendrait au bout du couloir et essaierait de les retenir en leur parlant du bon vieux temps.

Pour finir, on n'a pas eu besoin de Beck. On est sortis, tout simplement. Personne ne nous a posé de questions. On a traversé le pavillon Harkness et émergé dans la cour au nord de Fort-Washington Avenue. La voiture de Zia était garée dans le parking entre Fort-Washington et la 165ᵉ Rue. Je marchais avec précaution. Ça faisait un mal de chien, mais dans l'ensemble, tout fonctionnait.

Courir le marathon et soulever des poids était momentanément exclu, mais la douleur était contrôlable, et je pouvais bouger à ma guise. Zia m'avait glissé une boîte de Vioxx dans la poche, les plus costauds, dosés à cinquante milligrammes. Ils calmaient la douleur sans vous abrutir.

— Si on me le demande, a-t-elle déclaré, je dirai que je suis venue par les transports en commun et que ma voiture est à la maison. Avec ça, tu devrais être tranquille pendant un moment.

— Merci. Tant qu'on y est, on ne pourrait pas échanger nos portables ?

— Si, bien sûr. Pourquoi ?

— Au cas où ils me pisteraient grâce au mien.

— Ils en sont capables ?

— Ces trucs-là, ça me dépasse complètement.

Haussant les épaules, elle a repêché son minuscule portable. Il était de la taille d'un poudrier.

— Tu crois vraiment que Tara est en vie ?

— Je ne sais pas.

Nous avons gravi à la hâte les marches en ciment du parking. L'escalier, comme à l'ordinaire, empestait l'urine.

— C'est insensé, a-t-elle dit. Tu en es conscient, n'est-ce pas ?

— Ouais.

— J'ai mon pager. S'il faut que je vienne te chercher, n'importe où, tu n'auras qu'à m'envoyer un message.

— Entendu.

Nous nous sommes arrêtés devant la voiture. Zia m'a tendu les clés.

— Quoi ? lui ai-je dit.

— Tu as une très haute idée de toi, Marc.

— C'est ça, ta façon d'encourager les gens ?

— Je ne veux pas que ça t'attire des ennuis, a dit Zia. J'ai besoin de toi.

Je l'ai serrée dans mes bras, puis je me suis installé au volant. J'ai pris la direction du nord, tout en composant le numéro de Rachel. Le ciel était clair et immobile. Les lumières du pont donnaient à l'eau noire l'aspect d'une voûte céleste semée d'étoiles. J'ai entendu deux sonneries, puis Rachel a décroché. Elle n'a pas dit un mot, et j'ai compris pourquoi : elle ne reconnaissait pas le numéro.

— C'est moi, j'appelle avec le portable de Zia.

— Tu es où ?

— Je m'apprête à franchir l'Hudson.

— Continue jusqu'au Tappan Zee. Traverse-le et dirige-toi vers l'ouest.

— Où tu es, là ?

— Du côté de Palisades Mall, tu sais, l'immense centre commercial.

— À Nyack, ai-je dit.

— C'est ça. Ne coupe pas ton téléphone. On va se retrouver quelque part.

— J'arrive.

Tickner était sur son portable, en train de résumer la situation à O'Malley. Regan est entré précipitamment dans la pièce.

— Seidman n'est pas dans sa chambre.

Tickner a eu l'air agacé.

— Comment ça, il n'est pas dans sa chambre ?

— Vous voyez plusieurs manières d'interpréter ma phrase, Lloyd ?

— Il est allé faire des radios ou quoi ?

— Pas d'après l'infirmière.

293

— Zut. Il y a des caméras de surveillance dans cet hôpital, non ?

— Pas dans toutes les chambres.

— Mais elles doivent couvrir les sorties.

— Il y a facilement une douzaine de sorties ici. Le temps qu'on récupère les cassettes et qu'on les visionne…

— D'accord, d'accord.

Tickner a réfléchi un instant, avant de porter à nouveau le téléphone à son oreille.

— O'Malley ?

— Je suis là.

— Vous avez entendu ?

— Ouais.

— Combien de temps vous faut-il pour obtenir la liste des communications à la fois de la chambre d'hôpital de Seidman et de son téléphone portable ?

— Des communications récentes ?

— Disons, les quinze dernières minutes, oui.

— Donnez-m'en cinq.

Tickner a pressé le bouton de fin d'appel.

— Où est l'avocat de Seidman ?

— Je ne sais pas. Il a dit qu'il partait, il me semble.

— On devrait lui passer un coup de fil.

— Je ne l'ai pas trouvé très coopératif, a dit Regan.

— Ça, c'était avant, quand nous soupçonnions son client d'avoir trucidé femme et enfant. Maintenant, nous partons du principe que la vie d'un homme innocent est en danger.

Tickner a remis à Regan la carte professionnelle que Lenny lui avait laissée.

— On tente le coup, a dit Regan en composant le numéro.

J'ai rattrapé Rachel à la frontière du New Jersey et de l'État de New York, dans la petite ville de Ramsey. À l'aide de nos téléphones portables, nous nous sommes retrouvés sur le parking du *Fair Motel* sur la route 17. C'était un motel sans prétention, avec une enseigne qui clamait fièrement TV COULEURS ! (Comme si la plupart des motels utilisaient encore des postes noir et blanc.) Chaque lettre (jusqu'au point d'exclamation) était d'une couleur différente, au cas où l'on ignorerait le sens du mot *couleur*.

Je me suis engagé sur le parking. J'étais angoissé. J'avais mille questions à poser à Rachel, qui, au final, tournaient toutes autour du même sujet. Je voulais en savoir plus sur la mort de son mari, bien entendu, mais surtout, je voulais l'interroger sur ces satanées photos.

Il faisait sombre sur le parking, l'éclairage provenant essentiellement de la grande route. La camionnette volée aux services d'entretien des espaces verts était garée près d'un distributeur de Pepsi, tout au fond. Je me suis arrêté à côté. Je n'ai pas vu Rachel descendre, mais l'instant d'après, elle se faufilait dans la voiture.

— Démarre, a-t-elle ordonné.

Je me suis tourné vers elle, mais la vue de son visage m'a laissé sans voix.

— Nom de Dieu, ça va ?

— Oui.

Son œil droit était tuméfié comme celui d'un boxeur qui aurait tenu la distance. Son cou était couvert d'hématomes jaune-violet et une grosse marque rouge lui barrait le visage. On voyait les traces écarlates des doigts de son agresseur dont les ongles lui avaient même entaillé la peau. Je me suis demandé s'il n'y avait pas un traumatisme plus profond, si le coup qu'elle avait pris dans l'œil n'avait pas brisé un os. Non, peu probable. Une telle fracture l'aurait mise K.-O. C'était déjà un miracle qu'elle puisse tenir debout dans cet état-là.

— Mais qu'est-ce qui s'est passé, bon Dieu ?

Elle avait sorti son Palm Pilot, dont l'écran brillait d'un éclat lumineux dans l'obscurité de l'habitacle. Elle l'a regardé en disant :

— Reprends la 17, direction sud. Dépêche-toi, je ne veux pas qu'ils nous distancent de trop.

J'ai enclenché la marche arrière, reculé et regagné la grande route. De ma poche, j'ai tiré la boîte de Vioxx.

— Tiens, ça va te soulager.

Elle a dévissé le couvercle.

— J'en prends combien ?

— Un seul.

Sans quitter l'écran des yeux, elle a attrapé un comprimé avec son index, l'a avalé et m'a remercié.

— Dis-moi ce qui t'est arrivé.

— Toi d'abord.

Je lui ai raconté mon aventure du mieux que j'ai pu. Nous avons dépassé les sorties Allendale et Ridgewood. Les rues étaient désertes. Les magasins — et Dieu sait qu'il y en avait, la route 17 n'étant qu'un gigantesque centre commercial — étaient fermés. Rachel écouta sans m'interrompre. J'ai jeté un œil sur elle en conduisant. Elle avait l'air mal en point.

Quand j'ai eu terminé, elle a demandé :

— Et tu es sûr que ce n'était pas Tara, dans la voiture ?

— Oui.

— J'ai rappelé le gars de l'ADN. Les couches continuent à correspondre. Je ne pige pas très bien.

Moi non plus, à vrai dire.

— Qu'est-ce qui t'est arrivé ?

— Quelqu'un m'a sauté dessus. J'étais en train de te surveiller avec des lunettes de vision nocturne. Je t'ai vu poser l'argent et t'éloigner. Il y avait une femme dans les buissons. Tu ne l'as pas remarquée ?

— Non.

— Elle avait une arme. À mon avis, elle avait l'intention de te tuer.

— Une femme ?

— Oui.

Ça m'a rendu perplexe.

— Tu as pu la voir clairement ?

— Non. J'allais crier pour t'alerter quand ce monstre m'a chopée par-derrière. Il était fort comme un bœuf. Il m'a soulevée par la tête, j'ai cru qu'il allait me l'arracher.

— Nom de Dieu.

— Bref, une voiture de police est passée, et le gros malabar a paniqué. Il m'a frappée ici… (Elle a indiqué son œil au beurre noir.)… et ç'a été le black-out. Je ne sais pas combien de temps je suis restée couchée sur ce trottoir. Quand je me suis réveillée, les flics étaient partout. Comme j'étais dans un coin sombre, soit ils ne m'ont pas vue, soit ils m'ont prise pour une SDF qui dormait à la belle étoile. J'ai consulté le Palm Pilot et là je me suis aperçue que l'argent était parti.

— Dans quelle direction ?

— Vers le sud, la 168e Rue, à pied. Puis ils se sont arrêtés. Tu comprends, a-t-elle ajouté en désignant l'écran, ça marche de deux façons. En gros plan, je peux suivre la cible à six cents mètres près. Si je m'éloigne, comme maintenant, j'obtiens plus une estimation que l'adresse exacte. En ce moment même, compte tenu de la vitesse, j'estime qu'ils nous précèdent d'une dizaine de kilomètres sur la route 17.

— Mais quand tu les as repérés, ils étaient dans la 168ᵉ Rue ?

— Oui. Avant de descendre rapidement en direction du sud.

— Le métro, ai-je dit. Ils ont pris la ligne A.

— C'est ce que j'ai pensé. Du coup, j'ai piqué la camionnette. J'en étais aux numéros 70 quand soudain ils ont bifurqué vers l'est. Cette fois, ils avaient l'air de progresser par intermittence.

— Les feux rouges. Ils ont récupéré une voiture.

Rachel a hoché la tête.

— Ils ont foncé sur FDR et Harlem River Drive. J'ai essayé de couper à travers la ville, mais ç'a été trop long. Ils ont pris une avance de huit ou dix kilomètres. Tu connais le reste…

Un chantier de nuit nous a fait ralentir. Les trois files n'en formaient plus qu'une. J'ai observé Rachel, ses ecchymoses, la marque rouge sur son visage. Elle m'a rendu mon regard sans mot dire. Tout doucement, du bout des doigts, j'ai caressé sa joue. Elle a fermé les yeux, comme si c'en était trop pour elle. Quelque chose, une vieille émotion depuis longtemps endormie, a frémi au fond de moi. J'ai repoussé ses cheveux en arrière. Une larme solitaire s'est échappée de son œil. Elle a posé sa main sur mon poignet. La chaleur née de ce contact s'est propagée à travers tout mon corps.

Quelque part — oui, je sais l'effet que ça va vous faire —, j'avais envie d'abandonner ma quête. Ma fille avait disparu. Ma femme était morte. On avait tenté de me tuer. Il était temps de tourner la page, de prendre un nouveau départ. J'aurais voulu faire demi-tour et repartir dans l'autre sens. J'aurais voulu oublier la mort du mari et le CD avec les photos. Ma vie n'était qu'une succession d'interventions chirurgicales destinées à raccommoder la surface, à améliorer les apparences pour aider les gens à se sentir mieux. C'était pareil ici. Une simple question de lifting. Je ferais ma première incision la veille de cette fatale soirée entre étudiants, je tirerais les plis de quatorze années par-dessus le temps et je suturerais. Recoller les deux moments ensemble. Pincer et replier. Faire disparaître ces quatorze années, comme si elles n'avaient jamais existé.

Mais bien sûr, ce n'était pas possible. Rachel a rouvert les yeux, et j'ai vu qu'elle pensait sensiblement la même chose. On a atteint la fin du chantier. Sa main a quitté mon avant-bras. Je lui ai lancé un autre regard à la dérobée. Nous n'avions peut-être plus vingt ans, mais je l'aimais toujours. Je n'avais jamais cessé de l'aimer. Je m'en rendais compte maintenant. Et, à l'idée qu'elle avait frôlé la mort entre ces mains monstrueuses, mes doutes ont commencé à fondre. Ils ne partiraient pas complètement. Pas avant que je sache toute la vérité. Mais ils ne me dicteraient pas non plus la conduite à tenir.

— Rachel ?

Elle s'est redressée brusquement, les yeux sur son Palm Pilot.

— Qu'est-ce qu'il y a ? ai-je demandé.

— Ils se sont arrêtés. Encore trois kilomètres, et on va tomber sur eux.

32

STEVEN BACARD A REPOSÉ LE COMBINÉ.

On dérape dans le crime par mégarde, pensait-il. On franchit la ligne une fois. L'espace d'un instant. On revient. On se sent en sécurité. On se dit qu'on agit pour le mieux. La ligne est toujours là. Intacte. Bon, d'accord, elle bavoche peut-être par endroits, mais on la distingue nettement. La fois d'après, elle bave un peu plus. Mais on a ses repères. En toute circonstance, on sait où on met les pieds.

N'est-ce pas ?

Une glace trônait au-dessus du bar bien garni de Steven Bacard. Son décorateur d'intérieur le lui avait affirmé : tous les personnages importants ont de quoi trinquer à leur réussite. Il avait donc fait installer un bar. Lui qui ne buvait même pas. Face à son reflet, le mot qui lui venait à l'esprit, et pas pour la première fois, c'était « médiocre ». Il avait toujours été médiocre. À l'école, ses résultats étaient médiocres. À la fac de droit aussi (il s'y était repris à trois fois pour décrocher son inscription au barreau). Il était devenu avocat, croyait-il, parce que le titre allait lui conférer un certain prestige. Hélas ! il n'en a rien été. Personne ne faisait appel à lui. Il a ouvert un cabinet minable à proximité du tribunal, cabinet qu'il partageait avec un professionnel du cautionnement. Il a rejoint la meute des chasseurs d'ambulances, mais même dans cette activité au rabais, il n'a pas su se distinguer de ses pairs. Il a réussi à épouser une femme d'un milieu légèrement supérieur au sien, et elle ne ratait pas une occasion de le lui rappeler.

Là où Bacard s'était révélé plus que médiocre — *beaucoup* plus —, c'était en matière de procréation. Malgré tous ses efforts — que Dawn, sa femme, n'appréciait pas à leur juste valeur — il n'arrivait pas à la féconder. Au bout de quatre ans, ils ont voulu adopter. Là encore, Steven s'est retrouvé parmi la masse anonyme pour laquelle l'adoption d'un bébé blanc — le rêve de Dawn — s'annonçait quasi impossible. Ils sont partis pour la Roumanie, mais les seuls enfants disponibles étaient soit trop âgés, soit handicapés du fait d'une mère toxicomane.

Sauf que là, dans ce trou paumé, Steven Bacard a eu l'idée du siècle, celle qui allait lui permettre, à trente-huit ans, de sortir enfin du rang.

— Un problème, Steven ?

Le son de cette voix l'a pris au dépourvu. Il s'est arraché à la contemplation de son reflet. Lydia est sortie de l'ombre.

— À trop se regarder dans la glace…, a-t-elle dit sur un ton de reproche. N'est-ce pas ce qui a causé la chute de Narcisse ?

C'était plus fort que lui. Bacard s'est mis à trembler. Pas seulement à cause de Lydia — ce coup de fil lui avait mis les nerfs à vif. Plus cette apparition inopinée… Comment était-elle entrée ? Depuis combien de temps était-elle là ? Il aurait voulu la questionner sur ce qui s'était passé aujourd'hui, mais le temps pressait.

— On a un problème, en effet, a-t-il dit.

— Racontez-moi.

Les yeux de Lydia le glaçaient. Ils étaient beaux, grands et lumineux, et pourtant on ne sentait rien derrière, rien qu'un gouffre sans fond, les fenêtres d'une maison depuis longtemps à l'abandon. Ce que Bacard avait découvert en Roumanie — ce qui lui avait permis de s'élever au-dessus de la mêlée —, c'était un moyen de contourner le système. Tout à coup, pour la première fois de sa vie, il était devenu quelqu'un. On le sollicitait. On lui demandait son avis. Dawn a recommencé à lui sourire et à s'enquérir de sa journée. Il est même intervenu sur News 12 New Jersey lorsque cette chaîne câblée a eu besoin d'un juriste. Mais il a arrêté quand un confrère d'outre-Atlantique lui a rappelé les dangers d'une trop grande publicité. De toute façon, il n'avait plus besoin de chercher des clients. Ils affluaient, ces parents en quête d'un miracle, telles des plantes guettant dans l'obscurité le moindre rayon de soleil. Ce rayon de soleil, c'était lui, Steven Bacard.

Il a désigné le téléphone.

— Je viens de recevoir un coup de fil.

— Et alors ?

— Il y a un mouchard dans l'argent de la rançon.

— On a changé de sac.

— C'est pas un problème de sac. Il y a une espèce d'appareil dans l'argent même. Entre les billets, quelque chose comme ça.

Lydia s'est rembrunie.

— Votre informateur n'était pas au courant ?

— Mon informateur n'était au courant de rien jusqu'à maintenant.

— Vous êtes donc en train de me dire, a-t-elle repris lentement, qu'en ce moment même la police sait exactement où nous sommes ?

— La police, non. Le mouchard n'a été placé ni par les flics ni par les fédéraux.

Ç'a eu l'air de la déconcerter. Puis Lydia a hoché la tête.

— Le Dr Seidman.

— Pas tout à fait. Il est avec une femme, une dénommée Rachel Mills. Un ancien agent du FBI.

Lydia a souri, comme si elle venait de comprendre quelque chose.

— Et cette Rachel Mills, cet ex-agent du FBI, c'est elle qui a placé le mouchard ?

— Oui.

— Et elle nous traque, là ?

— Personne ne sait où elle est, a dit Bacard. Seidman non plus, d'ailleurs.

— Hmm.

— La police pense qu'elle est impliquée.

Lydia a relevé le menton.

— Quoi, dans le kidnapping ?

— Et le meurtre de Monica Seidman.

Ça lui a bien plu, à Lydia. Elle a souri, et Bacard a senti un nouveau frisson lui parcourir l'échine.

— C'est vrai, Steven ?

Il a chancelé.

— Comment le saurais-je ?

— Bienheureuse ignorance, hein ?

Il a préféré ne pas répondre.

— Vous avez l'arme ?

Bacard s'est raidi.

— Comment ?

— Le revolver de Seidman. Vous l'avez ?

303

Steven Bacard a eu l'impression de se noyer. Il aurait bien menti, mais son regard a rencontré celui de Lydia.

— Oui.

— Allez me le chercher. Et Pavel ? Vous avez eu de ses nouvelles ?

— Il n'est pas très content. Il veut savoir ce qui se passe.

— Nous l'appellerons de la voiture.

— Nous ?

— Oui. Dépêchons-nous, Steven.

— Je viens avec vous ?

— Absolument.

— Qu'allez-vous faire ?

Lydia a posé un doigt sur ses lèvres.

— Chut, a-t-elle dit. J'ai une idée.

— Ils sont repartis, a déclaré Rachel.

— Combien de temps se sont-ils arrêtés ?

— Peut-être cinq minutes. Ils ont pu retrouver quelqu'un et transférer l'argent. Ou alors ils ont juste pris de l'essence. Tourne ici.

Nous avons quitté la route 3 à la hauteur de Centuro Road. Au loin se profilait le stade des Giants. Au bout de deux kilomètres, Rachel a pointé le doigt par la vitre.

— Ils étaient quelque part par là.

L'enseigne annonçait METROVISTA, et le parking semblait s'étendre à perte de vue pour disparaître dans le marais voisin. MetroVista était un complexe de bureaux, construit durant la grande expansion des années quatre-vingt. Classique. Des centaines de bureaux, tous froids et impersonnels, aux vitres fumées qui ne laissaient pas passer le soleil. Les néons ronronnaient, et on croyait presque entendre le bourdonnement des abeilles ouvrières.

— Ils ne se sont pas arrêtés pour prendre de l'essence, a marmonné Rachel.

— Qu'est-ce qu'on fait alors ?

— Il n'y a pas trente-six solutions. On continue à suivre l'argent.

Heshy et Lydia ont pris la direction de l'ouest. Steven Bacard roulait derrière. Lydia a défait les liasses de billets. Il lui a fallu dix minutes pour trouver le mouchard. Elle l'a sorti du trou, puis l'a levé pour que Heshy puisse le voir.

— Futé, a-t-elle observé.

— Ou c'est nous qui sommes en train de perdre la main.

— Qui a dit qu'on était parfaits, Nounours ?

Heshy n'a pas répondu. Baissant sa vitre, Lydia a agité la main à l'intention de Bacard. Il a fait signe qu'il avait compris. Alors qu'ils ralentissaient au péage, elle a déposé un rapide baiser sur la joue de Heshy avant de descendre de la voiture. Elle avait emporté l'argent. Heshy restait seul avec le mouchard. Si jamais cette Rachel avait encore un peu de souffle, ou si les flics apprenaient ce qui s'était passé, ils mettraient la main sur lui. Il balancerait l'appareil dans la rue. Ils le retrouveraient sûrement, mais comment prouver qu'il provenait de sa voiture ? À supposer d'ailleurs qu'ils y parviennent... Ils fouilleraient Heshy, la bagnole, et après ? Pas de môme, pas de demande de rançon, pas d'argent. Il était clean.

Lydia s'est hâtée vers la voiture de Steven Bacard et s'est glissée sur le siège à côté de lui.

— Vous avez Pavel en ligne ? a-t-elle demandé.

— Oui.

Elle a pris le téléphone. Aussitôt, Pavel s'est mis à brailler dans son idiome compréhensible de lui seul. Elle a attendu, puis lui a donné le lieu de rendez-vous. En entendant l'adresse, Bacard a tourné la tête d'un geste brusque. Elle a souri. Naturellement, l'endroit ne disait rien à Pavel. Il a fulminé encore pendant un moment, avant de se calmer suffisamment pour dire qu'il y serait. Elle a raccroché.

— Vous n'êtes pas sérieuse, a fait Bacard.

— Chut.

Son plan était simple. Bacard et elle allaient foncer là-bas tandis que Heshy, qui avait le mouchard, musarderait de son côté. Une fois qu'elle serait prête, elle l'appellerait sur le portable. Alors, et alors seulement, Heshy la rejoindrait. Suivi, avec un peu de chance, de Rachel Mills.

Ils ont mis vingt minutes pour se rendre sur place. Lydia a repéré une voiture garée dans la rue. Une Toyota Celica. Volée par Pavel, sans aucun doute. Ça l'a contrariée. Une voiture inconnue stationnée dans une rue comme celle-ci ne passait pas inaperçue. Elle a jeté un coup d'œil sur Steven Bacard dont le visage, d'une pâleur lunaire, semblait presque flotter dans l'air. Les doigts crispés sur le volant, l'homme exsudait la peur. Il n'avait rien dans le ventre, sa présence ne ferait que les entraver.

— Vous n'avez qu'à me laisser là, a-t-elle dit.

— J'aimerais bien savoir… ce que vous comptez faire.

Elle s'est contentée de le regarder.

— Mon Dieu !

— Épargnez-moi votre indignation.

— Personne n'était censé payer les pots cassés.

— Comme Monica Seidman, vous voulez dire ?

— Nous n'avons rien à voir avec ça.

Lydia a secoué la tête.

— Et la sœur, comment s'appelait-elle, Stacy Seidman ?

Bacard a ouvert la bouche pour protester. Puis il a baissé la tête. Elle savait ce qu'il allait dire. Que Stacy Seidman était une toxico, un rebut de la société, une morte en sursis. Des hommes comme lui avaient besoin de se justifier. Dans sa tête, il ne faisait pas un trafic de bébés. Il croyait sincèrement se rendre utile. Et s'il gagnait de l'argent — beaucoup d'argent — en enfreignant la loi au passage, eh bien, n'était-ce pas une juste récompense pour les risques qu'il prenait afin de venir en aide à son prochain ?

Mais Lydia n'était pas là pour faire de la psychanalyse sauvage. Elle avait compté l'argent dans la voiture. Il l'avait engagée. Sa part était d'un million de dollars. L'autre million était destiné à Bacard. En descendant, elle a pris le sac qui contenait son argent — et celui de Heshy. Steven Bacard regardait droit devant lui. Il n'a pas refusé sa part. Il ne l'a pas rappelée pour lui dire qu'il se lavait les mains de toute cette histoire. Il y avait un million de dollars sur le siège à côté de lui. Ce million, Bacard en avait besoin. Il s'était fait construire une grande maison à Alpine. Il n'a donc pas rechigné. L'œil rivé sur le bitume, il a simplement redémarré.

Après son départ, Lydia a appelé Pavel sur le portable. Il était planqué dans les buissons. Vêtu de sa sempiternelle chemise de flanelle. Sa démarche était pesante, chaloupée. Ses dents portaient les stigmates des années de tabagisme et de mauvais soins. Son nez avait été aplati au cours d'innombrables bagarres. C'était un dur à cuire, un vrai. Un pur produit des Balkans.

— Vous ! a-t-il éructé. Vous pas dire moi.

307

Il avait raison. Elle pas dire lui. En d'autres termes, il n'avait pas la moindre idée de ce qui se passait. Son anglais était plus que rudimentaire, c'est pourquoi il avait été l'homme idéal pour cette mission. Deux ans auparavant, il avait débarqué du Kosovo avec une femme enceinte. Lors de la première remise de rançon, Pavel avait reçu des instructions précises. On lui avait dit d'attendre qu'une certaine voiture se gare sur le parking, de s'approcher de cette voiture sans adresser la parole au conducteur, de prendre le sac qu'il lui remettrait et de monter dans la camionnette. Ah oui, et histoire de brouiller les pistes, on lui avait donné un portable pour qu'il fasse mine de parler dedans.

Et c'était tout.

Pavel ignorait totalement qui était Marc Seidman. Il ne savait pas ce que contenait le sac. Il n'était au courant ni pour la rançon ni pour le kidnapping, rien. Il ne portait sur lui ni gants — ses empreintes digitales n'étaient pas fichées aux États-Unis — ni papiers d'identité.

Ils lui avaient versé deux mille dollars et l'avaient renvoyé chez lui, au Kosovo. S'inspirant de la description assez précise de Seidman, la police avait dressé le portrait-robot d'un homme introuvable pour des raisons pratiques. Et, quand ils ont décidé de remettre ça, tout naturellement ils ont fait de nouveau appel à Pavel.

Cet homme-là avait le sens des réalités. Là-bas, chez lui, il vendait des femmes. La traite des Blanches sous le couvert des boîtes de strip-tease était un vaste marché dans son pays, bien que, depuis, Bacard ait trouvé un autre moyen d'utiliser ces mêmes femmes. Pavel, donc, savait s'adapter aux circonstances. Il a donné un peu de fil à retordre à Lydia, mais une fois qu'elle lui a remis un paquet de billets, d'un montant total de cinq mille dollars, il s'est calmé. C'était une simple question de doigté.

Elle lui a aussi fourni une arme. Pavel savait s'en servir.

Il s'est embusqué à l'entrée de l'allée. Lydia a appelé Heshy pour lui dire qu'ils étaient prêts. Un quart d'heure après, il est passé en voiture et a jeté le mouchard par la fenêtre. Lydia l'a rattrapé au vol et lui a renvoyé un baiser. Heshy est reparti. Elle a emporté l'appareil dans le jardin, sorti son pistolet et attendu.

L'air de la nuit commençait à se charger de rosée matinale. Son sang chantait dans ses veines. Heshy, elle le savait, n'était pas loin. Il aurait voulu se joindre à eux, mais cette partie-là, elle la jouait en solo. La rue était silencieuse. Il était quatre heures du matin.

Cinq minutes plus tard, elle a entendu la voiture.

33

IL Y AVAIT UN LÉZARD QUELQUE PART.

Les routes devenaient tellement familières que j'y faisais à peine attention. J'étais survolté au point de ne même plus sentir la douleur dans mes côtes. Absorbée dans son Palm Pilot, Rachel cliquait sur l'écran, penchait la tête, changeait d'angle de vision. Sur la banquette arrière, elle avait trouvé l'atlas routier de Zia. Serrant le capuchon d'un feutre entre ses dents, elle a entrepris de noter l'itinéraire pour essayer de se repérer ou juste pour gagner du temps, histoire d'échapper à l'inéluctable.

Doucement, j'ai prononcé son prénom. Elle m'a jeté un regard furtif avant de se replonger dans le Palm Pilot.

— Tu étais au courant pour ce CD-ROM avant de venir ici ?

— Non, a-t-elle répondu.

— Il y avait des photos de toi devant l'hôpital où je travaille.

— C'est ce que tu m'as dit.

Elle a cliqué sur l'écran.

— Elles sont réelles, ces photos ? ai-je demandé.

— Réelles ?

— Je veux dire, ce n'est pas un montage — tu étais vraiment devant mon bureau il y a deux ans ?

Rachel n'a pas levé la tête, mais du coin de l'œil, j'ai vu ses épaules se voûter.

— Tourne à droite, a-t-elle dit. Là-bas.

Nous étions dans Glen Avenue à présent. Ça commençait à devenir flippant. Sur la gauche, j'apercevais mon ancien lycée. Il avait été refait quatre ans plus tôt ; on y avait ajouté une salle de musculation, une piscine et un second gymnase. La façade avait été volontairement vieillie et recouverte de lierre pour donner à l'ensemble un air de respectabilité et rappeler à la jeunesse de Kasselton ce que l'on attendait d'elle.

— Rachel ?

— Les photos sont réelles, Marc.

J'ai hoché la tête. Je m'aventurais en terrain miné, au risque de tout faire basculer au moment même où j'espérais enfin remettre de l'ordre dans ma vie.

— Je crois avoir droit à une explication, ai-je dit.

— Tout à fait. (Elle gardait les yeux rivés à son écran.) Mais pas maintenant.

— Si, maintenant.

— Il faut qu'on se concentre sur ce qu'on est en train de faire.

— Tu parles. On est en train de rouler, là. Je peux gérer deux choses à la fois.

— Peut-être, a-t-elle murmuré. Mais pas moi.

— Rachel, que faisais-tu devant cet hôpital ?

— Ouh là !

— Ouh là quoi ?

Nous approchions de l'intersection avec Kasselton Avenue. À cette heure de la nuit, les feux étaient clignotants. J'ai froncé les sourcils.

— Je vais où ?

— À droite.

Mon sang s'est glacé.

— Je ne comprends pas.

— La voiture s'est encore arrêtée.

— Où ça ?

— Sauf erreur de ma part… (Rachel a fini par lever les yeux.)… ils sont chez toi.

J'ai tourné à droite. Elle n'avait plus besoin de me guider. Nous sommes passés devant chez mes parents. Toutes les lumières étaient éteintes, sauf la lampe au rez-de-chaussée. Elle était branchée sur un minuteur et fonctionnait chaque jour entre sept heures du soir et cinq heures du matin. Mais maman avait lu quelque part qu'une radio allumée était aussi un bon moyen de dissuader les voleurs, si bien qu'elle faisait marcher en permanence un vieux poste. Le problème, c'est qu'il l'empêchait de dormir ; du coup elle avait baissé le volume, et désormais les voleurs devaient coller l'oreille au haut-parleur pour en ressentir l'effet dissuasif.

J'allais m'engager dans ma rue, dans Darby Terrace, quand Rachel a dit :

— Ralentis.

— Ils ont bougé ?

— Non. Le signal vient toujours de ta maison.

J'ai regardé autour de moi en réfléchissant.

— Franchement, ils n'ont pas pris le chemin le plus direct.

Elle a acquiescé :

— Je sais.

— Peut-être qu'ils ont trouvé ton Q-Logger.

— C'est exactement ce que je pense.

Nous roulions au pas. Rachel se mordillait la lèvre. La maison des Citron, plongée dans le noir, à deux portes de la mienne. La maison des Kadison, juste avant mon allée. On dit dans ces cas-là qu'il règne un trop grand calme, comme si le monde s'était figé et que même les objets inanimés retenaient leur souffle.

— Ça sent le traquenard, a-t-elle dit.

J'allais lui demander ce qu'il fallait faire — reculer, garer la voiture, appeler les flics ? — quand la première balle a fait voler le pare-brise en éclats. Des débris de verre ont frôlé mon visage. J'aï entendu un cri bref. Instinctivement, je me suis baissé en m'abritant derrière mon avant-bras. Puis j'ai vu le sang.

— Rachel !

La deuxième balle a sifflé si près de ma tête que je l'ai sentie dans mes cheveux. L'impact a heurté mon siège avec un bruit de polochon. L'instinct a repris le dessus. Mais cette fois, il était canalisé, axé sur un objectif. J'ai écrasé l'accélérateur et la voiture a bondi en avant.

Le cerveau humain est une machine stupéfiante qu'aucun ordinateur ne peut égaler. Il est capable de traiter des millions de *stimuli* en un centième de seconde. C'est ce qui a dû se produire ici. J'étais tassé sur mon siège. Quelqu'un me tirait dessus. Mon cerveau primitif m'ordonnait de fuir, mais quelque chose de plus avancé sur l'échelle de l'évolution m'a soufflé qu'il y avait peut-être une meilleure solution.

Le tout a pris *grosso modo* un dixième de seconde. J'avais le pied sur l'accélérateur. Les pneus ont crissé. J'ai pensé à ma maison, à sa configuration, à l'endroit d'où provenait le tir. Si moi, j'avais tendu une embuscade, je me serais caché derrière la haie qui sépare ma propriété de celle de mes voisins, les Christie. La haie était haute et touffue. Si j'étais rentré dans l'allée, le tireur aurait pu nous atteindre par la vitre côté passager. Mais, en me voyant hésiter et craignant que je ne recule, il nous a pris par-devant.

J'ai donc tourné le volant en direction de la haie.

La troisième balle a ricoché sur du métal, la calandre sans doute… z-z-zing ! J'ai risqué un coup d'œil sur Rachel. Courbée en deux, elle se tenait la tête d'un côté — du sang lui coulait entre les doigts. Mon cœur s'est serré, mais j'ai gardé le pied sur la pédale.

Les phares ont illuminé la haie.

J'ai aperçu de la flanelle.

Ivre de rage et d'appréhension, j'ai presque enfoncé la pédale dans le plancher. J'ai entendu une exclamation de surprise. L'homme en chemise de flanelle a voulu s'écarter d'un bond.

Mais j'étais prêt.

J'ai donné un coup de volant dans sa direction comme si on jouait aux autos tamponneuses. Il y a eu une collision, un bruit mat. Un hurlement. Des branchages se sont pris dans le pare-chocs. J'ai cherché l'homme des yeux. La main sur la poignée de la portière, j'allais descendre lorsque Rachel a dit :

— Non !

Je me suis immobilisé. Elle était vivante !

De sa main libre, elle a passé la marche arrière.

— Recule !

J'ai obéi. Je ne sais pas ce qui m'avait pris. L'homme était armé. Pas moi. Malgré le choc, j'ignorais s'il était mort, blessé ou quoi. La rue sombre était maintenant éclairée. Les gens d'ici n'ont guère l'habitude de coups de feu et de pneus qui crissent. Ils étaient sûrement en train de composer le 911.

Rachel s'est redressée. Une vague de soulagement m'a envahi. Dans une main, elle tenait une arme. L'autre était toujours plaquée sur sa blessure.

— C'est mon oreille, a-t-elle dit.

L'esprit étant imprévisible, j'ai aussitôt pensé à la manière dont j'allais m'y prendre pour réparer les dégâts.

— Là-bas ! a-t-elle crié.

J'ai pivoté. L'homme en chemise de flanelle s'éloignait en boitillant dans l'allée. J'ai tourné le volant et braqué les phares sur lui. Il a disparu derrière la maison. J'ai regardé Rachel.

— Recule, a-t-elle dit. Je suis sûre qu'il n'est pas tout seul.

J'ai fait marche arrière de nouveau.

— Et maintenant ?

Elle avait la main sur la poignée de la portière.

— Toi, tu restes ici.

— Tu es folle !

— Continue à faire rugir le moteur, bouge un peu. Comme ça, ils vont croire qu'on est toujours dans la voiture. Je vais les prendre par surprise.

Sans me laisser le temps de protester, elle s'est glissée dehors. Le sang lui ruisselait sur le visage. Suivant ses instructions, j'ai emballé le moteur et, avec l'impression d'être un parfait crétin, j'ai passé la première, avancé, passé la marche arrière, reculé.

Quelques secondes plus tard, j'ai perdu Rachel de vue.

Encore une poignée de secondes, et deux détonations ont résonné.

Lydia avait observé toute la scène du jardin.

Pavel avait tiré trop tôt, sacrée erreur de sa part. De son poste d'observation derrière un tas de bois, elle ne voyait pas qui il y avait dans la voiture, mais elle avait été impressionnée. Le conducteur avait non seulement débusqué Pavel, mais il l'avait abîmé par-dessus le marché.

Pavel est apparu en claudiquant, le visage en sang. Levant le bras, elle lui a fait signe. Il est tombé et s'est mis à ramper vers elle. Lydia gardait un œil sur les issues. Les autres arriveraient par-devant. Dans son dos, il y avait une clôture. Elle s'est rapprochée de la grille du jardin voisin pour pouvoir s'échapper, si besoin était.

Pavel continuait à ramper. Elle lui a fait signe de se dépêcher, sans relâcher sa vigilance. Cette femme, l'ex-agent du FBI, comment allait-elle procéder ? Les voisins étaient réveillés maintenant. Partout, des lumières s'allumaient. Les flics devaient déjà être en route.

Il fallait faire vite.

Parvenu au tas de bois, Pavel a roulé vers elle. L'espace d'un instant, il est resté sur le dos. Sa respiration était rauque. Puis il s'est forcé à se relever. Accroupi à côté de Lydia, il a grimacé de douleur.

— Jambe cassée.

— On va s'en occuper, a-t-elle dit. Où est ton flingue ?

— Perdu.

Pas grave.

— J'en ai un autre pour toi. Surveille les environs.

Hochant la tête, il a scruté l'obscurité.

— Quoi ? a demandé Lydia.

— J'sais pas bien.

Pendant qu'il se dévissait le cou, elle a appuyé son arme dans le creux derrière son oreille gauche. Pressant la détente, elle lui a tiré deux balles dans la tête. Il s'est effondré comme une marionnette dont on aurait coupé les fils.

Lydia l'a regardé. Finalement, c'était peut-être mieux ainsi. Si Pavel avait tué la femme, l'enquête se serait poursuivie. Maintenant qu'il était mort — abattu par l'arme qui avait servi à commettre le crime initial —, la police allait conclure à la culpabilité de Seidman ou de Rachel Mills (voire des deux). Le temps qu'ils arrivent à prouver leur innocence, Heshy et elle seraient déjà loin. Avec l'argent.

Chapitre clos.

Lydia a soudain entendu un crissement de pneus. Elle a lancé l'arme dans le jardin du voisin. Pas la peine de la laisser en évidence. Ce serait trop gros. Elle a rapidement fouillé les poches de Pavel. Il y avait la liasse de billets qu'elle venait de lui remettre. Qu'il la garde. Cela faisait une pièce à conviction de plus.

Mis à part l'argent, ses poches étaient vides. Pas de portefeuille, aucun papier — rien qui puisse le rattacher à quoi que ce soit. Pavel était un pro. D'autres fenêtres étaient en train de s'illuminer. Lydia s'est redressée.

— Agent fédéral ! Lâchez votre arme !

Zut ! Une voix de femme. Lydia a tiré dans sa direction et s'est réfugiée derrière le tas de bois. Des coups de feu lui ont répondu. Elle était coincée. Tendant la main, elle a déverrouillé la grille.

— C'est bon ! a-t-elle crié. Je me rends !

Et elle a bondi, actionnant le semi-automatique. Les balles sifflaient à ses oreilles. Sans cesser de tirer, elle a franchi la grille en courant.

Heshy l'attendait cent mètres plus loin. Se baissant, ils ont longé une haie fraîchement taillée. La voiture était garée dans un cul-de-sac, à deux rues de là.

Une fois en chemin, Heshy a dit :

— Ça va ?

— Très bien, Nounours.

Elle a inspiré profondément et, fermant les yeux, s'est calée dans son siège.

— Tout va bien.

C'est seulement aux abords de la grande route qu'elle s'est demandé où était passé le téléphone portable de Pavel.

Naturellement, j'ai paniqué.

Ma première réaction a été d'ouvrir la portière, mais je me suis ravisé. Je n'étais pas armé. Rachel et son agresseur, si. Accourir à son secours aurait été pour le moins futile.

Cependant, je n'allais pas rester là, les bras croisés.

J'ai refermé la portière et accéléré. La voiture a roulé sur la pelouse. Les coups de feu provenaient de derrière la maison. J'ai écrasé des massifs de fleurs et des arbustes. Ils étaient là depuis si longtemps que ça m'a presque fait mal au cœur.

Le double faisceau des phares dansait dans le noir. J'ai pris à droite, espérant pour pouvoir contourner le grand orme. Rien à faire, il était trop près de la maison. La voiture ne passait pas. J'ai reculé. Les pneus ont patiné sur l'herbe humide. Je me suis dirigé vers chez les Christie, emportant leur belvédère tout neuf au passage. Bill Christie ne serait pas content…

J'avais réussi à pénétrer dans le jardin. Les phares ont balayé la palissade des Grossman. Tout à coup, j'ai aperçu Rachel, debout devant le tas de bois. Le bois était déjà là quand on a acheté la maison. On n'y avait pas touché. Il était sûrement tout pourri et vermoulu. Les Grossman s'étaient plaints : ils craignaient que les vers n'attaquent leur clôture. J'avais promis de m'en débarrasser, mais je n'avais pas encore eu le temps de m'en occuper.

Rachel pointait son arme vers le bas.

L'homme en chemise de flanelle était couché à ses pieds comme un sac d'ordures. Je n'ai pas eu à baisser la vitre, vu que le pare-brise avait explosé sous les balles. Elle m'a fait signe que tout allait bien. Je suis descendu précipitamment.

— Tu l'as tué ?

Question presque rhétorique.

— Non, a-t-elle répondu.

L'homme était mort. Pas besoin d'être médecin pour le constater. La moitié de son crâne avait été arrachée. De la cervelle coagulée, blanc rosé, maculait le bois. Je ne suis pas un expert en balistique, mais les dommages étaient importants. Soit il s'agissait d'une très grosse balle, soit d'un tir à bout portant.

— Il y avait quelqu'un avec lui, a dit Rachel. Cette personne l'a abattu et s'est enfuie par la grille.

Je l'ai regardé. La rage a refait surface.

— Qui c'est ?

— J'ai vérifié ses poches. Il a de l'argent sur lui, mais aucun papier d'identité.

J'ai eu envie de le frapper à coups de pied. J'ai eu envie de le secouer pour savoir ce qu'il avait fait de ma fille. En contemplant son visage abîmé et pourtant assez beau, je me suis demandé ce qui l'avait amené ici, pourquoi nos chemins s'étaient croisés. C'est alors que j'ai remarqué une chose bizarre.

J'ai penché la tête sur le côté.

— Marc ?

Je me suis agenouillé. La cervelle, le sang, les éclats d'os, tout ça ne me gênait pas. J'avais déjà vu pis. J'ai examiné son nez. On aurait dit du mastic. Je m'en souvenais depuis la dernière fois. Je l'avais pris pour un boxeur. À moins qu'il n'ait connu quelques déboires… Sa tête était de guingois. Il avait la bouche ouverte. C'est ça qui avait attiré mon attention.

Je lui ai écarté les mâchoires.

— Qu'est-ce que tu fais ? s'est exclamée Rachel.

— Tu as une lampe de poche ?

— Non.

Tant pis. J'ai relevé sa tête et l'ai orientée vers les phares de la voiture.

— Marc ?

— Ça m'a toujours étonné qu'il me laisse voir son visage.

Je me suis penché sur lui, m'efforçant de ne pas projeter trop d'ombre.

— Ils prenaient tellement de précautions… La voix altérée, l'enseigne volée, deux plaques minéralogiques soudées. Et pourtant, il me laissait voir son visage.

— Mais de quoi tu parles ?

— La première fois, j'ai cru qu'il portait une sorte de déguisement sophistiqué. Ç'aurait été logique. Mais maintenant on sait que ce n'est pas le cas. Alors pourquoi ?

D'abord déconcertée de me voir prendre la tête des opérations, Rachel s'est jointe à moi.

— Parce qu'il n'a pas de casier judiciaire.

— Peut-être. Ou bien…

— Ou bien quoi ? On n'a pas le temps, Marc.

— Ses dents.

— Eh bien ?

— Regarde ses couronnes. C'est des boîtes de conserve.

— Des quoi ?

J'ai levé la tête.

— Sur sa molaire supérieure droite et sur la gauche aussi. Chez nous, les couronnes sont en or, quoique aujourd'hui on utilise surtout la porcelaine. Le dentiste prend une empreinte pour pouvoir reproduire la forme exacte de la dent. Tandis qu'ici, c'est de l'aluminium, une couronne prête à poser. On la place sur la dent et on enfonce avec une pince. J'ai suivi deux stages à l'étranger, en réparation buccale, et j'en ai vu plein, de ces machins-là. On appelle ça des boîtes de conserve. Ça n'existe pas aux États-Unis, sauf peut-être à titre provisoire.

Elle a posé un genou à terre.

— Ce serait donc un étranger ?

— Oui. À mon avis, il doit venir de l'ancien Bloc soviétique. Des Balkans, probablement.

— Ça tombe sous le sens, a-t-elle acquiescé. Toutes les empreintes qu'on trouve sont expédiées au fichier central. *Idem* pour le signalement. Et, bien sûr, il n'y figure pas. Bon sang, la police mettra une éternité à l'identifier, à moins que quelqu'un ne se manifeste.

— Ce qui m'étonnerait fort.

— Bon Dieu, c'est pour ça qu'ils l'ont descendu. Ils se doutaient qu'on serait incapables de recueillir la moindre info sur lui.

Des sirènes ont retenti au loin. Nos regards se sont rencontrés.

— Il n'y a pas beaucoup de solutions, Marc. Si on reste, on va en taule. Ils vont croire que ça faisait partie de notre plan. Je pense que les ravisseurs le savaient, ça. Tes voisins confirmeront que tout était calme jusqu'à notre arrivée. Et voilà que, soudain, il y a des pneus qui crissent, des coups de feu. Je ne dis pas qu'on ne réussira pas à s'expliquer, à la fin.

— Mais ça va prendre du temps.

— Oui. Et la brèche qu'on vient d'ouvrir là se refermera. La police a ses méthodes. À supposer même qu'ils nous croient, ils vont faire un barouf d'enfer. Autre chose, a-t-elle dit.

— Quoi ?

— Les ravisseurs nous ont tendu un piège. Ils étaient au courant, pour le Q-Logger.

— On s'en est déjà rendu compte.

— Seulement, la question, Marc, c'est : comment ont-ils su ?

Je me suis souvenu de la mise en garde qui avait accompagné la demande de rançon.

— Une fuite ?

— Ce n'est pas impossible.

Nous nous sommes dirigés vers la voiture. J'ai posé la main sur son bras. Elle saignait toujours. Son œil poché était quasiment fermé. En la regardant, j'ai éprouvé un besoin primitif, le besoin de la protéger.

— Si on file maintenant, on aura l'air coupables. Moi, ça m'est égal, je n'ai rien à perdre. Mais toi ?

Sa voix était douce.

— Moi non plus, je n'ai rien à perdre.

— Il te faut un médecin, ai-je dit.

Rachel a presque souri.

— Tu n'en es pas un, toi ?

— Si.

Nous n'avions guère le temps de peser le pour et le contre. On devait agir. Nous sommes montés dans la voiture de Zia. J'ai fait demi-tour et je suis ressorti par-derrière, côté Woodland Road. Mais quand j'ai commencé à réaliser ce qui se passait, j'ai failli suffoquer. J'étais à deux doigts de m'arrêter. Rachel s'en est aperçue.

— Qu'est-ce qu'il y a ?

— Pourquoi sommes-nous en train de fuir ?

— Je ne comprends pas.

— Nous espérions retrouver ma fille ou du moins celui qui l'a enlevée. Nous estimions qu'il y avait une petite ouverture.

— Oui.

— Ne vois-tu pas ? L'ouverture, même s'il y en avait une, n'y est plus. Ce type, là-bas, est mort. On sait que c'est un étranger, et après ? On ignore son identité. On est dans une impasse. On n'a aucun autre indice.

D'un air soudain malicieux, Rachel a plongé la main dans sa poche et en a sorti un téléphone portable. Ce n'était pas le mien. Ni le sien.

— Peut-être bien que si, m'a-t-elle rétorqué.

34

— AVANT TOUTE CHOSE, A DÉCRÉTÉ RACHEL, il faut qu'on se débarrasse de cette voiture.

— La voiture, ai-je dit en secouant la tête. Si je réchappe à cette histoire, Zia me tuera.

Rachel a esquissé un petit sourire. Au point où on en était, nous n'avions même plus peur. Je me suis demandé où l'on pourrait aller, mais au fond, on n'avait pas vraiment le choix.

— Lenny et Cheryl.

— Quoi, Lenny et Cheryl ?

— Ils habitent à deux pas d'ici.

Il était cinq heures du matin. Déjà la nuit s'effaçait devant l'inéluctable. J'ai composé le numéro de Lenny en priant pour qu'il ne soit pas retourné à l'hôpital. Il a répondu dès la première sonnerie.

— Allô ! a-t-il aboyé.

— J'ai un problème.

— J'entends des sirènes.

— Ça fait partie du problème.

— La police m'a appelé. Après que tu t'es tiré.

324

— J'ai besoin de ton aide.

— Rachel est avec toi ?

— Oui.

Il y a eu un silence gêné. Rachel trifouillait le téléphone du mort. Je n'avais pas la moindre idée de ce qu'elle cherchait. Puis Lenny a dit :

— À quoi tu joues, Marc ?

— Je veux retrouver Tara. Tu acceptes de m'aider, oui ou non ?

Cette fois, il n'y a pas eu d'hésitation.

— Que te faut-il ?

— Planquer la voiture que nous avons là et en emprunter une autre.

— Et ensuite ?

J'ai tourné le volant à droite.

— On arrive dans une minute. Je vais tout t'expliquer.

Lenny portait un vieux pantalon de jogging gris, de ceux qu'on attache avec un cordon, une paire de pantoufles et un T-shirt Big Dog. Il a pressé un bouton, et la porte du garage s'est refermée sans bruit derrière nous. Il avait l'air épuisé... à mon avis, Rachel et moi n'étions guère plus brillants.

À la vue du sang, Lenny a fait un pas en arrière.

— Qu'est-ce qui s'est passé ?

— Tu as des bandes ? ai-je demandé.

— Dans le placard au-dessus de l'évier.

Rachel avait toujours le portable dans la main.

— J'ai besoin d'un accès Internet.

— Attends, il faut qu'on discute, a dit Lenny.

— Discute avec lui. Moi, je dois aller sur Internet.

— Dans mon bureau. Tu sais où c'est.

Rachel s'est engouffrée dans la maison. J'ai suivi, mais pas plus loin que la cuisine. Lenny est resté avec

325

moi. Ils venaient de refaire leur cuisine dans le style rustique français, et ils avaient rajouté un frigo car quatre gosses, ça mange comme quatre gosses. Les portes des deux frigos étaient surchargées de dessins, de photos de famille et de lettres de l'alphabet multicolores. Plus des magnets à tendance poétique sur le deuxième. Les mots « JE ME TIENS SEUL AUTOUR DE LA MER » couraient le long de la poignée. J'ai fouillé dans le placard au-dessus de l'évier.

— Tu veux me dire ce qui se passe, à la fin ?

J'ai trouvé la trousse de secours de Cheryl.

— Il y a eu une fusillade à la maison.

En trois mots, je lui ai résumé la situation tout en examinant le contenu de la trousse. Ça devrait suffire, dans un premier temps. J'ai fini par lever les yeux. Lenny me dévisageait, bouche bée.

— Tu t'es enfui ?

— Que serait-il arrivé, si j'étais resté ?

— La police t'aurait embarqué.

— Précisément.

Il a secoué la tête. Puis, baissant la voix :

— Ils ne te croient plus coupable.

— Comment ça ?

— Ils pensent que c'était Rachel.

J'ai cligné des yeux, éberlué.

— Elle t'a expliqué, pour ces photos ?

— Pas encore. Je ne comprends pas, ai-je ajouté. Qu'est-ce que Rachel vient faire là-dedans ?

Rapidement, Lenny m'a exposé l'hypothèse de la jalousie, de la rage et de mes trous de mémoire portait sur les moments clés juste avant les coups de feu. J'étais trop abasourdi pour répondre. Quand enfin j'ai eu recouvré l'usage de la parole, j'ai balbutié :

— C'est complètement débile.

Lenny se taisait.

— Ce type en chemise de flanelle a essayé de nous tuer.

— Et comment a-t-il fini, hein ?

— Je te l'ai dit. Il n'était pas tout seul. On l'a flingué.

— Tu as vu quelqu'un d'autre ?

— Non. Rachel...

J'ai compris où il voulait en venir.

— Allons, Lenny. Pas toi.

— J'aimerais en savoir plus sur les photos du CD, Marc.

— Bon, très bien, on va lui demander.

En sortant de la cuisine, j'ai aperçu Cheryl dans l'escalier. Bras croisés, elle m'a jeté un de ces regards... je ne lui avais encore jamais vu cette expression-là. J'ai marqué une pause. Il y avait du sang sur la moquette, probablement celui de Rachel. Sur le mur, on voyait une photo des quatre gosses, prise en studio, tous l'allure faussement décontractée, tous en col roulé blanc sur fond blanc. Des enfants et tout ce blanc.

— Je m'en occupe, lui a dit Lenny. Reste là-haut.

On a traversé le séjour en pressant le pas. Sur le poste de télé se trouvait le boîtier du dernier Disney en DVD. J'ai failli trébucher sur une balle et une batte en plastique. Un jeu de Monopoly avec des personnages de Pokémon était étalé par terre. Quelqu'un, l'un des gamins sûrement, avait griffonné NE PAS TOUCHER ! sur une feuille de papier posée sur le plateau. En passant devant la cheminée, j'ai remarqué que les photos avaient été réactualisées. On y voyait les enfants à leur âge actuel. Mais la plus vieille photo, celle de nous quatre au « grand bal », avait disparu. J'ignorais ce que cela signifiait. Rien, vraisemblablement. Ou alors, suivant leur propre conseil, Lenny et Cheryl avaient tourné la page.

Assise derrière le bureau de Lenny, Rachel était penchée sur le clavier. Le sang avait séché sur le côté gauche de son cou. Son oreille était en lambeaux. Elle nous a lancé un coup d'œil et s'est remise à pianoter. J'ai examiné l'oreille. Les dégâts étaient considérables. La balle lui avait également éraflé la tête. À deux centimètres près — bon Dieu, à deux dixièmes de centimètre — elle était morte. Elle n'a pas bronché quand j'ai nettoyé et pansé la plaie. Pour le moment, ça allait. À la première occasion, je ferais tout le nécessaire pour la soigner convenablement.

— Bingo, a-t-elle lâché subitement.

Elle a souri et tapé sur une touche. L'imprimante s'est mise à ronronner. Lenny m'a adressé un signe de la tête. J'ai terminé mon bandage et dit :

— Rachel ?

Elle a levé les yeux sur moi.

— Il faut qu'on parle.

— Non, a-t-elle riposté, il faut qu'on y aille. Je viens de tomber sur une piste toute chaude.

Lenny n'avait pas bougé. Cheryl s'est glissée dans la pièce, les bras toujours croisés.

— Quelle piste ? ai-je demandé.

— J'ai vérifié la liste des appels du portable.

— On peut faire ça ?

— Bien sûr, Marc.

J'ai perçu une note d'impatience dans sa voix.

— Les appels entrants et sortants. Chaque téléphone permet d'accéder à ce genre de service.

— Oui, d'accord.

— Côté appels sortants, rien. Aucun numéro sur la liste. Autrement dit, si notre bonhomme appelait, c'était vers un numéro secret.

Je faisais de mon mieux pour suivre.

— O.K.

— Mais côté appels entrants, c'est une autre histoire. Il n'y avait qu'un seul appel sur la liste. Reçu à minuit. J'ai cherché le numéro dans l'annuaire inversé. C'est un particulier. Un certain Verne Dayton résidant à Huntersville, New Jersey.

Ni le nom ni le patelin ne me disaient rien.

— C'est où, Huntersville ?

— J'ai regardé sur la carte, c'est à la frontière avec la Pennsylvanie. En gros plan, on voit qu'il s'agit d'une maison isolée. Sur un immense terrain au milieu de nulle part.

J'ai senti le froid m'envahir. Je me suis tourné vers Lenny.

— Tu me prêtes ta voiture ?

— Une petite seconde. On a encore quelques questions sans réponses, là.

Rachel s'est levée.

— Tu veux parler des photos sur ce CD.

— Pour commencer, oui.

— C'est moi sur ces photos. Oui, j'y étais. Le reste ne te regarde pas. Je dois une explication à Marc, pas à toi. Quoi d'autre ?

Pour une fois, Lenny, ça lui a cloué le bec.

— Tu veux aussi savoir si j'ai tué mon mari, c'est ça ?

Elle a contemplé Cheryl.

— Vous pensez que j'ai tué Jerry ?

— Je ne sais plus quoi penser, a dit Cheryl. Mais je veux que vous quittiez cette maison.

— Cheryl ! s'est interposé Lenny.

Elle l'a gratifié d'un regard qui aurait fait piler un rhinocéros enragé.

— Ils n'auraient jamais dû venir ici.

— Il est notre meilleur ami, voyons. C'est le parrain de notre fils.

— C'est encore pire. Comment peut-il mettre notre foyer en danger ? La vie de nos enfants ?

— Cheryl, tu exagères.

— Non, ai-je dit, elle a raison. Il faut qu'on parte d'ici. Tu as les clés ?

Rachel a sorti la feuille de l'imprimante.

— L'itinéraire, a-t-elle précisé.

J'ai acquiescé et regardé Lenny. Il baissait le nez, se dandinant d'un pied sur l'autre. À nouveau, ça m'a rappelé notre enfance.

— Ne devrait-on pas appeler Tickner et Regan ? a-t-il hasardé.

— Pour leur dire quoi ?

— Je peux leur expliquer. Si jamais Tara est là-bas…

Il s'est interrompu, secouant la tête comme s'il trouvait l'idée ridicule.

— … ils seront mieux équipés pour intervenir.

Je me suis posté devant lui.

— Ils ont su, pour l'appareil de pistage de Rachel.

— Quoi ?

— Les ravisseurs. Nous ignorons comment. Mais ils l'ont découvert. Réfléchis, Lenny. Dans leur demande de rançon, ils nous disaient avoir un informateur dans la place. La première fois, ils ont su qu'on avait prévenu les flics. La seconde fois, ils sont renseignés sur la présence de l'appareil.

— Ça ne prouve rien.

— Crois-tu que j'aie le temps de chercher des preuves ?

La figure de Lenny s'est allongée.

— Tu sais que je ne peux pas prendre ce risque.

— Oui, a-t-il dit. Je sais.

Il a tiré les clés de sa poche. Et nous sommes partis.

35

QUAND ON LES A PRÉVENUS PAR TÉLÉPHONE de la fusillade au domicile de Seidman, Tickner et Regan ont bondi sur leurs pieds. Ils étaient devant les ascenseurs lorsque le portable de Tickner a sonné.

Une voix féminine crispée et très officielle a demandé :

— Agent Tickner ?

— Lui-même.

— Agent Claudia Fischer à l'appareil.

Le nom ne lui était pas inconnu. Il l'avait peut-être même rencontrée une fois ou deux.

— C'est à quel sujet ?

— Où êtes-vous ? a-t-elle demandé.

— À l'hôpital New York Presbyterian, mais je m'en vais dans le New Jersey.

— Non, a-t-elle dit. Venez immédiatement, je vous prie, au 1, Federal Plaza.

Tickner a consulté sa montre : il était seulement cinq heures du matin.

— Maintenant ?

— C'est ce qu'*immédiatement* veut dire, oui.

— Puis-je savoir de quoi il s'agit ?

— Le directeur général adjoint Joseph Pistillo voudrait vous voir.

Pistillo ? Il a marqué une pause. Pistillo était le plus haut responsable du Bureau sur toute la côte est. Le patron du patron du patron de Tickner.

— Mais j'allais me rendre sur le lieu d'un crime.

— Ce n'est pas une requête, a dit Fischer. M. Pistillo vous attend. Il veut que vous soyez là d'ici une demi-heure.

Elle a raccroché. Tickner a baissé la main.

— C'est quoi, cette histoire ? a demandé Regan.

— Il faut que j'y aille, a lancé Tickner, s'éloignant dans le couloir.

— Où ça ?

— Mon chef veut me voir.

— Maintenant ?

— Tout de suite. (Il était déjà presque au bout du couloir.) Appelez-moi quand vous aurez du nouveau.

— Ce n'est pas très facile, a confessé Rachel.

Je conduisais. Tous ces non-dits accumulés commençaient à peser sur nous. Dans la voiture, l'atmosphère était lourde. Je gardais les yeux sur la route.

— Lenny était là quand tu as vu les photos ?

— Oui.

— Il a été surpris ?

— C'est l'impression que j'ai eue.

Elle s'est calée dans le siège.

— Cheryl, elle, ça ne l'aurait pas étonnée.

— Pourquoi ?

— Quand tu lui as demandé mon numéro, elle m'a appelée pour me mettre en garde.

— À propos de quoi ?

— À propos de nous.

Je n'avais pas besoin qu'elle m'en dise davantage.

— Moi aussi, elle m'a fait le coup.

— Quand Jerry est mort — c'était le nom de mon mari, Jerry Camp —, quand il est mort, disons que j'ai traversé un moment difficile.

— Je comprends.

— Non, a-t-elle répondu. Ça n'a rien à voir. Jerry et moi, on n'avait pas beaucoup travaillé ensemble. Je ne sais même pas si on a eu l'occasion de travailler ensemble, d'ailleurs. Quand j'ai suivi cette formation à Quantico, Jerry était un de mes instructeurs. Mieux que ça, il était une légende vivante. Un des meilleurs agents qui aient jamais existé. Tu te souviens de l'affaire KillRoy, il y a quelques années ?

— Un tueur en série, non ?

Rachel a hoché la tête.

— Sa capture, ç'a été principalement l'œuvre de Jerry. Il avait un palmarès impressionnant, au Bureau. Avec moi... je ne sais pas très bien comment c'est arrivé. Il était plus âgé. Genre figure paternelle, peut-être. J'adorais mon boulot au FBI. C'était toute ma vie. Jerry s'est amouraché de moi. J'étais flattée. Mais je ne suis pas certaine de l'avoir jamais aimé.

Elle s'est interrompue. J'ai senti son regard sur moi. Moi, je continuais à fixer la route.

— Tu aimais Monica ? m'a-t-elle demandé. Je veux dire, vraiment ?

Les muscles de mon épaule se sont raidis.

— Non, mais c'est quoi, cette question ?

Elle est restée silencieuse. Puis elle a ajouté :

— Excuse-moi, c'était déplacé.

Le silence s'est prolongé. Je m'efforçais de contrôler ma respiration.

— Tu étais en train de me parler des photos.

— Oui.

Rachel a commencé à se trémousser. Elle ne portait qu'une seule bague. À présent, elle la triturait, la tournant autour de son doigt.

— Quand Jerry est mort…

— … a été tué, ai-je rectifié.

À nouveau, j'ai senti ses yeux sur moi.

— A été tué, oui.

— C'est toi qui l'as fait ?

— Ça ne va pas, Marc.

— Qu'est-ce qui ne va pas ?

— Tu es déjà en colère.

— Je veux juste savoir si tu as tué ton mari.

— Laisse-moi parler, O.K. ?

Il y avait une pointe d'acier dans sa voix. J'ai haussé les épaules d'un air résigné.

— Quand il est mort, j'ai bien failli disjoncter. J'ai été forcée de démissionner. Tout ce que j'avais — mes amis, mon travail, ma vie, quoi — était lié au Bureau. Et puis, plus rien. Je me suis mise à boire, m'enfonçant plus loin dans la déprime. J'ai touché le fond. Et quand on touche le fond, on cherche un moyen pour refaire surface. N'importe quel moyen. Tout est bon à prendre.

Nous avons ralenti à une intersection.

— Je ne m'explique pas bien, a-t-elle dit.

Je me suis surpris moi-même. Profitant du feu rouge, j'ai posé ma main sur la sienne.

— Raconte-moi les choses comme elles sont.

Elle a acquiescé en contemplant ma main par-dessus la sienne.

— Un soir où j'avais trop bu, j'ai composé ton numéro. Je me suis souvenu de ce que Regan m'avait dit.

— C'était quand, ça ?

— Quelques mois avant l'agression.

— Et tu es tombée sur Monica ?

— Non, sur le répondeur. J'ai… je sais, ça paraît idiot, mais je t'ai laissé un message.

Lentement, j'ai retiré ma main.

— Que disais-tu exactement ?

— Je ne sais plus. J'étais ivre. Je pleurais. J'ai dû dire que tu me manquais et que j'espérais que tu me rappellerais. À mon avis, ça n'a pas été plus loin.

— Je n'ai jamais eu ce message.

— Je le vois bien.

Tout à coup, il y a eu comme un déclic.

— C'est donc Monica qui l'a écouté, ai-je dit.

Quelques mois avant l'agression. Au moment même où Monica était au plus mal. Au moment où nous commencions à avoir de sérieux problèmes. D'autres choses encore me sont revenues en mémoire. Je me suis souvenu qu'elle pleurait souvent la nuit. Qu'Edgar m'avait parlé de ses visites chez le psychiatre. Et moi, perdu dans mon petit monde, je l'emmenais chez Lenny et Cheryl, lui infligeant cette photo avec la femme que j'avais aimée avant elle — la femme qui avait appelé chez moi un soir pour dire que je lui manquais.

— Pas étonnant qu'elle ait engagé un détective privé. Elle voulait savoir si je la trompais. Elle a dû lui raconter notre histoire, et ton coup de fil.

Rachel se taisait.

— Tu n'as toujours pas répondu à ma question, Rachel. Que faisais-tu devant l'hôpital ?

— J'étais venue dans le New Jersey voir ma mère.

Sa voix était légèrement haletante.

— Je t'ai dit qu'elle avait acheté un appart à West Orange.

— Et alors ? Elle était hospitalisée chez nous ou quoi ?

— Non.

Rachel s'est tue à nouveau. J'ai même failli allumer la radio, par simple réflexe, histoire de faire quelque chose.

— Il faut vraiment que je te le dise ?

— Je pense que oui.

Mais je savais déjà. J'avais compris.

Elle a repris sur un ton monocorde :

— Mon mari est mort. Je n'ai plus de boulot. J'ai tout perdu. Je parlais beaucoup avec Cheryl. Il était clair, d'après ce qu'elle me disait, que tu avais des problèmes dans ton couple.

Elle a pivoté vers moi.

— Allons, Marc. Tu sais bien qu'on ne s'est jamais complètement remis de notre rupture. Ce jour-là, je suis donc allée à l'hôpital pour te voir. J'ignore ce que j'attendais de toi. Étais-je naïve au point de croire que tu allais me sauter au cou ? Peut-être, va savoir. J'ai traîné à l'entrée pour me donner du courage. Je suis même montée à ton étage. Seulement, à la fin, je me suis dégonflée. Pas à cause de Monica ou de Tara. J'aurais bien voulu m'attribuer le beau rôle. Mais non, ce n'était même pas ça.

— C'était quoi, alors ?

— Je suis partie parce que j'avais peur que tu me repousses, et ça, je ne l'aurais pas supporté.

Nous sommes retombés dans le silence. Je n'avais pas la moindre idée de ce qu'il fallait dire. Je n'étais même pas sûr de ce que je ressentais.

— Tu es fâché, a-t-elle dit.

— Je ne sais pas.

Nous roulions toujours. J'avais très envie de prendre la bonne décision. J'y ai réfléchi. Nous regardions tous deux droit devant nous. La tension menaçait de faire exploser les vitres. Finalement, j'ai dit :

— Ça n'a plus d'importance. Tout ce qui compte, c'est de retrouver Tara.

J'ai risqué un coup d'œil en direction de Rachel. Une larme brillait sur sa joue. Le panneau a surgi dans notre champ de vision — petit, discret, difficile à repérer. On y lisait simplement : HUNTERSVILLE. Rachel a essuyé la larme et s'est redressée.

— Alors concentrons-nous là-dessus.

Assis derrière son bureau, le directeur général adjoint Joseph Pistillo était en train d'écrire. Il était costaud, large d'épaules et chauve, le genre de type tout droit sorti d'une scène de dockers ou d'une bagarre de saloon — la force à l'état brut. Il avait dû franchir la barre de la soixantaine ; des rumeurs couraient sur son prochain départ à la retraite.

L'agent Claudia Fischer a introduit Tickner dans la pièce avant de sortir et de fermer la porte. Tickner a retiré ses lunettes noires. Il est resté debout, les mains derrière le dos. On ne l'a pas invité à s'asseoir. Il n'y a pas eu de bonjour, pas de poignée de main, pas de formule de politesse, rien de tout ça.

Sans lever les yeux, Pistillo a dit :

— Vous avez cherché à vous renseigner, paraît-il, sur la mort tragique de l'agent Jerry Camp.

Un signal d'alarme a retenti dans la tête de Tickner. Bigre, c'était du rapide. Il avait commencé à poser des questions à peine quelques heures auparavant.

— Oui, monsieur.

Pistillo continuait à gribouiller.

— C'est lui qui vous a formé à Quantico, n'est-ce pas ?

— Oui, monsieur.

— C'était un excellent professeur.

— L'un des meilleurs, monsieur.

— *Le* meilleur, agent Tickner.

— Oui, monsieur.

— Votre intérêt pour les circonstances de sa mort, a poursuivi Pistillo, est-il dicté par les rapports que vous avez pu entretenir avec l'agent Camp ?

— Non, monsieur.

Pistillo a cessé d'écrire. Il a reposé son stylo et croisé ses énormes battoirs sur le bureau.

— Alors pourquoi toutes ces questions ?

Tickner a songé aux embûches et aux pièges que pouvait lui valoir sa réponse.

— Sa veuve est mêlée à une affaire dont je m'occupe actuellement.

— L'affaire Seidman… meurtre et kidnapping, hein ?

— Oui, monsieur.

Pistillo a plissé le front.

— Vous pensez qu'il y a un lien entre la mort accidentelle de Jerry Camp et l'enlèvement de Tara Seidman ?

Prudence, s'est dit Tickner. Prudence.

— C'est une voie que je me dois d'explorer.

— Non, agent Tickner.

Tickner n'a pas bougé.

— Si vous arrivez à prouver la culpabilité de Rachel Mills dans cette histoire de meurtre et de kidnapping, faites-le. Mais vous n'avez pas besoin de la mort de Camp pour ça.

— Les deux pourraient être liées.

— Non, a déclaré Pistillo d'un ton sans réplique. Elles ne le sont pas.

— Mais je dois…

— Agent Tickner ?

— Oui, monsieur.

— J'ai déjà examiné le dossier. Qui plus est, j'ai enquêté personnellement sur la mort de Jerry Camp. Il était mon ami. Vous comprenez ?

Tickner n'a pas répondu.

— Je suis convaincu que cette mort est due à un accident tragique. Ça veut dire que vous, agent Tickner… (Pistillo a pointé un doigt épais sur son torse.)… vous en êtes également convaincu aussi. Suis-je assez clair ?

Les deux hommes se sont affrontés du regard. Tickner n'était pas stupide. Il aimait son travail. Il avait envie de grimper dans la hiérarchie. Contrarier un homme aussi puissant que Pistillo aurait été pour le moins déraisonnable. Il a donc été le premier à baisser les yeux.

— Oui, monsieur.

Pistillo s'est détendu. Il a repris son stylo.

— La disparition de Tara Seidman remonte à plus d'un an maintenant. Y a-t-il la moindre preuve qu'elle soit toujours en vie ?

— Non, monsieur.

— Dans ce cas, l'affaire ne relève plus de notre compétence.

Il s'est remis à écrire, signifiant par là sans ambages qu'il congédiait son interlocuteur.

— C'est le boulot de la police.

Le New Jersey est le plus peuplé de tous nos États. Ça ne surprend personne. Le New Jersey compte des villes, des banlieues et plein d'industries. Ça non plus, ça ne surprend personne. Le New Jersey, surnommé l'« État jardin », comporte beaucoup de zones rurales. Et là, ça surprend.

Avant même d'arriver à Huntersville, les signes de la présence humaine ont commencé à se faire rares. Il y avait peu d'habitations. Nous sommes passés devant un commerce, une sorte d'épicerie générale à l'ancienne, aux fenêtres condamnées par des planches. Ensuite, sur cinq kilomètres, nous avons emprunté six routes différentes. Je n'ai vu aucune maison. Je n'ai croisé aucune voiture.

Nous étions au beau milieu des bois. J'ai tourné une dernière fois, et la voiture s'est engagée dans une côte. Un daim — le quatrième d'après mes calculs — a traversé la chaussée, mais suffisamment loin pour éviter la collision. Je commençais à croire que le nom de Huntersville était à prendre au pied de la lettre[1].

— Ça va être sur la gauche, a indiqué Rachel.

Quelques secondes plus tard, j'ai aperçu la boîte aux lettres. J'ai ralenti, cherchant des yeux une maison, un bâtiment quelconque. Que des arbres…

— Continue, a dit Rachel.

Elle avait raison. On ne pouvait pas débarquer comme ça et aller frapper directement à la porte. Au bout de quatre cents mètres, j'ai trouvé un petit emplacement sur le bas-côté. Je me suis garé et j'ai coupé le moteur. Mon cœur battait la chamade. Il était six heures du matin. Le jour se levait.

— Tu sais te servir d'une arme à feu ? m'a demandé Rachel.

— Dans le temps, je tirais sur une cible avec le revolver de papa.

1: Ville des chasseurs *(N.d.T.)*.

Elle m'a fourré un pistolet dans la main. Je l'ai contemplé comme si je venais de me découvrir un sixième doigt.

— D'où tu sors ça ?

— Je l'ai récupéré chez toi. Sur le macchabée.

— Doux Jésus.

Elle a haussé les épaules, l'air de dire : *On ne sait jamais*. Une pensée soudaine m'a traversé l'esprit. Était-ce cette arme qui avait tiré sur moi ? Qui avait tué Monica ? Mais l'heure n'était pas aux états d'âme. Rachel était déjà descendue. Je l'ai suivie. Nous nous sommes engouffrés dans le bois. Rachel ouvrait la marche. Elle avait glissé son propre pistolet dans la ceinture de son pantalon. Pas moi. Pour une raison inconnue, je l'ai gardé à la main. Des panneaux d'un orange délavé interdisaient l'accès à la propriété. Le mot DÉFENSE y figurait en lettres géantes, accompagné d'une pléthore d'explications inutiles en tout petits caractères.

Nous avons repéré ce qui ressemblait à une piste de terre, et nous l'avons longée pendant quelques minutes. Puis Rachel s'est arrêtée, si brusquement que j'ai failli me cogner à elle. Elle a pointé le doigt.

Une construction.

On aurait dit une grange. Redoublant de prudence, nous avons progressé en nous cachant derrière les arbres. Au bout d'un moment, j'ai entendu de la musique. De la musique country, je crois — je n'y connais rien. Devant moi s'ouvrait une clairière. Avec une grange à moitié en ruine. Et une espèce de maisonnette ou de mobile-home amélioré.

Nous étions parvenus à l'orée du bois. J'ai vu un tracteur dans la cour, et un vieux semi-remorque sur des blocs de ciment. Juste en face de la maison, il y avait une voiture blanche, un coupé de sport plus m'as-tu-vu tu meurs, avec une bande noire sur le capot. Une Camaro, visiblement.

Le bois s'arrêtait là, mais une quinzaine de mètres nous séparaient encore de la bicoque. L'herbe haute nous arrivait au genou. Rachel a sorti son pistolet et s'est mise à ramper. Je l'ai imitée. Quand on voit ça à la télé, ça paraît facile. On rampe sans décoller du sol. Et ç'a été facile, les trois premiers mètres. Puis ça s'est gâté. J'avais mal aux coudes. L'herbe me rentrait dans le nez et la bouche. Des nuées de moucherons grouillaient autour de nous, furieux d'avoir été dérangés dans leur sommeil. La musique était plus forte à présent. Le chanteur — effleurant à peine sa guitare — pleurait sur son pauvre, pauvre cœur.

Rachel s'est immobilisée. Je l'ai rejointe.

— Ça va ? a-t-elle chuchoté.

J'ai hoché la tête, pantelant.

— On aura peut-être du boulot, une fois là-bas. Il ne faut pas que tu sois à plat. On peut ralentir, si tu veux.

Je lui ai fait signe que non et je me suis remis en mouvement. Ralentir, sûrement pas. Il n'en était pas question. Nous nous rapprochions. Je voyais mieux la Camaro maintenant, avec son pare-boue noir qu'ornait la silhouette argentée d'une pin-up. Il y avait des autocollants à l'arrière. L'un d'eux disait : LES ARMES, ÇA NE TUE PAS, MAIS SÛR QUE ÇA AIDE.

Rachel et moi étions presque à découvert quand un chien s'est mis à aboyer. Nous nous sommes figés tous les deux.

Je connais plusieurs sortes d'aboiement. Le jappement énervant d'un petit roquet. L'appel amical d'un golden retriever. L'avertissement d'un animal de compagnie qui n'est pas méchant, en réalité. Et puis, il y a cet aboiement guttural, caverneux, qui vient du fond du thorax et vous glace le sang.

Exactement comme celui-là.

Le chien ne me faisait pas très peur car j'étais armé. Et j'aurais sans doute moins de mal à tirer sur un chien que sur un être humain. Non, ce que je craignais, c'était qu'il n'alerte les occupants de la maisonnette. Nous avons attendu. Au bout d'une minute ou deux, le chien s'est tu. Nous surveillions la porte. Que faire, si quelqu'un sortait ? On n'allait tout de même pas ouvrir le feu. Nous n'avions aucun élément en notre possession. En soi, le fait qu'un coup de fil avait été passé d'ici sur le portable du mort ne voulait rien dire. Nous ignorions si ma fille était là ou pas.

Nous ne savions rien.

Des enjoliveurs traînaient dans la cour. Ils étincelaient sous le soleil levant. J'ai repéré aussi une pile de cartons verts. Quelque chose en eux a retenu mon attention. Oubliant toute prudence, je me suis déplacé dans leur direction.

— Attends, a soufflé Rachel.

Impossible d'attendre : il fallait que je voie ces cartons de près. Quelque chose en eux… mais je n'arrivais pas à déterminer quoi. J'ai rampé jusqu'au tracteur et me suis recroquevillé derrière. J'ai risqué un nouveau coup d'œil sur les cartons. Oui, ils étaient bien verts. Avec un dessin représentant un bébé souriant.

Des couches.

Rachel était à côté de moi maintenant. J'ai dégluti. Une grande boîte de couches. De celles qu'on achète en gros dans un supermarché discount. Rachel l'a vue également. La main sur mon bras, elle m'a exhorté au calme. Nous nous sommes baissés. D'un geste, elle m'a fait comprendre qu'on allait s'approcher d'une fenêtre latérale. J'ai hoché la tête. La chaîne hi-fi diffusait à présent un long solo de violon à plein volume.

Nous étions tous deux à plat ventre quand j'ai senti quelque chose de froid sur ma nuque. Mon regard a pivoté vers Rachel. Elle aussi avait un canon de fusil planté à la base de son cou.

— Jetez vos armes !

C'était un homme. La main droite de Rachel était pliée devant son visage. Elle a desserré les doigts. Le pistolet est tombé. Un godillot l'a envoyé au loin. L'homme était seul. Seul avec deux fusils. Je pouvais encore réagir. J'avais peu de chance de m'en tirer, mais au moins, ça libérerait Rachel. J'ai croisé son regard affolé. Elle avait dû lire dans mes pensées. Le fusil, soudain, s'est enfoncé dans mon crâne, m'écrasant le visage dans la poussière, et l'homme a dit :

— Inutile, chef. Que j'écrabouille deux cervelles ou une, c'est du pareil au même.

Je réfléchissais fébrilement, mais sans entrevoir de solution. J'ai donc lâché mon arme et, d'un coup de pied, l'homme nous a privés de notre ultime espoir.

36

— RESTEZ SUR LE VENTRE !

— Je suis agent du FBI, a dit Rachel.

— La ferme !

Il nous a obligés à mettre les mains sur la tête, les doigts entrelacés. Puis son genou s'est planté dans ma colonne vertébrale. J'ai grimacé. S'aidant de son poids, l'homme a tiré mes bras en arrière, manquant me disloquer les épaules. Expertement, il m'a ligoté les poignets avec une corde en nylon. On aurait dit ces liens en plastique alambiqués qu'on utilise pour emballer les jouets afin d'empêcher les vols.

— Rapproche les pieds !

Une autre corde m'a entravé les chevilles. Il a pris appui sur mon dos pour se relever. Et il s'est penché sur Rachel. J'allais dire quelque chose de bêtement chevaleresque comme *Laissez-la tranquille !* mais je savais que ce serait vain. Je me suis tu.

— Je suis agent du FBI, a répété Rachel.

— J'ai entendu.

Un genou dans son dos, il lui a attaché les mains. Elle a grogné de douleur.

— Hé là ! ai-je protesté.

L'homme ne m'a prêté aucune attention. Je me suis contorsionné pour l'examiner de près, et j'ai eu l'impression de faire un bond dans le temps. Il n'y avait pas l'ombre d'un doute… la Camaro était à lui. Ses cheveux longs comme ceux d'un hockeyeur des années quatre-vingt, peut-être permanentés et d'un étrange blond orangé, étaient ramenés derrière ses oreilles. Sa moustache filasse ressemblait à une trace de lait. Sur son T-shirt on lisait : UNIVERSITÉ DE SMITH & WESSON. Son jean, d'un bleu marine peu naturel, paraissait extrêmement rigide.

Après avoir ligoté les mains de Rachel, il a lancé :

— Debout, ma p'tite dame. On va aller faire un tour, tous les deux.

Elle s'est efforcée de raffermir sa voix.

— Vous ne m'avez pas écoutée…

Ses cheveux lui ont dégringolé sur les yeux.

— Je suis Rachel Mills…

— Et moi, je suis Verne Dayton.

— Je suis agent fédéral. Mes collègues savent que je suis ici.

— Ah oui ?

Verne Dayton a souri. Avec un sourire pareil, il avait peu de chances de figurer sur un poster dans le cabinet d'un orthodontiste. L'une de ses incisives droites était carrément tournée vers l'intérieur, telle une porte pendant sur un gond.

— Vous allez me dire qu'il y a un paquet d'agents planqués tout autour et, s'ils n'ont pas de vos nouvelles d'ici trois minutes, ils vont rappliquer en masse. C'est bien ça, Rachel ?

347

Elle n'a rien dit. Il avait percé son petit stratagème à jour.

— Debout !

L'homme a tiré sur les bras de Rachel.

Elle s'est relevée en trébuchant.

— Où l'emmenez-vous ? ai-je demandé.

Il n'a pas répondu. Ils se sont dirigés vers la grange.

— Eh ! ai-je crié, d'une voix vibrant d'impuissance. Eh, revenez !

Ils ont continué à marcher. Rachel se débattait, mais elle avait les mains liées derrière le dos et, dès qu'elle s'agitait un peu trop, il lui levait les mains, l'obligeant à se courber. Finalement, elle a abandonné toute velléité de résistance.

Frénétiquement, j'ai cherché des yeux un moyen de me libérer. Nos pistolets ? Non, il les avait ramassés. Et puis, à quoi m'auraient-ils servi ? Je ne savais pas tirer avec les dents ! J'ai pensé à rouler sur le dos, mais je n'étais pas sûr que cela aurait changé quelque chose. Me tortillant comme un ver, j'ai rampé vers le tracteur. J'y trouverais peut-être une lame ou quelque chose de tranchant pour couper mes liens.

La porte de la grange s'est ouverte en grinçant. J'ai tourné la tête juste à temps pour les voir disparaître à l'intérieur. La musique — une cassette ou un CD, sans doute — s'était arrêtée. Tout est redevenu silencieux. Et j'ai perdu Rachel de vue.

Il fallait que je libère mes mains.

Les fesses en l'air, poussant sur mes jambes, j'ai réussi à arriver jusqu'au tracteur. Je l'ai inspecté. Pas de lame, rien de tranchant. Rien. Mes yeux ont pivoté vers la grange.

— Rachel ! ai-je hurlé.

Ma voix a résonné dans le silence. Seul l'écho m'a répondu. Mon cœur s'est mis à cogner comme un oiseau affolé.

Je me suis assis, le dos contre le tracteur. De là, je voyais clairement la grange. Aucun bruit n'en provenait, aucun mouvement. J'ai scruté la poussière à la recherche d'une pierre pointue, d'un tesson de bouteille… n'importe. Que pouvait-il bien lui faire ? J'avais la gorge nouée à ne plus pouvoir respirer.

— Rachel !

Le désespoir que m'a renvoyé l'écho m'a fait peur. Et toujours pas de réponse.

Que diable se passait-il là-dedans ?

Je me suis retourné vers le tracteur. Il y avait de la rouille, beaucoup de rouille. Serait-ce suffisant ? Si je frottais la corde contre un angle rouillé, finirait-elle par se rompre ? J'en doutais, mais je n'avais pas d'autre choix.

À genoux, j'ai pressé mes poignets contre une arête de métal rouillé, je les ai remués de haut en bas comme un ours qui se gratte le dos sur un tronc d'arbre. Mes bras glissaient. Le frottement me brûlait la peau. J'ai regardé la grange. Toujours rien.

J'ai continué à frotter.

Le problème, c'est que je faisais ça au jugé. J'avais beau me dévisser la tête, je ne pouvais pas voir mes poignets. Impossible de dire si ça donnait quelque chose. Je frottais, frottais, écartant les bras pour me dégager tel Hercule dans une série B.

Je ne sais pas combien de temps je me suis acharné, deux ou trois minutes peut-être, même si ça m'a paru beaucoup plus long. La corde ne s'est pas rompue, elle ne s'est même pas relâchée. C'est un bruit qui m'a interrompu. La porte de la grange s'était rouverte. Au début, je n'ai rien vu. Puis l'homme des bois en est sorti. Seul.

— Où est-elle ?

Sans un mot, Verne Dayton s'est penché pour vérifier mes liens. Il sentait l'herbe sèche et la transpiration. Il a examiné mes mains. J'ai jeté un œil par-dessus mon épaule. Il y avait du sang par terre. Mon sang, probablement. Tout à coup, j'ai eu une idée.

Je me suis reculé pour lui mettre un coup de tête.

Je connaissais les dégâts que pouvait occasionner un bon coup de boule. J'en avais réparé quelques-uns.

Non pas que ça risquait d'arriver ici.

J'étais considérablement gêné aux entournures. J'avais les mains et les pieds entravés. J'étais agenouillé. Mon crâne n'a pas atterri sur son nez ou sur une partie molle du visage. Le coup l'a atteint au front. Avec un *klonk* assourdi. Verne Dayton a lâché un juron et basculé en arrière. Totalement déséquilibré, je n'avais plus que ma figure pour amortir ma chute. Je suis tombé sur la joue droite. Mes dents se sont entrechoquées. Mais je n'ai même pas senti la douleur. Assis, Dayton secouait la tête pour tenter de reprendre ses esprits. Il avait une petite entaille sur le front.

C'était le moment ou jamais.

Je me suis élancé, pas assez vite cependant.

S'écartant, Dayton a levé un godillot. Et, lorsque j'ai été suffisamment près, il m'a piétiné comme on piétine un feu de brousse. Je me suis écroulé. Il s'est éloigné à bonne distance et a saisi son fusil.

— Bouge pas !

Il a touché la plaie sur son front et contemplé le sang d'un air incrédule.

— T'es malade ou quoi ?

Couché à plat dos, je respirais convulsivement. Je ne pensais pas avoir quelque chose de cassé, mais, là encore, quelle importance ? Il s'est approché de moi et m'a donné un coup de pied dans les côtes. La douleur a été cuisante. Je me suis recroquevillé. Il m'a alors empoigné par les bras et m'a traîné. J'ai essayé de replier mes jambes. Il était d'une force ahurissante. Même les marches qui menaient au mobile-home ne l'ont pas ralenti. Il m'a hissé jusqu'en haut et, poussant la porte avec son épaule, m'a jeté à l'intérieur comme un paquet de linge sale.

J'ai atterri avec un bruit mat. Verne Dayton est entré et a fermé la porte. Mon regard a balayé la pièce. Le décor était tel qu'on peut se l'imaginer — à moitié seulement. Il y avait des fusils aux murs, d'antiques mousquets, une carabine de chasse. Il y avait l'incontournable tête de cerf, un certificat encadré de la National Rifle Association au nom de Verne Dayton, un drapeau américain. Mais, par ailleurs, c'était d'une propreté impeccable et meublé avec goût. J'ai repéré un parc pour bébé dans un coin, sauf que les jouets, au lieu de s'y entasser, étaient rangés dans une commode. Chaque tiroir, de couleur différente, était soigneusement étiqueté.

Il s'est assis et m'a regardé, jouant un peu avec ses cheveux, repoussant les mèches fauves en arrière, les glissant derrière les oreilles. Il avait un visage émacié. Tout en lui respirait le plouc.

— C'est toi qui l'as cognée ? a-t-il demandé.

Au début, je n'ai pas compris de quoi il parlait. Puis je me suis rappelé qu'il avait vu les traces de coups sur Rachel.

— Non.

— Ça t'excite, hein ? De cogner sur une femme ?

— Que lui avez-vous fait ?

Il a sorti un revolver, ouvert le barillet et glissé une balle dedans. Un tour pour le refermer, et il a pointé le canon sur mon genou.

— Qui t'a envoyé ?

— Personne.

— T'y tiens, à ta rotule ?

J'en ai eu assez. J'ai roulé sur le dos et attendu qu'il presse la détente. Mais il n'a pas tiré. Il n'a pas baissé son arme non plus. Me redressant, j'ai planté mon regard dans le sien. Ç'a eu l'air de le décontenancer.

— Où est ma fille ? ai-je dit.

— Hein ? (Il a penché la tête.) Tu te fiches de moi ?

En voyant ses yeux, je me suis rendu compte qu'il était sincère. Il n'avait pas la moindre idée de ce qui se passait.

— Vous débarquez ici avec des pétards, a-t-il déclaré en virant au rouge. Vous voulez quoi, me tuer ? Tuer ma femme ? Mes gosses ?

Il a levé le revolver à hauteur de mon visage.

— Donne-moi une seule raison valable de ne pas vous exploser tous les deux et de vous enterrer dans les bois.

Gosses. Il avait dit gosses. La situation m'a soudain paru absurde. Et j'ai décidé de tenter ma chance.

— Écoutez-moi, ai-je dit, mon nom est Marc Seidman. Il y a dix-huit mois, ma femme a été assassinée et ma fille kidnappée.

— C'est quoi, ce charabia ?

— Je vous en prie, laissez-moi parler.

— Une petite minute.

Les yeux étrécis, Verne s'est frotté le menton.

— Je me souviens de vous. Je vous ai vu à la télé. On vous a tiré dessus, pas vrai ?

— C'est exact.

— Alors pourquoi vous venez me voler mes armes ?

J'ai fermé les yeux.

— Je ne suis pas venu voler vos armes. Je suis venu… (Comment formuler ça ?)… chercher ma fille.

Il a mis un moment à assimiler. Puis il m'a regardé, bouche bée.

— Vous croyez que j'ai quelque chose à voir là-dedans ?

— Je ne sais pas.

— Ben, expliquez-vous.

C'est ce que j'ai fait. Mon récit semblait totalement abracadabrant, mais Verne a écouté. Avec la plus grande attention. À la fin, j'ai dit :

— L'homme qui a commis ça, ou qui y a participé, je ne sais plus… on a récupéré son téléphone portable. Il n'avait reçu qu'un seul appel. Qui venait d'ici.

Verne a réfléchi.

— Ce type, il s'appelait comment ?

— Aucune idée.

— Je téléphone à des tas de gens, Marc.

— Ce coup de fil a été passé cette nuit.

Il a secoué la tête.

— Pas possible.

— Comment ça ?

— Je n'étais pas là cette nuit. J'étais sur la route, j'avais une livraison à faire. Je suis arrivé ici une demi-heure avant vous. Je vous ai repérés quand Crunch — mon chien — s'est mis à grogner. L'aboiement, ça veut rien dire. C'est quand il grogne que je sais qu'il y a quelqu'un.

— Attendez une seconde. Il n'y avait personne chez vous cette nuit ?

Il a haussé les épaules.

— Seulement ma femme et les garçons. Mais ils ont six et trois ans. Ça m'étonnerait qu'ils se servent du téléphone. Et je connais Kat. Elle non plus n'appelle pas si tard.

— Kat ?

— Ma femme. Katarina. Elle est serbe. Une bière, Marc ?

À ma propre surprise, je me suis entendu répondre :

— Très volontiers, Verne.

Verne Dayton avait tranché les liens en nylon. J'ai frictionné mes poignets. Rachel était à côté de moi. Il ne lui avait fait aucun mal. Il avait juste voulu nous séparer : il croyait que je l'avais battue et forcée à m'aider. Verne possédait une collection d'armes d'une grande valeur — dont bon nombre en état de marche — et les gens avaient tendance à s'y intéresser d'un peu trop près. Il nous avait classés dans le lot.

— Une Bud, ça vous va ?

— Parfait.

— Et vous, Rachel ?

— Non, merci.

— Une boisson sans alcool ? De l'eau glacée, peut-être ?

— Je veux bien de l'eau, merci.

Verne a souri — un spectacle pas très ragoûtant.

— Pas de problème.

Je me suis encore frotté les poignets. Il l'a remarqué, et son sourire s'est élargi.

— On utilisait ça pendant la guerre du Golfe. Avec ça, les Irakiens se tenaient tranquilles, je peux vous le dire.

Il a disparu dans la cuisine. J'ai regardé Rachel, qui a haussé les épaules. Verne est revenu avec deux Bud et un verre d'eau. Il a levé sa canette pour trinquer. J'ai fait pareil. Il s'est assis.

— J'ai moi-même deux gamins. Verne Junior et Perry. Si jamais il leur arrivait quelque chose...

Il a sifflé tout bas en secouant la tête.

— Je sais même pas comment vous faites pour vous lever le matin.

— Je pense à la retrouver, ai-je dit.

Verne a acquiescé avec force.

— Ça, je peux l'imaginer. Du moment qu'on se raconte pas d'histoires...

Il a jeté un coup d'œil vers Rachel.

— Vous êtes sûre que ce numéro, c'est le mien ?

Elle a sorti le téléphone portable et, après avoir pressé quelques touches, lui a montré l'écran. Avec les dents, Verne a extrait une cigarette de son paquet de Winston.

— Je comprends pas.

— Peut-être que votre femme pourra nous éclairer.

Il a hoché la tête lentement.

— Elle m'a laissé un mot pour dire qu'elle partait faire des courses. C'est une lève-tôt, Kat. Elle aime bien aller au A & P de bon matin, vu que c'est ouvert vingt-quatre heures sur vingt-quatre.

Il s'est interrompu. Visiblement, il était partagé : il avait envie de se rendre utile, mais ne tenait pas à savoir que sa femme avait téléphoné à minuit à un inconnu.

— Rachel, si j'allais vous chercher d'autres bandes ?

— Ça va très bien.

— Sûr ?

— Oui, vraiment, je vous remercie.

Elle serrait son verre d'eau entre ses mains.

— Verne, ça vous ennuie si je vous demande comment vous avez rencontré Katarina ?

— Sur Internet. Vous savez, un de ces sites pour se trouver une fiancée à l'étranger. Avant, on disait passer commande en ligne. À mon avis, ça ne se dit plus. Enfin bref, on va sur le site, on regarde les photos de toutes ces femmes — il y a la Russie, l'Europe de l'Est, les Philippines, en veux-tu en voilà. Avec les mensurations, quelques lignes de bio, les goûts, tout ça. On en choisit une qui vous branche et on achète son adresse. Ils font des prix également, si on souhaite en contacter plusieurs.

Rachel et moi avons échangé un regard rapide.

— C'était il y a combien de temps ?

— Il y a sept ans. On s'est d'abord envoyé des mails. Kat habitait dans une ferme en Serbie. Ses parents, ils avaient que dalle. Elle devait faire six kilomètres à pied pour accéder à un ordinateur. Je voulais appeler, lui parler au téléphone, quoi. Mais ils n'avaient même pas le téléphone. C'est elle qui m'appelait. Puis un jour elle m'a annoncé qu'elle venait. Pour faire ma connaissance.

Verne a levé les mains comme pour prévenir toute contestation.

— Bon, alors, c'est là que la fille vous demande de l'argent en général, des dollars pour son billet d'avion et tout. Moi, c'est ce que j'attendais. Mais Kat est venue par ses propres moyens. Je suis monté à New York. On s'est rencontrés. Trois semaines plus tard, on était mariés. Verne Junior est arrivé un an après. Et trois ans après, il y a eu Perry.

Il a bu une grande gorgée de bière. Je l'ai imité. C'était délicieux, cette fraîcheur qui vous coule dans la gorge.

— Je sais ce que vous pensez, a dit Verne. Mais c'est pas comme ça. Kat et moi, on est heureux pour de bon. Avant, j'étais marié à une Américaine, la reine des emmerdeuses. Elle faisait que geindre et pleurnicher. Je gagnais pas assez d'argent à son goût. Elle voulait rester à la maison à se tourner les pouces. On lui demandait de faire la lessive, et elle vous envoyait paître au nom du féminisme et autres conneries. Elle n'arrêtait pas de me casser les pieds. De me traiter de nul. Avec Kat, c'est différent. Si j'apprécie le fait qu'elle sache tenir une maison ? Bien sûr, c'est important pour moi. Quand je bosse dehors, en plein soleil, Kat va me chercher une bière sans me balancer un magazine féminin à la gueule. Où est le mal là-dedans ?

Nous nous taisions tous les deux.

— Pourquoi on se met en couple, hein ? Parce que chacun y trouve son compte. Moi, je voulais une femme aimante qui m'aide à élever les gosses et qui s'occupe de la maison. Je voulais une partenaire aussi, quelqu'un, je ne sais pas, qui soit gentil avec moi. Je l'ai eue. Kat, elle, voulait se sortir de la misère. Car c'était la misère noire, chez elle. On vit bien, ici. En janvier dernier, on a emmené les gosses à Disneyworld. On aime faire des balades, du canoë. Verne Junior et Perry sont de braves mômes. Peut-être que je suis un mec simple. C'est même *sûr* que je suis un mec simple. J'aime mes fusils, la chasse, la pêche — et par-dessus tout, ma famille.

Verne a baissé la tête. Ses boucles fauves lui sont tombées sur les yeux. Il s'est mis à arracher l'étiquette de la bière.

— Y a des endroits comme ça où les mariages sont arrangés. C'est les parents qui décident de tout. Nous, personne nous a forcé la main. Kat est libre de partir. Moi *idem*. Mais ça fait sept ans qu'on est heureux ensemble.

Il a haussé les épaules.

— Enfin, je croyais qu'on l'était.

Nous avons bu en silence.

— Verne ? ai-je dit.

— Ouais ?

— Vous êtes un type intéressant.

Il a ri, mais on le sentait nerveux. Il a avalé une goulée de bière pour masquer son anxiété. Comme à mon habitude, j'avais été abusé par les apparences. Quand on voit ce bouseux avec sa tignasse, ses flingues, ses autocollants, en train de rouler les mécaniques, quand on l'entend parler de sa fiancée serbe commandée sur Internet, comment ne pas tiquer ? Pourtant, plus je l'écoutais, plus il m'était sympathique. Je devais lui paraître tout aussi bizarre. Je m'étais introduit chez lui avec une arme. Et malgré ça, dès que je lui ai eu raconté mon histoire, Verne nous a immédiatement accordé sa confiance.

Une voiture s'est arrêtée dans la cour. Il est allé jeter un œil dehors avec un petit sourire triste. Sa famille était de retour. Les trois êtres qu'il chérissait le plus au monde. Des intrus avaient pénétré chez lui, et il avait fait ce qu'il fallait pour défendre sa maison. Or, en voulant reconstruire mon foyer, j'étais peut-être sur le point de briser le sien.

— Regardez ! Papa est rentré.

Ça devait être Katarina… L'accent était indiscutablement étranger — du côté de la Russie ou des Balkans. Je ne suis pas assez calé en langues pour faire la différence. Les enfants ont piaillé de joie. Verne est sorti. Rachel et moi n'avons pas bougé. On a entendu des pas précipités sur les marches. Les retrouvailles ont duré une minute ou deux. Je fixais mes mains. Verne a dit quelque chose à propos de cadeaux dans le camion. Les gamins ont détalé en courant.

La porte s'est ouverte, et Verne est revenu, tenant sa femme par la taille.

— Marc, Rachel, je vous présente ma femme, Kat.

Elle était ravissante. Ses longs cheveux raides lui tombaient dans le dos. Sa robe bain de soleil lui découvrait les épaules. Elle avait la peau blanche et un regard bleu glacier. J'ai tenté de deviner son âge. À première vue, on lui donnait vingt-cinq ans, mais les ridules aux coins des yeux laissaient à penser qu'elle en avait dix de plus.

— Bonjour, ai-je dit.

Nous nous sommes levés pour lui serrer la main. Une main fine, mais une poigne d'acier. Katarina souriait poliment, mais ce n'était pas facile. Elle regardait les blessures de Rachel, son œil poché. Moi, je commençais à m'y habituer, pourtant le spectacle devait sûrement être choquant.

Toujours souriante, Katarina s'est tournée vers Verne comme en quête d'une explication.

— J'essaie de les aider, a-t-il dit.

— Les aider ?

Les enfants avaient trouvé les cadeaux et poussaient des cris perçants. Ni Verne ni Katarina ne semblaient les entendre. Il lui a pris la main.

— Cet homme, là… (Il m'a désigné du menton.)… on lui a tué sa femme et enlevé sa petite fille.

Elle a porté sa main libre à sa bouche.

— Ils sont à la recherche de sa fille.

Katarina restait figée. Verne a fait signe à Rachel.

— Madame Dayton, avez-vous donné un coup de fil la nuit dernière ?

Katarina a tressailli. Elle m'a dévisagé comme si j'étais un monstre de foire avant de reporter son attention sur Rachel.

— Je ne comprends pas.

— Nous avons une liste d'appels téléphoniques. Hier soir, à minuit, quelqu'un a appelé d'ici sur un téléphone portable. Nous pensons que c'est vous.

— Ce n'est pas possible.

Ses yeux faisaient le tour de la pièce, cherchant une échappatoire. Verne lui tenait toujours la main. Elle évitait de le regarder.

— Oh, attendez, a-t-elle dit. Peut-être que je sais. Hier soir, le téléphone a sonné pendant que je dormais.

Elle s'est efforcée de sourire à nouveau, mais son sourire avait du mal à rester en place.

— Je n'ai pas vu l'heure. C'était tard. Très tard. J'ai cru que c'était toi, Verne.

Elle s'est tournée vers son mari, et cette fois le sourire a tenu. Il a souri aussi.

— Mais quand j'ai décroché, il n'y avait personne. Je me suis souvenue alors d'une chose que j'ai vue à la télévision. Étoile, six, neuf. On fait ça pour rappeler un numéro. C'est un homme qui a répondu. Comme ce n'était pas Verne, j'ai raccroché.

Elle nous considérait avec espoir. On s'est regardés, Rachel et moi. Verne continuait à sourire, mais j'ai vu ses épaules s'affaisser. Lâchant la main de Katarina, il s'est laissé tomber sur le canapé.

Elle s'est dirigée vers la cuisine.

— Tu veux une autre bière, Verne ?

— Non, chérie. Viens t'asseoir ici, près de moi.

Elle a hésité, puis s'est assise, droite comme un I. Verne s'est redressé et lui a repris la main.

— Écoute-moi bien, O.K. ?

Elle a hoché la tête. Dehors, les enfants s'égosillaient à qui mieux mieux. C'est bête à dire, mais il n'y a pas grand-chose de comparable aux éclats de rire d'un enfant. Katarina regardait Verne avec une intensité qui m'a fait presque baisser les yeux.

— Tu sais à quel point nous aimons nos garçons, oui ?

Nouveau hochement de tête.

— Imagine un peu si quelqu'un nous les enlevait. Imagine que ça puisse durer plus d'un an. Penses-y. Si on nous volait Perry, par exemple, et que pendant plus d'un an, on restait sans nouvelles.

Il a pointé le doigt sur moi.

— Cet homme, il ne sait pas ce qui est arrivé à sa petite fille.

Elle avait les larmes aux yeux.

— Il faut qu'on l'aide, Kat. Quoi que tu aies fait. Je m'en fiche. Si tu as des secrets, c'est le moment de les dire. On remet les compteurs à zéro. Je peux tout pardonner, je crois. Sauf si tu refuses d'aider cet homme à retrouver sa fille.

Elle se taisait, la tête basse.

Rachel a remis de l'huile sur le feu.

— Si vous essayez de protéger l'homme que vous avez appelé, c'est inutile. Il est mort. On l'a abattu quelques heures après votre coup de fil.

Katarina gardait la tête baissée. Je me suis levé et j'ai arpenté la pièce. Dehors, il y a eu une nouvelle explosion de rires. J'ai regardé par la fenêtre. Verne Junior — le garçon qui semblait avoir six ans — a hurlé :

— Prêt ou pas prêt, me voilà !

Je n'apercevais pas Perry, mais son rire provenait très clairement de derrière la Camaro. Verne Junior a fait mine de chercher ailleurs, mais pas très longtemps.

Il a bondi sur la Camaro en criant :

— Bouh !

Perry a jailli de sa cachette, toujours en riant. À la vue de son visage, j'ai senti mon univers, déjà bancal, vaciller un peu plus sur ses bases. Car, comprenez-vous, je l'ai reconnu.

Perry était le petit garçon que j'avais entraperçu dans la voiture la nuit dernière.

37

TICKNER S'EST GARÉ devant le domicile de Seidman. Le périmètre n'avait pas encore été sécurisé, mais il a compté six voitures de police et deux véhicules de la télévision. Ce n'était peut-être pas une bonne idée de débarquer sous l'œil des caméras. Pistillo lui avait clairement notifié sa position. Pour finir, Tickner a décidé qu'il ne risquait pas grand-chose. Si jamais un journaliste l'approchait, il opterait pour la vérité : il était venu passer le relais.

Il a trouvé Regan dans le jardin à côté du corps.

— Qui est-ce ?

— Il n'a pas de papiers sur lui. On enverra les empreintes pour voir ce que ça donne.

Les deux hommes ont contemplé le cadavre à leurs pieds.

— Il correspond au signalement que Seidman nous a fourni l'an dernier, a dit Tickner.

— Ouais.

— Et ça veut dire quoi ?

Regan a haussé les épaules.

— Qu'avez-vous appris jusque-là ?

— Les voisins ont d'abord entendu des coups de feu. Puis un crissement de pneus. Ils ont vu une Mini traverser la pelouse. Il y a eu d'autres coups de feu. Ils ont reconnu Seidman. Et d'après l'un d'eux, il y avait peut-être aussi une femme.

— Rachel Mills, probablement.

Tickner a regardé le ciel matinal.

— Qu'en déduisez-vous ?

— Si ça se trouve, la victime travaillait pour Rachel. Elle l'a fait taire.

— Devant Seidman ?

— Ma foi... a répliqué Regan. Mais la Mini, ça me dit définitivement quelque chose. L'associée de Seidman en a une. Zia Leroux.

— C'est elle qui a dû l'aider à quitter l'hôpital.

— On a lancé un avis de recherche.

Regan s'est interrompu soudain.

— Tiens, tiens.

— Quoi ?

Il a désigné le visage de Tickner.

— Vous ne portez plus vos lunettes noires.

Tickner a souri.

— Mauvais signe ?

— La tournure que prend notre affaire ? Peut-être que c'est bon signe, au contraire.

— Je suis venu vous dire que je me retire de l'enquête. Pas seulement moi. Le Bureau. Si vous arrivez à prouver que la gamine est toujours vivante...

— ... et nous savons tous les deux que c'est peu probable...

— ... ou qu'elle a été transportée dans un autre État, je pourrai peut-être reprendre le train en marche. Mais ce dossier n'est plus une priorité.

— Retour au terrorisme, Lloyd ?

Tickner a hoché la tête. À nouveau, il a scruté le ciel. Ça faisait un drôle d'effet, sans les lunettes.

— À propos, qu'est-ce qu'il voulait, votre chef ?

— Me dire ce que je viens de vous dire là.

— Hmm. C'est tout ?

— La mort de l'agent fédéral Jerry Camp était un accident.

— Le grand patron vous a convoqué dans son bureau à cinq heures du mat pour vous dire ça ?

— Eh oui.

— Nom d'un petit bonhomme !

— Mieux que ça, il a mené l'enquête personnellement. Il était ami avec le défunt.

Regan a secoué la tête.

— Rachel Mills aurait-elle des amis haut placés ?

— Pas du tout. Si vous pouvez l'épingler pour meurtre ou enlèvement, faites-le.

— Sans remettre la mort de Jerry Camp sur le tapis.

— Exactement.

Quelqu'un les a interpellés. Une arme venait d'être découverte dans le jardin du voisin. Il suffisait de la renifler pour savoir qu'elle avait servi récemment.

— Pratique, a fait Regan.

— Ouais.

— Des suggestions ?

— Non. (Tickner a pivoté vers lui.) C'est votre dossier, Bob. Ça l'a toujours été. Bonne chance.

— Merci.

Tickner a tourné les talons.

— Au fait, Lloyd !

Il a marqué une pause. L'arme avait été ensachée. Regan l'a regardée fixement avant de baisser les yeux sur le cadavre.

— On n'a toujours pas la moindre idée de ce qui se passe, hein ?

Tickner s'est dirigé vers sa voiture.

— Toujours pas, a-t-il répliqué.

Katarina avait joint ses mains sur ses genoux.

— C'est vrai qu'il est mort ?

Debout, Verne fulminait, les bras croisés. Depuis que je lui avais parlé de Perry et de la Honda Accord, il ne décolérait pas.

— Son nom, c'est Pavel. C'était mon frère.

Nous attendions qu'elle nous en dise davantage.

— Ce n'était pas quelqu'un de bien. Je l'ai toujours su. Il pouvait être méchant. Le Kosovo vous rend comme ça. Mais enlever un petit enfant ?

Elle a secoué la tête.

— Que s'est-il passé ? a demandé Rachel.

Katarina n'avait d'yeux que pour son mari.

— Verne ?

Il refusait de la regarder.

— Je t'ai menti, Verne. Je t'ai menti sur un tas de choses.

Il a repoussé ses cheveux derrière ses oreilles. Je l'ai vu s'humecter les lèvres. Mais il ne la regardait toujours pas.

— Je ne viens pas d'une ferme. Mon père est mort quand j'avais trois ans. Ma mère prenait tous les boulots qu'elle trouvait. Mais on ne s'en sortait pas. On était trop pauvres. On faisait les poubelles pour récupérer des restes. Pavel, il était dans la rue, à voler et à mendier. À quatorze ans, j'ai commencé à travailler dans des clubs pour hommes. On ne peut pas s'imaginer ce que c'est, sauf qu'au Kosovo il n'y a pas d'autre moyen de survie. J'ai voulu me tuer je ne sais pas combien de fois.

Elle s'adressait à son mari, mais Verne s'obstinait à détourner la tête.

— Regarde-moi, lui a-t-elle dit.

Comme il ne réagissait pas, elle s'est penchée en avant.

— Verne ?

— C'est pas de nous qu'il s'agit, là. Dis-leur simplement ce qu'ils veulent savoir.

Katarina a replié ses mains sur ses genoux.

— À force de vivre comme ça, on ne pense plus à fuir. On ne pense pas aux jolies choses, au bonheur, à tout ça. On devient pareil à un animal. On essaie juste de survivre, et encore, je me demande bien pourquoi. Mais un jour, Pavel est venu me dire qu'il connaissait une porte de sortie.

Elle s'est arrêtée. Rachel s'est rapprochée d'elle. Je l'ai laissée faire : elle avait plus d'expérience en matière d'interrogatoire, et puis, Katarina aurait moins de difficulté à se confier à une femme.

— Et quelle était cette porte de sortie ?

— Mon frère m'a dit qu'on pouvait gagner de l'argent — et partir pour l'Amérique — si je tombais enceinte.

J'ai cru... ou plutôt non, j'ai espéré avoir mal entendu. Verne a fait volte-face. Mais elle a soutenu son regard sans ciller.

— Je ne comprends pas, a-t-il dit.

— J'avais de la valeur en tant que prostituée. Mais un bébé vaut beaucoup plus. Si je tombais enceinte, quelqu'un allait nous faire venir en Amérique. Et nous donner de l'argent.

Un grand silence s'est fait dans la pièce. Les cris des enfants semblaient nous parvenir de très loin maintenant. J'ai été le premier à émerger de la prostration.

— De l'argent, ai-je dit, incrédule, en échange du bébé ?

— Oui.

— Doux Jésus… a lâché Verne.

— Tu ne peux pas comprendre.

— Ah, mais si, je comprends. Et tu l'as fait ?

— Oui.

Il a vacillé comme si elle l'avait giflé. La main sur le rideau, il a contemplé ses propres enfants.

— Dans mon pays, quand on a un bébé, il est placé dans un horrible orphelinat. Les Américains, il y en a beaucoup qui cherchent à adopter. Mais c'est difficile. Ça prend du temps. Il faut payer les fonctionnaires du gouvernement. Le système est trop corrompu.

— Je vois, a dit Verne. Tu l'as fait par amour de l'humanité.

— Non, je l'ai fait pour moi. Pour moi seule, O.K. ?

Il a réprimé une grimace. Rachel a posé la main sur le genou de Katarina.

— Vous êtes donc arrivée ici ?

— Oui, avec Pavel.

— Et ensuite ?

— On a été logés dans un motel. J'allais voir une femme aux cheveux blancs. Elle m'examinait, s'assurait que je mangeais correctement. Elle me donnait de l'argent pour acheter tout le nécessaire.

Rachel a hoché la tête en signe d'encouragement.

— Où avez-vous accouché ?

— Je ne sais pas. Une camionnette sans vitres est venue me chercher. La femme aux cheveux blancs était là. C'est elle qui a mis le bébé au monde. Je l'ai entendu pleurer. Puis ils l'ont emporté. Je ne sais même pas si c'était une fille ou un garçon. On nous a ramenés au motel, et la femme aux cheveux blancs nous a remis notre argent.

Katarina a haussé les épaules.

Atterré, j'ai regardé Rachel. J'aurais voulu savoir le pourquoi du comment, mais elle a fait non de la tête. Ce n'était pas le moment de se perdre en conjectures. Il nous fallait un maximum d'informations.

— J'étais bien ici, a dit Katarina après un silence. Vous pensez avoir un pays formidable… Mais vous n'avez pas idée à quel point. J'avais très envie de rester. Seulement, au bout d'un moment, l'argent a commencé à manquer. J'ai cherché des moyens. Une femme m'a parlé du site Web. On s'inscrit, et des hommes vous contactent. Ils ne voudront pas d'une pute, elle m'a dit. Alors j'ai inventé cette histoire de ferme. Quand les hommes demandaient, je leur donnais une adresse e-mail. J'ai rencontré Verne trois mois plus tard.

Le visage de son mari s'est assombri de plus belle.

— Quoi, pendant tout le temps qu'on s'est écrit… ?

— J'étais en Amérique, oui.

— Est-ce qu'il y a quelque chose de vrai dans tout ce que tu m'as raconté ?

— L'essentiel, oui.

Verne a reniflé, sceptique.

— Et Pavel ? a repris Rachel pour essayer d'en revenir à notre sujet. Où est-il allé ?

— Je ne sais pas. Il retournait chez nous quelquefois. Pour ramener d'autres filles. Chaque fois, il touchait une commission. Il me recontactait de temps en temps. S'il avait besoin de quelques dollars, je les lui donnais. Ce n'était pas grand-chose. Jusqu'à hier.

Elle a levé les yeux sur Verne.

— Les enfants, ils vont avoir faim.

— Ils attendront.

— Que s'est-il passé hier ? a demandé Rachel.

— Pavel m'a téléphoné en fin d'après-midi. Il voulait me voir, c'était urgent. Moi, ça ne me plaisait pas beaucoup. Mais il n'a pas expliqué pourquoi. Je ne savais pas quoi dire.

— Il suffisait de dire non, a observé Verne sèchement.

— Je ne pouvais pas.

— Pourquoi ?

Elle n'a pas répondu.

— Ah, je vois. Tu avais peur qu'il me dise tout, hein ?

— Je ne sais pas.

— Comment ça, diable, tu ne sais pas ?

— Oui, j'étais morte de peur à l'idée qu'il te dise tout.

À nouveau, elle a regardé son mari.

— Et je priais pour qu'il le fasse.

Rachel s'est efforcée de réorienter la conversation dans le bon sens.

— Votre frère est donc venu vous voir. Et ensuite ?

Elle paraissait au bord des larmes.

— Katarina ?

— Il a dit qu'il emmenait Perry avec lui.

Verne a ouvert de grands yeux.

La poitrine de la jeune femme se soulevait de manière spasmodique, comme si elle avait du mal à respirer.

— Je lui ai dit non. Je ne voulais pas qu'il touche à mes enfants. Il m'a menacé de dire la vérité à Verne. J'ai répondu que ça m'était égal, pas question qu'il me prenne Perry. Alors il m'a frappée au ventre. Je suis tombée. Il a promis de me ramener Perry dans quelques heures. Il a promis que tout se passerait bien, sauf si je parlais. Si j'appelais Verne ou bien la police, il tuerait Perry.

Verne serrait les poings. Son visage était devenu écarlate.

— J'ai essayé de le retenir. J'ai essayé de me relever, mais Pavel m'a repoussée. Puis… (Sa voix s'est brisée.) Puis il est parti avec Perry. Ç'a été les six heures les plus longues de ma vie.

Elle m'a regardé à la dérobée. Il était facile de deviner ce qu'elle pensait. Son calvaire avait duré six heures. Moi, je vivais le mien depuis un an et demi.

— Je ne savais pas quoi faire. Mon frère est un méchant homme. Mais je ne pouvais pas croire qu'il ferait du mal à mes enfants. Il était leur oncle, non ?

J'ai songé à ma sœur, à Stacy. Moi aussi, j'aurais pris sa défense sans l'ombre d'une hésitation.

— Je suis restée des heures à la fenêtre. C'était insupportable. Finalement, à minuit, je l'ai appelé sur son portable. Il m'a dit qu'il était sur le chemin du retour. Que Perry allait bien. Qu'il ne s'était rien passé. Mais j'ai senti que quelque chose le tracassait. Je lui ai demandé où il était. Il m'a dit : « Sur la route 80, près de Paterson. » Comme je n'en pouvais plus d'attendre, j'ai décidé d'aller à sa rencontre. J'ai embarqué Verne Junior et nous sommes partis. Quand on est arrivés à la station-service à la sortie de Sparta…

Elle a levé les yeux sur Verne.

— Il allait bien. Perry… J'étais tellement soulagée, tu ne peux pas t'imaginer.

Verne, occupé à tirer sur sa lèvre inférieure, a détourné la tête une fois de plus.

— Avant qu'on reparte, Pavel m'a attrapée par le bras et m'a serrée très fort. J'ai vu qu'il avait peur. Il a dit : « Surtout, surtout n'en parle à personne. Si jamais ils apprennent que j'ai une sœur ici, ils nous tueront tous. »

— Qui ça, ils ? a demandé Rachel.

— Je ne sais pas. Les gens qui l'employaient. Ceux qui achetaient les bébés, je pense. Il a dit qu'ils étaient tarés.

— Et qu'avez-vous fait, ensuite ?

Katarina a ouvert la bouche, l'a refermée, a essayé encore.

— Je suis allée au supermarché, a-t-elle dit dans un gémissement qui pouvait presque passer pour un rire. J'ai acheté du jus de fruits aux gosses. Ils l'ont bu pendant qu'on faisait les courses. J'avais envie de retrouver une vie normale. D'oublier ce qui venait d'arriver.

J'ai suivi le regard de Katarina, et j'ai scruté son homme aux longs cheveux et aux dents pourries. Au bout d'un moment, il s'est tourné vers elle.

— C'est pas grave, a-t-il dit avec une infinie douceur. Tu avais peur. Tu as eu peur toute ta vie.

Elle a éclaté en sanglots.

— Je veux plus que t'aies peur.

Il l'a accueillie dans ses bras.

— Il a dit qu'ils allaient s'en prendre à nous, a-t-elle hoqueté. À toute la famille.

— Alors je nous protégerai, a simplement répondu Verne.

Il m'a regardé par-dessus son épaule.

— Ils ont pris mon gamin. Ils ont menacé ma famille. Vous entendez ce que je dis ?

J'ai hoché la tête.

— Je suis de la partie maintenant. Je serai avec vous jusqu'au bout.

Rachel s'est laissée aller en arrière, avec une grimace. Elle a fermé les yeux. Combien de temps pourrait-elle encore tenir ? Je me suis rapproché. Elle a levé la main.

— Katarina, nous avons besoin de votre aide. Où habitait votre frère ?

— Je ne sais pas.

— Réfléchissez. Vous n'avez pas d'affaires à lui, rien qui puisse nous mener jusqu'à ses employeurs ?

Elle s'est détachée de son mari. Verne a caressé ses cheveux avec un mélange de tendresse et de force que je lui ai envié. Je me suis tourné vers Rachel. Aurais-je le courage de faire la même chose ?

— Pavel arrivait du Kosovo, a dit Katarina. Et il ne vient jamais les mains vides.

— Vous croyez qu'il a ramené une femme enceinte ?

— C'est ce qu'il a toujours fait.

— Savez-vous où elle loge ?

— Elles logent toutes au même endroit — là où j'étais aussi. C'est à Union City.

Katarina a relevé la tête.

— Vous voulez que cette femme vous aide, c'est ça ?

— Oui.

— Alors il faut que je vienne avec vous. Je doute qu'elle parle anglais.

J'ai regardé Verne, qui a hoché la tête.

— Je garderai les gosses.

Pendant un moment, personne n'a bougé. Nous avions besoin de rassembler nos forces, de nous préparer comme si nous allions pénétrer dans une zone d'apesanteur. J'en ai profité pour sortir téléphoner à Zia. Elle a répondu dès la première sonnerie et a dit, sans me laisser le temps d'ouvrir la bouche :

— Les flics nous écoutent peut-être, alors ne reste pas trop longtemps.

— O.K.

— Notre ami l'inspecteur Regan est passé me voir chez moi. Il m'a dit qu'à son avis, je t'avais prêté ma voiture pour quitter l'hôpital. J'ai appellé Lenny. Il m'a recommandé de ne dire ni oui ni non à aucune des allégations. Tu dois deviner la suite.

— Merci.

— T'es prudent ?

— Toujours.

— Évidemment. Au fait, les flics ne sont pas si bêtes. Ils pensent que si tu as déjà emprunté ma voiture, tu peux très bien recommencer avec un autre de tes amis.

J'ai saisi le message : « Ne prends pas la voiture de Lenny. »

— Vaut mieux qu'on raccroche, a-t-elle dit. Je t'aime.

Je suis revenu dans la maison. Verne avait ouvert sa vitrine — il était en train de vérifier ses armes. À l'autre bout de la pièce, il y avait un coffre avec des munitions. On le déverrouillait à l'aide d'une combinaison. J'ai jeté un œil par-dessus son épaule. Verne a remué les sourcils à mon adresse. Il disposait d'une puissance de tir capable de renverser un pays d'Europe.

Je leur ai rapporté ma conversation avec Zia. Verne n'a pas hésité. Me gratifiant d'une tape dans le dos, il a déclaré :

— J'ai tout à fait la bagnole qu'il vous faut.

Dix minutes plus tard, Katarina, Rachel et moi prenions la route à bord de la Camaro blanche.

38

NOUS AVONS TROUVÉ LA FILLE ENCEINTE SANS PROBLÈME.

Avant notre départ en trombe dans le bolide de Verne, Rachel est passée sous la douche pour laver le sang et la crasse, et je lui ai rapidement changé son bandage. Katarina lui a prêté une robe à fleurs, de celles qui ont l'air amples mais qui épousent les formes juste ce qu'il faut. Ses cheveux mouillés frisottaient et gouttaient encore quand elle est montée dans la voiture. Les bleus, l'œil poché mis à part, c'était la plus belle femme que j'avais jamais vue de ma vie.

Lorsque nous sommes partis, Katarina a insisté pour prendre le siège rabattable à l'arrière. Du coup, Rachel et moi nous sommes retrouvés devant. Pendant quelques minutes, personne n'a parlé. On était tous en train de décompresser, je crois.

— Ce qu'a dit Verne… a commencé Rachel. À propos de secrets et du fait de remettre les compteurs à zéro…

Je conduisais sans mot dire.

— Je n'ai pas tué mon mari, Marc.

La présence de Katarina ne semblait pas la gêner. Elle ne me gênait pas non plus.

— Selon la version officielle, c'était un accident, ai-je fait remarquer.

— La version officielle est un pur mensonge.

Elle a exhalé un long soupir. Il lui fallait du temps pour rassembler son courage, et je ne l'ai pas brusquée.

— Jerry avait deux gosses d'un premier mariage. Son fils, Derrick, est handicapé moteur. Son entretien exige des sommes astronomiques. Jerry n'a jamais été doué pour les finances, mais là, il a fait de son mieux, souscrivant même une assurance vie au cas où il lui arriverait quelque chose.

Du coin de l'œil, j'entrevoyais ses mains, qui ne bougeaient pas, ne se crispaient pas. Elles restaient sagement posées sur ses genoux.

— Notre mariage battait de l'aile. Pour un tas de raisons. Je t'en ai déjà cité quelques-unes. Je ne l'aimais pas. Je pense qu'il a dû le sentir. Mais surtout, Jerry était maniaco-dépressif. Ça s'est aggravé quand il a arrêté de prendre ses médicaments. Pour finir, j'ai demandé le divorce.

Je l'ai regardée brièvement. Elle clignait des yeux et se mordait la lèvre.

— Le jour où il a reçu les papiers, Jerry s'est tiré une balle dans la tête. C'est moi qui l'ai trouvé, affalé sur la table de cuisine. Il avait laissé une enveloppe à mon nom. Dedans, il y avait une feuille de papier avec un seul mot : « Salope. »

Katarina a placé une main réconfortante sur l'épaule de Rachel. Je me concentrais de toutes mes forces sur la route.

— À mon avis, Jerry l'a fait exprès car il savait ce qui me resterait à faire.

— Et c'était quoi ?

— Un suicide, ça voulait dire que l'assurance vie ne paierait pas. Financièrement, ce serait une catastrophe pour Derrick. Je ne pouvais pas permettre ça. J'ai donc appelé mon ancien patron, un ami de Jerry nommé Joseph Pistillo. C'est une grosse légume du FBI. Il est venu avec quelques hommes, et nous avons maquillé la scène en accident. D'après la thèse officielle, je l'avais pris pour un cambrioleur. La police et la compagnie d'assurances ont toutes les deux subi des pressions pour classer l'affaire.

Elle a haussé les épaules.

— Alors pourquoi as-tu quitté le Bureau ? ai-je demandé.

— Parce que mes collègues n'ont pas marché. Tout le monde a cru que je couchais avec quelqu'un d'influent. Pistillo ne pouvait pas me protéger. Ça la fichait mal. Et je n'étais pas en position de me défendre. J'ai essayé de me blinder, mais au FBI, il n'y a pas de place pour les indésirables.

Sa tête est retombée contre le dossier. Elle a regardé par la vitre. Je ne savais pas trop que penser. J'aurais voulu dire quelque chose pour la consoler, mais je n'y arrivais pas. Dieu merci, on a fini par s'arrêter devant le motel qu'on cherchait.

Katarina est allée à la réception et, gesticulant comme une folle, s'est mise à parler serbe jusqu'à ce que l'employé, de guerre lasse, lui indique la chambre de la seule personne éventuellement susceptible de la comprendre.

La chambre en question ressemblait plus à un meublé qu'à une chambre de motel normale. Tatiana — c'était le nom de la fille — prétendait avoir seize ans. Je la soupçonnais d'être encore plus jeune. Elle avait les yeux caves d'un enfant sorti tout droit d'un reportage sur un pays en guerre, ce qui était probablement le cas, d'ailleurs.

Je suis resté à l'écart, hors de la pièce presque. Rachel a fait de même. Tatiana ne parlait pas anglais. Katarina et elle ont discuté une bonne dizaine de minutes. Puis, après un bref silence, Tatiana a poussé un soupir et, ouvrant le tiroir sous le téléphone, a donné à Katarina un bout de papier. Cette dernière l'a embrassée sur la joue et nous a rejoints.

— Elle a peur. Elle ne connaissait que Pavel. Il l'a laissée hier en lui disant de ne quitter la chambre sous aucun prétexte.

J'ai lancé un regard à la jeune fille. J'ai voulu lui adresser un sourire rassurant, mais à mon avis, c'est tombé complètement à côté.

— Qu'a-t-elle dit ? a demandé Rachel.

— Elle ne sait rien, évidemment. Comme moi. Juste que son bébé trouvera une bonne famille d'accueil.

— C'est quoi, ce papier qu'elle vous a donné ?

— Un numéro de téléphone. En cas d'urgence, elle doit appeler et composer quatre fois neuf.

— Un biper, ai-je dit.

J'ai dévisagé Rachel.

— On peut le localiser ?

— M'étonnerait : c'est facile d'obtenir un biper en utilisant un faux nom.

— On n'a qu'à l'appeler.

Je me suis tourné vers Katarina.

— Tatiana n'a rencontré personne en dehors de votre frère ?

— Non.

— Alors c'est vous qui allez faire ce numéro. Vous direz que vous êtes Tatiana. Vous n'aurez qu'à raconter que vous avez mal ou que vous perdez du sang, n'importe.

— Holà ! a dit Rachel. On se calme.

— Il faut qu'on fasse venir quelqu'un.

— Et après ?

— Comment ça, et après ? Après, tu l'interroges. C'est bien ton boulot, non ?

— Je ne suis plus agent fédéral. Et même si je l'étais, on ne peut pas leur tomber sur le paletot comme ça, sans crier gare. Mets-toi à leur place… Imagine que tu te pointes et que je commence à te cuisiner. Que ferais-tu, si tu étais un des leurs ?

— Je négocierais.

— Peut-être. Ou tu te fermerais et tu réclamerais un avocat. Ça nous avancerait à quoi, hein ?

— Si cette personne réclame un avocat, tu me la laisses.

Rachel m'a dévisagé fixement.

— Tu es sérieux, là ?

— C'est la vie de ma fille qui est en jeu.

— La vie de beaucoup d'enfants est en jeu, Marc. Ces gens-là achètent des bébés. Il faut mettre un terme à leur trafic.

— Et que suggères-tu ?

— On va les contacter. Comme tu as dit. Mais c'est Tatiana qui parlera. Elle se débrouillera pour que la personne vienne l'examiner ici. Nous, nous relèverons son numéro d'immatriculation. Nous la suivrons et tâcherons de savoir qui c'est.

— Je ne comprends pas. Pourquoi Katarina ne peut pas téléphoner, elle ?

— Parce qu'elles n'ont pas la même voix. La personne qui viendra examiner Tatiana s'apercevra tout de suite qu'on lui a monté un bateau.

— Mais pourquoi toutes ces complications ? Puisque cette personne, on l'aura ici, devant nous ? Pourquoi prendre le risque de la suivre chez elle ?

Rachel a fermé brièvement les yeux.

— Réfléchis, Marc. S'ils découvrent qu'on s'intéresse à eux, comment réagiront-ils ?

J'ai fermé mon clapet.

— Autre chose, et que ce soit bien clair. Il ne s'agit plus uniquement de Tara. Il faut faire tomber ces gens-là.

— Et si on leur saute dessus, ai-je ajouté, commençant à entrevoir son point de vue, ça va donner l'alerte.

À vrai dire, ce n'était pas mon principal souci. Tara restait ma priorité. Si la police arrivait à coincer ces individus, tant mieux, j'étais pour à deux cents pour cent. Mais ça dépassait largement le champ de mes compétences.

Katarina a fait part de notre plan à Tatiana. Visiblement, ça ne marchait pas. Tétanisée, la jeune fille n'arrêtait pas de secouer la tête. Le temps passait — un temps précieux. J'ai craqué et, mû par une impulsion, j'ai décroché le téléphone et composé le numéro du biper. Tatiana s'est figée.

— Tu vas le faire, ai-je dit.

Katarina a traduit.

Personne n'a parlé dans les deux minutes qui ont suivi. Tous les regards étaient braqués sur Tatiana. Lorsque le téléphone a sonné, ce que j'ai vu dans ses yeux ne m'a guère plu. Katarina a dit quelque chose sur un ton pressant. La jeune fille a secoué la tête et croisé les bras. Le téléphone a sonné une troisième fois. Puis une quatrième.

J'ai sorti mon pistolet.

Rachel a dit :

— Marc !

La main baissée, j'ai demandé :

— Elle est au courant que la vie de ma fille est en jeu ?

Katarina a débité quelques mots en serbe. J'ai fixé Tatiana dans les yeux. Pas de réaction. Alors j'ai levé l'arme et tiré. L'ampoule a explosé. Le bruit de la détonation s'est réverbéré dans la pièce. Encore une impulsion stupide. Je le savais. Mais je crois bien que ça m'était égal.

— Marc !

Rachel a posé la main sur mon bras. Me dégageant, j'ai pivoté vers Katarina.

— Dites-lui que si ça raccroche…

Je ne suis pas allé jusqu'au bout de ma phrase. Katarina s'est mise à parler précipitamment. Je serrais l'arme dans ma main. Tatiana ne me quittait pas des yeux. Des gouttes de sueur perlaient sur mon front. J'ai été pris d'un tremblement. Tandis qu'elle me regardait, l'expression de Tatiana s'est radoucie imperceptiblement.

— S'il vous plaît, ai-je murmuré.

À la sixième sonnerie, elle a attrapé le combiné.

J'ai jeté un coup d'œil à Katarina. Elle a écouté la conversation et m'a adressé un signe de la tête. Je me suis éloigné, le pistolet toujours dans la main. Rachel m'a dévisagé, mais j'ai soutenu son regard sans broncher.

Elle a cillé la première.

On s'est garés sur le parking du restaurant d'à côté et on a attendu. L'humeur n'était pas au bavardage. Tous les trois, on évitait de se regarder, comme des inconnus dans un ascenseur. Je ne savais que dire. J'avais menacé une adolescente avec mon arme. Et le pire, c'est que ça ne me faisait ni chaud ni froid. Les répercussions étaient semblables à des nuages d'orage s'amoncelant sur un horizon lointain.

J'ai allumé la radio et l'ai réglée sur la station d'infos locales. Je n'aurais pas été surpris d'entendre : « Nous interrompons notre programme en raison d'un flash spécial », avec nos noms et notre signalement, peut-être même l'avertissement que nous étions armés et dangereux. Mais pas une fois il n'a été question de la fusillade de Kasselton, ni d'un avis de recherche lancé à notre encontre.

Rachel et moi étions toujours devant tandis que Katarina s'était allongée sur le siège rabattable à l'arrière. Rachel avait sorti son Palm Pilot. Le stylet en l'air, elle était prête à pianoter. J'ai bien pensé à appeler Lenny, mais je me suis souvenu de la mise en garde de Zia. Il était très vraisemblablement sur écoute. Je n'avais pas grand-chose à lui apprendre de toute façon — à part le fait que j'avais menacé une gamine enceinte avec une arme illégale récupérée sur le cadavre d'un homme assassiné dans mon jardin. Lenny l'avocat risquait d'apprécier modérément.

— Tu crois qu'elle va coopérer ? ai-je dit.

Rachel a haussé les épaules.

Tatiana avait promis de nous aider. Pour plus de sécurité, j'ai débranché son téléphone et emporté le cordon. J'ai aussi fouillé la chambre à la recherche de papier et de stylos pour qu'elle ne puisse pas glisser un mot en catimini à son visiteur. Je n'ai rien trouvé. Rachel a laissé son portable sur l'appui de fenêtre pour pouvoir écouter ce qui se disait dans la pièce. Katarina avait un téléphone collé à l'oreille. Elle allait traduire.

Une demi-heure plus tard, une Lexus SC 340 dorée s'arrêtait sur le parking. J'ai sifflé tout bas. Un collègue à l'hôpital venait de s'offrir la même, pour la modique somme de soixante mille dollars. La femme qui en est descendue avait des cheveux blancs coupés court, aux mèches hérissées. Elle portait un chemisier blanc ultra-moulant et, toujours dans la même veine, un pantalon blanc qui la gainait comme une seconde peau. Ses bras étaient fermes et bronzés. Elle faisait très jet-set.

Rachel et moi nous sommes tournés vers Katarina qui a acquiescé gravement.

— C'est elle. C'est la femme qui m'a accouchée.

Rachel s'est mise à taper sur son Palm Pilot.

— Qu'est-ce que tu fais ?

— Je rentre le numéro de la plaque minéralogique. D'ici quelques minutes, on saura à quel nom est enregistrée la voiture.

— Comment ?

— Ce n'est pas sorcier. Quand on est dans les forces de l'ordre, on a des relations. Ou alors, on graisse la patte à quelqu'un du service des immatriculations. Normalement, ça revient à cinq cents dollars.

— Tu es en ligne, là ?

Elle a hoché la tête.

— Modem sans fil. Un ami à moi qui s'appelle Harold Fisher, il bosse en *free lance*. Il n'a pas trop aimé la façon dont j'ai été débarquée du Bureau.

— Donc il t'aide maintenant ?

— Oui.

La femme aux cheveux blancs s'est penchée et a sorti de la voiture ce qui ressemblait à une trousse médicale. Elle a chaussé une paire de lunettes noires griffées et s'est hâtée vers la chambre de Tatiana. Elle a frappé, la porte s'est ouverte, et elle s'est engouffrée à l'intérieur.

Je me suis retourné vers Katarina.

— Tatiana lui dit qu'elle se sent mieux. La femme, ça l'embête d'être venue pour rien.

— Vous n'avez entendu aucun nom jusque-là ?

Katarina a fait non de la tête.

— La femme va l'examiner.

Rachel fixait le minuscule écran de son Palm Pilot comme s'il s'agissait d'un miroir magique.

— Bingo.

— Quoi ?

— Denise Vanech, 47, Riverview Avenue, Ridgewood, New Jersey. Âge : quarante-six ans.

— Déjà ?

— Harold n'a eu qu'à taper le numéro de sa plaque. Il va voir s'il peut trouver autre chose sur elle. Entre-temps, je vais essayer son nom sur Google.

— Le moteur de recherche ?

— Oui. Tu n'imagines pas tout ce qu'on arrive à dénicher.

Je l'avais fait, moi, une fois. J'avais tapé mon nom. Je ne sais plus pourquoi. On avait bu, Zia et moi, c'était juste pour rigoler. Zia appelle ça « surfer sur l'ego ».

— Ça ne parle pas beaucoup là-dedans.

Katarina fronçait les sourcils de concentration.

— Elle est peut-être en train de l'examiner ?

J'ai regardé Rachel.

— J'ai deux réponses sur Google. La première est un site du service de l'urbanisme du comté de Bergen. Elle a demandé une dérogation pour subdiviser son terrain. Ça lui a été refusé. La seconde est plus intéressante. C'est un site d'anciens élèves avec les noms de tous ceux dont ils cherchent la trace.

— Quel établissement ?

— Université de Philadelphie, école d'auxiliaires de santé et de sages-femmes.

Tout concordait.

— Elles ont fini, a annoncé Katarina.

— C'est du rapide, ai-je dit.

— Très.

Elle a écouté encore.

— La femme dit à Tatiana de prendre soin d'elle. De manger mieux, à cause du bébé. Et de la rappeler s'il y a le moindre problème.

Je me suis tourné vers Rachel.

— Elle a l'air plus aimable qu'à son arrivée.

La personne que nous pensions être Denise Vanech est sortie. Elle marchait la tête haute, en ondulant des hanches. Le chemisier blanc était strié et — je n'ai pas pu m'empêcher de le remarquer — assez transparent. Elle est montée dans sa voiture puis a démarré.

J'ai mis le contact. Le moteur de la Camaro a toussé comme un fumeur de longue date. J'ai suivi à distance respectueuse. Dans la mesure où nous connaissions son adresse, je ne craignais pas qu'elle nous sème.

— Je ne comprends toujours pas, ai-je dit à Rachel. Comment ils font, pour mener ce trafic impunément ?

— Ils trouvent des femmes désespérées qu'ils appâtent par des promesses de gain et d'un foyer stable pour leur enfant.

— Mais enfin, l'adoption réclame toute une procédure. C'est la croix et la bannière. J'ai connu des enfants à l'étranger — des enfants handicapés — que des gens ont essayé de ramener ici. Tu ne peux pas imaginer la paperasse ! C'est mission impossible.

Denise Vanech s'est engagée sur le New Jersey Turnpike, direction Ridgewood. J'ai ralenti encore. Elle a mis son clignotant à droite, et la Lexus a bifurqué vers le restoroute de Vince Lombardi. Denise Vanech s'est garée et a disparu à l'intérieur. Je me suis arrêté sur le côté et j'ai regardé Rachel. Elle se mordillait la lèvre.

— Elle est peut-être aux toilettes, ai-je dit.

— Elle s'est lavé les mains après avoir examiné Tatiana. Pourquoi n'en a-t-elle pas profité ?

— Ou bien elle a faim.

— À ton avis, Marc, elle a une tête à manger au *Burger King* ?

— Que fait-on alors ?

La main sur la poignée de la portière, Rachel n'a pas hésité longtemps.

— Dépose-moi à l'entrée.

Denise Vanech était convaincue que Tatiana la faisait marcher.

La jeune fille avait prétendu avoir une hémorragie. Denise a vérifié les draps. Bien qu'ils n'aient pas été changés, ils ne comportaient pas la moindre trace de sang. Pas plus que le carrelage ou la cuvette des W.-C. Tout était propre.

En soi, ça ne voulait pas dire grand-chose. La fille avait très bien pu nettoyer. Mais l'examen gynécologique n'avait révélé aucun signe de détresse. Rien. Pas une marque rouge. Les poils pubiens n'étaient pas tachés non plus. Lorsqu'elle a eu terminé, Denise a jeté un œil dans la douche. Tout était complètement sec. Or la fille avait appelé il y a moins d'une heure. En disant qu'elle saignait beaucoup.

Quelque chose ne collait pas.

Pour finir, la fille avait un comportement bizarre. Toutes, elles avaient peur. Cela va sans dire. Denise avait quitté la Yougoslavie à l'âge de neuf ans, sous le règne relativement tranquille de Tito, et elle n'avait pas oublié… En arrivant aux États-Unis, cette fille avait dû avoir l'impression de débarquer sur Mars. Or son attitude était différente des autres. En général, ces femmes-là regardaient Denise comme une espèce de parente ou de sauveur, avec une angoisse mêlée d'espoir. Tatiana, elle, fuyait son regard. Elle s'agitait trop. Et ce n'était pas tout. Elle était venue avec Pavel, qui normalement les surveillait de près. Or Pavel n'était pas là. Denise allait demander où il était, puis elle s'était ravisée. S'il y avait le moindre problème, la fille n'aurait pas manqué de le mentionner.

Elle ne l'a pas fait.

Décidément, il y avait anguille sous roche.

Denise n'a pas voulu éveiller les soupçons. Elle a achevé l'examen et s'est empressée de partir. Derrière ses lunettes noires, elle a scruté les alentours à la recherche d'une camionnette de surveillance, d'une voiture de police banalisée. Elle n'a rien remarqué, mais il est vrai qu'elle n'était pas une spécialiste. Depuis dix ans qu'elle travaillait avec Bacard, aucune complication n'était intervenue. Raison pour laquelle elle avait baissé la garde.

Une fois dans la voiture, Denise a attrapé son portable. Elle voulait appeler Bacard. D'un autre côté, s'ils étaient dans le collimateur de la police, elle risquait d'être repérée. Téléphoner de la station-service la plus proche ? Ça aussi, c'était risqué. En voyant l'enseigne du restoroute, elle s'est souvenue qu'il y avait là toute une rangée de taxiphones. Si elle se dépêchait, elle passerait inaperçue, ou du moins ils ne sauraient pas quel téléphone elle avait utilisé.

Denise a ramassé une serviette au passage pour envelopper le combiné. Elle a fait attention de ne pas l'essuyer. Il devait y avoir des dizaines d'empreintes digitales là-dessus. Pourquoi leur faciliter la tâche ?

— Allô ?

En entendant la voix très nettement crispée de Steven Bacard, elle a eu un pincement au cœur.

— Où est Pavel ?

— Denise ?

— Oui.

— Pourquoi tu me demandes ça ?

— Je viens de rendre visite à la fille. Il y a quelque chose qui cloche.

— Oh, mon Dieu, a-t-il gémi. Qu'est-ce qui se passe encore ?

— Elle a appelé le numéro d'urgence sous prétexte qu'elle perdait du sang, mais à mon avis, elle mentait.

Silence.

— Steven ?

— Rentre chez toi. Ne parle à personne.

— O.K.

Dehors, Denise a aperçu la Camaro blanche. Elle a froncé les sourcils. Ne l'avait-elle pas déjà vue quelque part ?

— Tu as des papiers chez toi ? s'est enquis Bacard.

— Bien sûr que non.

— Tu en es sûre ?

— Sûre et certaine.

— Parfait.

Une femme est descendue de la Camaro. Même à cette distance, on voyait qu'elle avait l'oreille bandée.

— Rentre chez toi, a dit Bacard.

Le temps que la femme se retourne, Denise avait raccroché et s'était rendue aux toilettes.

Gamin, Steven Bacard adorait la série télévisée *Batman*. Chaque épisode commençait de la même façon. Un crime était commis. On alertait le préfet Gordon et le chef de la police O'Hara. La mine sombre, les deux bouffons examinaient la situation et parvenaient à la conclusion qu'il n'y avait qu'une seule issue. Le préfet décrochait son Batphone rouge. Batman répondait, promettait de régler la question, se tournait vers Robin et disait : « En route ! »

L'estomac noué, Bacard a contemplé son téléphone. Il ne s'apprêtait pas à appeler un héros. C'était même carrément l'inverse. Mais à la fin, ce qui comptait, c'était survivre. Les belles paroles, les justifications, c'était valable en temps de paix. En temps de guerre, quand il fallait choisir entre la vie et la mort, la réponse était simple : eux ou nous. Il a pris le combiné et composé le numéro.

Lydia a roucoulé, suave :

— Salut, Steven.

— J'ai encore besoin de vous.

— C'est grave ?

— Très.

— On arrive, a-t-elle dit.

39

— QUAND JE SUIS ENTRÉE, a dit Rachel, elle était aux toilettes. Mais j'ai l'impression qu'elle a d'abord passé un coup de fil.

— Pourquoi ?

— Il y avait la queue aux toilettes. Et seulement trois personnes entre elle et moi. Il aurait dû y en avoir plus.

— Il te serait possible de savoir qui elle a appelé ?

— Pas dans l'immédiat. Tous les taxiphones étaient occupés. Même avec les moyens du FBI à ma disposition, ça prendrait du temps.

— Bon, alors on continue à la filer.

Rachel s'est retournée.

— Vous avez un atlas dans la voiture ?

Katarina a souri.

— Plein. Verne adore les cartes. Le monde, le pays, l'État ?

— L'État.

Elle a fourragé dans le vide-poche derrière mon siège et a tendu l'atlas à Rachel. À l'aide d'un stylo à bille, cette dernière s'est mise à griffonner dessus.

— Qu'est-ce que tu fais ?

— J'essaie un truc.

Le téléphone portable a sonné. J'ai répondu.

— Ça va, les enfants ?

— Oui, Verne, tout va bien.

— J'ai demandé à ma sœur de garder les gosses. Je suis dans le pick-up, direction est. C'est quoi, vos coordonnées ?

Je lui ai dit que nous nous rendions à Ridgewood. Il connaissait l'endroit.

— J'en ai pour vingt minutes. Je vous retrouve au *Ridgewood Coffee Company* dans Wilsey Square.

— Nous serons peut-être chez la sage-femme.

— J'attendrai.

— O.K.

— Dites donc, Marc, sans faire de sentiments ni rien, si jamais vous avez besoin d'un fusil…

— On vous préviendra.

La Lexus a tourné dans Linwood Avenue. Nous avons ralenti. Tête baissée, Rachel passait du Palm Pilot à l'atlas, et vice versa. On roulait maintenant dans la zone résidentielle. Denise Vanech a pris Waltherly Road sur la gauche.

— Elle rentre chez elle, c'est sûr, a dit Rachel. Laisse-la partir. Il faut qu'on réfléchisse.

Je n'en croyais pas mes oreilles.

— Comment ça, réfléchir ? Il faut qu'on la coince, oui.

— Pas tout de suite. Je suis en train de chercher un truc.

— Lequel ?

— Encore un peu de patience.

J'ai jeté un coup d'œil à Katarina. Elle m'a gratifié d'un petit sourire. J'ai regardé l'heure sur le tableau de bord : il était temps d'aller rejoindre Verne. Il y avait une place de parking devant un magasin nommé Duxiana ; je me suis empressé de la prendre. Le pick-up de Verne était garé en face. Il avait deux autocollants à l'arrière. L'un disait : CHARLTON HESTON PRÉSIDENT, et l'autre : J'AI L'AIR D'UNE HÉMORROÏDE ? ALORS VIENS.

Le centre-ville de Ridgewood est un mélange de splendeur belle époque façon carte postale et de boutiques de restauration rapide pour tous les goûts et tous les budgets. Il suffit de nommer un pays, et vous trouverez sans peine le traiteur correspondant. Il suffit de lancer une pierre, même maladroitement, et elle touchera au moins trois troquets.

Rachel a emporté l'atlas et le Palm Pilot avec elle. Tout en marchant, elle poursuivait ses recherches. Verne était déjà au café, en grande discussion avec un barman baraqué. Nous nous sommes installés à une table.

— Alors, c'est quoi, l'histoire ? nous a-t-il demandé.

J'ai laissé à Katarina le soin de le mettre au parfum. J'observais Rachel. Chaque fois que j'ouvrais la bouche, elle posait un doigt sur ses lèvres. J'ai dit à Verne de ramener Katarina à la maison car nous n'avions plus besoin de leur aide. Ils auraient dû être avec leurs enfants. Mais il n'avait pas l'air d'accord.

Il n'était pas loin de dix heures. Je ne me sentais pas vraiment fatigué. Le manque de sommeil — même pour des raisons beaucoup moins exceptionnelles que celles-là — ne me dérange pas. J'attribue cette endurance à mes nombreuses nuits de garde dans le cadre de mon internat.

— Bingo, a déclaré Rachel.

— Quoi ?

Sans quitter le Palm Pilot des yeux, elle a tendu la main.

— Tu me prêtes ton téléphone ?

— Qu'est-ce qu'il y a ?

— Passe-le-moi, O.K. ?

Elle s'est retirée au fond de la salle avec mon portable. Katarina s'est excusée et s'est éclipsée aux toilettes. Verne m'a poussé du coude en désignant Rachel.

— Vous êtes amoureux, hein ?

— C'est compliqué, ai-je dit.

— Seulement si on est un abruti.

J'ai dû hausser les épaules.

— Vous l'aimez ou vous l'aimez pas, a décrété Verne. Le reste, c'est pour les abrutis. Vous voyez, ce que j'ai appris ce matin. Ce que Kat a dit. Ce qu'elle a fait dans le passé. Quelle importance ? Entre nous, c'est du solide. Je dors avec cette femme depuis sept ans. Je suis bien placé pour le savoir.

— Moi, je ne connais pas Rachel aussi intimement que ça.

— Mais bien sûr que si. Regardez-la.

J'ai obtempéré, et j'ai senti quelque chose de léger et d'aérien se propager en moi.

— Elle s'est fait tabasser. On lui a tiré dessus, nom de Dieu.

Il a marqué une pause. Sans tourner la tête, j'ai su qu'il secouait sa crinière, dégoûté.

— Si vous la laissez filer, vous savez ce que vous êtes ?

— Un abruti.

— *Professionnel.* Vous aurez perdu votre statut d'abruti amateur.

Rachel, qui avait fini de téléphoner, est revenue à la hâte vers notre table. J'ignore si c'était dû à ma conversation avec Verne, mais j'ai cru distinguer une étincelle dans ses yeux. Avec cette robe, ses cheveux emmêlés, son sourire triomphant, j'ai été transporté en arrière. Pas longtemps. Une fraction de seconde peut-être, mais…

— Bingo ? ai-je demandé.

— Le jackpot ! La supercagnotte !

Elle s'est replongée dans le Palm Pilot.

— J'ai juste une dernière petite chose à vérifier. Pendant ce temps, regarde cet atlas.

Je l'ai rapproché de moi. Verne s'est penché par-dessus mon épaule. Il sentait l'huile de moteur. Il y avait toutes sortes de signes dans l'atlas : des croix, des étoiles, mais la ligne la plus épaisse semblait désigner un circuit. Que j'ai reconnu sans difficulté.

— C'est l'itinéraire emprunté par les ravisseurs hier soir, ai-je dit. Quand nous les avons suivis.

— Absolument.

— Et ces étoiles et tout, c'est quoi ?

— O.K., première chose. Regarde le trajet. Ils sont remontés vers le nord, au-dessus du Tappan Zee. Puis ils ont pris à l'ouest. Puis au sud. Puis de nouveau à l'ouest. Puis à l'est et au nord.

— Ils étaient en train de nous balader.

— Oui. Pour mieux préparer ce guet-apens chez toi. Seulement, réfléchis-y une seconde. Nous pensons qu'ils ont été informés de la présence du Q-Logger par quelqu'un de la police ou du FBI.

— Oui, et alors ?

— Ils l'ont donc su une fois que tu étais à l'hôpital. Autrement dit, pendant un bout du trajet au moins, ils ne se sont pas rendu compte que je les suivais.

Je n'étais pas sûr d'avoir tout compris, mais j'ai répondu :

— O.K.

— Est-ce que tu règles ta facture de téléphone par Internet ?

Désarçonné par ce brusque changement de sujet, j'ai dit :

— Oui.

— Tu reçois donc un relevé, n'est-ce pas ? Tu cliques sur le lien, tu donnes ton mot de passe et tu peux consulter la liste de tous tes appels. Il doit y avoir aussi un lien avec l'annuaire inversé : tu cliques sur le numéro pour savoir qui tu as appelé.

J'ai hoché la tête.

— Eh bien, j'ai demandé la dernière facture de téléphone de Denise Vanech.

Elle a levé la main.

— Ne t'inquiète pas, c'est facile. Harold aurait pu pirater le site, s'il avait eu plus de temps, mais une relation ou un dessous-de-table, c'est encore mieux. Et avec la facturation sur Internet, tout devient d'une simplicité enfantine.

— Harold t'a envoyé sa facture de téléphone ?

— Oui. Mme Vanech téléphone beaucoup. C'est pour ça que j'ai été si longue. On a dû trier les numéros, chercher les noms, les adresses.

— Et tu as trouvé un nom ?

— Non, une adresse. Je voulais savoir si elle avait appelé quelqu'un sur le trajet des ravisseurs.

Je voyais enfin où elle voulait en venir.

— Et la réponse est oui, j'imagine ?

— Mieux : tu te souviens, quand ils se sont arrêtés au centre d'affaires MetroVista ?

— Tout à fait.

— Au cours du mois écoulé, Denise Vanech a téléphoné six fois au cabinet d'un avocat, un certain Steven Bacard.

Rachel a indiqué l'étoile qu'elle avait dessinée sur la carte.

— À MetroVista.

— Un avocat ?

— Harold continue à chercher, mais moi, j'ai encore utilisé Google. Le nom de Bacard apparaît assez souvent, je dois dire.

— Dans quel contexte ?

Rachel a souri.

— Il s'est spécialisé dans l'adoption.

— Sainte mère de Jésus, a dit Verne.

Katarina est revenue, et il lui a raconté ce que nous avions découvert. Nous brûlions. J'en étais conscient, mais j'avais l'impression de flotter. Mon portable — ou dois-je dire le portable de Zia — a sonné. J'ai regardé le numéro qui s'affichait. C'était Lenny. Fallait-il répondre ou pas ? Mais bien entendu, Lenny savait qu'on risquait d'être sur écoute. C'est lui qui avait prévenu Zia.

J'ai pressé la touche.

— Laisse-moi parler d'abord, a déclaré Lenny avant même que je n'aie dit un mot. Officiellement, si on nous écoute, ceci est un entretien entre un avocat et son client. Nous sommes donc protégés. Ne me dis pas où tu es, Marc. Ne me dis rien qui puisse m'obliger à mentir. Tu as compris ?

— Oui.

— Ton voyage a-t-il été fructueux ?

— Pas comme je l'aurais voulu. Du moins, pas encore. Mais on est tout près du but.

— Je peux t'être utile, d'une façon ou d'une autre ?

— Je ne crois pas.

Puis :

— Attends une minute.

Je m'étais souvenu que Lenny s'était occupé des démêlés de ma sœur avec la justice. Elle lui avait fait confiance. Il avait été son principal conseiller juridique.

— Stacy ne t'a jamais parlé d'adoption ?

— Je ne te suis pas.

— Elle n'a jamais songé à faire adopter un bébé, je ne sais pas, moi ? Elle n'a pas abordé la question avec toi ?

— Non. Il y a un rapport avec le kidnapping ?

— Ce n'est pas impossible.

— Je n'ai pas le souvenir qu'on ait discuté de ça. Comme on est peut-être sur écoute, je vais te dire pourquoi je t'appelle. On a trouvé un cadavre chez toi — un homme tué de deux balles en pleine tête.

Lenny devait dire ça au bénéfice de ceux qui nous espionnaient.

— Il n'a pas été identifié, mais l'arme du crime a été découverte dans le jardin des Christie.

Rien d'étonnant à cela : Rachel avait prévu qu'ils l'abandonneraient dans les parages.

— Le problème, Marc, c'est qu'il s'agit de ton vieux revolver, celui qui a disparu après la fusillade. Ils ont déjà effectué l'examen balistique. On a tiré sur vous avec deux trente-huit différents, tu t'en souviens ?

— Oui.

— Eh bien, celui-ci — *le tien* — était l'un des deux.

J'ai fermé les yeux. Silencieusement, Rachel a articulé : « *Quoi ?* »

— Allez, j'y vais, a dit Lenny. Je jetterai un œil sur cette histoire de Stacy et d'adoption, si tu veux.

— Merci.

— Fais attention à toi.

Il a raccroché. J'ai expliqué à Rachel la découverte de l'arme et le résultat de l'examen balistique. Se calant contre le dossier de sa chaise, elle s'est mordu la lèvre, autre tic familier de notre jeunesse commune.

— Donc, a-t-elle commenté, Pavel et les autres sont définitivement mêlés au premier crime.

— Tu en doutais encore ?

— Il y a quelques heures, on croyait à un canular, rappelle-toi. À une arnaque montée de toutes pièces pour extorquer de l'argent à ton beau-père. Maintenant, nous savons avec certitude que ces gens-là ont participé à l'agression contre Monica et toi.

Voilà qui semblait logique, mais il y avait quelque chose qui ne collait pas.

— On fait quoi, dans l'immédiat ? ai-je demandé.

— Normalement, il faudrait aller voir cet avocat, Steven Bacard. L'ennui, c'est qu'on ne sait pas s'il est le patron ou un simple employé. Si ça se trouve, Denise Vanech est le cerveau de toute l'opération, et il travaille pour elle. Ou alors tous deux travaillent pour un tiers. Si on se pointe chez lui, on n'en tirera rien. C'est un avocat. Il est trop malin pour nous parler.

— Tu as une autre idée ?

— Je ne sais pas bien. Peut-être est-ce le moment de prévenir le FBI. Ils pourraient faire une descente à son cabinet.

J'ai secoué la tête.

— Ce serait trop long.

— On peut faire accélérer les choses.

— À supposer qu'ils nous croient — ce qui serait déjà miraculeux — ça prendrait combien de temps ?

— Je l'ignore, Marc.

Je n'étais pas satisfait.

— Imagine que cette Denise Vanech ait des soup-çons. Imagine que Tatiana prenne peur et la rappelle.

398

Imagine qu'il y ait vraiment une fuite. Il y a trop de variables là, Rachel.

— Et toi, que proposes-tu ?

— Attaquer sur les deux fronts, ai-je rétorqué sans réfléchir.

Soudain, je tenais la solution.

— Tu t'occupes de Denise Vanech. Je me charge de Steven Bacard. On s'organise pour frapper simultanément.

— Marc, c'est un avocat. Il ne te parlera pas.

Je l'ai regardée. Elle a compris. Se redressant légèrement, Verne a émis un sifflement.

— Tu as l'intention de le menacer ?

— Il s'agit de la vie de ma fille.

— Il s'agit de ne pas se faire justice soi-même.

Et elle a ajouté :

— Une fois de plus.

— Quoi ?

— Tu as menacé une gamine avec ton arme.

— Je voulais l'intimider, c'est tout. Je ne lui aurais fait aucun mal.

— La loi…

— La loi n'a pas remué le petit doigt pour sauver ma fille, ai-je répliqué, me retenant de crier.

Du coin de l'œil, j'ai vu Verne hocher la tête avec approbation.

— Les flics sont trop occupés à perdre leur temps avec toi.

Elle s'est dressée sur sa chaise.

— Moi ?

— C'est Lenny qui me l'a dit. Ils croient que c'est toi qui l'as fait. Sans moi. Parce que tu tenais à me récupérer à tout prix.

— Quoi ?

Je me suis levé de table.

— Je vais voir ce type, Bacard. Je ne veux de mal à personne, mais s'il sait des choses sur ma fille, il parlera.

Verne a brandi le poing.

— Bien dit.

Je lui ai demandé si je pouvais garder la Camaro encore un moment. Il m'a rappelé qu'il était à mes côtés jusqu'au bout. Je m'attendais à ce que Rachel proteste, mais elle ne l'a pas fait. Elle savait que je ne changerais pas d'avis. Peut-être qu'elle me donnait raison. Ou alors — et c'était l'explication la plus plausible —, elle avait été sidérée d'apprendre que les soupçons de ses anciens collègues se focalisaient sur elle.

— Je viens avec toi, a-t-elle dit.

— Non.

J'étais catégorique.

— Mon plan est parfaitement opérationnel.

Le ton familier de chirurgien reprenait le dessus.

— Je t'appellerai en arrivant au cabinet de Bacard. Nous les affronterons, lui et Denise Vanech, en même temps.

Sans attendre de réponse, je suis retourné à la Camaro et j'ai pris la route de MetroVista.

40

LYDIA A SCRUTÉ LES ALENTOURS. Elle était un peu trop à découvert à son goût, mais tant pis. Il n'y avait pas d'autre solution. Coiffée d'une perruque blonde hérissée — qui n'était pas sans rappeler la description que Steven Bacard lui avait faite de Denise Vanech —, elle a frappé à la porte du meublé.

Le rideau à côté de la porte a bougé. Lydia a souri.

— Tatiana ?

Pas de réponse.

On l'avait prévenue que Tatiana ne parlait pratiquement pas l'anglais. Lydia avait réfléchi à la meilleure façon de procéder. Le temps pressait. Tout le monde devait être réduit au silence. Quand quelqu'un qui déteste autant le sang que Steven Bacard vous dit ça, on mesure instantanément la gravité de la situation. Heshy et elle s'étaient séparés. Elle était venue ici. Ils allaient se retrouver ensuite.

— Tout va bien, Tatiana, a-t-elle dit à travers la porte. Je suis là pour vous aider.

Pas un bruit.

— Je suis une amie de Pavel. Vous connaissez Pavel ?

Le rideau a frémi. Un visage est apparu derrière la vitre, un visage maigre et enfantin. Lydia lui a adressé un signe de la tête. Mais la fille n'ouvrait toujours pas. Elle a jeté un œil autour d'elle. Personne ne la regardait, cependant elle était beaucoup trop exposée. Il fallait en finir au plus vite.

— Attendez.

Elle a sorti de son sac un stylo et un bout de papier. Et elle a griffonné quelque chose, veillant à ce qu'on la voie bien de la fenêtre. Puis elle a collé le papier contre la vitre afin que la jeune fille puisse le lire.

C'était comme faire sortir un chat apeuré réfugié sous un canapé. Tatiana s'est approchée lentement. Lydia ne bougeait pas, pour ne pas l'effaroucher. La jeune fille s'est penchée. Minou, minou. Lydia distinguait ses traits maintenant. Elle plissait les yeux, cherchant à déchiffrer ce qui était marqué sur le papier.

Lorsqu'elle s'est trouvée suffisamment près, Lydia a appuyé le canon de son arme sur la vitre et l'a visée entre les yeux. À la dernière seconde, Tatiana a tenté de s'esquiver. Trop tard. La balle a traversé la vitre et est allée se nicher dans son œil droit. Du sang a giclé. Lydia a tiré une seconde fois, abaissant machinalement le pistolet. Elle a touché Tatiana, qui était en train de tomber, au front. Mais c'était inutile. La première balle avait atteint le cerveau, la tuant sur le coup.

Lydia s'est éloignée rapidement. Elle s'est retournée : personne. En arrivant au centre commercial, elle a jeté la perruque et le manteau blanc. Sa voiture était garée dans un parking, à huit cents mètres de là.

Arrivé à MetroVista, j'ai appelé Rachel. Elle se trouvait dans la rue de Denise Vanech. Tous les deux, on était prêts à passer à l'attaque.

Je n'avais pas trop réfléchi à ce que j'allais faire. Je me voyais me ruer dans le bureau de Bacard, lui brandir mon arme sous le nez et exiger des explications. Je n'avais pas prévu d'atterrir dans un hall de réception. Il y avait là deux personnes qui attendaient — un couple marié, selon toute apparence. Le mari était plongé dans un exemplaire écorné de *Sports Illustrated*. La femme avait l'air de souffrir. Elle a bien essayé de me sourire, mais, visiblement, elle était trop mal.

J'ai pris soudain conscience de mon allure débraillée. J'avais toujours mon pantalon de l'hôpital, je n'étais pas rasé, je devais être hirsute et avoir les yeux rouges par manque de sommeil.

La réceptionniste trônait derrière une vitre coulissante comme on en trouve dans les cabinets dentaires. À côté d'elle, une petite plaque nominative : AGNÈS WEISS. Elle m'a souri aimablement.

— Puis-je vous renseigner ?

— Je voudrais voir M. Bacard.

— Vous avez rendez-vous ?

Le ton était toujours aussi affable, mais plus sec, cette fois. Elle connaissait déjà la réponse.

— C'est urgent, ai-je dit.

— Je vois. Vous êtes un client du cabinet, monsieur… ?

— Docteur, ai-je rétorqué sèchement. Dites-lui que le Dr Marc Seidman désire le voir immédiatement. C'est très urgent.

Le jeune couple nous observait. Le sourire de la réceptionniste a vacillé.

— Me Bacard a un emploi du temps très chargé aujourd'hui.

Elle a ouvert son cahier de rendez-vous.

— Nous allons voir ensemble ses disponibilités, d'accord ?

— Agnès, regardez-moi.

Elle a obéi.

J'ai pris mon air le plus grave, genre « vous mourrez si je ne vous opère pas sur-le-champ ».

— Dites-lui que le Dr Seidman est là. Dites-lui que c'est urgent. Et que, s'il refuse de me recevoir, j'irai à la police.

Le couple a échangé un regard.

Agnès s'est trémoussée sur son siège.

— Si vous voulez bien vous asseoir…

— Prévenez-le.

— Monsieur, si vous ne vous écartez pas, j'appelle la sécurité.

Je me suis écarté. Je pouvais toujours me rapprocher, si besoin était. Agnès n'a pas décroché le téléphone. J'ai reculé encore pour ne pas l'indisposer. Elle a refermé sa vitre. Le couple m'a regardé. Puis le mari a déclaré :

— Elle est en train de le couvrir.

La femme s'est exclamée :

— Jack !

Mais il a continué :

— Bacard est sorti en courant il y a une demi-heure. Elle n'arrête pas de nous dire qu'il va revenir.

J'ai aperçu un mur couvert de photos. Je les ai examinées de plus près. Partout, on voyait le même personnage en compagnie d'hommes politiques, de quasi-célébrités, d'anciens athlètes empâtés. Ça devait être Steven Bacard. J'ai contemplé son visage — replet, au menton fuyant, lustré par la fréquentation de courts de tennis.

Ayant remercié le dénommé Jack, je me suis dirigé vers la sortie. Le cabinet de Bacard était situé au rez-de-chaussée, j'ai donc décidé d'attendre dehors. Je pourrais l'intercepter en terrain neutre et avant qu'Agnès ait eu le temps de le prévenir. Cinq minutes se sont écoulées. Des costumes-cravates allaient et venaient, ployant sous le poids de mallettes grandes comme un coffre de voiture. J'arpentais le couloir.

Un autre couple est arrivé. À leur démarche hésitante, j'ai compris qu'eux aussi se rendaient chez Bacard. En les regardant, je me suis demandé ce qui les avait amenés ici. Je les voyais se marier, se tenir la main, s'embrasser à pleine bouche, faire l'amour le matin. Leur carrière décolle. Leurs premières tentatives de concevoir se soldent par un échec ; mois après mois, les tests sont négatifs. Peu à peu, l'inquiétude grandit. Un an passe. Toujours rien. Leurs amis ont des enfants à présent et ne parlent que de ça. Leurs parents sont impatients de connaître leurs petits-enfants. Ils vont voir un médecin, un « spécialiste », et ce sont des examens sans fin pour elle, l'humiliation de se masturber dans une éprouvette pour lui, les questions personnelles, les analyses de sang et d'urine. Les années passent. Les amis s'éloignent. Désormais, quand ils font l'amour, c'est uniquement pour procréer. Tout est calculé. Et empreint de tristesse. Il ne lui tient plus la main. Elle lui tourne le dos dans le lit, sauf quand c'est la bonne période. Je vois des médicaments, la fécondation *in vitro* qui coûte une fortune, les congés sans solde, l'œil rivé au calendrier, et toujours les mêmes tests, les mêmes déceptions.

Et maintenant, les voici.

Je ne savais pas ce qui était vrai là-dedans, mais je ne devais pas être loin de la réalité. Jusqu'où iraient-ils pour mettre fin à ce calvaire ? Combien seraient-ils prêts à débourser ?

— Oh, mon Dieu, mon Dieu !

J'ai fait volte-face. Un homme a fait irruption dans le hall.

— Appelez le 911 !

J'ai couru vers lui.

— Qu'y a-t-il ?

On a crié à nouveau. Puis encore une fois, d'une voix plus stridente. Je me suis précipité dehors. Deux femmes remontaient en courant du parking souterrain. J'ai dévalé la rampe. Quelqu'un en bas appelait au secours, suppliait qu'on téléphone au 911.

En face de moi, un vigile aboyait dans un talkie-walkie. Il est parti au galop, et je l'ai suivi. En tournant au coin, le vigile s'est arrêté. Devant lui, une femme, les mains sur les joues, hurlait à tue-tête. Je les ai rejoints.

Le corps était coincé entre deux voitures, les yeux grands ouverts fixant le vide. Le visage était replet, au menton fuyant, lustré par la fréquentation de courts de tennis. Le sang s'écoulait d'une blessure à la tête.

Steven Bacard, peut-être mon dernier espoir, était mort.

41

RACHEL A SONNÉ À LA PORTE. Denise Vanech avait un de ces carillons prétentieux qui montent, puis redescendent la gamme. Le soleil était déjà haut dans le ciel bleu et limpide. Dans la rue, deux femmes marchaient d'un pas énergique, avec de minuscules haltères mauves dans les mains. Elles ont salué Rachel d'un hochement de tête sans rompre la cadence. Elle a répondu à leur salut.

— Oui ? a-t-elle entendu dans l'interphone.

— Denise Vanech ?

— Qui est-ce, je vous prie ?

— Mon nom est Rachel Mills. J'ai travaillé autrefois pour le FBI.

— Autrefois, dites-vous ?

— Oui.

— Que voulez-vous ?

— J'aimerais vous parler, madame Vanech.

— À quel sujet ?

Rachel a poussé un soupir.

— Vous ne pourriez pas m'ouvrir, s'il vous plaît ?

— Pas avant de savoir de quoi il s'agit.

— La jeune fille que vous êtes allée voir à Union City. C'est d'elle qu'il s'agit. Pour commencer.

— Désolée, je ne discute pas de mes patientes.

— J'ai dit, pour commencer.

— En quoi ça peut intéresser un ex-agent du FBI ?

— Vous préférez que j'appelle un agent en exercice ?

— Faites ce que vous voulez. Je n'ai rien à vous dire. Si le FBI a des questions à me poser, qu'il s'adresse à mon avocat.

— Je vois, a acquiescé Rachel. Et votre avocat, ce ne serait pas Steven Bacard, par hasard ?

Il y a eu un court silence. Rachel a jeté un coup d'œil vers le pick-up.

— Je ne suis pas obligée de vous répondre.

— C'est vrai. Je n'ai plus qu'à faire du porte-à-porte, alors. Histoire de causer avec les voisins.

— Et pour leur dire quoi ?

— Je leur demanderai s'ils sont au courant du trafic de bébés orchestré depuis cette maison.

La porte s'est ouverte brusquement. Denise Vanech, les cheveux blancs et la peau bronzée, a passé la tête par l'entrebâillement.

— Je vous poursuivrai pour diffamation.

— À condition de prouver que ce que je dis est faux. Or vous connaissez les faits aussi bien que moi.

— Vous n'avez aucune preuve de ce que vous avancez.

— Mais bien sûr que si.

— J'ai soigné une jeune femme qui ne se sentait pas bien. C'est tout.

Rachel s'est retournée. Katarina est descendue du pick-up.

— Et elle, c'est une ancienne patiente à vous, non ?

Denise Vanech a porté la main à sa bouche.

— Elle témoignera que vous lui avez donné de l'argent en échange de son bébé.

— Sûrement pas. Elle sera arrêtée.

— Et, bien entendu, le FBI s'acharnera sur une pauvre Serbe plutôt que de démanteler un réseau qui se livre à un trafic de bébés. Vous en avez de bonnes, vous !

Tandis que Denise Vanech marquait une pause, Rachel a poussé la porte.

— Je peux entrer ?

— Il s'agit d'un malentendu, a-t-elle murmuré.

— Tant mieux. (Rachel était déjà à l'intérieur.) Vous allez pouvoir corriger toutes mes erreurs.

Incertaine, avec un dernier regard en direction de Katarina, Denise Vanech a refermé la porte d'entrée. Sans attendre, Rachel a pénétré dans le séjour. Il était blanc. Entièrement. Des canapés modulaires blancs sur une moquette blanche. Des statues d'écuyères nues en porcelaine blanche. Table basse blanche, consoles blanches, deux fauteuils blancs ergonomiques, sans dossier. Denise lui a emboîté le pas. Ses habits blancs se fondaient dans le décor à la manière d'un camouflage — on aurait dit que sa tête et ses bras flottaient dans l'air.

— Qu'est-ce que vous voulez ?

— Je recherche un enfant en particulier.

Les yeux de Denise ont pivoté vers la porte.

— Le sien ?

Elle parlait de Katarina.

— Non.

— Peu importe, d'ailleurs. Je ne sais strictement rien au sujet des placements.

— Vous êtes sage-femme, n'est-ce pas ?

Elle a croisé ses bras musculeux et lisses sous sa poitrine.

— Je refuse de répondre à vos questions.

— Voyez-vous, Denise, je suis au courant de tout, ou presque. J'ai besoin de vous juste pour combler quelques petites lacunes.

Rachel s'est assise sur le canapé en vinyle. Denise Vanech n'a pas bronché.

— Vous avez des contacts à l'étranger. Dans plusieurs pays, sans doute. Pour ma part, je ne connais que la Serbie. Commençons donc par là. Vous avez des gens sur place qui recrutent des filles. Ces filles arrivent ici enceintes, mais sans le déclarer à la douane. Vous mettez les bébés au monde. Chez vous ou ailleurs, je n'en sais rien.

— Il y a beaucoup de choses que vous ne savez pas.

Rachel a souri.

— Ce que je sais me suffit.

Denise a posé ses mains sur ses hanches. Toutes ses poses semblaient artificielles, comme si elle les avait étudiées devant une glace.

— Bref, ces femmes accouchent. Vous les payez. Vous remettez le nouveau-né à Steven Bacard. Il travaille pour des couples désespérés qui sont prêts à enfreindre la loi. Ils adoptent l'enfant.

— Très jolie, votre histoire.

— Vous êtes en train de dire que c'est de la fiction ?

Denise a eu un grand sourire.

— De la fiction pure.

— Bon, très bien. (Rachel a sorti le portable prêté par les Dayton.) Je vais appeler le FBI. Je leur présenterai Katarina. Puis ils pourront aller cuisiner Tatiana à Union City. Ils éplucheront vos relevés de téléphone, vos comptes bancaires…

Denise a agité les mains.

— O.K., O.K., dites-moi ce que vous voulez. Vous avez reconnu vous-même que vous n'êtes plus au FBI. Alors qu'attendez-vous de moi ?

— J'aimerais savoir comment ça fonctionne.

— Vous essayez de vous placer ou quoi ?

— Non.

Denise a laissé passer une fraction de seconde.

— Vous m'avez dit tout à l'heure que vous recherchiez un enfant en particulier.

— C'est exact.

— Vous travaillez pour quelqu'un, donc ?

Rachel a secoué la tête.

— Écoutez, Denise, vous n'avez pas trente-six solutions. Soit vous me dites la vérité, soit vous vous retrouvez à l'ombre pour un bon bout de temps.

— Et si je vous dis tout ce que je sais ?

— Dans ce cas, on tourne la page.

C'était un mensonge. Mais un mensonge facile. Cette femme-là vendait des bébés. Rachel n'avait nulle intention de lui donner l'absolution.

Denise s'est assise. Son bronzage avait viré au gris. Elle semblait avoir vieilli d'un coup. Les rides se creusaient autour de ses yeux et de sa bouche.

— Ce n'est pas ce que vous pensez, a-t-elle commencé.

Rachel se taisait.

— Nous ne faisons de mal à personne. En fait, on est là pour aider les gens.

Elle a pris son sac — blanc, naturellement — et en a sorti un paquet de cigarettes. Elle l'a tendu à Rachel qui a décliné l'offre d'un geste brusque.

— Vous connaissez les orphelinats dans les pays pauvres ? a-t-elle demandé.

— Seulement ce que j'en ai vu à la télé.

Denise a allumé une cigarette et inhalé profondément.

— L'horreur absolue. Il y a parfois une quarantaine d'enfants pour une seule puéricultrice. Laquelle puéricultrice n'a aucune formation. Souvent, le poste est octroyé par piston. Certains de ces gosses sont maltraités. Beaucoup naissent toxicomanes. Les soins médicaux…

— Je vois le tableau, a opiné Rachel. C'est triste.

— Oui.

— Et donc ?

— Donc, nous avons trouvé le moyen de sauver quelques-uns de ces enfants.

S'enfonçant dans le canapé, Rachel a croisé les jambes. Elle sentait bien où l'autre voulait en venir.

— Vous payez des femmes enceintes pour traverser l'océan et pour vendre leurs bébés ?

— C'est exagéré.

Rachel a haussé les épaules.

— Et vous appelez ça comment, vous ?

— Mettez-vous à leur place. Vous êtes une femme pauvre, et quand je dis pauvre… une prostituée peut-être, ou impliquée dans la traite des Blanches. Vous n'avez rien. C'est la misère totale. Un homme vous engrosse. Vous pouvez avorter ou, si votre religion vous l'interdit, abandonner le gosse dans un orphelinat pourri.

— Ou alors, a ajouté Rachel, si elles ont de la chance, atterrir chez vous ?

— Oui. On leur assure des soins médicaux appropriés. On leur offre un dédommagement financier. Et, surtout, on veille à ce que l'enfant soit placé dans une famille aimante, avec des parents aux revenus stables.

— Aux revenus stables, a répété Rachel, et plutôt fortunés ?

— Le service est coûteux, a-t-elle admis. Mais laissez-moi vous poser une question. Votre amie, là-dehors. Katarina, c'est ça ?

Rachel n'a pas répondu.

— Quelle vie serait la sienne si nous ne l'avions pas amenée ici ? Quelle serait la vie de son enfant ?

— Je ne peux répondre. Je ne sais pas ce que vous avez fait de son enfant.

Denise a souri.

— O.K., libre à vous d'ergoter. Mais vous savez très bien de quoi je parle. Pensez-vous que le bébé serait plus heureux avec une misérable prostituée dans un trou perdu ravagé par la guerre, plutôt que dans une famille aimante, ici, aux États-Unis ?

— Je comprends.

Rachel se retenait de trépigner.

— En somme, vous dirigez là une œuvre caritative ?

Denise s'est esclaffée.

— Regardez autour de vous. J'ai des goûts de luxe. Je vis dans un quartier chic. J'ai un fils à l'université. J'aime passer mes vacances en Europe. On a une maison dans les Hamptons. Je le fais parce que ça rapporte énormément. Et après ? Qu'importent mes motivations ? Mes motivations ne changent rien aux conditions de vie dans ces orphelinats.

— Il y a quand même une chose qui m'échappe. Ces femmes vous vendent leurs bébés.

— Nous donnent leurs bébés, a rectifié Denise. Moyennant un dédommagement.

— Oui, bon, d'accord. Vous avez le bébé. Elles ont l'argent. Et ensuite ? Il lui faut des papiers, à cet enfant, sinon l'administration va s'en mêler. Elle ne laisserait pas longtemps Bacard procéder à des adoptions de cette façon.

— C'est juste.

— Alors comment faites-vous ?

Denise a esquissé un sourire.

— Vous voulez me faire épingler, hein ?

— Je n'ai pas encore décidé.

Elle souriait toujours.

— Mais vous vous souviendrez que j'ai coopéré ?

— Oui.

Joignant les paumes de ses mains, Denise Vanech a fermé les yeux. On aurait presque cru qu'elle priait.

— Nous embauchons des mères américaines.

Rachel a grimacé.

— Je vous demande pardon ?

— Admettons, par exemple, que Tatiana soit sur le point d'accoucher. On peut vous engager, vous, Rachel, pour jouer le rôle de la mère. Vous irez à l'état civil de votre lieu de résidence. Là, vous déclarerez votre grossesse et votre intention d'accoucher à domicile. Il n'y aura donc pas de dossier médical. On vous donnera des formulaires à remplir. Mais jamais on n'ira vérifier si vous êtes réellement enceinte. On ne va quand même pas vous imposer un examen gynécologique !

Rachel s'est redressée.

— Nom d'un chien !

— C'est assez simple quand on y pense. Il n'y aura aucune trace administrative de l'accouchement de Tatiana. En revanche, je deviens votre sage-femme. Je signe en tant que témoin oculaire de la naissance de votre enfant. Vous devenez la mère. Bacard vous fait remplir les papiers en vue de l'adoption…

Elle a haussé les épaules.

— Les parents adoptifs n'apprennent donc jamais la vérité ?

— Non. D'ailleurs, ils ne cherchent pas trop à savoir. Quand on est à bout, la fin justifie les moyens.

Rachel a éprouvé soudain une immense lassitude.

— Et, avant de nous dénoncer, a poursuivi Denise, songez que cela va faire dix ans que nous exerçons. Autrement dit, il y a des enfants qui, depuis tout ce temps, vivent heureux dans leur famille adoptive. Des dizaines d'enfants. Toutes ces adoptions seront considérées comme nulles et non avenues. Les mères biologiques pourront venir réclamer leur progéniture ou bien une compensation. Vous allez briser des tas de vies.

Rachel a secoué la tête. Elle n'avait pas le cœur d'y réfléchir maintenant. Une autre fois. Elle était en train de s'égarer. De dévier du but. Redressant les épaules, elle a planté son regard dans les yeux de Denise Vanech.

— Et comment Tara Seidman s'inscrit-elle dans le tableau ?

— Qui ?

— Tara Seidman.

Denise eut l'air perplexe.

— Attendez une minute. N'est-ce pas la petite fille qui a été kidnappée à Kasselton ?

Le portable de Rachel s'est mis à sonner. Elle a consulté le numéro : c'était Marc. Elle allait répondre quand un homme a surgi dans son champ de vision. Elle en a eu le souffle coupé. Pressentant quelque chose, Denise s'est retournée. La vue de l'intrus l'a fait sursauter.

C'était l'homme du parc.

Ses mains étaient tellement énormes que le pistolet qu'il pointait sur Rachel ressemblait à un jouet d'enfant. Il lui a fait signe.

— Donnez-moi le téléphone.

Elle a obéi en faisant son possible pour éviter de le toucher. L'homme a pressé le canon du pistolet sur sa tempe.

— Votre arme, maintenant.

Rachel a plongé la main dans son sac. Il lui a dit de la sortir avec deux doigts. Le téléphone a sonné pour la quatrième fois.

L'homme a appuyé sur la touche.

— Docteur Seidman ?

Même Rachel a entendu la réponse.

— Qui est-ce ?

— Nous sommes tous chez Denise Vanech. Vous allez venir ici seul et sans arme. Je vous dirai alors tout sur votre fille.

— Où est Rachel ?

— Là, juste à côté de moi. Vous avez trente minutes. Je vous dirai ce que vous avez besoin de savoir. Vous avez tendance à faire le mariole dans ce genre de situation. Mais pas cette fois, ou votre amie Mlle Mills mourra la première. Vous avez compris ?

— J'ai compris.

L'homme a raccroché. Il a regardé Rachel. Il avait des yeux bruns avec un cercle d'or au milieu. Des yeux presque doux, des yeux de biche. Puis il s'est tourné vers Denise Vanech. Elle s'est tassée sur elle-même. Le colosse a souri.

Devinant son intention, Rachel a hurlé :

— Non !

Mais déjà il avait pointé son arme sur la tête de Denise Vanech. Il a tiré à trois reprises. Les trois balles ont atteint leur cible. Denise s'est affaissée et a glissé du canapé sur le sol. À présent, le pistolet était braqué sur Rachel.

— Ne bougez pas.

Elle a obtempéré. Que Denise Vanech soit morte ne faisait pas l'ombre d'un doute. Elle avait les yeux ouverts, et son sang ruisselait, formant un contraste saisissant avec toute cette blancheur immaculée.

42

ET MAINTENANT, JE FAIS QUOI ?

J'avais appelé Rachel pour l'informer de l'assassinat de Steven Bacard. Et j'étais tombé sur cet individu qui la retenait en otage. J'ai essayé de réfléchir, de prendre du recul, mais le temps me manquait. De toute façon, les règles du jeu avaient été fixées d'avance. Jamais, ni la première ni la seconde fois, ces gens-là n'avaient eu l'intention de me rendre ma fille.

Verne avait résumé ma situation en une formule lapidaire : « Du moment qu'on se raconte pas d'histoires… » Peut-être étais-je en train de me raconter des histoires… La découverte de ce réseau d'adoption clandestin m'avait redonné espoir. Il n'était pas impossible que ma fille soit en vie. Qu'elle ait été victime de cette même bande de trafiquants. C'était monstrueux ? Oui. Mais la perspective de sa mort l'était infiniment plus.

Je ne savais plus que croire.

J'ai consulté ma montre. Vingt minutes avaient passé. Chaque chose en son temps. J'ai d'abord appelé Lenny sur sa ligne privée, à son cabinet.

— Un type nommé Steven Bacard vient d'être assassiné à East Rutherford.

— Bacard, l'avocat ?

— Tu le connais ?

— J'ai travaillé sur un dossier avec lui il y a quelques années. Oh, merde !

— Quoi ?

— Tu m'avais parlé d'adoption, à propos de Stacy. Je ne voyais pas le lien. Mais maintenant que tu as prononcé le nom de Bacard… Stacy m'a questionné sur lui, il y a… quoi ? trois, quatre ans.

— Pourquoi ?

— Je ne sais plus. C'était en rapport avec la maternité.

— Ça veut dire quoi ?

— Franchement, je ne m'en souviens plus. Je n'ai pas dû faire attention. Je lui ai juste dit de ne signer aucun papier sans me le montrer au préalable.

Puis Lenny m'a demandé :

— Comment sais-tu qu'il a été assassiné ?

— Je viens de voir le corps.

— Holà, n'en dis pas plus. La ligne n'est peut-être pas sûre.

— J'ai besoin de toi. Appelle les flics. Il faut qu'ils aillent fouiller dans les fichiers de Bacard. Il dirigeait une grosse arnaque à l'adoption. Il est probable qu'il ait quelque chose à voir avec le kidnapping de Tara.

— Comment ?

— Je n'ai pas le temps de t'expliquer.

— O.K., d'accord, je préviens Tickner et Regan. Au fait, Regan te cherche, tu sais.

— Je m'en doute.

Et j'ai raccroché avant qu'il ne me pose d'autres questions.

419

J'étais à Ridgewood, à présent. Pas une seconde, je n'avais cru l'homme au téléphone. Ils n'étaient pas là pour échanger des informations. Ils étaient là pour faire place nette. Rachel et moi en savions beaucoup trop. Ils m'attiraient dans cette souricière pour nous éliminer tous les deux.

Que faire, alors ?

Le délai était presque écoulé. Si je tardais à me manifester, l'homme du téléphone allait s'énerver. Fallait-il alerter la police ? Non, il m'avait prévenu de ne pas « faire le mariole », et puis, le risque de fuite existait toujours. J'avais une arme, et je savais m'en servir. Je n'avais plus de scrupules de ce côté-là, du moins pas vis-à-vis de ces gens.

Je me suis garé une rue plus loin et, attrapant le pistolet, je me suis dirigé vers la maison de Denise Vanech.

Il l'appelait Lydia. Elle l'appelait Heshy.

La femme était là depuis cinq minutes. Elle était menue et jolie ; ses grands yeux de poupée pétillaient d'excitation. Plantée devant le cadavre de Denise Vanech, elle regardait le sang qui continuait à couler, goutte à goutte. Rachel ne bougeait pas. Ses mains étaient ligotées dans son dos avec du ruban isolant. La dénommée Lydia a pivoté vers elle.

— Cette tache, ça va être l'enfer pour la faire partir.

Rachel l'a dévisagée fixement. Lydia a souri.

— Quoi, ce n'est pas drôle ?

— Intérieurement, a rétorqué Rachel, je pleure de rire.

— Vous êtes passée tout à l'heure voir une jeune fille nommée Tatiana, n'est-ce pas ?

Rachel n'a rien dit. Le géant qui répondait au nom de Heshy a entrepris de baisser les stores.

— Elle est morte. Je pensais que ça pouvait vous intéresser.

Lydia s'est assise à côté d'elle.

— Vous vous souvenez du feuilleton *Rires de famille* ?

Rachel se demandait comment elle devait réagir. À l'évidence, cette Lydia était complètement cinglée. Hésitante, elle a acquiescé.

— Oui.

— Vous étiez une fan ?

— Je trouvais ça débile.

Rejetant la tête en arrière, Lydia a ri aux éclats.

— C'est moi qui jouais Trixie.

— Vous devez en être très fière, a dit Rachel.

— Ah, mais je le suis. Je le suis.

Lydia a rapproché son visage du sien.

— Vous savez, bien sûr, que vous allez mourir.

Rachel n'a pas cillé.

— Dans ce cas, si vous me racontiez ce qui est arrivé à Tara Seidman ?

— Oh, je vous en prie.

Lydia s'est levée.

— J'ai été actrice, ne l'oubliez pas. J'étais à la télévision. Alors quoi, c'est le moment de tout révéler pour que le public puisse suivre, et que votre héros accoure pour vous sauver ? Désolée, chérie.

Elle s'est tournée vers Heshy.

— Bâillonne-la, Nounours.

Il a plaqué le ruban isolant sur la bouche de Rachel et l'a enroulé autour de sa tête. Puis il est retourné se poster à la fenêtre. Lydia s'est inclinée vers son oreille. Rachel a senti son haleine sur elle.

— Vous savez le plus drôle ? (Elle s'est penchée davantage.) Je n'ai pas la moindre idée de ce qui est arrivé à Tara Seidman.

Bon, d'accord, je n'allais pas frapper à cette porte, le bec enfariné.

Soyons clairs : ils avaient l'intention de nous tuer. La seule solution était donc de les surprendre. Je ne connaissais pas la maison, mais je pouvais toujours m'introduire à l'intérieur par une fenêtre latérale.

Zia avait évoqué mon ego de chirurgien. Je reconnais que ça me faisait peur. J'étais certain de réussir mon coup. J'étais quelqu'un de brillant, capable de ruser. Et si jamais ça ne marchait pas, je leur proposerais un marché : moi contre Rachel. Je ne me laisserais plus abuser par leurs discours. Oui, j'avais envie de croire que Tara était vivante. Oui, j'avais envie de croire qu'ils savaient où elle était. Seulement, je ne voulais plus risquer la vie de Rachel pour un château en Espagne. Ma vie à moi ? Pas de problème. Mais pas celle de Rachel.

J'essayais de m'abriter derrière les arbres sans trop attirer l'attention. Mais c'était presque impossible. Dans un quartier comme celui-ci, les gens ne se planquent pas. J'imaginais déjà les voisins m'épiant derrière leurs volets, la main sur le téléphone. De toute façon, quoi qu'il arrive, la police ne débarquerait qu'après la bataille.

Quand mon portable a sonné, j'ai sursauté. Un juron m'a échappé. Le Dr Cool, le Dr Je-sais-tout, avait oublié de mettre son téléphone sur vibreur. J'ai réalisé alors, consterné, que je me faisais des illusions. Je n'étais pas dans mon élément ici. Et s'il avait sonné juste au moment où je pénétrais dans la maison ?

Je me suis réfugié derrière un arbuste pour répondre.

— Côté camouflage, vous avez encore beaucoup à apprendre, a chuchoté Verne. Franchement, vous êtes d'une nullité crasse.

— Où êtes-vous ?

— Regardez la fenêtre du fond, à l'étage.

J'ai jeté un coup d'œil sur la maison de Denise Vanech. Verne était à la fenêtre. Il m'a adressé un signe de la main.

— La porte de derrière était ouverte. C'est comme ça que je suis entré.

— Qu'est-ce qui se passe là-dedans ?

— « Petits meurtres entre amis » … Je les ai entendus dire qu'ils ont flingué la fille du motel. La Denise aussi, ils l'ont descendue. Elle est raide morte, par terre, à un mètre de Rachel.

J'ai fermé les yeux.

— C'est un piège, Marc.

— Je suis au courant.

— Ils sont deux : un homme et une femme. Écoutez-moi bien. Vous allez retourner fissa à la voiture et vous viendrez vous garer dans la rue. Vous serez trop loin pour leur servir de cible. Restez où vous êtes. Ne vous approchez pas. Je veux seulement que vous détourniez leur attention, compris ?

— Oui.

— Je tâcherai d'en garder un en vie, mais je promets rien.

Il a raccroché. Je me suis dépêché de regagner la voiture. Mon cœur battait à tout rompre. Mais il y avait un espoir maintenant : Verne était dans la maison. Et il était armé. Je me suis arrêté devant chez Denise Vanech. Les stores étaient baissés ; les rideaux, tirés. J'ai pris une grande inspiration. Puis j'ai ouvert la portière et je suis descendu.

Silence.

Je m'attendais à des coups de feu. Mais ce n'était pas ce que j'ai entendu en premier. Le premier bruit, ç'a été un fracas de verre brisé. Et j'ai vu Rachel traverser la fenêtre.

— Sa voiture est là, a dit Heshy.

Rachel avait toujours les mains liées et du ruban isolant autour de la tête. Elle savait que c'était la fin. Marc frapperait à la porte. Ils le feraient entrer, cette version mutante de Bonnie et Clyde, puis ils les abattraient tous les deux.

Tatiana était morte. Denise Vanech était morte. Il n'y avait plus d'issue. Elle avait prié pour que Marc s'en rende compte et prévienne la police. Mais il était là. Il allait probablement tenter un coup d'éclat, ou alors, aveuglé par l'espoir, foncer tête baissée dans le traquenard.

D'une manière ou d'une autre, il fallait l'en empêcher.

La seule solution était de les surprendre. Même ainsi, même si elle y parvenait, elle ne pouvait guère espérer mieux que sauver Marc. Tout le reste, c'était du pipeau.

Ils n'avaient pas pris la peine de lui ligoter les pieds. Pour quoi faire ? Bâillonnée, les mains entravées, elle ne représentait aucun danger.

Et c'était bien ce qu'elle escomptait.

Rachel s'est remise debout. Lydia s'est retournée et a pointé son arme sur elle.

— Asseyez-vous.

Elle n'a pas bronché. Et Lydia s'est trouvée face à un dilemme. Si elle tirait, Marc comprendrait qu'il y avait un problème. C'était l'impasse. Mais ça n'allait pas durer. Une idée — une idée plutôt bancale — a germé dans l'esprit de Rachel. Elle s'est précipitée vers la fenêtre.

Lydia a parfaitement compris ce qu'elle faisait, mais pas moyen de l'arrêter. Baissant la tête tel un bélier, Rachel s'est élancée droit sur la baie vitrée. Lydia a levé son pistolet. Rachel s'était préparée au choc, à la douleur. La vitre s'est brisée avec une facilité déconcertante. Rachel est passée au travers, mais elle n'avait pas prévu l'atterrissage. Avec ses mains liées, il lui était impossible d'amortir sa chute.

Tournant la tête, elle s'est reçue sur l'épaule. Quelque chose a craqué et une douleur lancinante lui a transpercé la jambe. Un éclat de verre était fiché dans sa cuisse. Le bruit allait sûrement alerter Marc. Mais tandis qu'elle basculait sur le dos, une bouffée d'angoisse l'a submergée. Oui, elle avait prévenu Marc. Il l'avait vue tomber par la fenêtre.

Et maintenant, sans se soucier du danger, il accourait vers elle.

Verne était tapi dans l'escalier.

Il s'apprêtait à passer à l'action quand Rachel s'est levée brusquement. Avait-elle perdu la boule ? Non, il a compris, c'était juste une jeune femme courageuse. Après tout, elle ignorait qu'il se cachait là-haut. Elle ne pouvait pas rester là à attendre que Marc se fasse piéger à son tour. Ce n'était pas le genre de la maison.

— Asseyez-vous.

C'était la femme. La petite mignonne, Lydia. Lorsqu'elle a levé son arme, Verne a paniqué. Il n'était pas encore en position. Mais Lydia n'a pas pressé la détente. Sous le regard ahuri de Verne, Rachel a sauté par la fenêtre.

Vous parlez d'une diversion !

Verne s'est déplacé. Il avait entendu dire des dizaines de fois que, dans un moment critique, tout semble se dérouler au ralenti. Les secondes deviennent des heures. Des foutaises, oui. C'est quand on regardait en arrière, quand on se rejouait la scène bien au chaud et en sécurité, qu'on avait l'impression que le temps s'écoulait lentement. Dans le feu de l'action, lorsque par exemple lui et ses trois potes s'étaient trouvés aux prises avec les soldats d'« élite » de Saddam, tout s'était passé très vite. Comme à cet instant.

Verne a surgi dans la pièce.

— Lâchez ça !

Le grand costaud était en train de viser par la fenêtre que Rachel venait de franchir. Trop tard pour renouveler la sommation. Verne a tiré deux fois. Heshy s'est effondré. Lydia a hurlé. Verne a plongé derrière le canapé. Lydia s'est remise à crier.

— Heshy !

Pensant qu'elle allait tirer sur lui, Verne a risqué un œil. Mais Lydia avait jeté son arme. Agenouillée, elle tenait tendrement la tête de Heshy entre ses mains.

— Non ! Ne meurs pas. Ne m'abandonne pas, Heshy, s'il te plaît, ne m'abandonne pas.

Verne a repoussé le pistolet d'un coup de pied. Son arme à lui était pointée sur Lydia.

Elle parlait tout bas, avec une douceur maternelle.

— S'il te plaît, Heshy. S'il te plaît, ne meurs pas. Oh, mon Dieu, ne m'abandonne pas.

— Je ne t'abandonnerai jamais, a répondu Heshy.

Lydia a levé un regard implorant sur Verne. Il ne s'est pas donné la peine de composer le 911. On entendait déjà les sirènes dehors. Heshy a saisi la main de Lydia.

— Tu sais ce que tu as à faire…

— Non, a-t-elle dit d'une toute petite voix.

— Lydia, on s'était mis d'accord.

— Tu ne vas pas mourir.

Il a fermé les yeux. Sa respiration était laborieuse.

— Le monde va penser que tu es un monstre.

— Ce qui m'importe, c'est ce que tu penses, toi. Promets-le-moi, Lydia.

— Tu vas t'en sortir.

— Promets-le.

Elle a secoué la tête. Son visage était baigné de larmes.

— Je ne peux pas.

— Si, tu peux.

Il a esquissé un dernier sourire.

— N'oublie pas que tu es une grande actrice.

— Je t'aime.

Mais il n'a pas rouvert les yeux. En sanglotant, Lydia le suppliait de ne pas l'abandonner. Les sirènes étaient toutes proches maintenant. Verne s'est écarté. En entrant, les policiers ont formé un cercle autour d'elle. Tout à coup, Lydia a enlevé sa tête de la poitrine de Heshy.

— Dieu soit loué, leur a-t-elle dit, donnant à nouveau libre cours à ses larmes. Mon cauchemar est enfin terminé.

Rachel a été transportée à l'hôpital. J'ai voulu l'accompagner, mais la police en a décidé autrement. J'ai donc contacté Zia pour la confier à ses bons soins.

Les flics nous ont interrogés pendant des heures, Verne, Katarina et moi. Séparément, puis ensemble. Je pense qu'ils nous ont crus. Lenny était là aussi. Regan et Tickner ont fait leur apparition, mais au bout d'un certain temps seulement. Ils avaient été retenus, trop occupés à éplucher les fichiers de Bacard.

Regan s'est assis en face de moi.

— Rude journée, hein, Marc ?

— Je ne suis pas vraiment d'humeur à bavarder, inspecteur.

— La femme se fait appeler Lydia Davis. Mais son véritable nom est Larissa Dane.

J'ai plissé le front.

— Pourquoi ce nom-là me dit-il quelque chose ?

— Gamine, elle a joué dans une série télévisée.

— Trixie. (Ça m'était revenu.) Dans *Rires de famille*.

— Exact. Du moins, c'est ce qu'elle prétend. Elle affirme que ce type — le dénommé Heshy — la séquestrait et la forçait à faire des choses. Votre ami Verne affirme qu'elle raconte des salades, mais ce n'est pas ce qui nous préoccupe actuellement. Elle jure qu'elle ne sait rien au sujet de votre fille.

— Comment est-ce possible ?

— Elle dit qu'ils étaient de simples sicaires. Bacard serait venu voir Heshy avec l'idée de réclamer une rançon pour un enfant qu'ils n'avaient pas kidnappé. Heshy a été emballé. C'était beaucoup d'argent — et comme ils n'avaient pas la petite, le risque était quasi nul.

— Elle dit qu'ils n'ont rien à voir avec l'agression ?

— Tout à fait.

J'ai regardé Lenny. Lui aussi avait vu le hic.

— Mais ils avaient mon revolver. Celui qui a tué le frère de Katarina.

— Oui, je sais. Selon elle, Bacard l'a remis à Heshy pour vous piéger. Heshy a abattu Pavel et abandonné l'arme sur place afin qu'on vous croie coupables, vous et Rachel.

— Et comment se sont-ils procuré les cheveux de Tara, pour la demande de rançon ? Comment se sont-ils procuré son vêtement ?

— Toujours d'après Mlle Dane, c'est Bacard qui les leur a fournis.

J'ai secoué la tête.

— C'est donc Bacard qui aurait kidnappé Tara ?

— Elle affirme ne pas être au courant.

— Et ma sœur ? Comment a-t-elle été mêlée à tout ça ?

— Une fois de plus, à cause de Bacard. Il leur a parlé de Stacy en tant que prête-nom. Heshy l'a chargée de déposer l'argent à la banque. Puis il l'a liquidée.

Mon regard est allé de Regan à Tickner.

— Ça ne colle pas.

— On continue à y travailler.

Lenny les a interrompus :

— J'ai une question. Pourquoi ont-ils récidivé au bout d'un an et demi ?

— Mlle Dane n'en est pas certaine, mais elle suspecte que c'est simplement par appât du gain. Bacard les aurait relancés pour savoir si Heshy voulait gagner encore un million. Il a dit oui. On a consulté les livres comptables de Bacard : visiblement, il avait de gros soucis financiers. Nous pensons donc qu'elle dit vrai. Bacard a juste voulu se couper une autre part de gâteau.

Je me suis frotté le visage. Je commençais à avoir mal aux côtes.

— Avez-vous trouvé ses fichiers d'adoption ?

Regan a jeté un coup d'œil à Tickner.

— Pas encore.

— Comment ça ?

— Écoutez, on débarque à peine, là. Mais nous les retrouverons. Nous contrôlerons tous les placements auxquels il a procédé, surtout ceux qui remontent à dix-huit mois et concernent un enfant de sexe féminin. S'il a fait adopter Tara, nous le saurons rapidement.

J'ai secoué la tête de plus belle.

— Qu'est-ce qu'il y a, Marc ?

— Ça n'a aucun sens. Voilà un type qui gère un trafic lucratif. Pourquoi tirer sur moi et Monica et augmenter la mise d'un meurtre et d'un kidnapping ?

— Mystère, a répondu Regan. On peut tous convenir, je pense, qu'il y a beaucoup d'éléments qui nous échappent encore. Mais l'explication la plus plausible, c'est que votre sœur a agi avec l'aide d'un complice et qu'elle a ensuite apporté le bébé à Bacard.

Fermant les yeux, je me le suis répété mentalement. Stacy aurait-elle pu faire ça ? Entrer chez moi par effraction et ouvrir le feu ? Tout à coup, une pensée m'a traversé l'esprit.

Pourquoi n'avais-je pas entendu le bruit de vitre cassée ?

Pourquoi, juste avant le coup de feu, n'avais-je rien entendu *du tout* ? Le verre qui se brise, une sonnerie, une porte qui s'ouvre ? Pourquoi ? D'après Regan, je faisais un blocage. Mais je venais de comprendre que ce n'était pas ça.

— La barre de céréales, ai-je dit.

— Pardon ?

Je me suis tourné vers lui.

— Vous partez du principe que j'ai oublié quelque chose, n'est-ce pas ? Stacy et son complice ont soit brisé une vitre, soit — je ne sais pas, moi — sonné à la porte. J'aurais entendu l'un ou l'autre. Sauf que ce n'est pas le cas. Je me revois en train de manger ma barre de céréales, puis plus rien.

— Exact.

— Voyez-vous, c'est très précis dans ma tête. J'avais la barre de céréales à la main. Quand vous m'avez trouvé, elle était par terre. Combien en avais-je mangé ?

— Peut-être une bouchée ou deux, a dit Tickner.

— Alors votre histoire d'amnésie ne tient pas. J'étais debout devant l'évier en train de manger ma barre de céréales. Je m'en souviens. C'est comme ça que vous m'avez découvert. Il n'y a rien eu dans l'intervalle. Et puis, si c'est ma sœur, pourquoi aurait-elle déshabillé Monica, nom de… ?

Je me suis tu.

Lenny a dit :

— Marc ?

Est-ce que tu l'aimais ?

J'avais les yeux dans le vague.

Tu sais qui a tiré sur toi, n'est-ce pas, Marc ?

Dina Levinsky. J'ai pensé à sa curieuse visite dans la maison de son enfance. J'ai pensé aux deux revolvers — dont un était à moi. J'ai pensé au CD-ROM dissimulé au sous-sol, dont Dina m'avait indiqué la cachette. J'ai pensé aux photos prises devant l'hôpital. J'ai pensé à ce qu'Edgar m'avait dit : que Monica avait consulté un psychiatre.

Et une idée angoissante, tellement angoissante que j'avais bel et bien pu l'occulter, a commencé à se faire jour dans mon esprit.

43

PRÉTEXTANT UN MALAISE, je me suis excusé pour aller aux toilettes. Là, j'ai composé le numéro d'Edgar. Mon beau-père a répondu en personne, ce qui m'a un peu surpris.

— Allô ?

— Vous m'avez bien dit que Monica était allée voir un psychiatre ?

— Marc ? C'est vous ? (Il s'est éclairci la voix.) Je viens juste d'avoir la police. Ces ânes bâtés m'avaient convaincu que vous étiez derrière tout ça et…

— Je n'ai pas le temps, là. J'essaie toujours de retrouver Tara.

— Qu'est-ce qu'il vous faut ?

— Connaissez-vous le nom de son psychiatre ?

— Non.

J'ai réfléchi une seconde.

— Carson est là ?

— Oui.

— Passez-le-moi.

Il y a eu une brève pause. J'ai tapoté du pied. La voix grave d'oncle Carson a résonné dans l'appareil.

— Marc ?

— Vous étiez au courant pour ces fameuses photos, n'est-ce pas ?

Il n'a pas répondu.

— J'ai vérifié nos comptes. L'argent ne vient pas de chez nous. C'est vous qui avez payé le détective privé.

— Ça n'a rien à voir avec le meurtre ou le kidnapping, a dit Carson.

— Je pense que si. Monica a dû vous dire le nom de son psychiatre. Qui est-ce ?

Nouveau silence.

— Je cherche à savoir ce qui est arrivé à Tara.

— Elle ne l'a vu que deux fois. Comment pourrait-il vous aider ?

— Ce n'est pas lui qui m'intéresse. C'est son nom.

— Quoi ?

— Répondez par oui ou par non. Est-ce qu'il s'appelle Stanley Radio ?

Je l'entendais respirer dans le combiné.

— Carson ?

— Je lui ai déjà parlé. Il ne sait rien…

Mais j'avais déjà raccroché. Carson ne m'en dirait pas plus.

En revanche, Dina Levinsky, si.

J'ai demandé à Regan et Tickner si j'étais en état d'arrestation. Ils m'ont dit que non. J'ai demandé à Verne si je pouvais encore emprunter la Camaro.

— *No problemo.*

Et, plissant les yeux, il a ajouté :

— Vous voulez un coup de main ?

— Non. C'est fini maintenant, pour Katarina et vous. Vous n'êtes plus concernés.

— Je serai toujours là, si vous avez besoin de moi.

433

— Rentrez chez vous, Verne.

À ma grande surprise, il m'a broyé dans ses bras. Katarina m'a embrassé. J'ai suivi le pick-up des yeux. Puis j'ai pris la direction de Manhattan. Ça roulait très mal ; j'ai mis plus d'une heure à franchir le péage, ce qui m'a laissé le temps de donner quelques coups de fil. J'ai appris que Dina Levinsky partageait un appartement avec une amie à Greenwich Village.

Vingt minutes plus tard, je frappais à sa porte.

En rentrant du déjeuner, Eleanor Russell a trouvé une simple enveloppe Kraft sur sa chaise. Elle était adressée à son patron, Lenny Marcus, avec la mention PERSONNEL ET CONFIDENTIEL.

Cela faisait huit ans qu'Eleanor travaillait pour Lenny. Elle avait une immense affection pour lui. Elle-même n'ayant pas d'enfants — elle et son mari Saul, décédé depuis trois ans, n'avaient pas eu cette chance-là —, elle était devenue une grand-mère de substitution pour la famille Marcus. Elle avait même une photo de Cheryl et de leurs quatre gosses sur son bureau.

Eleanor a examiné l'enveloppe en fronçant les sourcils. Comment avait-elle atterri ici ? Elle a risqué un coup d'œil dans le bureau de Lenny. Il avait l'air épuisé. Sûrement parce qu'il s'était rendu sur le lieu d'un crime. L'affaire autour de son meilleur ami, le Dr Marc Seidman, faisait à nouveau la une des journaux. Normalement, elle ne l'aurait pas dérangé dans un moment pareil. Mais compte tenu de l'expéditeur… ma foi, il valait mieux qu'il juge par lui-même.

Lenny était au téléphone. En la voyant entrer, il a posé la main sur le combiné.

— Je suis occupé.

— Il y a ceci qui vient d'arriver pour vous.

Eleanor lui a tendu l'enveloppe. Il n'y a pas vraiment fait attention. Puis son regard est tombé sur le nom de l'expéditeur. Il l'a retournée, l'a inspectée recto verso.

En fait de nom, on lisait : *De la part d'un ami de Stacy Seidman.*

Lâchant le téléphone, Lenny a ouvert l'enveloppe.

À mon avis, Dina Levinsky n'a pas été trop surprise de me voir.

Elle m'a fait entrer sans mot dire. Les murs étaient recouverts de ses peintures, accrochées pour la plupart de guingois. L'effet d'ensemble, à la Dali, finissait par donner le tournis. Nous nous sommes installés dans la cuisine. Dina m'a proposé du thé. J'ai décliné son offre. Elle a posé ses mains sur la table. Ses ongles étaient rongés presque à moitié. Étaient-ils déjà dans le même état quand elle était venue chez moi ? Elle m'a paru différente, plus triste. Ses cheveux avaient l'air plus raides. Elle baissait les yeux. On aurait dit la pitoyable petite chose que j'avais connue à l'école primaire.

— Tu as trouvé les photos ? a-t-elle demandé.

— Oui.

Dina a fermé les yeux.

— Je n'aurais pas dû te mettre sur la piste.

— Et pourquoi tu l'as fait, alors ?

— Je t'ai menti.

J'ai opiné du chef.

— Je ne suis pas mariée. Je n'aime pas le sexe. La vie affective me pose problème. (Elle a haussé les épaules.) Même le fait de dire la vérité me pose problème.

Elle s'est efforcée de sourire. Moi aussi.

— En thérapie, on nous apprend à gérer nos angoisses. Pour y arriver, il faut regarder la vérité en face, même si ça fait mal. Sauf que, vois-tu, je ne savais pas trop où elle était. J'ai donc essayé de t'y amener.

— Tu étais déjà venue à la maison avant l'autre soir, n'est-ce pas ?

Elle a hoché la tête.

— Et c'est comme ça que tu as rencontré Monica ?

— Oui.

— Vous êtes devenues amies ?

— On avait une chose en commun.

— Et qui est ?

Dina a levé sur moi un regard tourmenté.

— Maltraitance ? ai-je dit.

Nouveau hochement de tête.

— Edgar ?

— Non, pas Edgar. Sa mère. Ça n'avait rien de sexuel, c'était plutôt physique et moral. Cette femme était très malade. Tu le savais, non ?

— Je suppose que oui.

— Monica avait besoin d'aide.

— Du coup, tu lui as présenté ton psy.

— J'ai essayé. Je lui ai pris un rendez-vous avec le Dr Radio. Mais ça n'a pas marché.

— Comment ça se fait ?

— Monica n'était pas de ces femmes qui croient à la psychothérapie. Elle pensait pouvoir régler ses problèmes toute seule.

J'ai acquiescé.

— À la maison, tu m'as demandé si j'aimais Monica. Pourquoi ?

— Parce qu'elle était sûre que non.

Dina a mis un doigt dans sa bouche, cherchant un bout d'ongle à mordiller. Évidemment, il n'y en avait plus.

436

— Elle considérait qu'elle n'était pas digne d'être aimée. Comme moi. À une différence près.

— Laquelle ?

— Il y avait au moins une personne qui l'aimerait toujours.

Je devinais la réponse.

— Tara.

— Elle t'a piégé, Marc. Tu t'en es rendu compte, j'imagine. Ce n'était pas un accident. Elle voulait se faire faire un enfant.

Malheureusement, l'apprendre ne m'a pas étonné. Une fois encore, comme au bloc, j'ai tenté de recomposer le tableau.

— Monica croyait donc que je ne l'aimais plus. Elle avait peur que je demande le divorce. Elle était perturbée. Elle pleurait la nuit.

Ce récapitulatif, je le faisais autant pour Dina que pour moi-même. Je n'avais pas très envie de poursuivre dans cette direction, mais il n'y avait plus moyen de m'arrêter.

— Elle est fragile. Ses nerfs sont usés. Et voilà qu'elle tombe sur ce message de Rachel.

— Ton ancienne copine ?

— Oui.

— Tu as gardé sa photo dans ton bureau. Monica le savait. Tu conservais des souvenirs d'elle.

Les yeux clos, j'ai repensé au CD de Steely Dan dans la voiture. La musique que j'écoutais à la fac. Avec Rachel.

— Elle a engagé un détective privé pour savoir si j'avais une maîtresse. Il a pris les photos.

Dina a hoché la tête.

— Désormais, elle tient ses preuves : je vais la quitter pour une autre femme. Je dirai qu'elle est quelqu'un

437

d'instable. Qu'elle n'est pas faite pour être mère. Je suis un médecin respecté, et Rachel a des relations dans les forces de l'ordre. Nous finirons par obtenir la garde du seul être qui compte pour Monica : Tara.

Dina s'est levée de table. Elle a lavé un verre sous le robinet avant de le remplir d'eau. J'ai repensé encore à ce qui s'était passé ce matin-là. Pourquoi n'avais-je pas entendu un bruit de verre brisé ? Pourquoi n'avais-je pas entendu sonner à la porte ? Pourquoi n'avais-je pas entendu l'intrus pénétrer dans la maison ?

Facile, il n'y avait pas d'intrus.

Des larmes me sont montées aux yeux.

— Qu'a-t-elle fait, Dina ?

— Tu le sais, Marc.

J'ai serré les paupières.

— Je ne pensais pas qu'elle en serait capable. Pour moi, c'étaient des paroles en l'air. Elle était tellement déprimée. Quand elle m'a demandé si je savais comment se procurer une arme, j'ai cru qu'elle voulait se suicider. Jamais je n'aurais imaginé…

— Qu'elle tirerait sur moi ?

L'atmosphère était si lourde, tout à coup. Je me suis senti fatigué. Trop fatigué pour pleurer. Mais ce n'était pas fini.

— Elle t'a demandé de l'aider à se procurer une arme ? Dina s'est essuyé les yeux.

— Oui.

— Et tu l'as fait ?

— Non. Je n'y connaissais rien. Elle a dit que tu en avais une à la maison, mais que ce serait trop évident. Alors elle s'est adressée à la seule personne de son entourage aux fréquentations suffisamment louches pour pouvoir la renseigner.

Je commençais à comprendre.

— Ma sœur.

— Oui.

— Et Stacy lui a apporté une arme ?

— Je ne le crois pas.

— Qu'est-ce qui te fait dire ça ?

— Le matin où c'est arrivé, Stacy est venue me voir. Parce que l'idée de la solliciter, on l'a eue ensemble, Monica et moi. Monica lui a donc parlé de moi. Elle voulait savoir pourquoi Monica avait besoin d'une arme. Je n'ai pas été fichue de le lui dire. Elle est partie en courant. J'étais paniquée. J'aurais bien demandé conseil au Dr Radio, mais ma prochaine séance était dans l'après-midi. J'ai pensé que ça pouvait attendre.

— Et ensuite ?

— Je ne sais toujours pas ce qui s'est passé, Marc. C'est la vérité. Mais je sais que Monica a tiré sur toi.

— Comment tu as su ?

— J'avais peur. J'ai appelé chez toi. Monica a décroché. Elle pleurait. Elle m'a dit que tu étais mort. Elle n'arrêtait pas de répéter : « Mais qu'est-ce que j'ai fait ? Mais qu'est-ce que j'ai fait ? » Puis, brusquement, elle a raccroché. J'ai rappelé. Ça ne répondait plus. Je ne savais vraiment pas quoi faire. Et là, j'ai entendu aux infos… Quand ils ont dit que ta fille avait disparu, je n'ai pas compris. Je croyais qu'on allait la retrouver très vite. Les photos non plus, ils ne les ont pas mentionnées. J'espérais… j'espérais que le fait de te mettre sur la piste de ces photos t'aiderait à y voir plus clair. Pas tellement pour vous deux. Mais pour ta fille.

— Pourquoi as-tu attendu tout ce temps ?

Ses paupières se sont abaissées un instant.

— Je traversais une mauvaise passe, Marc. Deux semaines après la fusillade, j'ai atterri à l'hôpital avec une dépression. Pour ne rien te cacher, j'étais dans un tel état que j'avais oublié tout ça. Ou peut-être que j'avais voulu oublier. Je ne sais pas.

Mon portable s'est mis à sonner. C'était Lenny.

— Où es-tu ? a-t-il demandé.

— Chez Dina Levinsky.

— Rendez-vous à l'aéroport de Newark. Terminal C. Maintenant.

— Qu'est-ce qui se passe ?

— Je crois… (Il s'est interrompu pour reprendre son souffle.) Je crois savoir où se trouve Tara.

44

LE TEMPS D'ARRIVER AU TERMINAL C, Lenny était déjà au comptoir d'enregistrement de la Continental Airlines. Il était six heures du soir, et l'aéroport était envahi d'une foule harassée. Il m'a tendu la lettre anonyme qu'il avait reçue à son cabinet.

Abe et Lorraine Tansmore
26, Marsh Lane
Hanley Hills, Missouri

C'était tout ce qu'elle contenait. Une adresse. Rien de plus.

— C'est une banlieue de Saint Louis, a expliqué Lenny. Je me suis renseigné.

Je contemplais fixement le nom et l'adresse sans dire un mot.

— Marc ?

Je l'ai regardé.

— Les Tansmore ont adopté une petite fille il y a un an et demi. Elle avait six mois quand ils l'ont eue.

Derrière lui, l'hôtesse a dit :

— Le suivant, s'il vous plaît.

Une femme a manqué me bousculer. Elle s'est peut-être excusée, mais je n'en suis pas sûr.

— Je nous ai réservé deux places sur le prochain vol pour Saint Louis. L'avion part dans une heure.

Une fois à la porte d'embarquement, je lui ai parlé de ma rencontre avec Dina Levinsky. Nous étions, selon notre habitude, assis l'un à côté de l'autre. Quand j'ai eu terminé, il a dit :

— Tu penses tenir une explication maintenant ?

— Exact.

On a suivi du regard un avion qui décollait. En face de nous, un vieux couple piochait dans un paquet de Pringles.

— Je suis quelqu'un de cynique. Je ne me fais pas d'illusions au sujet des toxicos. À la rigueur, il m'arrive de les sous-estimer. À mon avis, c'est ce qui s'est passé là.

— Comment ça ?

— Stacy n'aurait pas tiré sur moi. Elle n'aurait pas tiré sur Monica. Et elle n'aurait jamais fait de mal à sa nièce. Elle était toxicomane. Mais elle m'aimait.

— Je pense, a dit Lenny, que tu as raison.

— Avec le recul, je me rends compte à quel point j'étais dans mon petit monde…

J'ai secoué la tête. L'heure n'était pas à l'introspection.

— Bref, Monica était à bout. Elle n'a pas pu se procurer une arme et, tout compte fait, elle n'en a pas eu besoin.

— Elle s'est servie de la tienne.

— Oui.

— Et après ?

— Stacy a dû sentir le danger. Elle a foncé chez moi. Et elle a vu ce qui m'était arrivé. Ensuite… je ne sais pas exactement. Peut-être Monica a-t-elle retourné l'arme contre elle — ça expliquerait l'impact de balle à côté de l'escalier. Ou alors Stacy a réagi. Elle m'aimait. En me voyant allongé là, par terre, elle a dû croire que j'étais mort. J'ignore pourquoi, mais elle était armée. C'est elle qui a tué Monica.

On a annoncé l'embarquement, mais, pour l'instant, seuls les passagers de la classe affaires pouvaient se présenter au contrôle.

— Au téléphone, tu as dit que Stacy connaissait Bacard.

— Elle m'avait parlé de lui, ouais, a confirmé Lenny.

— Une fois de plus, je ne sais pas comment ça s'est passé en réalité. Mais imagine un peu. Je suis mort. Monica est morte. Stacy flippe un max. Tara pleure. Elle ne peut pas la laisser comme ça. Du coup, elle la prend avec elle. Très vite, elle comprend qu'elle ne peut pas s'occuper d'une gamine. Elle est trop à l'ouest pour ça. Elle la confie donc à Bacard et le charge de lui trouver une bonne famille. Ou bien, si on reste cynique, elle a peut-être monnayé Tara… on ne le saura jamais.

Lenny m'écoutait en hochant la tête.

— La suite, on la connaît. Bacard décide de gagner de l'argent en faisant croire à un kidnapping. Il engage ce couple de cinglés. Pour lui, obtenir des échantillons de cheveux n'est pas un problème. Bacard a doublé Stacy. Elle lui a servi de pigeon.

Quelque chose a traversé le regard de Lenny.

— Qu'est-ce que tu as ?

— Rien.

On a annoncé le numéro de notre rangée.

Lenny s'est levé.

— Allons-y.

Notre vol a été retardé. On est arrivés à Saint Louis à minuit passé, heure locale, trop tard pour entreprendre quoi que ce soit. Lenny nous a retenu une chambre au *Marriott*, à côté de l'aéroport. Je me suis acheté des habits dans leur boutique ouverte jusqu'à l'aube. Une fois dans la chambre, j'ai pris une longue douche très chaude. Puis on s'est couchés et on a contemplé le plafond.

Le matin, j'ai appelé l'hôpital pour avoir des nouvelles de Rachel. Elle dormait encore. Zia, qui était dans sa chambre, m'a assuré que tout allait bien. Lenny et moi avons essayé le petit déjeuner-buffet de l'hôtel, mais rien ne passait. La voiture de location nous attendait sur le parking. À la réception, on a indiqué à Lenny comment se rendre à Hanley Hills.

Je ne me souviens pas précisément du trajet. À part l'arc monumental au loin, je n'ai rien remarqué de particulier. Aujourd'hui, les États-Unis tendent à se transformer en un vaste centre commercial à ciel ouvert. Partout, ce sont les mêmes enseignes. C'est facile de critiquer — et je ne m'en prive pas, du reste —, de proclamer qu'on aime le changement, mais en fin de compte, surtout en ces temps troublés, on ne recherche peut-être que ce qui nous est familier.

À la sortie de la ville, j'ai ressenti des fourmis dans mes jambes.

— Qu'est-ce qu'on fait, Lenny ?

Il n'a pas su me répondre.

— Je me pointe chez eux et je dis : « Excusez-moi, je pense que c'est ma fille » ?

— On pourrait appeler la police.

Nous étions tout près maintenant. La voiture a tourné dans Marsh Lane. Je me suis mis à trembler. Lenny a voulu m'encourager du regard, mais lui-même était pâle. Le quartier était plus modeste que je ne l'aurais cru. Je m'étais imaginé les clients de Bacard plus riches. Lisant comme toujours dans mes pensées, Lenny a dit :

— Abe Tansmore est prof au collège. Lorraine Tansmore travaille dans une halte-garderie trois jours par semaine. Ils ont tous les deux trente-neuf ans. Ça fait dix-sept ans qu'ils sont mariés.

Devant nous, il y avait une maison avec une plaque couleur cerise qui disait : N° 26 — TANSMORE. C'était une petite maison de plain-pied. Toutes les habitations voisines avaient l'air fatiguées. Elle, non. La peinture pétillait tel un sourire. Formant de nombreuses taches colorées, les arbustes et les massifs de fleurs étaient entretenus avec le plus grand soin. J'ai aperçu un paillasson devant la porte. Une palissade basse entourait le jardin. Une Volvo break ancien modèle était garée dans l'allée. Il y avait un tricycle aussi, et un tracteur en plastique multicolore.

J'ai vu une femme dans le jardin.

Lenny s'est garé sur une place de stationnement libre. Je m'en suis à peine rendu compte. Agenouillée, la femme était en train de sarcler les fleurs. Elle portait un bandana rouge autour de la tête et, de temps à autre, s'essuyait le front avec sa manche.

— Tu dis qu'elle travaille dans une halte-garderie ?

— Trois jours par semaine. Elle amène sa fille avec elle.

— Et comment ont-ils appelé leur fille ?

— Natasha.

J'ai hoché la tête, je ne sais pas pourquoi. Nous avons attendu. Cette femme, Lorraine, trimait dur, mais on sentait qu'elle y prenait du plaisir. Il émanait d'elle une impression de sérénité. J'ai baissé la vitre et je l'ai entendue siffloter. Une voisine est passée. Lorraine s'est relevée pour la saluer. Elle n'était pas jolie, mais elle avait un très beau sourire.

La porte d'entrée s'est ouverte, et j'ai vu Abe. Il était grand et maigre, avec une calvitie naissante et une barbe soigneusement taillée. Lorraine lui a adressé un petit signe de la main.

Soudain, Tara est sortie en courant.

Le temps s'est arrêté. Même l'air est resté comme en suspens dans mes poumons. À côté de moi, Lenny s'est raidi et a marmonné :

— Oh, mon Dieu !

Ces dix-huit derniers mois, jamais je n'aurais cru cet instant possible. Je m'étais certes convaincu — contraint et forcé — que peut-être, quelque part, Tara était vivante et bien portante. Mais mon inconscient savait que c'était un leurre. Il me le soufflait, me murmurait dans mon sommeil : « Tu ne reverras plus ta fille. »

Or c'était bien ma fille. Et elle était en vie.

Quelle surprise de constater qu'elle avait si peu changé. Elle avait grandi, bien sûr. Elle savait marcher, courir même. Mais son visage... non, aucune erreur possible. C'était Tara. C'était ma petite fille.

Elle s'est jetée dans les bras de Lorraine, et son rire cristallin a cascadé jusqu'à nous. Ça m'a brisé le cœur. Les larmes m'étouffaient. Lenny a posé la main sur mon bras. Je l'ai entendu renifler. Le mari, Abe, les a rejointes en souriant.

Longtemps, je les ai observés dans leur charmant petit jardin. J'ai vu Lorraine désigner patiemment chaque fleur en expliquant ce que c'était. J'ai vu Abe jouer à dada avec Tara. Lorraine lui a montré comment tasser la terre avec sa main. Un couple est arrivé, accompagné d'une petite fille de l'âge de Tara. Abe et l'autre père ont poussé les gamines sur une balançoire métallique derrière la maison. Leurs gloussements résonnaient à mes oreilles. Finalement, tout le monde est rentré. Abe et Lorraine ont été les derniers à franchir la porte, enlacés.

Lenny s'est tourné vers moi. Je me suis laissé aller contre l'appui-tête. J'avais espéré que cette journée marquerait la fin du voyage… je m'étais trompé.

Au bout d'un moment, j'ai dit :

— Partons.

45

DE RETOUR AU *MARRIOTT*, j'ai suggéré à Lenny de rentrer chez lui. Comme il voulait rester, je lui ai dit que j'allais régler ça tout seul… que je *voulais* régler ça tout seul. Il a acquiescé à contrecœur.

Puis j'ai téléphoné à Rachel. Elle avait l'air d'aller bien. Je lui ai expliqué la situation.

— Appelle Harold Fisher. Demande-lui de faire une recherche approfondie sur Abe et Lorraine Tansmore. Je veux savoir s'il y a quelque chose là-dessous.

— O.K., a-t-elle dit doucement. J'aurais bien aimé être là.

— Moi aussi, j'aurais aimé que tu sois là.

La tête dans les mains, je me suis assis sur le lit. Je ne crois pas que j'aie pleuré. Voilà, c'était fini. J'avais appris tout ce qu'il était possible de savoir. Lorsque Rachel a rappelé, deux heures plus tard, les informations qu'elle m'a communiquées se sont révélées sans surprise. Abe et Lorraine étaient des citoyens respectables. Abe a été le premier de sa famille à faire des études universitaires. Il avait deux sœurs, plus jeunes, qui habitaient dans la région. Chacune avait trois enfants. Il a rencontré Lorraine en première année de fac à l'université de Saint Louis.

Le soir est tombé. Debout, je me suis regardé dans la glace. Ma femme avait essayé de me tuer. D'accord, elle était instable. Je l'ai toujours su. Mais à l'époque, je ne m'en souciais guère. Je suis capable de reconstruire le visage d'un enfant. D'accomplir des miracles en salle d'opération. Pourtant, quand ma propre famille s'est disloquée, j'ai assisté à la chose en simple spectateur.

À présent, je songe au sens du mot « paternité ». J'aime ma fille. Mais depuis que j'ai vu Abe aujourd'hui, et quand je vois Lenny coacher son équipe de foot, je me pose des questions. Sur mon aptitude. Sur mon engagement. Et je me demande si je suis digne d'être père.

À moins que je connaisse déjà la réponse ?

Ma petite fille, je la voulais tant auprès de moi. Et je voulais tant ne pas être le seul à décider.

Tara avait l'air si heureuse, nom d'un chien.

Il était déjà minuit. À nouveau, je me suis observé dans la glace. Et si ce *statu quo* — le fait qu'elle reste avec Abe et Lorraine — était la bonne solution ? Aurais-je le courage de partir, de m'effacer ? J'ai défié du regard mon reflet dans le miroir. Chiche.

Je me suis couché. J'ai dû m'endormir car le coup frappé à ma porte m'a réveillé en sursaut. J'ai jeté un œil sur le réveil à affichage numérique à côté du lit. Il indiquait 5 : 19.

— Je dors, ai-je dit.

— Docteur Seidman ?

C'était une voix d'homme.

— Docteur Seidman, mon nom est Abe Tansmore.

J'ai ouvert la porte. Vu de près, il ne manquait pas de charme, un peu dans le style James Taylor. Il portait un jean et une chemise de couleur ocre. Ses yeux bleus étaient teintés de rouge. Comme les miens, sûrement. Pendant un bon moment, on s'est dévisagés en silence. J'ai voulu parler, mais je n'ai pas pu. M'écartant, je l'ai laissé entrer.

— Votre avocat est passé chez nous. Il…

Abe a dégluti avec effort.

— Il nous a tout raconté. Lorraine et moi n'avons pas dormi de la nuit. On a discuté. On a beaucoup pleuré.

Mais on savait depuis le départ, je crois, qu'il n'y avait qu'une seule solution.

Il s'efforçait de faire bonne figure, mais j'ai senti qu'il commençait à craquer. Il a fermé les yeux.

— Il faut qu'on vous rende votre fille.

Ne sachant pas que dire, j'ai secoué la tête.

— Nous devons décider ce qui est le mieux pour elle.

— C'est ce que je suis en train de faire, docteur Seidman.

— Appelez-moi Marc.

C'était idiot de ma part, je sais. Mais il me prenait de court.

— Si vous craignez une longue procédure judiciaire, Lenny n'aurait pas dû…

— Non, ce n'est pas ça.

Nous restions plantés au milieu de la pièce. Je lui ai indiqué le fauteuil. Il a fait non de la tête. Puis :

— Toute la nuit, j'ai essayé de me mettre à votre place. Je n'y suis pas arrivé. Certaines choses, on ne peut les imaginer que si on les a vécues soi-même. Vous avez souffert, mais ce n'est pas ça qui justifie notre décision, à Lorraine et moi. Ce n'est pas non plus parce que nous nous sentons coupables. À la réflexion, nous aurions peut-être dû nous interroger. Nous sommes allés chez Me Bacard. Mais ses honoraires s'élevaient à plus de cent

450

mille dollars. Je ne suis pas riche. Je n'avais pas les moyens de recourir à ses services. Quelques semaines plus tard, Me Bacard nous a rappelés. Il avait un bébé à placer de toute urgence. Ce n'était pas un nouveau-né, nous a-t-il dit. La mère venait juste de l'abandonner. Nous nous sommes bien doutés qu'il y avait un problème quelque part, mais il a dit que si on voulait ce bébé, on devait accepter son offre sans poser de questions.

Il a détourné les yeux. J'observais son visage.

— Au fond de nous, je pense qu'on a toujours su. Simplement, on n'assumait pas. Mais ce n'est pas non plus la raison pour laquelle je suis ici.

— C'est quoi, alors ? ai-je demandé tout bas.

Son regard a rencontré le mien.

— Une bonne cause ne peut justifier une mauvaise action.

J'ai dû avoir l'air perplexe.

— Si on ne fait pas ça, Lorraine et moi, on n'est pas dignes de l'élever. Nous voulons que Natasha soit heureuse. Et nous voulons qu'elle devienne quelqu'un de bien.

— Il se pourrait que vous soyez les mieux placés pour y parvenir.

Il a secoué la tête.

— Ce n'est pas comme ça que ça marche. On ne confie pas les enfants aux parents qu'on juge les mieux placés pour les éduquer. Cette décision ne nous appartient pas, ni à vous ni à moi. Vous n'imaginez pas à quel point ça nous est pénible. Ou peut-être que si.

J'ai entrevu mon reflet dans le miroir. Juste une fraction de seconde. Mais ça m'a suffi. J'ai vu l'homme que j'étais. Celui que je voulais être. Et je lui ai dit :

— J'aimerais que nous l'élevions ensemble.

Ma réponse l'a sidéré. Moi aussi, d'ailleurs.

— Je ne comprends pas très bien.

— Moi non plus. Mais on va y arriver.

— Comment ?

— Je n'en sais rien.

— Ça ne peut pas marcher. Vous devez bien vous en rendre compte.

— Non, Abe, je ne m'en rends pas compte. Je suis venu chercher ma fille pour la ramener à la maison — et je m'aperçois qu'elle en a déjà une. Ai-je le droit de vous l'arracher ? Je veux que, tous les deux, vous fassiez partie de sa vie. Je ne dis pas que ce sera facile. Mais il y a des gosses qui sont élevés par un seul parent, par des beaux-parents, dans des familles recomposées. Il y a des divorces, des séparations et Dieu sait quoi encore. Nous l'aimons tous, cette petite fille. Et nous ferons en sorte que ça marche.

Le visage émacié de l'homme s'est illuminé d'espoir. L'espace d'un instant, il a été incapable de proférer un son. Puis il a dit :

— Lorraine est dans le hall. Puis-je aller lui parler ?

— Bien sûr.

Il n'a pas été long. On a frappé à ma porte. Quand j'ai ouvert, Lorraine s'est jetée à mon cou. Et je l'ai serrée dans mes bras, cette femme que je ne connaissais pas. Ses cheveux sentaient la fraise. Derrière elle, Abe est entré dans la chambre. Avec Tara endormie sur son épaule. Lorraine a reculé, et, précautionneusement, il m'a tendu ma fille. Je l'ai prise, et mon cœur a volé en éclats. Tara a remué, a commencé à s'agiter. Je l'ai bercée en lui murmurant des mots tendres.

Alors elle s'est lovée tout contre moi et elle s'est rendormie.

46

TOUT S'EST GÂTÉ À NOUVEAU quand j'ai regardé le calendrier.

Plusieurs choses me tracassaient. La question des fuites, d'abord. Rachel et moi avions soupçonné quelqu'un de la police ou du FBI. Mais ça ne collait pas avec ma théorie de Stacy tirant sur Monica. Le fait que Monica ait été découverte sans vêtements, ensuite. Maintenant, je croyais savoir pourquoi. Mais, Stacy, elle, n'aurait pas su.

Le déclic, cependant, s'est produit quand j'ai regardé le calendrier et réalisé qu'on était mercredi.

L'agression et l'enlèvement avaient eu lieu un mercredi. Bien sûr, il y en avait eu, des mercredis, ces dix-huit derniers mois. En soi, le jour de la semaine ne voulait rien dire. Toutefois, avec la nouvelle donne, absorbée et digérée par mon cerveau, les pièces commençaient à s'emboîter les unes dans les autres. Les doutes, les interrogations, les petits détails apparemment anodins… tout se mettait en place. Et le tableau qui se dessinait sous mes yeux était bien pire que tout ce que j'avais imaginé.

Je me trouvais chez moi, à Kasselton — dans la maison du crime originel. J'ai téléphoné à Tickner pour confirmation.

— Il y a bien eu deux armes, deux trente-huit différents, n'est-ce pas ?

— Oui.

— Vous en êtes absolument sûr ?

— Sûr et certain.

— Et mon Smith et Wesson était l'une des deux ?

— Vous savez tout ça, Marc.

— Vous avez déjà eu tous les rapports balistiques ?

— En grande partie.

Je me suis humecté les lèvres. Pourvu que j'aie tort !

— Qui a été touché par mon revolver — moi ou Monica ?

Il s'est fait prier pour répondre.

— Pourquoi me demandez-vous ça maintenant ?

— Par curiosité.

— O.K., ne quittez pas une seconde.

Un bruissement de papiers. La gorge nouée, j'ai failli raccrocher.

— C'est votre femme.

En entendant un bruit de moteur dehors, j'ai reposé le combiné. Lenny a poussé la porte d'entrée. Il n'a pas frappé. C'est vrai que Lenny ne frappe jamais.

J'étais assis sur le canapé. Tout était calme ; les fantômes de la maison dormaient enfin. Il avait un gobelet en carton dans chaque main et un large sourire aux lèvres. Ce sourire-là, je l'avais vu un nombre incalculable de fois. Je l'avais connu plus oblique, encombré d'un appareil dentaire. Je l'avais vu en sang, quand il avait heurté un arbre le jour où on était allés faire de la luge chez les Goret. J'ai repensé au grand Tony Merullo qui m'avait provoqué à l'école primaire : Lenny lui avait sauté sur le dos, et Tony Merullo avait cassé ses lunettes.

Je le connaissais si bien, mon Lenny. Ou peut-être que je ne le connaissais pas du tout.

En observant mon expression, son sourire s'est évanoui.

— On était censés jouer au squash ce matin-là. Tu te rappelles, Lenny ?

Il a posé les gobelets sur la table.

— Tu ne frappes jamais. Tu entres directement. Comme aujourd'hui. Qu'est-ce qui s'est passé, Lenny ? Tu es venu me chercher. Tu as ouvert la porte.

Il s'est mis à secouer la tête, mais je savais déjà.

— Les deux armes, Lenny. C'est ça qui t'a trahi.

— De quoi tu parles ?

Mais sa voix manquait de conviction.

— On croyait que Stacy n'avait pas fourni une arme à Monica... que Monica s'était servie de mon revolver. En fait, c'est faux. Je viens de me renseigner. C'est drôle. Tu ne m'as jamais dit que Monica a été tuée avec mon revolver. Moi, j'ai été touché par l'autre.

— Et alors ? (Tout à coup, Lenny était redevenu l'avocat.) Ça ne veut pas dire grand-chose. Peut-être que Stacy lui a apporté une arme, après tout.

— En effet.

— Ben, voilà, tout concorde.

— Tu peux m'expliquer comment ?

Il s'est dandiné d'un pied sur l'autre.

— Stacy a aidé Monica à se procurer un flingue. Monica a tiré sur toi. Quand Stacy a débarqué quelques minutes plus tard, Monica a tiré sur elle aussi.

Il s'est approché de l'escalier comme pour une démonstration.

455

— Stacy est montée en courant. Monica l'a visée — on en a encore la trace.

Il a désigné le mur avec le trou bouché par de l'enduit.

— Stacy a piqué ton revolver dans la chambre, elle est redescendue et a tué Monica.

Je l'ai dévisagé.

— C'est comme ça que ça s'est passé, Lenny ?

— Je ne sais pas. Je veux dire, c'est possible.

J'ai marqué une brève pause. Il a détourné les yeux.

— Il reste un problème, ai-je dit.

— Lequel ?

— Stacy ne savait pas où était caché mon revolver. Et elle ne connaissait pas la combinaison du coffre.

J'ai fait un pas vers lui.

— Tandis que toi, si. J'y conservais tous mes papiers officiels. Je n'avais aucun secret pour toi. À ton tour maintenant. Monica a tiré sur moi. Tu es entré. Tu m'as vu par terre. Tu as cru que j'étais mort, hein ?

Lenny a fermé les yeux.

— S'il te plaît. Je voudrais comprendre.

Lentement, il a secoué la tête.

— Tu t'imagines aimer ta fille. Mais tu n'as pas idée de ce que c'est. Ça grandit de jour en jour. Plus tu vis avec un enfant, plus tu t'y attaches. L'autre soir, je suis rentré du boulot. Marianne pleurait parce qu'elle s'était fait vanner à l'école. J'en étais malade, et c'est là que j'ai compris une chose. Mon bonheur sera toujours tributaire de celui du plus triste de mes enfants. Est-ce que tu me suis, là ?

— Dis-moi ce qui s'est passé.

— Tu as pratiquement tout pigé. Quand je suis arrivé chez toi, Monica était au téléphone. Avec le flingue à la main. Je me suis précipité vers toi. Je n'y croyais pas.

456

J'ai cherché ton pouls, mais… Monica s'est alors mise à hurler que personne ne lui prendrait son bébé. Elle a pointé l'arme sur moi. Nom de Dieu. J'étais sûr que ma dernière heure avait sonné. J'ai fait une espèce de roulé-boulé, et j'ai foncé vers l'escalier. Je me rappelais que tu avais un revolver là-haut. Elle a tiré sur moi.

À nouveau, il a pointé le doigt.

— Voici l'impact de la balle.

Il a inspiré profondément, à plusieurs reprises. Je me taisais.

— J'ai attrapé ton Smith et Wesson.

— Est-ce qu'elle t'a suivi dans l'escalier ?

— Non, a-t-il chuchoté.

Il s'est mis à ciller.

— J'aurais peut-être dû décrocher le téléphone. Ou m'éclipser, je ne sais pas. J'ai rejoué la scène des centaines de fois dans ma tête. J'essaie de m'imaginer comment j'aurais dû réagir. Sauf que mon meilleur ami était là, par terre, mort. Et cette folle parlait de s'enfuir avec sa fille — ma filleule. Elle avait déjà tiré sur moi. Dieu seul sait de quoi elle était capable.

Il a baissé la tête.

— Lenny ?

— Je ne sais pas comment c'est arrivé, Marc. Honnê-tement, je ne sais pas. Je suis redescendu discrètement. Elle avait toujours son flingue…

Sa voix s'est brisée.

— Du coup, tu as tiré.

— Je ne voulais pas la tuer. Enfin, je ne le pense pas. Or voilà que soudain vous étiez morts tous les deux. J'allais appeler la police. Mais je n'étais plus très sûr de moi. J'avais touché Monica sous un drôle d'angle. On aurait pu supposer qu'elle avait le dos tourné.

— Tu avais peur qu'ils t'arrêtent ?

— Évidemment. Les flics ne peuvent pas me sacquer. J'ai obtenu je ne sais pas combien d'acquittements aux assises. Qu'auraient-ils fait, à ton avis ?

Je n'ai pas répondu.

— C'est toi qui as cassé la vitre ?

— De l'extérieur. Pour faire croire à une effraction.

— Et tu as déshabillé Monica ?

— Oui.

— Pour la même raison ?

— Je savais qu'il y aurait des traces de poudre sur ses habits. Ils en déduiraient qu'elle s'était servie d'une arme à feu. Moi, je voulais faire passer ça pour un crime crapuleux. Je me suis débarrassé de ses fringues, et je lui ai essuyé la main avec une lingette pour bébé.

C'était l'une des choses qui m'avaient mis la puce à l'oreille. Le fait que Monica ait été dépouillée de ses vêtements. Stacy aurait pu le faire pour brouiller les pistes, mais je la voyais mal penser à ce détail. Lenny était spécialisé dans le droit pénal — lui, en revanche, je le voyais très bien y penser.

Nous en arrivions au sujet le plus brûlant. On en était conscients tous les deux. J'ai croisé les bras.

— Parle-moi de Tara.

— C'était mon boulot de protéger ma filleule.

— Je ne comprends pas.

Lenny a ouvert les mains.

— Combien de fois t'avais-je supplié de rédiger un testament ?

— Quel rapport ? ai-je dit, désarçonné.

— Réfléchis un peu. Pendant tout ce temps, quand tu étais dans le pétrin, tu as eu recours à ta formation de chirurgien, non ?

— Sans doute.

— Je suis avocat, Marc. J'ai fait pareil. Vous étiez morts tous les deux. Tara pleurait là-haut, dans sa chambre. Et moi, Lenny l'avocat, j'ai compris instantanément ce qui allait se passer.

— Quoi ?

— Tu n'avais pas fait de testament. Tu n'avais pas nommé de tuteur. Tu ne piges pas ? C'est Edgar qui aurait récupéré ta fille.

Je l'ai regardé. Je n'avais pas songé à ça.

— Ta mère aurait pu s'y opposer, mais face à sa fortune, elle n'avait aucune chance. Elle avait ton père à charge. Il y a six ans, elle a été condamnée pour conduite en état d'ivresse. Edgar aurait forcément obtenu la garde.

Ça commençait à s'éclaircir dans mon esprit.

— Et tu ne l'aurais pas supporté.

— En tant que parrain de Tara, il était de mon devoir de la protéger.

— Toi qui détestes Edgar.

Il a haussé les épaules.

— Mon jugement était-il faussé par ce qu'il avait fait à papa ? Oui, peut-être, inconsciemment. Mais surtout, Edgar Portman est un sale type. Tu ne peux pas le nier. Regarde ce qui est arrivé à Monica. Je ne voulais pas qu'il bousille ta fille comme il a bousillé la sienne.

— Alors tu l'as prise.

Il a hoché la tête.

— Et tu l'as apportée à Bacard.

— C'était un ancien client à moi. Je connaissais certaines de ses activités, mais pas tout. Et je savais que ça resterait confidentiel. Je lui ai dit de me trouver la meilleure famille qu'il avait. Peu importe l'argent, peu importe le rang social. Je voulais des gens bien.

— Il a donc choisi les Tansmore.

— Comprends-moi. Je pensais que tu étais mort. Tout le monde le pensait. Puis il a semblé que tu allais finir légume. Le temps que tu sois sur pied, il était trop tard. Je ne pouvais le dire à personne. J'étais sûr d'aller en prison. Tu imagines les conséquences pour ma famille ?

— Oh là, j'aime mieux pas.

— Ce n'est pas juste, Marc.

— Et en plus, il faut que je sois juste ?

— Eh, je n'ai rien demandé, moi !

Il criait maintenant.

— Je suis tombé en plein milieu d'une belle pagaille. J'ai fait de mon mieux — pour ta fille. Mais tu ne peux pas exiger de moi que je sacrifie ma famille.

— Plutôt sacrifier la mienne ?

— Tu veux la vérité ? Oui. Je suis prêt à tout pour protéger mes enfants. Pas toi ?

Cette fois, c'est moi qui me suis tu. Car je l'avais déjà dit : je n'hésiterais pas une seconde à donner ma vie pour ma fille. Et la vôtre aussi, tant qu'on y est.

— Crois-le ou non, j'ai essayé de réfléchir froidement, a repris Lenny. De dresser un bilan des pertes et profits. Si je dis la vérité, je détruis ma femme et mes quatre enfants, et tu arraches ta fille à une famille aimante. Si je la ferme... D'accord, tu as souffert. Je ne l'ai pas souhaité. Ça me faisait mal au cœur de te voir comme ça. Mais qu'aurais-tu fait à ma place ?

Je n'avais pas envie d'y réfléchir.

— Tu oublies quelque chose.

Fermant les yeux, il a marmonné des paroles inintelligibles.

— Que s'est-il passé avec Stacy ?

— Normalement, elle n'aurait pas dû trinquer. Tu avais raison : elle avait vendu l'arme à Monica et, quand

elle a compris ce qu'elle voulait en faire, elle s'est précipitée pour l'arrêter.

— Mais elle est arrivée trop tard.

— Oui.

— Elle t'a vu ?

Il a hoché la tête.

— Je lui ai tout dit. Elle voulait se rendre utile, Marc.
Elle voulait faire ce qu'il fallait. Mais à la fin, la drogue
a repris le dessus.

— Elle t'a fait chanter ?

— Elle a demandé de l'argent. Je le lui ai donné. Ça
n'avait pas grande importance. Mais elle était là. Et,
quand je suis allé voir Bacard, je lui ai tout raconté.
Essaie de comprendre. Je croyais que tu allais mourir.
Puis, quand tu t'es rétabli, j'ai vu que tu allais péter les
plombs si tu ne tournais pas la page. Ta fille avait disparu. J'en ai parlé à Bacard, et il a eu cette idée de
kidnapping bidon. On allait tous se faire un bon paquet
de blé.

— Tu as pris de l'argent pour ça ?

Lenny a eu un mouvement de recul comme si je
l'avais giflé.

— Bien sûr que non. J'ai investi ma part dans un
fonds de placement pour financer les études de Tara.
Mais l'idée du kidnapping m'a bien plu. Toute la mise
en scène devait laisser entendre que Tara était morte.
Toi, tu allais pouvoir faire ton travail de deuil. Qui plus
est, on piquait de l'argent à Edgar pour en reverser au
moins une partie à Tara. C'était gagné d'avance.

— Sauf que ?

— Sauf que... quand ils ont entendu parler de Stacy,
ils ont décidé qu'ils ne pouvaient pas faire confiance à
une camée. Le reste, tu le connais. Ils l'ont appâtée avec

de l'argent. Ils ont veillé à ce qu'elle soit filmée par la caméra. Et ensuite, sans me prévenir, ils l'ont tuée.

J'ai pensé à Stacy, à ses derniers instants dans la cabane. Savait-elle qu'elle allait mourir ? Ou bien s'était-elle simplement laissée planer, croyant qu'il s'agissait d'un shoot comme un autre ?

— La taupe, c'était toi, hein ?

Il n'a pas répondu.

— C'est toi qui les as avertis que la police était sur le coup.

— Ç'aurait changé quoi ? Ils n'ont jamais eu l'intention de rendre Tara. Elle était déjà chez les Tansmore. Après la remise de rançon, j'ai cru l'histoire terminée. Chacun est reparti de son côté.

— Et puis ?

— Bacard a décidé de remettre ça.

— Tu étais au courant ?

— Non, il a omis de m'informer.

— Et comment tu as su ?

— Quand tu m'en as parlé à l'hôpital. J'étais hors de moi. Je l'ai appelé. Il m'a dit de ne pas m'affoler, qu'il n'y avait aucun moyen de remonter la piste jusqu'à nous.

— Pourtant, on l'a fait.

Il a acquiescé.

— Et tu savais que je n'étais plus très loin de Bacard. Je te l'ai dit au téléphone.

— C'est vrai.

— Attends une minute.

Un nouveau frisson m'a parcouru l'échine.

— À la fin, Bacard a voulu faire le ménage. Il a contacté les deux cinglés de service. Cette femme, Lydia, a liquidé Tatiana. Heshy a eu pour mission d'éliminer Denise Vanech. Seulement, quand j'ai vu Steven

Bacard, il venait juste d'être assassiné. Le sang coulait encore. Aucun des deux n'aurait matériellement pu faire ça.

J'ai levé les yeux.

— C'est toi qui l'as tué, Lenny.

Sa voix tremblait de rage.

— Tu crois que je l'ai voulu ?

— Alors pourquoi ?

— Comment ça, pourquoi ? J'étais son certificat de bonne conduite. Quand ç'a commencé à sentir le roussi, il a menacé de tout me mettre sur le dos. Il allait témoigner que je vous avais abattus, toi et Monica, et que je lui avais confié Tara. Je te l'ai dit, les flics ont une vieille dent contre moi. J'ai gagné trop de procès. Ils auraient sauté sur l'occasion.

— Tu serais allé en prison ?

Lenny semblait au bord des larmes.

— Tes gosses auraient souffert ?

Il a hoché la tête.

— Tu as donc commis un meurtre de sang-froid.

— Que pouvais-je faire d'autre ? Tu me regardes, incrédule, mais au fond de toi tu connais la réponse. C'était ton bordel. Je me suis fait avoir en essayant d'y remettre de l'ordre. Par affection pour toi. Pour aider ton enfant.

Il s'est interrompu une seconde, avant d'ajouter :

— Et je savais qu'en tuant Bacard, je pourrais peut-être te sauver, toi.

— Moi ?

— Bilan des pertes et profits, Marc.

— Qu'est-ce que tu racontes ?

— C'était fini. Une fois que Bacard était mort, on pouvait lui faire porter le chapeau. Pour tout. J'étais définitivement blanchi.

Lenny est venu se poster en face de moi. Un instant, j'ai eu l'impression qu'il allait me prendre dans ses bras. Mais il n'a pas bougé.

— Je voulais que tu sois en paix, Marc. Et c'était impossible. Je m'en rends compte maintenant. Pas tant que tu n'aurais pas retrouvé ta fille. Bacard étant mort, ma famille était à l'abri. Je pouvais te faire connaître son sort.

— C'est toi qui as écrit ce mot anonyme ?

— Oui.

Les paroles d'Abe me sont revenues en mémoire.

— Tu as mal agi pour une bonne cause.

— Mets-toi à ma place. Tu aurais fait quoi ?

— Je n'en sais rien, ai-je dit.

— J'ai fait ça pour toi.

Le plus triste, c'est qu'il disait la vérité. Je l'ai contemplé.

— Tu étais le meilleur ami que j'aie jamais eu, Lenny. Je t'aime. J'aime ta femme. J'aime tes enfants.

— Que vas-tu faire ?

— Si je te dis que je vais parler, tu me tueras moi aussi ?

— Certainement pas.

Cependant, malgré tout l'amour qu'on pouvait se porter l'un l'autre, j'étais loin d'en être convaincu.

Épilogue

UN AN EST PASSÉ.

Pendant les deux premiers mois, j'ai pris l'avion pour Saint Louis chaque semaine afin de mettre au point notre nouvelle organisation avec Abe et Lorraine. On a démarré en douceur. Au début, je leur ai demandé de rester dans la même pièce. Peu à peu, Tara et moi avons commencé à sortir seuls — pour aller au parc, au zoo, au manège du centre commercial —, mais elle ne cessait de regarder par-dessus son épaule. Ma fille a mis du temps à s'habituer à moi. C'était compréhensible.

Mon père est décédé dans son sommeil il y a dix mois. Après l'enterrement, j'ai acheté une maison dans Marsh Lane, à deux numéros d'Abe et Lorraine, et je m'y suis installé définitivement. Ce sont des gens remarquables. Notez bien ceci : nous appelons « notre » fille Tasha. C'est un diminutif de Natasha, et en même temps c'est proche de Tara. Le chirurgien reconstructeur que je suis aime ça. J'attends que les choses tournent mal. Ça n'arrive toujours pas. C'est bizarre, mais je ne me pose pas trop de questions.

Ma mère a acheté un appartement et est venue vivre ici. Depuis la mort de papa, plus rien ne la retenait à Kasselton. Après tant de malheurs — la maladie de mon père, Stacy, Monica, l'agression, l'enlèvement —, nous avions tous deux besoin de changer d'air. Je suis content de la savoir près de nous. Maman a un nouvel ami, un dénommé Cy. Elle est heureuse. Je l'aime bien, et pas uniquement parce qu'il a des billets pour les matchs des Rams. Ils rient beaucoup ensemble. J'avais oublié les crises de fou rire de maman.

Je téléphone souvent à Verne. Au printemps, il est venu avec Katarina et les garçons faire du camping dans le coin. On a passé une semaine d'enfer. Verne m'a emmené à la pêche, une grande première pour moi. La prochaine fois, il veut aller chasser. J'ai beau lui dire non, quand il a décidé quelque chose…

Je n'ai pas beaucoup de nouvelles d'Edgar Portman. Il envoie des cadeaux pour l'anniversaire de Tasha. Il a appelé deux fois. J'espère qu'il viendra un jour rendre visite à sa petite-fille. On traîne trop de culpabilité, tous les deux. Peut-être que Monica était instable. Ou que c'était juste une question de chimie. Je sais que bon nombre de problèmes psychiatriques relèvent plus d'un déséquilibre physique ou hormonal que des épreuves de la vie. Il est possible que nous n'ayons rien pu faire. Mais à la fin, et quelle que soit l'origine de son mal, on a lâché Monica l'un et l'autre.

Zia, au début, a été très affectée par mon départ, mais ensuite elle a considéré ça comme une opportunité. Un nouveau médecin travaille au cabinet. Quelqu'un de très compétent, paraît-il. J'ai ouvert une antenne de Planète Assistance à Saint Louis. Jusqu'à présent, ça marche plutôt bien. Lydia — ou Larissa Dane, si vous préférez — va manifestement s'en tirer. Elle a effectué un double saut périlleux à partir de l'inculpation pour assassinat et opéré un rétablissement sous l'enseigne « je suis une victime ». Elle est à nouveau célèbre, et joue à fond la carte du mystérieux retour de l'espiègle Trixie. On l'a vue chez Oprah, pleurant à la demande sur ses années de calvaire aux mains de Heshy, dont la photo a été affichée à l'écran. Le public s'est exclamé. Il est hideux. Lydia est belle. Du coup, on la croit. On raconte même qu'elle va tourner dans un téléfilm inspiré de sa propre histoire.

Quant au trafic de bébés, le FBI a décidé d'« appliquer la loi », autrement dit de présenter les coupables à la justice. Or les coupables, Steven Bacard et Denise Vanech, sont morts. Officiellement, l'enquête est toujours en cours, mais personne n'a réellement envie de savoir quel enfant a atterri où. C'est préférable, je pense.

Rachel s'est entièrement remise de ses blessures. Pour finir, c'est moi qui ai accompli le travail de reconstruction sur son oreille. Son courage a fait la une de tous les journaux. Elle est celle qui a démantelé le réseau d'adoption clandestin. On l'a réintégrée au FBI. Elle a demandé et obtenu une affectation à Saint Louis. Nous vivons ensemble. Je l'aime. Je l'aime plus que vous ne sauriez l'imaginer. Mais si vous vous attendez au happy end intégral, je ne suis pas sûr de pouvoir vous le servir.

Pour le moment, Rachel et moi sommes toujours ensemble. Je ne me vois pas vivre sans elle. L'idée de la perdre me rend physiquement malade. Cependant, je ne sais pas si c'est suffisant. On trimballe trop de casseroles derrière nous. Ça brouille les cartes. Je comprends les raisons de son coup de fil et de sa visite manquée à l'hôpital — seulement, en définitive, son intervention a débouché sur la mort et la destruction. Évidemment, je ne lui en veux pas. Ça me fait juste bizarre de penser que la mort de Monica nous a donné une seconde chance. J'ai essayé d'expliquer tout ça à Verne quand il est venu nous voir. Il m'a traité d'abruti. Il a certainement raison.

On sonne à la porte. Je sens que quelqu'un tire sur ma jambe. Eh oui, c'est Tasha. Désormais, je fais partie de sa vie. Rachel est assise sur le canapé, les jambes repliées sous elle. Je les regarde, Tasha et elle, et mon cœur déborde d'angoisse et de bonheur. Cette angoisse, ce bonheur m'accompagnent partout. L'un ne sort jamais sans l'autre.

— Une seconde, bichette, lui dis-je. On va ouvrir la porte, d'accord ?

— D'accord.

C'est l'employé d'UPS. Avec un paquet. Je l'emporte dans la maison. L'adresse de l'expéditeur ravive la blessure familiale. Sur l'étiquette autocollante, on lit qu'il a été envoyé par Lenny et Cheryl Marcus de Kasselton, New Jersey.

Tasha me regarde.

— C'est pour moi ?

Je n'ai jamais parlé de Lenny à la police. Il n'y avait pas de preuves, du reste — hormis sa confession entre quatre yeux. Ça ne tiendrait pas la route dans un prétoire. Mais ce n'est pas pour cette raison que j'ai décidé de ne rien dire.

Je soupçonne Cheryl de savoir toute la vérité. Peut-être même qu'elle savait depuis le début. Je revois sa tête dans l'escalier, la façon dont elle avait craqué quand Rachel et moi avions débarqué chez eux en pleine nuit, et je m'interroge : était-ce la colère ou la peur ? J'aurais tendance à opter pour la seconde solution.

Le fait est que Lenny avait raison. Il a fait ça pour moi. Que se serait-il passé s'il avait simplement tourné les talons ? Je l'ignore. Ç'aurait presque pu être pire. Lenny m'avait demandé si, à sa place, j'aurais agi pareillement. Sur le moment, probablement pas. Parce que je n'étais pas à la hauteur. Verne, lui, n'aurait pas hésité. Lenny a voulu protéger ma fille sans sacrifier sa famille pour autant. Simplement, il s'est planté.

Mais Dieu qu'il me manque. Lui qui a toujours fait partie de moi. Des fois, je décroche le téléphone et commence à composer son numéro, et je ne vais pas jusqu'au bout. Je ne parlerai plus à Lenny. Jamais plus. Je le sais. Et j'en souffre terriblement.

Je repense également à la frimousse inquisitrice du petit Connor sur le terrain de foot. Je repense à Kevin en train de taper dans le ballon, aux cheveux de Marianne sentant le chlore après sa séance de piscine. Je repense à Cheryl qui a tellement embelli depuis la naissance des enfants.

Je contemple ma fille, qui est en sécurité et auprès de moi maintenant. Tasha me regarde toujours. Il s'agit, en effet, d'un cadeau de son parrain. Je me souviens de ma première rencontre avec Abe, dans la chambre de l'hôtel *Marriott*. Il m'a dit qu'une bonne cause ne justifie pas une mauvaise action. J'y ai longuement réfléchi avant de prendre une décision concernant Lenny.

Disons que pour l'instant la plaie est encore trop à vif.

Quelquefois, il arrive que je m'embrouille. Est-ce une mauvaise action pour une bonne cause ou une bonne action pour une mauvaise cause ? Ou est-ce la même chose ? Monica avait besoin d'amour... et elle m'a fait un enfant dans le dos. C'est comme ça que tout a commencé. Mais si elle ne l'avait pas fait, je ne serais pas en train d'admirer la plus merveilleuse création de la terre. Bonne cause ? Mauvaise cause ? Qui peut le dire ?

Tasha penche la tête et fronce le nez.

— Papa ?

— Ce n'est rien, mon cœur, lui dis-je doucement.

Elle hausse ostensiblement les épaules. Rachel lève les yeux. Elle a l'air inquiète. Je pose le paquet tout en haut, sur la dernière étagère du placard. Puis je ferme la porte et prends ma fille dans mes bras.

Remerciements

L'auteur — ah ! ce que j'aime parler de moi à la troisième personne — voudrait remercier les spécialistes suivants pour leurs conseils éclairés : Steven Miller, chef des urgences pédiatriques, hôpital New York Presbyterian, université de Columbia ; Christopher J. Christie, procureur de l'État du New Jersey ; Anne Armstrong-Coben, médecin chef de Covenant House ; Lois Foster Hirt, RDH ; Jeffrey Bedford, FBI ; Gene Riehl, FBI (retraité) ; Andrew McDade, beau-frère d'exception et homme de la Renaissance. Toutes les erreurs sont de leur fait, et du leur seulement. Après tout, ce sont eux, les experts, non ? Pourquoi serait-ce à moi de porter le chapeau ?

Je voudrais également remercier Carole Baron, Mitch Hoffman, Lisa Johnson, et tout le monde chez Dutton et Penguin (USA) ; Jon Wood, Susan Lamb, Malcolm Edwards, Anthony Cheetham, Juliet Ewers, Emily Furniss et tout le monde chez Orion ; et les toujours présents Aaron Priest, Lisa Erbach Vance, Maggie Griffin et Linda Fairstein.

Et, naturellement, un grand merci à Katharine Foote et Rachel Cooke pour m'avoir libéré afin que je puisse franchir sans encombre les cent derniers mètres.

POCKET N° 14943

Faites

entrer

l'accusé...

Harlan COBEN
FAUTE
DE PREUVES

Wendy Tynes traque les prédateurs sexuels. Elle n'est pas flic, elle présente un show télé. Une journaliste féroce au service d'une mécanique impitoyable : faire tomber en direct ceux qui croyaient échapper à la justice.

Sa prochaine cible : Dan Mercer.

Imprimé en France par

MAURY IMPRIMEUR
à Malesherbes (Loiret)
en mai 2014

POCKET – 12, avenue d'Italie – 75627 Paris Cedex 13

N° d'impression : 189471
Dépôt légal : avril 2005
Dépôt légal de la nouvelle édition : août 2011
Suite du premier tirage : mai 2014
S20774/04